经典作品名家导读系列

凌焕新 主编

中外经典微型小说读本

南京师范大学出版社
NANJING NORMAL UNIVERSITY PRESS

图书在版编目(CIP)数据

中外经典微型小说读本 / 凌焕新主编. —南京：南京师范大学出版社，2017.5 (2020.1重印)
(经典作品名家导读系列)
ISBN 978-7-5651-3327-5

Ⅰ. ①中… Ⅱ. ①凌… Ⅲ. ①小小说—小说集—世界 Ⅳ. ①I14

中国版本图书馆 CIP 数据核字(2017)第 087893 号

书　　名	中外经典微型小说读本
主　　编	凌焕新
策　　划	张　春
责任编辑	于丽丽
出版发行	南京师范大学出版社
地　　址	江苏省南京市宁海路 122 号(邮编：210097)
电　　话	(025)83598919(总编办)　83598412(营销部)　83598297(邮购部)
网　　址	http://www.njnup.com
电子信箱	nspzbb@163.com
照　　排	南京理工大学资产经营有限公司
印　　刷	扬州市文丰印刷制品有限公司
开　　本	787 毫米×960 毫米　1/16
印　　张	17.25
字　　数	291 千
版　　次	2017 年 5 月第 1 版　2020年1月 第2次印刷
书　　号	ISBN 978-7-5651-3327-5
定　　价	38.00 元

出 版 人　彭志斌

南京师大版图书若有印装问题请与销售商调换
版权所有　侵犯必究

前言 微型小说:走经典化必由之路

凌焕新

二十多年前余曾撰文《提倡精品意识》,那是对微型小说创作中出现的急于求成、粗制滥造、急功近利现象的提醒,也是对微型小说讲究质量、多出精品的一种呼吁。如今,微型小说创作日趋成熟,已经有120多位作者用微型小说创作的业绩跨入了作家的大门,成为中国作家协会会员。每年有上万篇作品发表,有上千篇作品被选载,有上百篇作品在各种奖项中获奖,可谓一片繁荣景象。然而在这繁荣的背后,不得不引起我们深深的思索,微型小说向何处去?微型小说如何发展?窃以为:我们不能因为有那么多作家,那么多作品,那么多读者而沾沾自喜。请问,其中有多少大家?作品中有丘陵却缺少高山,有高原却缺少高峰;读者中有"大众",却缺少"精英",缺少真正懂作品的"知音"。为了让微型小说为历史存正气,为人民塑灵魂,为艺术立标杆,微型小说必须走经典化之路,这是文体发展的必然,"微"时代的要求,人民的呼唤,一切有识之士的期待。早在2009年,中国作协副主席、著名作家、理论家陈建功就提出"小小说的'经典化'追求",期待它在"经典化"方面做出更高的努力。王蒙也希望它能够出现经典,能够出现进入文学史的东西。因为只有微型小说有了经典作品,登上新经典的高峰,才能让微型小说为"微"时代树立标志性的艺术标杆,在中国文学史留下一席之地,在文艺之林中为后世铸造"不朽"。因此微型小说要发展,"经典化"是必由之路。否则,它将会在"乱花渐欲迷人眼"中,成为文艺生态园中的匆匆过客,赢得了"繁荣",失却了人类精神高度;注重了"当下性"的热闹,丢弃了艺术生命"恒定性"的永恒。不知这样的认知,能否回答好微型小说该向何处去的疑问。

微型小说的发展从八十年代崛起始,当前已经进入三十而立之年。在优秀作品中,有没有出现经典性作品也是值得研讨和回答的重要问题。一种意见认为"没有"。有人说还没有出现有代表性的人物和经典性的作品,有人则以为微型小说至今还没有哪部作品集获得"鲁迅文学奖",何谈"经典"?还有人以为微型小说属"小儿科"文种,不受"官方"和权威人士重视,出现的时间又短,大量的同质化、类型化的平庸作品,何来"经典"?总之,微型小说有优秀作

品,但未出现经典作品,这是一种一叶障目、全盘否定的虚无主义认识。另一种意见与此相反,认为这三十多年来,微型小说作家群星灿烂,作品"大家集""名家集"一套几十种、上百种,更有甚者,微型小说经典作品集竟有"百部"之多,盛况空前。但仔细阅读作品,大部分攀不上经典的份儿,在某些出版社和作家的眼里,"经典"或许可以当作文化市场营销的手段,笔者认为这在一定程度上是"亵渎"经典。这种现象表现出一种"泛经典"的认知,也是一种所谓的"伪经典"。

那么,微型小说到底有没有经典呢?我答曰:有,但不多。散金碎玉,大都散落在泥沙之间、乱石堆里,需要智者披沙拣金,剖石觅玉。可能在各种集子中有之,在选刊中有之,在各种报刊上有之,在获奖作品中有之,在评论家的评述和推介中有之,总之微型小说的经典作品已经问世。这是不以人们意志为转移的客观存在,也不为人们的某些说法所左右。它们存在的特点是大都以单篇的形式出现,散落在各种传播媒体中,急需有眼光的"选家",把它们"召集"起来,把这些散金碎玉集中在一个百宝箱里,让经典荟萃,熠熠生辉,形成一个可让人研读、研究、观赏的集子,既可供当代人深度阅读,也可为后世留下阅读的文学文本载体。为微型小说经典化进行一些切实有效的劳作,我心向往之!于是,我们根据现有的条件和几十年积累的资料,试图从众多经典微型小说中,初步遴选出中外古今100篇编辑成"经典微型小说读本",为微型小说经典存世传世立碑,让它走入寻常百姓家,润物细无声,构筑起一座心心相印的艺术之桥。随着时间的推移,所谓初步的100篇以后,根据经典作品的多少,可能会有第二个100篇或第三个100篇,《唐诗三百首》经典选本流传至今,难道不能有"微型小说三百篇"经典文本传诸后世吗?

依据什么选出这些经典作品?或者说有什么遴选的标准?当然有。没有规矩,成不了方圆。我们的依据:一是马克思、恩格斯老祖宗提出的"以美学的观点和历史的观点""以非常高的、即最高的标准"来衡量作品;二是以微型小说独特的审美特征来评价作品;三是以文学经典的基本内涵来选择作品。综合说来,化作如下的具体要求:

(1)篇幅短小、语言精练、文字数量的规定性。微型小说是语言的艺术,在表达的用语字数上应该有一个合适的界定,并从中"戴着镣铐跳舞"。笔者同意微型小说的首倡者江曾培先生的说法:"上限一般以千字为宜,如果有点伸缩的话,也只能伸到一千五百字,个别的最多不能超过二千字。""对那些二三千字以上的作品,一般是不宜给它们戴上微型小说的徽章的"(《世界华文微

型小说大成》)。下限呢,几十字、几百字皆可。篇幅文字上的限定,既是一种束缚,也是它的优势。它可以在螺蛳壳里做道场,它可以尺幅千里,具备言简意赅、微言大义,因小见大,以微知著,一石多鸟的审美特征,呈现出它在"微"时代文学中独特的简约之美,让人赏心悦目,一唱三叹。

(2)叙述手段、情节布局上的机智化。微型小说要选择新颖视角,旁敲侧击,别开生面;情节构思应峰回路转,强调突转、反转,并常在结尾处出现意外的转折,形成审美的爆发力,让人释疑、释怀,心灵震撼,具有某种历史的厚重感、智性的灵动感和迷人的艺术魅力。表现出它所特有的包蕴着丰富、变化和阅读冲击力、感染力的单纯美,这是其审美特征的显著标志。

(3)人物创造、生命展现的充分个性化。人物是微型小说的写作对象和核心。要给他生命,把他写活,写得"有神气,有活力,有生气"(泰纳语),受文字篇幅限制,要以简单勾勒的方式,极省俭地刻画出活生生的人物形象来,不要把他写成意念的符号,精神的传声筒,没有生命的僵尸。人物描述多从小处入手,一言一行,一颦一笑,在细节中展示人物的个别性、差异性,创造独特而有标志性的人物个性。其中应蕴含着人性的本色,灵魂的跃动,精神生命的亮点,人物既有血有肉,又内涵丰富,表现出某种耐看、耐品、耐思的神韵美,这是微型小说人物创造的审美追求。

(4)时间长河的淘洗,历史老人的检验。有些微型小说作品,受热点的触发而写,热闹于一时。但时过境迁,"时髦"渐退,只剩下"废钢烂铁"。有些作品新闻性很强,点赞很多,产生轰动效应。但过不多久,新闻价值逐步丧失,审美价值不足,冷得只留下"平庸"。时间是经典不可缺少的验收员,没有它的签字就成不了经典。那么,时间的长度以多久为宜?笔者以为:长则几千年,如《诗经》《世说新语》;几百年,如《红楼梦》;短则几十年,如鲁迅、郭沫若的作品。但是不宜把现炒现卖的作品,近几年来或十年以内的微型小说马上当作经典,因为没有经过时间的沉淀,很容易鱼目混珠,即使是可能的经典,也要经得起时间的锤炼和考验。所以时间是经典的见证,让"真经典"愈加闪光,让"伪经典"显露出它的原形,为历史所淘汰。

(5)大众读者的满意,"精英"读者的首肯。微型小说作品是否是经典,还需经广大读者的检验与认可。正如别林斯基所说:"对于文学来说,公众是最高的裁判,最高的法庭。"这里的"公众",其实就是指阅读作品的广大读者。微型小说只有经过阅读才能产生审美效应,发挥其不可估量的精神价值。大众读者的阅读,一般由三个层次向前推进。第一,喜爱。即乐意接受,喜欢阅读,

产生愉悦感。第二，感动。感情上受到感染，为之心动，甚至为之震惊。第三，折服，为作品深邃的思想、高超的艺术、栩栩如生的情境而心悦诚服，读之再三、入迷、发狂、反思，从作品的"应当的生活"和"妙谛真知"中构筑起新的信仰，主导人生或改变人生。精英读者指的是那些"懂得艺术并能够欣赏美"的一些专业人士。他们阅读之后对作品印象很好，又诱发他们反复阅读，细心品味，不断发掘并肯定其艺术价值。正如卡尔维诺所云："所谓经典，不是你正在阅读的作品，而是你正在重读的作品。"重读，反复读，正是经典的魅力所在。还有那些文艺部门的专业评奖，也起到筛选的作用，其中获奖精品也可能成为经典。需要特别提出的是，被选进大中小学教材的微型小说，不仅经过语文专家审定，而且被几百几千万青少年读者当作典范性的课文来学习，这难道不是经典性的标志吗？

　　根据以上五方面的要求，我们遴选出外国作品30篇，其中有契诃夫、屠格涅夫、马克·吐温、海明威、欧·亨利、卡夫卡、雨果、星新一和新加坡、马来西亚、泰国一些华文作家等的精品；中国当代作品40篇，包括王蒙、汪曾祺、高晓声、谌容、冯骥才、蒋子龙等作家的作品；中国现代作品10篇，是以鲁迅、郭沫若、冰心为代表的作家的传世之作；还有东晋干宝、葛洪，南朝刘义庆直至唐宋元明清的作家的古代优秀代表作品共20篇。这100篇作品，麻雀虽小，然其中外古今，品种繁多，风格多样，也许可戏称为"五脏俱全"了。

　　何谓"读本"？简言之，谓可读之本。读和阅不同，阅是看的意思，而读则是看着文字念出它的声音来。读是对文字形、音、义的全面认知，让文学作品从无声的世界提升为有声的世界，从视觉的形式美中增添听觉的音乐之美。读本，则是青少年学语文、学文学的课本。它不是浏览式的浅阅读材料，而是供探究挖掘、可入心入情的深阅读范本；不是那种一目十行、浮光掠影快阅读的快餐文化，而是可供耐读、耐品、耐思而隽永诗性、可供慢阅读的艺术品。

　　为什么要专请名家为之解读、导读？我们的理由是，首先从艺术精湛、文字精美、有限的经典文本看，微型小说蕴含着无限的艺术空间和艺术张力，蕴含着许多被遮蔽、被隐匿的神秘人性世界，所以读者不是一下就能理解和欣赏其中的奥妙。其次从具有不同修养、爱好兴趣，有不同阅读态度的读者看，常常因人而异。有的只看热闹，不看门道，一知半解，纯属表层化的浅读；有的读后产生偏差，不能准确理解作品的意蕴和审美价值，产生误读。所以，我们特请一些懂得艺术并能欣赏美的"行家"、名家为之解读，其中有大学文学教授，有文坛评论家、作家，还有一些资深学者，他们掌握着打开读本"艺术魔盒"的

钥匙。他们的解读,或一语中的,点评精辟;或探幽索隐,指点迷津;或欣赏剖析,公正公平;或豁然顿悟,石破天惊。甚至他们的行文,本身可能就是一篇赏心悦目的美文。名家解读,既有学术含量,释疑解惑,新见迭出,又有审美体验的独特感受,心有灵犀一点通,这些恰似读本深读、重读的指路明灯。他们在书中相聚,群贤毕至;他们在书中解读,擘肌分理,鉴照洞明,高见卓识,循循善诱。如此良师益友,实属难得。他们为微型小说的经典读本增光添彩,为微型小说这个新兴文种走经典化的必由之路付出辛劳,留下珍贵而有温度的笔墨,值得称道。

衣带渐宽终不悔,老骥伏枥再奋蹄。微型小说应当有经典,微型小说也已经有经典。微型小说经典化之路,路漫漫其修远兮,一切为之而努力的有识之士,都值得称赞,都值得人们的尊重和敬畏!

2016 年 12 月于南京师大月光陋室

目 录

前言　微型小说：走经典化必由之路 …………………… 凌焕新(001)

外国微型小说

威　胁 ……………………………………… [俄国]契诃夫(003)
乞　丐 ……………………………………… [俄国]屠格涅夫(006)
办公室里的悲喜剧 ………………………… [苏联]绍·契卡杜阿(008)
言传身教 …………………………………… [苏联]瓦·勃罗多夫(010)
叶琳卡 ……………………………………… [苏联]叶·米恩(012)
妈　妈 ……………………………………… [苏联]鲍·克拉夫琴科(015)
法律门前 …………………………………… [奥地利]卡夫卡(017)
独裁者 ……………………………………… [奥地利]托·贝恩哈特(021)
"诺曼底"号遇难记 ………………………… [法国]雨果(023)
德军剩下来的东西 ………………………… [法国]哈巴特·霍利(027)
留给女秘书的文字条 ……………………… [捷克]贝·伐尔哥什科瓦(029)
登　场 ……………………………………… [德国]莱陶·赖因哈德(031)
第一位委托人 ……………………………… [德国]威吉·兰兹(033)
戒　指 ……………………………………… [挪威]纳特·哈姆逊(036)
半张纸 ……………………………………… [瑞典]斯特林堡(038)
最后一个便士 ……………………………… [英国]I. V.玛利斯(041)
聘　任 ……………………………………… [英国]埃克斯雷(043)
我所发现的生活 …………………………… [美国]马克·吐温(047)
爱的磨难 …………………………………… [美国]欧·亨利(050)
桥畔的老人 ………………………………… [美国]海明威(053)
大卫的机遇 ………………………………… [美国]霍桑(056)

约　会	[美国] S. L. 基屦（059）
在柏林	[美国] 奥莱尔（063）
医生为什么来迟了	[美国] 比利·罗斯（066）
试制品	[日本] 星新一（069）
雨　伞	[日本] 川端康成（072）
不鼓掌的人	[日本] 藤森成吉（075）
他母亲的伙伴	[澳大利亚] 亨利·劳森（077）
喜　鹰	[新加坡] 黄孟文（079）
心　壶	[泰国] 司马攻（082）

中国微型小说

当代部分

摆　渡	高晓声（087）
路　口	沈善增（090）
枪　口	徐光兴（093）
雄辩症	王　蒙（095）
胖子和瘦子	冯骥才（097）
尾　巴	汪曾祺（101）
一个复杂的故事	绍　六（104）
找"帽子"	蒋子龙（106）
客厅里的爆炸	白小易（110）
立　正	许　行（112）
杭州路10号	于德北（115）
混　浊	杨东明（118）
在澡堂里	效　耘（121）
"书法家"	司玉笙（125）
每件事的发生都有着特殊的背景	沙黾农（127）
公　寓	郑　义（129）
橘红色的伞	杜卫东（131）

她盼着他来电话	吕明辉(135)
瞎　说	胡　雪(138)
天　道	陈建功(140)
预　感	滕　刚(143)
放宽政策	田文茂(145)
除　法	周　锐(147)
小站歌声	修祥明(149)
洗　澡	何立伟(151)
丰　碑	李本深(153)
风　铃	刘国芳(157)
法　眼	凌鼎年(160)
英雄的眼泪	何天谷(164)
求　佛	生晓清(167)
总统梦	谌　容(169)
鞋	王　伟(172)
霸王别姬	孙方友(175)
老　木	吴金良(178)
驼　背	谢志强(181)
木头伸腰	何雨生(183)
谁是真英雄	秦德龙(186)
打错了	[中国香港]刘以鬯(188)
永远的蝴蝶	[中国台湾]陈启佑(192)
打电话	[中国台湾]爱　亚(194)

现代部分

一件小事	鲁　迅(197)
他	郭沫若(200)
一个兵丁	冰　心(203)
立秋之夜	郁达夫(206)
疲倦的母亲	许地山(208)

河豚子 ………………………………… 王任叔（210）
三贝先生家训 ……………………… 沈从文（212）
昼寝的风潮 ………………………… 老　舍（216）
田寡妇看瓜 ………………………… 赵树理（218）
芦　苇 ……………………………… 孙　犁（221）

古代部分

孙叔敖埋双头蛇 ………………… [西汉] 刘　向（225）
王　嫱 …………………………… [东晋] 葛　洪（226）
韩凭夫妇 ………………………… [东晋] 干　宝（228）
许允妇 …………………………… [东晋] 郭澄之（230）
荀巨伯 ………………………… [南朝宋] 刘义庆（231）
钟　繇 ………………………… [南朝宋] 羊　欣（233）
紫荆树 ………………………… [南朝梁] 吴　均（235）
杨　素 …………………………… [唐] 孟　棨（236）
钱若水 …………………………… [宋] 李昌龄（238）
东坡卜居阳羡 …………………… [南宋] 费　衮（240）
魏公应 …………………………… [南宋] 施德操（242）
陈秀公见王安石 ………………… [南宋] 王　铚（243）
陕西刘生 ………………………… [南宋] 洪　迈（245）
庆州老兵 ………………………… [南宋] 王明清（247）
戴十妻梁氏 ……………………… [金] 元好问（249）
辞拾遗钞 ………………………… [元] 陶宗仪（251）
绍兴士人 ………………………… [明] 冯梦龙（253）
柳敬亭说书 ……………………… [明] 张　岱（254）
快　刀 …………………………… [清] 蒲松龄（256）
真龙图假龙图 …………………… [清] 袁　枚（258）

参考书目 …………………………………………（261）
后　记 ……………………………………………（262）

外国微型小说
Foriegn Miniature Novels

威　胁

[俄国]契诃夫

有一个贵族老爷的马被盗了。第二天他在所有的报纸上都刊登了这样一个声明："如果不把马还给我,那么我就要采取我父亲在这种情况下采取过的非常措施。"威胁生效了。小偷不知道会产生什么严重后果,不过他想着可能是某种特别可怕的惩罚,很害怕,于是偷偷地把马送还了。能有这样的结局,贵族老爷很高兴,他向朋友们说,他很幸运,因为不需要步父亲的后尘了。

"可是,请问你父亲是怎么做的?"朋友们问他。

"你们想知道我父亲是怎么做的吗?好吧,我告诉你们……有一次他住旅店时,马被偷走,他就把马肚带套在脖子上,背着马鞍走回家了。如果小偷不是这样善良和客气的话,我发誓,我一定要照父亲那种做法去做!"

（选自《小说界》1982年第3期,杨宗建、唐素云译）

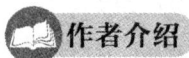

作者介绍

安东·巴甫洛维奇·契诃夫(1860—1904),俄国作家。出生于小商人家庭。1884年于莫斯科大学医学系毕业后,开始行医和写作。他的作品以幽默小故事的形式,嘲笑小市民的庸俗生活,并表现出对沙皇制度的否定,对俄国国民性中消极的历史积垢的深刻批判。契诃夫的中、短篇小说共约470多篇,著名的有《变色龙》《普里希别耶夫中士》《第六病室》《苦恼》《套中人》《农民》《在峡谷里》《文学教师》《没有意思的故事》《幸福》《草原》《跳来跳去的女人》《宝贝儿》等。

专家导读

[导读一]

笑着与过去告别

马被盗,主人极其郑重地登报声明,不把原物归还,必将遭受严厉惩罚。

做贼者心虚,出于畏惧而偷偷地把马送还。这类趣闻在生活中也时有所闻,主要用来讥刺那可笑的小偷。而契诃夫把这类趣闻写成小说,讽刺的对象不是小偷,而是马的主人贵族老爷。笑他的威胁恫吓只是银样镴枪头,一种虚假的贵族威势;笑他自诩父亲当年马被盗后的狼狈相,"背着马鞍走回家";笑他阿Q式地庆幸自己,不必"步父亲的后尘"了。

这篇三百来字的小说,不仅笑料多,短小的篇幅似乎盛装不下似的;而且寓意深刻,令人在笑中深深地思考:为什么不把被讹诈的小偷作为取笑的对象,而把矛头指向贵族老爷?为什么贵族老爷要虚张声势,惹人耻笑?为什么他不以为耻,反以为荣?是愚蠢还是以玩笑掩饰窘困?

小说结尾,这位老爷临了还在耍威风,说什么小偷要是不把马送还,"我发誓,我一定要照父亲那种做法去做!"这话看来只是逗人发笑的玩笑话,其实不然。契诃夫的这篇小说写于19世纪80年代,当时农奴制度早已被废除,贵族特权大大削弱。这位贵族的父亲失马后的窘态,足以证明贵族老爷早已没落,可他们传统的封建门第观念和特权意识仍然存在。他这"发誓"并非有口无心地耍嘴皮子,虽然自欺欺人,却是当真说的,以为"我发誓"了,必能称心如意,万事大吉。巴尔扎克的《古物陈列室》里的老侯爵要儿子发誓做骑士,老侯爵是个背时的没落贵族;托尔斯泰的《安娜·卡列尼娜》里的奥布郎斯基,把家庭搞得乱糟糟的,是个玩世不恭的没落贵族;契诃夫笔下的这一个,可谓是个既背时又玩世不恭的没落贵族。

契诃夫以讽刺手法和幽默语调,揭露贵族老爷的传统心理与现实生活的矛盾,外表与实质的矛盾,寥寥数语,活生生地刻画出他那色厉内荏的滑稽形象。结尾强化主题,要让人们笑着与过去告别。

一则趣闻,可以写成随笔、散文、故事、笑话。经过大师的提炼和概括,它成了微型小说。它以突出人物、力求传神为主要任务,同时,为此而设置悬念,以白描手法构筑小情节和小场景,并符合现实主义小说细节的真实性和塑造典型环境中的典型人物的要求。这篇"微型小说"从微型的特点和要求来看,的确是名副其实之作。

(汪小洋,江苏开放大学教授)

[导读二]

非常规的幽默

契诃夫是讽刺短小说之王。他认为：人性并不完美，文学家不是"糖果贩子"，不是化妆专家，而是要真实而客观地写出现实生活中的幽默。而《威胁》正是让人们笑着与过去告别。

一个威胁，人们会知道伴随着相应的惩罚即将到来，被威胁者将如何处理呢？《威胁》中的贵族老爷，马被盗便发出了颇有声势的威胁，如果不归还被盗的马，就会采取其父亲采取过的非常措施对付盗马贼。盗马贼害怕贵族们过去惯用的残酷的权势，于是送还马匹，威胁生效。

微型小说的创作要别开生面，独辟蹊径，那就设法以不按常规的逻辑展开故事情节。如果盗马贼个性猖狂，不惧威胁，不还马匹，那就是常规的情节了。契诃夫设计的是威胁生效，而且突出了"非常措施"，引起了悬念。故事继续向前演进，最后谜底揭示，贵族老爷的父亲的"非常措施"只是自己"背着马鞍走回家"，一种无可奈何的窘态。这正是这位没落的贵族老爷色厉内荏、外强中干的性格显现。贵族老爷越是严正、执着的语气，愈增添可笑的幽默情愫。

生活中威胁的故事多种多样，有成功生效的，也有不成功无效的。作品中威胁的生效竟然是依靠虚张声势。威胁与惩罚是一对因果相连的两极。如果只有威胁，没有惩罚，那威胁就失去力度，或者就构不成威胁，惩罚力度愈大则威胁的力度愈会攀升。贵族老爷的威胁中的惩罚居然不是针对对方，而是针对自己。威胁发展到惩罚是必然的。如果威胁惩罚对方，是常理，显示贵族老爷的权势。如果惩罚的是自己，则是悖理，显示贵族老爷已经没落、已经衰败为"无可奈何花落去"的境地。一般说来，威胁惩罚别人，是合乎因果链的故事，如果威胁别人，惩罚的倒是自己，这就是小说了。"小说的情节就在这一点上和故事分道扬镳了"（谢志强语），因为，契诃夫幽默的小说，是要写出人物精神境界和人性世界的深度，而故事讲究的是事件发展合乎情理的圆满，契诃夫小说艺术的经典性就在这里。

（凌焕新，南京师范大学教授）

乞 丐

[俄国]屠格涅夫

我从街上走过……一个衰弱不堪的穷苦老人拦住了我。

红肿的、含泪的眼睛,发青的嘴唇,粗劣破烂的衣衫,龌龊的伤口……哦,贫困已经把这个不幸的生灵啃噬到多么不像样的地步!

他向我伸出一只通红的、肿胀的、肮脏的手……他在呻吟,他在哼哼唧唧地求援。

我摸索着身上所有的衣袋……没摸到钱包,没摸到表,甚至没摸到一块手绢……我什么东西也没带上。

而乞丐在等待……他伸出的手衰弱无力地摆动着、颤抖着。

我不知怎样才好,窘极了,我便紧紧地握住这只肮脏的颤抖的手……"别见怪,兄弟;我身边一无所有呢,兄弟。"

乞丐那双红肿的眼睛凝视着我;两片青色的嘴唇浅浅一笑——他也紧紧地捏了捏我冰冷的手指。

"哪里的话,兄弟,"他口齿不清地慢慢说道,"就这也该谢谢您啦。这也是周济啊,老弟。"

我懂了,我也从我的兄弟那里得到了周济。

(智量译)

作者介绍

伊凡·谢尔盖耶维奇·屠格涅夫(1818—1883),俄国作家。从小受到德籍、法籍家庭教师的教导,不到十五岁考入莫斯科大学,读语言系,1834年转入彼得堡大学。读书时受卢梭的《忏悔录》、席勒和拜伦的作品影响很大。1838年到德国柏林去求学,1843年回国,在内务部当了一名十品文官。1852年因发表具有鲜明的反农奴制倾向的《猎人笔记》而一举成名。

屠格涅夫创作了《罗亭》《贵族之家》《前夜》《父与子》《烟》《处女地》等长篇小说。他的中、短篇小说中著名的有《木木》《阿霞》《初恋》《春潮》等。此外,他还创作过诗歌(其中包括82篇散文诗)和戏剧作品。

人性的光辉

屠格涅夫(1818—1883),俄罗斯著名作家。他的作品大都揭露农奴主和上层社会的残暴和不平等,同情底层人物的不幸命运,伸张人的尊严和人性的可贵。《乞丐》便是其人文思想的艺术表现。

首先,"我"作为作品里的主人公遇到了一个拦住我的乞丐。那一系列眼、嘴、衣、手等的细节描写,让这个不幸的穷苦老人,形象地站在我们的面前,博得"我"的关注和同情,跟一般好心人一样,随即会摸出一些金钱进行施舍。然而情节一转,"我"摸索全身,居然什么钱也没带,拿不出什么东西来行善施舍,一般人遇到此情况也就扭头便走了事。可"我"却感到"窘极了"的尴尬与无奈,甚至感到内疚。面对着不幸者的"等待",主人公竟然只得紧紧握住那只"肮脏的颤抖的手",真诚地表白:"别见怪,兄弟;我身边一无所有呢,兄弟。"这里的表白,似乎也是一种辩解:我想给的,可不知怎的,今天没带。特别两声"兄弟"的称呼,竟超出一般人对乞丐的态度。他把乞丐亲切地当作自己的兄弟。乞丐没有责怪他,冷眼他,因为不施舍的人十常八九。相反,乞丐受到了从未遇到的尊重,却也"浅浅一笑",紧紧地捏了捏"我"的手指,真诚地道谢,称"我"谓"兄弟",还说这也是对他的"周济"。这是比物质"周济"更为高尚难得的精神"周济"。"我"立即从乞丐回答的"周济"话语中,悟到了他从"兄弟"那里得到了更深层次、更可贵的"周济",心灵上也得到了净化与提升。这里的"周济",不是上等人对下等人、有钱人对穷苦人的"施舍",而是尊重人为"兄弟"的互相"周济",互通有无,互相帮助,他们之间是平等的,这里的"周济"融入人类"仁者爱人"的人格理想,也是人性光辉之所在。由此,让人想起了鲁迅的《一件小事》等一系列名作,关怀底层弱者,尊重不幸者的人格,为他们鼓与呼,这是一切有良知的作家的神圣职责。屠格涅夫在作品中表现的尊重人之所以为人的高尚艺术命题,乃是人性的光辉,也是一切经典艺术的永久魅力。

(凌焕新,南京师范大学教授)

办公室里的悲喜剧

[苏联]绍·契卡杜阿

机关办公室。靠近写字台坐着一个堂堂的男子,他正在拨电话。电话拨通了。

"是你吗,扎尔马？敬礼！（笑）老兄,你在坐着？我也是。你知道我今天什么时间上的班？——九点整！是啊是啊,分秒不差,我敢发誓。嘿,你猜钟表店经理跟我说什么来着？对,就是大街上那家钟表店。他们那么多闹钟,五天就销售一空！（笑）我已经是第四天按时上班了。一天连坐几个小时,都开始发胖啦——纯粹是苦役！好,你坐吧,裤子要准备坐破！（笑）"（放下话筒,拨另一个号码）

"扎姆舒特,是你？你好哇！你们那里最近如何？我们都规规矩矩坐着啦！我呀,到机关十二年,这才同好多人认识。什么？你那儿有人来了？电话挂掉,工作,工作,等会再打。"（放下话筒,随即又拨另一个号码）

"请喊一下波古阿扎。什么？因为旷工被开除了？……"（放下话筒）"不幸的波古阿扎,碰到风头上了！唉。"（拨电话）

"喂,劳驾您请昆特·萨姆帕洛维奇接电话。你就是？巧极了。你们那里怎样？噢,彼此彼此。有何感想？慢点,慢点,你的意思是——上班比在家好？为什么？噢,（笑）我懂了：在家,要叫你买土豆,取牛奶,忙这忙那,而上班就是坐着,只管坐着,是吧？怎么？你给熊了一顿？就因为迟到一小时？唉,坚持坚持吧。"（放下话筒,看表）"时间过得真慢,还有半个小时要坐。"

（电话铃响）

"喂,怎不说话？考验我是不是？我没走,坐着哩。噢,是你。你也考验我？（笑）……不行啊,亲爱的,你自己去买吧,上班买土豆的时代过去了。我忙得很,懂不懂？可别影响我。"（放下话筒。一阵连续、急促的电话铃声。拿起话筒）"莫斯科？对,是我挂的长途。我是尼卡？哦,是姑妈。您好,姑妈,我是沙阿班。尼卡上班了？萨沙呢？——也上班了。这么说,你们那里也上规矩了？代我转告一下尼卡,我来不了啦。好,姑妈再见！"（放下话筒）

"乌拉！十八点整,下班！"（穿大衣）

（一个女工作人员跨进办公室

"沙阿班·拉古耶维奇!您刚才同莫斯科通了电话,现在向您收费。这是首长的吩咐。"

"我是在机关里打电话!"

"您打的是私人电话。请把首长的信件读一读,然后签字。"

(读)"按时上班——这并不代表一切,上了班必须工作。对于上班时间无所事事者,工资拒付。"

"在哪儿签字?"

"这儿。"

"嗯……"(签字)

(选自《周末》1983 年 11 月 26 日,吴争译)

作者介绍

绍·契卡杜阿(1932—   ),格鲁吉亚作家,出生于阿布哈兹地区的农民家庭,1956 年毕业于苏呼米师范学院。1948 年开始发表作品,写有小说《白与黑》(1961)、讽刺戏剧《我们当中谁耳聋?》(1964)等,其多部讽刺幽默作品曾被改编为电视剧播出。

专家导读

把无价值的东西撕开

这篇小说通过极其简单平淡的办公室一角的场景勾画,反映了全社会性整顿工作秩序的生动进程,写得颇有层次感和纵深感。

全文的实体内容是写一个"堂堂的男子"沙阿班·拉古耶维奇在办公室里打了六个电话,从而结束了一天的工作。显然,跟谁打电话,内容是什么,这是问题的实质所在。作品以精心选择的对话,清晰地示明,通话者非亲即友;谈话的内容不是"哥们儿"的聊天通气,便是家长里短的攀叙。正是这些接连不断的电话,构成了沙阿班一天的全部工作内容。加之"乌拉!十八点整,下班!"(穿大衣)的描画,作品主人公否定性特征的审美倾向似已十分明朗。

然而,小说通过这些描写究竟要表明什么意图?与"悲喜剧"又有何联系?对此,我们可先从电话对答的片言只语所透露的信息中来加以辨析。电话连通着沉瀣一气的"哥们儿",也沟通并传送着通话者们相同的话题,那便是对按时上班的无可奈何。这一方面是对主人公否定性格的实质性正面展示,另一方面,用不同地点、不同单位同一类人的共同反应,从侧面反映了社会性整顿工作秩序的初步成效。尽管它还停留在外表乃至形式阶段,但较之不上班、无秩序、无纪律,则无疑是一种必不可少的进步。其中对主人公们由于受工作纪律约束而表现出来的无可奈何的肯定性描叙,正是对这一进步的微弱肯定。而对主人公们"上班"内容所作的嘲讽,则正是对整顿秩序还远不能令人满意的深切剖示。这种嘲讽的喜剧色彩,不仅与题名的"悲喜剧"有了若干联系,而且实际上为"悲喜剧"的点题作了厚实的铺垫。

作品的最后部分,以女工作人员传达"首长"的吩咐和信件,将作品所反映的矛盾关系推到一个新的阶段,对整顿工作秩序的进程作了出人意料而又令人信服的深层展现:对私人电话收费,以及对按时上班却又无所事事者拒付工资。这对于作品中的主人公们,无疑是更进一层的"逼迫"。主人公束手无策的"签字",既是他由"喜"而"悲"的转折,也是办公室工作秩序由"悲"而"喜"的深刻转折。

(袁玉琴,南京师范大学教授)

言传身教

[苏联] 瓦·勃罗多夫

阖家三口人围坐在一张铺着天蓝色桌布的圆桌旁。爸爸在翻阅报纸,妈妈在绣坐垫,八岁的维佳在看书。

"爸爸,我有个问题弄不清楚,"维佳突然向父亲发问,"请你给我解释一下,怎么有些人会吵嘴的?"

"这不难,"爸爸把报纸放置一旁说了起来,"打个比方,我们的房屋管理员与庭院清扫工之间有了意见……"

"没有那回事!"妈妈打断了爸爸的话,"房屋管理员与庭院清扫工相处得很好。"

"这是我举个例子嘛。"爸爸辩解道。

"你不应该凭空瞎举这样的例子!"妈妈提高嗓门喊了起来。

"那就有劳你向孩子解释解释……"

"你总是把责任推到我的身上!"

"不是我推卸责任……是你爱找碴儿……"

"是我爱找碴儿?!"

"是的,是你……"

"不对,是你……"

"别吵了,"维佳插嘴说,"我明白了。"

(选自《小说界》1984 年第 1 期,杨郁译)

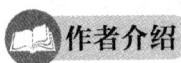

作者介绍

瓦·勃罗多夫(1912—1996),俄罗斯莫斯科大学哲学系教授,印度学家,参加过卫国战争。主要著作有《古印度哲学》等,为苏联科学院版《哲学史》(6 卷本)的主要撰稿人之一。

专家导读

童心诘问

在一个三口之家平静的生活中,一个未谙世事的八岁小孩,突然向他的爸爸提出一个弄不清的问题:"怎么有些人会吵嘴的?"童心未泯的小孩怎么会提出这个问题。其中必大有文章,藏匿着许多潜台词。

从爸爸回答开始,其实就是"吵嘴"活动的开幕:爸爸"打个比方"解释着——"管理员和清扫工之间有了意见……"没待说完妈妈就接上反对意见:"他俩相处很好"。于是爸爸辩解,妈妈提高嗓门批评:"不该凭空瞎举"。火气上来,爸爸请妈妈解释,妈妈决不示弱,"你爱找碴儿"步步升级,吵声提高八度,态度互不相让,最后只能互相指责,吵声不断,弄得面红耳赤。最后,小孩夹在中间,情绪激昂,也大声吼叫:"别吵了。"不知能否制止这场"吵嘴"戏的收场。同时,小维佳提出的问题,不需要用语言来解释,现实版的"吵嘴"戏他已经亲身经历过,于是,他终于"明白了",明白什么?吵嘴并不为什么大事,双方个性很强,一言不合互相吵嚷,固执己见,口伐异己,情绪冲动,无法下场。这就是它的具体内涵。

　　小说不满三百字，却层次分明，层层推进直至高潮。开始平静温馨的家庭场面，由小孩的一个提问，一石击起千层浪，然后爸解释、妈反对、拉大嗓门，逐步升级，仅四个回合，就吵到不可开交，把情节推向高潮。两人的神态、动作、情绪、性格特点，都在这吵声中形象地呈现。直至小孩忍无可忍地大喝一声"别吵了"才戛然而止，为什么会突然刹车？父母从激情中清醒过来，在孩子面前觉得有愧，不该再吵下去而赶快收场。全文格局虽小，却演进有序，步步上升，水到渠成，一气呵成，有一个完整而缜密的叙事结构，具有尺幅千里之势，数语间勾勒出一个动态的、生气勃勃而又内蕴丰富的场景，实是微型小说的优势。

　　小维佳的提问是否是一种诘问？大有想象的空间。这一问，一石激起千层浪，其中一浪就是引起了父母间的"吵嘴"，演绎了一场"吵嘴"的闹剧。千层浪中还有更多的疑问，小孩为什么要提出这个问题？只是因邻居和社会上人们"吵嘴"现象而无意间地提问，还是家中父母经常"吵嘴"而引发的有意提问？或父母这次吵嘴只是个别、偶发的事件？都值得我们深思。再有，父母的吵嘴，是他们的修养、个性缺陷所造成的，这种现象必将影响两者的感情和融洽的关系，如不适当控制和改进，必将会影响恩爱的夫妻关系，更为重要的是，父母吵嘴的行为，将使儿女的心灵受到严重创伤，种下了不良的种子，等他们长大了会结出令人想不到的恶果。父母是孩子无形的老师，自己的一言一行，时时刻刻在教育着孩子，影响着孩子。由此，孩子的提问，是一种童心纯真的诘问，向天下父母提个醒，这就是小说超越小维佳具体的童心诘问，在精神层面向人们发出一个有普适意义的警示性审美信息：父母们，请注意言传身教。

（凌焕新，南京师范大学教授）

叶琳卡

［苏联］叶·米恩

　　战争的最后一年。我们的部队驻扎在国外，离莫斯科很远很远。

　　这天晚上，我回到营房感到很疲倦。思乡的情绪又向我这颗疲倦的心袭来。

"快结束这一切吧,快回家吧。"我这样盼望着。

院子里,一个淡黄色头发、身体很单薄的小孩迎面走来。

"您好,叔叔。"她用一种异国的、但听起来像俄语的语言向我打招呼。

"你好,小姑娘。"我应声道。院子里有一块用平整的白石块砌墁的空地,我们在空地旁的长凳上坐了下来。夜晚凉爽而宁静,山脚下的小湖仿佛蜷成一团在憩息。

"你叫什么名字?"我这样问着,很想与这新相识攀谈几句。

"叶琳卡。"她用明亮而又认真的目光注视着我,慢慢地说着自己的名字。

"你几岁了?"

"六岁,快七岁了。那您呢?"

"我么,你看呢?"

叶琳卡沉默了片刻,然后肯定地说:

"可能是十六岁了吧。"

我可爱的小叶琳卡啊,想必,这是你知道的最大数字了吧。我不想使她失望就附和地说:

"是的,你猜对了。"

我们默默地坐着。叶琳卡仔细端详起我军便服上别着的勋章,忧伤地低声说:

"勋章都不亮了。您怎么不擦擦呀?"

"没有擦。"

"可以用牙粉擦,也可以用小砖头磨。"

"是的。"我同意了她的建议。

于是我们又沉默了下来。

"讲个故事吧,叔叔。"叶琳卡请求说。

"从前有个国王,"我讲了起来,"他很老,很坏……"

"像希特勒那样坏吗?"

"比他还坏。"说着,我竭力装出很可怕的样子。

"不,没有比希特勒更坏的,"叶琳卡表示反对,"希特勒是世界上最坏的人。他把我们赶出了家,还偷走了我的爸爸。"

叶琳卡沉默不语了。又过一会儿,她悄悄地,仿佛是在讲什么秘密,对我说道:

"过去爸爸给我们来信,可现在不来了。也许是他把地址忘了。"

"也许是。"我重复着她的话。

又是一阵沉默。我焦躁地想,如何才能把叶琳卡吸引过来,使她不再想那些令人伤心的事呢?可我怎么也找不到话题。我已经完全不知该怎么跟孩子谈话了。

终于我又问了:

"叶琳卡,你说,你长大了想干什么?"

她用明亮而认真的目光望着我说:

"我想像妈妈那样,当个寡妇。"

她微笑着说出这个令人毛骨悚然的字眼。大概她以为寡妇也是一种职业,就像当司机和清扫工一样。

看着小叶琳卡,看着她瘦削的双肩和像小溪一样蜿蜒在她背上的漂亮的辫子,我内心开始觉得惭愧,我怎么能疲倦呢?

(选自《当代苏联文学》1985年第3期,杨永红译)

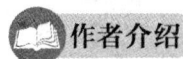

作者介绍

叶·米恩(1912—1983),俄罗斯作家、戏剧家兼批评家,出生于圣彼得堡(列宁格勒)。写有多篇短篇小说、幽默故事和哲理性抒情小品文,曾常在《列宁格勒真理报》上发表政论文和戏剧评论。

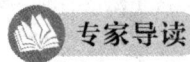

专家导读

幼小心灵的伤痛

这是一篇构思精巧的微型小说。

叶琳卡是一个天真、纯洁而又懂事的小女孩,希特勒发动的法西斯侵略战争,使她失去了父亲,失去了欢乐的童年,在她幼小的心灵上烙下了战争的沉重阴影。"我"则是一个苏联红军战士,由于长期驻扎在外国,不时为思乡的情绪所困扰,对战争生活感到了疲倦。在一个凉爽而宁静的夜晚,"我"和叶琳卡在远离故土的异国他乡相遇了。面对着饱受战争创伤的小叶琳卡,"我"感到了一个战士肩负着的重任,从内心为自己的"疲倦"而感到惭愧,重新振作起来,决心为千千万万个小叶琳卡的幸福成长而战斗。

小说没有从正面去描写法西斯战争给人民带来的深重苦难,而是以小见大,通过叶琳卡一家在战火中家破人亡,不得不背井离乡的悲惨遭遇,揭露了法西斯战争的罪恶。特别是通过叶琳卡那瘦弱的身体、异国口音的俄语和数字概念的贫乏,她对希特勒的超乎寻常的痛恨,以及她微笑着说出"寡妇"这个令人毛骨悚然的字眼等典型细节,强烈地控诉了法西斯战争给下一代的身心造成的巨大创伤,有着震撼人心的艺术效果。

小说紧紧把握住战争这个特定的社会环境,用散文诗一样的抒情笔调,细致地描绘了"我"和小叶琳卡这次短暂的然而又是令人难忘的会面和谈话,集中地突出了战争所造成的叶琳卡的言谈举止与身份年龄的不和谐,以及"我"与叶琳卡谈话气氛的不和谐。六岁,是天真活泼、无忧无虑的年龄,但战争的环境,却在叶琳卡幼小的心灵里装满了令人伤心的事,使她畸形地早熟,过早地懂得了忧伤,懂得了爱和恨。这使"我"与她之间本来应该很轻松愉快的谈话变得十分沉闷,以致"我""怎么也找不到话题","完全不知该怎么跟孩子谈话了"。小说中先后五次写到了"沉默",表明这次短暂的谈话始终是在一种忧郁的不和谐的气氛中进行的,进一步加深了人们对小叶琳卡的同情和对法西斯的痛恨,有力地深化了主题。为了孩子,我们应当奋进。

(陈飞,江苏省资深文化工作者)

妈　妈

[苏联]鲍·克拉夫琴科

一天晚上,我顺路来到朋友家。在沙发上就座以后,我们就聊起天来。突然房门开了,他的小儿子站在门口,边哭边喊:"妈妈,妈妈……"

"妈妈不在家,"我的朋友从沙发上站起身来,说,"妈妈上班去了。你怎么啦?摔跤了?自己摔的吧?那没什么好哭的。"他给儿子擦干了眼泪,又说,"好了,玩去吧!"

儿子走后,朋友抱怨说:

"总是这样!妈妈、妈妈的不离口。你知道吗,有时真让人觉得委屈。好像我就不如我妻子爱他,好像我们这些做父亲的专门是训人的,其实,我又给他买玩具,又哄他。你说说,这是为什么?"

我耸耸肩说,如果家里没有母亲,儿子一定会叫父亲。

"是这样的。"朋友同意地说,"就拿我来说吧,从小没有母亲。所以,我记得我一直是叫爸爸。"

我起身告辞的时候,他的妻子下班回来了。他们的小儿子也像变魔术似的出现了。他跑到妈妈跟前,讲起刚发生的事情来:说他怎样摔倒的,又如何痛,还怎么哭过。母亲摸摸他的头,吹吹他跌伤的手,还亲了他一下。我的朋友紧皱着眉头看着我们,嘟囔说:

"瞧瞧,这母子俩又亲热上了……"

过了一段时间,我的这位朋友在干活的时候从脚手架上摔了下来。我们把他抬进休息室,叫了一辆"急救车"。他只是不停地反复叨念着:"妈妈。"

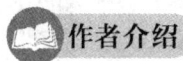

鲍·克拉夫琴科(1945—),苏联作家,专门从事微型小说创作的工人作家,曾出版三本微型小说集。

爱的真谛

《妈妈》是苏联作家鲍·克拉夫琴科的名作。鲍·克拉夫琴科是一位专门从事微型小说(小小说)创作的业余工人作家。他勤奋创作,已出版过三本微型小说集,在1979年苏联第七次青年作家代表大会上获得好评,成为全苏联享有盛誉的作家。他生活在基层,经历丰富而深入,擅长于细微处显大千世界,于波澜处见精神。本篇正是从儿子生活的细节处自然地彰显母亲伟大的爱的真谛,蕴含着人类普遍的人性的光辉。

父母都爱着自己的孩子,可父爱总比不上母爱那么深沉和亲切。"我"从目击者视角,在生活的细波微澜中,形象地演绎着母爱的深层奥秘。

"我"到朋友家做客闲聊,他的小儿子突然边哭边喊妈妈,似乎在求助得到安抚和宽慰。可在家的父亲怎么做的呢?首先说你喊的妈妈不在家,继而一连串的问询,淡淡地安慰"自己摔的吧?没什么好哭的",给儿子擦干眼泪又让他去玩了。在这里,朋友的一系列言行举止也揭示了父爱的深度和分量。作

为父亲,他向来访的朋友诉说出他的"委屈":小孩总是妈妈不离口,一有事喊妈妈。其实父亲也是关心和爱护孩子的,他不是专门训人的,经常买玩具、哄他,也爱子情深的。"我"提出一个"怪论":如果家里没有母亲,儿子一定会叫父亲。朋友则印证自己是单亲家庭,的确从小没有母亲,他就一直叫爸爸。似乎只有没有母亲时小孩才会跟父亲亲热近乎。

妻子回家了,小儿子变魔术般出现在妈妈跟前,诉说着刚发生的事情。作品细致地描绘了母亲是如何安抚孩子的:一边耐心地听儿子诉说,怎样摔倒,如何的痛,还怎么哭过,一边摸摸他的头,吹吹他跌伤的手,还亲了他一下。这对母子又"亲热"上了。从父亲和母亲对小孩这两个不同的安抚的场面和细节相比较,就看出了差异。父亲的安抚:大大咧咧,平平淡淡,不冷不热,居高临下。母亲的安慰:细心入微,耐心倾听,亲切抚摸,融为一体。父爱的确不如母爱之深切。

结尾处又一神来之笔,那位单亲家庭的爸爸在受伤之后在救护车上反复叨念着:妈妈,妈妈。这是生死关头中生命的最后一喊,道出了"世上只有妈妈好"的伟大母爱,从而揭示了人性中最普遍的、最深层的奥秘。

(凌焕新,南京师范大学教授)

法律门前

[奥地利]卡夫卡

法律门前站着一名卫士。一天来了个乡下人,请求卫士放他进法律的门里去。可是卫士回答说,他现在不能允许他这样做。乡下人考虑了一下又问:他等一等是否可以进去呢?

"有可能,"卫士回答,"但现在不成。"

由于法律的大门始终都敞开着,这当儿卫士又退到一边去了,乡下人便弯着腰,往门里瞧。卫士发现了大笑道:"要是你很想进去,就不妨试试,把我的禁止当耳旁风好了。不过得记住:我可是很厉害的。再说我还仅仅是最低一级的卫士哩。从一座厅堂到另一座厅堂,每一道门面前都站着一个卫士,而且一个比一个厉害。就说第三座厅堂前那位吧,连我都不敢正眼瞧他呐。"

　　乡下人没料到会碰见这么多困难，人家可是说法律之门人人都可以进，随时都可以进啊，他想。不过，当他现在仔细打量过那位穿皮大衣的卫士，看了看他那又大又尖的鼻子，又长又密又黑的鞑靼人似的胡须以后，他觉得还是等一等，到人家允许他进去时再进去好些。卫士给他一只小矮凳，让他坐在大门旁边。他于是便坐在那儿，日复一日，年复一年。其间他做过多次尝试，请求人家放他进去，搞得卫士也厌烦起来。时不时地，卫士向他提出些简短的询问，问他的家乡和其他许多情况，不过，这都是些那类大人物提的不关痛痒的问题，临了儿卫士还是对他讲，他还不能放他进去。乡下人为旅行到这儿来原来是准备了许多东西的，如今可全都花光了；为了讨好卫士，花再多也该啊。那位尽管什么都收了，却对他讲："我收的目的，仅仅是使你别以为自己有什么礼数不周到。"

　　许多年来，乡下人差不多一直不停地观察着这个卫士。他把其他卫士全给忘了，对于他来说，这第一个卫士似乎就是进入法律殿堂的唯一障碍。他诅咒自己机会碰得不巧，头几年还骂得大声大气，毫无顾忌，到后来人老了，就只能够独自嘟嘟囔囔几句。他甚至变得孩子气起来，在对卫士的多年观察中，他发现这位老兄的大衣毛领里藏着跳蚤，于是也请跳蚤帮助他使那位卫士改变主意。终于，他老眼昏花了；但自己却闹不清楚究竟是周围真的变黑了呢，或者仅仅是眼睛在欺骗他。不过，这当儿在黑暗中，他却清清楚楚看见一道亮光，一道从法律之门中迸射出来的不灭的星光。此刻他已经生命垂危。弥留之际，他在这整个过程中的经验一下子全涌进脑海，凝集成一个迄今他还不曾向卫士提过的问题。他向卫士招了招手；他的身体正在慢慢僵硬，再也站不起来了。卫士不得不向他俯下身子，他俩高矮差已变得对他大大不利。

　　"事已至此，你还想知道什么？"卫士问，"你这个人真不知足。"

　　"不是所有的人都向往法律么，"乡下人说，"可怎么在这许多年间，除去我以外就没见有任何人来要求进去呢？"

　　卫士看出乡下人已死到临头，为了让他那听力渐渐消失的耳朵能听清楚，便冲他大声吼道："这道门任何别的人都不得进入；因为它是专为你设下的。现在我可以去把它关起来了。"

（选自《德语国家短篇小说选》，杨武能译）

作者介绍

弗兰茨·卡夫卡(1883—1924),奥地利作家。出生于奥匈帝国统治下的布拉格,犹太血统,从小受德语教育,1901年中学毕业,进入布拉格大学,并开始文学创作。1906年大学毕业获法学博士学位。卡夫卡由于染上肺结核病,几度疗养不见痊愈,1924年6月3日在维也纳附近的基尔林疗养院逝世,年仅41岁。

卡夫卡创作的小说流传下来的有三部分:(1)生前发表过的长篇如《变形记》等,以及出版的短篇小说集如《观察》《乡村医生》《饥饿艺术家》;(2)生前没有发表过的短篇小说三十四篇;(3)生前没有发表的长篇三部——《美国》《诉讼》《城堡》,这些都没有完稿。

专家导读

荒诞·象征

卡夫卡是一位奥地利小说家,被认为是西方现代派文学奠基人之一。

卡夫卡于1883年7月3日出生在奥匈帝国统治下的布拉格,犹太血统。从小受德语教育,1901年进入布拉格大学,初学日耳曼语言文学,后来迫于父命,改学法律,获法学博士学位。1906年大学毕业后,进入保险公司服务,1924年6月3日因患肺结核病逝世。

卡夫卡从小爱好文学。他的小说流传下来的主要有三部分:(1)卡夫卡生前发表过的短篇小说,有《观察》(短篇集)、《判决》《司炉》《变形记》《在流放地》《乡村医生》(短篇集)、《饥饿艺术家》(短篇集),另有《骑桶者》等四个短篇散见于报刊,但未收在集子中,这部分加在一起约四十四篇;(2)生前没有发表过的短篇小说,计有《一场斗争的描述》《乡村教师》《地洞》等约三十四篇,其中有一部分没有完稿;(3)卡夫卡生前没有发表过的三个长篇,即《美国》《诉讼》《城堡》,并且都没有完稿。

卡夫卡是现代派中的表现主义流派的作家,这篇微型小说也体现了表现主义小说的一些特点。表现主义强调表现作家自己的主观世界,表现直觉和下意识。这篇小说作者以写实的手法叙述了一个非现实的故事,从而表现了作者对现实的感受:在现代资本主义社会里,小人物(乡下人)任人摆布,任人宰割。

这篇小说不同于传统小说。它不着重于环境的真实描写,也不注重人物性格的刻画,也不写人物的命运遭际。它主要是以离奇荒诞的情节来表现作

家对社会现实的感受。乡下人请求进法律的大门,卫士回答说,他现在不能允许他这样做。卫士给乡下人一只小矮凳,让他坐在大门旁边。于是他便坐在那儿,日复一日,年复一年地等待。后来他渐渐老了,在弥留之际,他问卫士:"不是所有的人都向往法律么,可怎么在这许多年间,除去我以外就没见有任何人来要求进去呢?"卫士看出乡下人已死到临头,就老实告诉他:"这道门任何别的人都不得进入;因为它是专为你设下的。现在我可以去把它关起来了。"情节的荒诞表现了社会的荒诞,而这个社会之所以荒诞,是在于这个社会与生存于这个社会的人发生了异化。这主要是指国家与人民之间的关系。国家"是文明社会的概括,它在一切典型时期毫无例外的都是统治阶级的国家,并且在一切场合在本质上都是镇压被压迫被剥削阶级的机器"。在资产阶级掌握着权力的国家里,掌握着公共权力的大小官吏们,依靠着代表自己意志的法律,享有特殊的神圣不可侵犯的地位,任意主宰人民的命运。

卡夫卡学过法律,他对奥匈帝国机构的阶级本质有深切的认识,在这样的帝国里,"根据宪法是个自由的国家,在法律面前一切公民都是平等的,但是并非人人都是公民"。同时在君主与臣民之间,有着层层叠叠运转不灵的官僚机构,他们以君主的名义行事,掌握着臣民的生死大权。卡夫卡在《城堡》里,描写了这个城堡的阴森可怕、神秘莫测。城堡里的最高统治者从不露面,出面的是一个叫克拉姆的长官,他指挥一切,威严无比。一个土地测量员想进城堡办个户口,可他既见不到克拉姆,也进不了城堡。尽管城堡就在他眼前,没有守卫,没有吊桥,城门也没有插上门闩,没有任何人挡住他的去路,可他就是办不到户口,只好在城堡外等死。这个荒诞的故事,充分地反映了奥匈帝国官僚机构与人民群众之间不可逾越的鸿沟。它也可以帮助我们理解《法律门前》这个荒诞故事所包蕴的内涵。

这篇微型小说采用象征手法来表现作者自己的主观思想和感受。许多研究者指出卡夫卡采用的象征有其特点。"卡夫卡汲取了象征派诗歌中的暗示、烘托、对比,渲染和联想,在自己的小说中以一种'卡夫卡式'的形象塑造和多层含义的隐喻来直接地表现人物的精神情绪和心理感受。卡夫卡小说中的人物性格,大都是固定的、没有发展的,但其精神情绪和心理感受的变化,却是没有穷尽的。"卡夫卡小说中描写人物和事件的这种多方位的象征,历来是卡夫卡研究者们争论不休的问题。"卡夫卡的象征往往纯粹只是一种外部标记,好比代数公式,可以代入各种数字,读者可以根据自己的文化认识水平理解象征的含义。"卡夫卡的这种多方位的象征使得《法律门前》这篇微型小说意蕴丰

富,给读者进行再创造提供了广阔的天地。乡下人、卫士、法律、门,到底象征着什么?也许"乡下人"象征执着追求然而软弱无权的小人物,"卫士"象征资本主义社会里官僚机构的官吏,是乡下人进入法律之前的障碍,"法律"象征真理、正义、天恩、幸福,"门"象征通往真理之路。总之,读者可以按照自己的审美理想、认识、阅历等来进行再创造。

  作者在描述这个故事的时候采取冷静、客观的态度,作者只是讲述故事,不加评论。语言冷冰冰的,不带任何感情色彩;句子简短,不加任何修饰。语言的冷漠使人感到可怕,而在可怕的冷漠中又激起读者的思考,去思考那社会现实中存在的问题。

(程均,南京师范大学副教授)

独 裁 者

[奥地利]托·贝恩哈特

  在一百多个求职者中,独裁者挑选了一个擦鞋人。独裁者要他干的活仅仅是替自己擦鞋。对这个头脑简单的乡下人来说,这种活对身体有好处,因此,他的体重迅速增加,随着岁月流逝,他长得快和自己的上司——他直接服务的独裁者——一模一样了。也许,这还由于擦鞋人吃的伙食同独裁者一样的缘故。不久,擦鞋人长出了一个同独裁者一样胖乎乎的鼻子,头发脱落了,又露出了一个同样光秃秃的脑袋。他的那张肥圆的嘴巴朝前突出,咧嘴一笑便露出了牙齿。所有的人,甚至部长们和独裁者的亲信,都对这个擦鞋人畏惧三分。到了晚上,他穿着长筒靴,跷起二郎腿,拨琴弄弦,自得其乐。他常常给家里人写长信,家人便在全国各地为他宣扬,"谁要是成了独裁者的擦鞋人,"他们说,"谁就是独裁者最亲近的人。"说实话,擦鞋人也的确是独裁者最亲近的人,因为他必须时时刻刻坐在独裁者的门前,乃至在那里睡觉。不管出了什么事,他都不得擅离职守。可是有一天晚上,他觉得自己已经有了足够的精力,便直接穿门进屋,叫醒独裁者,将他揍倒在地,独裁者就这样断了气。擦鞋人迅速脱下自己的衣服,给死去的独裁者穿上,自己则套上了独裁者的外衣。面对着独裁者的穿衣镜,擦鞋人确信,自己看上去确实和独裁者形同一人。于是,他果断地冲到门口,大声叫道,擦鞋人突然想谋害他,为了自卫他已将擦鞋人打死在地,你们快把尸体搬走,并且通知擦鞋人的家属。

(选自《外国文学报道》1985年第1期,柳维坚译)

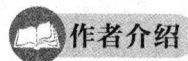

托·贝思哈特(1931—),奥地利作家。1970年获德国文学奖。主要作品有长篇小说《严寒》《石灰厂》等,还有诗集和剧作若干。

自食其果的哲思

在我国的戏剧舞台上,有真假美猴王,真假驸马,等等。真真假假,假戏真做,引起剧情的戏剧性的变化,给人们留下了深刻印象,长期在民间流传。

《独裁者》并非以情节曲折变化见长,而以哲理思想给人们启迪取胜。

独裁者从一百多个求职者中挑选了一个擦鞋人,这好像并不是值得作为小说题材的一件大事。然而,"独裁"与"一个"结合在一起,情况有了变化。开始,随着岁月的流逝,擦鞋人长得像独裁者;接着,所有的人都怕酷似独裁者的擦鞋人;再接着,擦鞋人成了独裁者最亲近的人;最后,擦鞋人杀死了独裁者,他自己变成了独裁者。

显赫一世、拥有无比权力的独裁者被一个擦鞋人轻易地推翻,落个死于非命,当然是偶然的,不过,你要是细细一想,这个结局也是必然的,一切如独裁者般的恶人,必将自食其恶果。作者通过作品至少是这么认为的。

本篇小说撇开了人物性格的刻画、生活场景的描绘等等的一般的表现手法,而用说故事的方式来表现。叙述、交代,十分清楚,具体的描写也完全融化在故事的进程中。你看,说擦鞋人渐渐地长得像独裁者,不仅胖乎乎的鼻子是一样的,光秃秃的脑袋是一样的,连肥圆的嘴巴也是一样的,擦鞋人咧嘴一笑,露出牙齿,使所有的人,甚至连独裁者的亲信都畏惧三分。这种铺排,这种渲染,也是说故事的通常的表现手法。

显然,作者是个说故事的能手。

(曹金陵,江苏教育学院教授)

"诺曼底"号遇难记

[法国]雨 果

真正的强者是那种具有自制力的人。

一八七〇年三月十七日夜晚,哈尔威船长照例走着从南安普敦到格恩西岛的这条航线。大海上夜色正浓,薄雾弥漫。船长站在舰桥上,小心翼翼地驾驶着他的"诺曼底"号。乘客们都进入了梦乡。

"诺曼底"号是一艘大轮船,在英伦海峡也许可以算得上是最漂亮的邮船之一了。它装货容量六百吨,船体长二百二十尺,宽二十五尺。海员们都说它很"年轻",因为它才七岁,是一八六三年造的。

雾愈来愈浓了,轮船驶出南安普敦河后,来到茫茫大海上,相距埃居伊山脉估计有十五海里。轮船缓缓行驶着。这时大约凌晨四点钟。

周围一片漆黑,船桅的梢尖勉强可辨。

像这类英国船,晚上出航是没有什么可怕的。

突然,沉沉夜雾中冒出一枚黑点,它好似一个幽灵,又仿佛像一座山峰。只见一个阴森森的往前翘起的船头,穿破黑暗,在一片浪花中飞驶过来。那是"玛丽"号,一艘装有螺旋桨推进器的大轮船,它从敖德萨启航,船上载着五百吨小麦,行驶速度非常快,负载又特别大。它笔直地朝着"诺曼底"号逼了过来。

眼看就要撞船,已经没有任何办法避开它了。一瞬间,大雾中似乎耸起许许多多船只的幻影,人们还没来得及一一看清,就要死到临头,葬身鱼腹了。

全速前进的"玛丽"号向"诺曼底"号的侧舷撞过去,在它的船身上剖开一个大窟窿。

由于这一猛撞,"玛丽"号自己也受了伤,终于停了下来。

"诺曼底"号上有二十八名船员,一名女服务员,三十一名乘客,其中十二名是妇女。

震荡可怕极了。一刹那间,男人、女人、小孩,所有的人都奔到甲板上,人们半裸着身子,奔跑着,尖叫着,哭泣着,惊恐万状,一片混乱,海水哗哗往船里灌,汹涌湍急,势不可当。轮机火炉被海浪呛得嘶嘶地直喘粗气。

船上没有封舱用的防漏隔墙,救生圈也不够。

哈尔威船长,站在指挥台上,大声吼喝:"全体安静,注意听命令!把救生艇放下去。妇女先走,其他乘客跟上,船员断后。必须把六十人救出去!"

船上实际上一共有六十一人,但是他把自己给忘了。

船员赶紧解开救生艇的绳索。大家一窝蜂拥了上去,这股你推我搡的势头,险些儿把小艇都弄翻了。奥克勒福大副和三名工头拼命想维持秩序,但整个人群因为猝然而至的变故简直都像疯了似的,乱得不可开交。几秒钟前大家还在酣睡,蓦地,而且,立时立刻,就要丧命,这怎么能不叫人失魂落魄!

就在这时,船长威严的声音压倒了一切呼号和嘈杂,黑暗中人们听到这一段简短有力的对话:

"洛克机械师在哪儿?"

"船长叫我吗?"

"炉子怎么样了?"

"海水淹了。"

"火呢?"

"灭了。"

"机器怎样?"

"停了。"

船长喊了一声:

"奥克勒福大副?"

大副回答:

"到!"

船长问道:

"还有多少分钟?"

"二十分钟。"

"够了,"船长说,"让每个人都下到小艇上去。奥克勒福大副,你的手枪在吗?"

"在,船长。"

"哪个男人胆敢在女人前面,你就开枪打死他。"

大家立时不出声了。没有一个人违抗他的意志,人们感到有一个伟大的灵魂出现在他们的上空。

"玛丽"号也放下救生艇,赶来搭救由于它肇祸而遭遇灾难的人员。

救援工作进行得井然有序,几乎没有发生什么争执或殴斗。事情总是这样,哪里有可悲的利己主义,哪里也会有悲壮的舍己救人。

哈尔威巍然屹立在他的船长岗位上,指挥着,主宰着,领导着大家。他把每件事和每个人都考虑到了,面对惊慌失措的众人,他镇定自若,仿佛他不是给人而是在给灾难下达命令,就连失事的船舶似乎也听从他的调遣。

过了一会儿,他喊道:

"把克莱芒救出去!"

克莱芒是见习水手,还不过是个孩子。

轮船在深深的海水中慢慢下沉。

人们尽力加快速度划着小艇在"诺曼底"号和"玛丽"号之间来回穿梭。

"快干!"船长又叫道。

二十分钟到了,轮船沉没了。

船头先下去,须臾,海水把船尾也浸没了。

哈尔威船长,他屹立在舰桥上,一个手势也没有做,一句话也没有说,犹如铁铸,纹丝不动,随着轮船一起沉入了深渊。人们透过阴惨惨的薄雾,凝视着这尊黑色的雕像徐徐沉进大海。

哈尔威船长的生命就这样结束了。

在英伦海峡上,没有任何一个海员能与他相提并论。

他一生都要求自己忠于职守,履行做人之道。面对死亡,他又运用了成为一名英雄的权利。

(选自《小小说》1985 年第 1 期,张汉钧译)

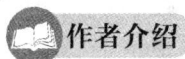作者介绍

维克多·雨果(1802—1885),法国作家。雨果是个早慧儿童,十四岁就开始写诗,十五岁得到学士院的奖励,十八岁获"诗歌硕士"证书。雨果的创作极为丰富,创作期长达六十年以上,他给法国文学和人类文化宝库增添了一份十分辉煌的遗产。他写的作品,包括二十六卷诗歌、二十卷小说、十二卷剧本、二十一卷学术论著,合计有七十九卷之多。《巴黎圣母院》是他的第一部长篇浪漫主义小说。《悲惨世界》是他的代表作。《九三年》是他的最后一部长篇小说。

雨果作品的一贯主题是:"向权贵和铁石心肠的人呼吁,替小人物和不幸的人鸣不平,恢复小丑、听差、苦役犯和妓女的做人权利。"

灾难中的担当和崇高

　　灾难和事变是可怕的，它往往给人带来毁灭和死亡；灾难和事变又是珍贵的，它通过幸福与痛苦、生存与死亡的考验，对每个人的灵魂进行审视和评判，是怯懦还是勇敢，是自私还是忘我，是卑下还是高尚，在这时能一目了然、泾渭分明。这种评判是无情的也是公正的，它揭露了隐藏在各种高贵温雅的外衣下的人的真性情真品格。卑怯者无法伪装高尚，而高尚者则愈见其高大，并必然成为人们的精神楷模。《"诺曼底"号遇难记》便是一次这样的灵魂评判。

　　一下突然剧烈的震动，平稳行驶的漂亮邮轮眨眼间就要沉没，酣然入梦的乘客也将葬身鱼腹，沉浸在各种世俗的欲望、享受、追求中的人们一下子被推到了死亡的边缘。这种巨变实在太突然了，于是，"一刹那间，男人、女人、小孩，所有的人都奔到甲板上，人们半裸着身子，奔跑着，尖叫着，哭泣着，惊恐万状，一片混乱"。人们平时所表现的良好的教养和优雅的风度全都不见了，剩下的只是人类最基本的求生欲望。

　　只有一个人是例外，他就是船长哈尔威。他依然是那么沉着，那么威严，那么有条不紊地下达着命令。他要把全船六十名船员、服务员和乘客全部救出去，却唯独忘掉了他自己，这个一船之长。他那种超越了死亡恐惧和一己私利的镇定从容，使人们感受到一种力量，一种震撼心灵的不可抗拒的意志力量。惊慌失措的人们迅速安静下来，井然有序地、没有争执殴斗地安全撤退了。

　　就在人们惊魂甫定、暗自庆幸自己大难不死的时候，眼前又出现了一幅惊心动魄的图景：

　　哈尔威船长，他屹立在舰桥上，一个手势也没有做，一句话也没有说，犹如铁铸，纹丝不动，随着轮船一起沉入了深渊。

　　凝视着这尊黑色的雕像徐徐沉进大海，每个人的心灵又一次受到强烈震撼，在他们的面前，一个伟大的灵魂正在飞升。

　　准确地说，哈尔威船长并没有忘掉自己，只是他压根儿没打算和大家一道弃船逃生。他清楚地知道自己的职责，也清楚地知道自己的归宿。船是哈尔威的事业，也是他的生命。人在船在，船亡人亡，人与船共存亡，这既是哈尔威忠于职守的决心，更是他矢志不渝的信念。这种对船近乎宗教般的虔敬和热诚,使哈尔威在生与死的抉择中毫不犹豫地选择了死,并且以常人所不具备的安详从容去迎接死亡。于是,哈尔威的死便带上了一种超越于一般的舍己救人的英雄之上的神圣与崇高。

小说记录了一起海难事故,但作者着力之处却在描写处于灾变中的人物。事件与人物,经纬交织,构成小说张弛有效的艺术整体。对事件的记述,笔法干净利落。起首一段,篇幅很小,却点明了事件发生的时间、地点、情境,以及这次事件中的主角。对哈尔威的描写,借重于人物语言。那在黑暗中的一段对话,斩钉截铁、简括有力,传神地勾勒了哈尔威的个性气质。它同作者的抒情笔法一道,完成了对人物的形象塑造。

本小说被选入中国小学语文课本。

(王庆华,南京师范大学教授)

德军剩下来的东西

[法国]哈巴特·霍利

战争结束了。他回到了从德军手里夺回来的故乡。他匆匆忙忙地在路灯昏黄的街上走着。一个女人捉住他的手,用吃醉了酒似的口气和他讲:"到哪儿去?是不是上我那里?"

他笑笑,说:"不。不上你那里——我找我的情妇。"他回看了女人一下。他们两人走到路灯下。

女人突然嚷了起来:"啊!"

他也不由得抓住了女人的肩头,迎着灯光。他的手指嵌进了女人的肉里。他们的眼睛闪着光。他喊着"约安!"把女人抱了起来。

(选自《小小说选刊》1985年第5期,易名译)

哈巴特·霍利,法国当代作家。

 专家导读

让战争悲剧不再重演

第二次世界大战期间,德国法西斯侵略军占领了法国,法国人民陷入深重的灾难之中,他们遭到空前浩劫。1944年侵略军终于被赶出法国领土,战争终于结束了,人们着手重建家园,医治战争带来的创伤。为使历史悲剧不再重演,人们应当永远记住这一页不幸的历史。法国作家哈巴特·霍利的《德军剩下来的东西》就是以此为出发点的。这篇微型小说只选取战后法国人民生活中的一个小小的镜头,却从广度和深度两方面反映了战争的严酷,堪称因小见大的典范。小说不管是立意选材,还是谋篇布局、语言表达,都表现了作者高超的文学造诣。

微型小说很讲究立意选材。立意好,聚光点选得准,就能激发读者丰富的想象力。战后的法国满目疮痍,人民生活极端贫困。要把侵略者留下来的物质的和精神的创伤诉诸笔端绝非易事,该从何处切入生活呢?作者选择了这样一个镜头:战后,一个年轻人日夜兼程回到从德军手里夺回来的故乡,满怀信心和希望去寻找失散多年的情人,路遇一妓女拉客,不料这妓女就是他所要找的情人。这个镜头切口虽小,却是一针见血,能调动读者的经验阅历,进行丰富的联想;扩充作品的社会内涵,收得因小见大的功效。这表现了作者敏锐的观察力和准确的解剖技巧。

独特新颖的立意,还要仰仗巧妙的谋篇布局,才能深刻地开挖主题并表现主题。如果作者平铺直叙主人公回乡途中日夜兼程,不为女色所动,一心要找到自己的情人,经过几番周折,终于在断墙残壁间找到褴褛不堪、贫病交迫的情人。这样也可以写得波澜起伏、引人入胜,但是,不仅篇幅太长,且表现主题缺乏深度,缺乏震撼人心的力量。作者巧妙地把妓女和"他"的情人合二为一,这种手法叫"巧合"。"巧合"不仅出乎"他"的意料,而且出乎读者意料,然而细细想来,这样的巧合,在那特定的环境中,却完全合乎情理,人们在巧合中可以读出许许多多悲惨的故事。法国人民在法西斯铁蹄下经历的种种辛酸苦难,尽在这巧合之中。巧合给人留下难忘的印象,作品的深刻主题得到最有力的表现。

本篇文字也极为精炼含蓄。作者善于发掘文字的潜在表现力,抓住人物的神情、动作变化来表现人物内心变化,从而创造了一个文意跌宕、扣人心弦

外国微型小说
Foriegn Miniature Novels

的艺术境界,取得"文约而事丰"的艺术效果。这是一场战争结束后留下的令人惊叹的悲喜剧。

(张潜,南京市资深语文教师)

留给女秘书的文字条

[捷克]贝·伐尔哥什科瓦

"埃莉佐奇卡:我马上出去,故留张字条在我的办公桌上,将日内必办的几件急事交代一下。您从理发店回来后,请到车站去一趟,替我岳母买一张客车季票。她为这事唠叨得令人腻烦。要是我今天下班前不回办公室,请您明晨把它送到我家里。另外,请您在我的保险箱里拿出我买的三张奖券,填好后把存根放进箱里。埃莉佐奇卡,您的手气好。当然得把兑奖号码看准。要是号码没记住,您就问会计帕列尼契卡。

当您见到这张字条的时候,也许我正在钓鱼。所以还请您别忘了提醒经济专家贝卡尔斯基,他答应替我的弗拉嘉做数学课外习题。他自称对数学很精通。那就看看瞧吧……

对了,差点忘记:您去车站之前,请代劳洗一下酒杯和菜碟。我把它们放在窗台上了。

要是对您来说不太麻烦的话,空酒瓶请给退掉。还有一桩最主要的事情——请预先通知全体工作人员,明天下午四点,我想开一个关于劳动纪律问题的短会。已经到了该收收紧的时候了,而事实上我们这儿许多游手好闲的人还在以为办公室就是养老院!"

(选自《周末》1983 年 6 月 17 日,吴争译)

贝·伐尔哥什科瓦,捷克当代作家。

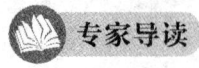

字条式小说的魅力

展现在我们面前的只是一张"字条",然而却是一篇风采独具的小说。作者凭借巧妙而简练幽默的笔触,成功地刻画出一个官僚主义者的典型形象,抨击了时弊。

用人物自己的手,为自己的画像"写心",是这篇小说的构思和表现特色。

古人云:"写形不难,写心唯难。"小说离不开人物形象,要"写形",更要"写心"。本篇没有一个人物出场露面,如何"写心"? 常言道:"言为心声。"发于口的有声语言固然传达人物的"心声",是塑造形象的重要手段之一;而写于手的无声书面语言同样是人物"心声"的显现,只是表现形式不同罢了。作者正是以此为据,巧妙构思,通过"我"写给女秘书的一张字条,让读者循着传递"心声"的行行字迹,逐步摸清写条人的思想境界的轨迹,表现"我"的主要性格特征,完成对人物的刻画。

鲁迅先生曾经深刻指出,生活中存在着"公然的、常见的,平时谁都不以为奇的"但却"已经是不合理、可笑、可鄙甚而至于可恶"的现象,小说赋予"字条"的特定内容,正来自于对这类现象的艺术提炼。首先,看留条给秘书的事因。因事外出留条秘书,司空见惯,"不以为奇"。但是事实上"当您见到这张字条的时候,也许我正在钓鱼"。这一笔,颇具意味,既交代了"我"并非因要事、公事外出而留条秘书,而是在垂钓自乐,优哉游哉;同时它又和前面"您从理发店回来后"一句,前呼后应,相映成趣,那里的劳动纪律、工作效率从中可见一斑。作者从一个方面写出了"不合理"和"可笑",表现了"我"的一个侧面。其次,看交代给女秘书"日内必办的几件急事"。总计六件:买客车季票、奖券事宜、数学课外补习、洗杯碟、退空瓶、通知会议。其中五件私事,一件公事。这5:1的比例是何等的"不合理"和"可笑",足以令人吃惊而又发人深思! 在五件私事中,有要女秘书为家人操劳的,也有侍候"我"吃喝的,其中关于看准兑奖号码和退空酒瓶的描画性交代,虽寥寥数笔,却将其假公济私之严重,境界趣味之低下,传达得颇为精彩传神,于细微之处突显出人物的性格特征。具有讽刺意味的是,作者将这些"不合理"的琐碎私事冠以"急事"之名,要求女秘书日内"必办",笔触十分诙谐幽默。读者从中不难看出"可鄙甚而至于可恶"的"我"的真实面目。画活人物,也使全篇生辉的点睛之笔在于小说的最后一小节。

"我"在不忘退空酒瓶之时交代的"一桩最主要的事情",即通知开会,算是"我"要求女秘书"日内必办"之中唯一的一件公事。耐人寻味的是,会议内容恰恰是关于劳动纪律的问题。因为"事实上""这儿许多游手好闲的人"把"办公室"当作"养老院"。这里,作者一方面为我们勾画出整个机构办公人员的工作景状,与前文"我"垂钓、女秘书理发之举互相补充;更重要的是,通过"一"的交代,不仅让人们从"一"与"五"之比中,看出公与私在人物心灵天平上的位置,打开人物的内心世界,又通过"一"与"五"具体内容的不相协调,以至互相尖锐矛盾,最终多层次、多侧面地完成对人物完整面貌的刻画,突显出一个自私自利、游手好闲而又装腔作势的可笑又可鄙的官僚主义者的形象。这里,特别值得注意的是,作者自觉地运用以其人之道还治其人之身的技法,着意渲染和强化人物自身言行的尖锐矛盾,勾画出官僚主义者"可笑""可鄙"的嘴脸,营造出强烈的喜剧效果,使人们不仅对熟视无睹的社会现象有了真切的本质认识,而且更能激发起人们对政府机构中大小官僚的鄙视、唾弃之情!字条式的小说,别具艺术穿透力。

(任冠之,南京师范大学副教授)

登 场

[德国]莱陶·赖因哈德

一位先生走进来。

"我就是,"他说。

"请您再试一试,"我们喊。

他重新走进来。

"这儿是我,"他说。

"不比前一次好多少,"我们喊。

他又一次踏进房间。

"事情和我有关,"他说。

"这个开头不好,"我们喊。

他又一次走进来。

"哈罗,"他喊着,招了招手。

"请别这样,"我们说。

他又做了一次尝试。

"我又来啦,"他喊。

"这回差不离了,"我们喊。

他再次走进来。

"一个你们期待已久的人来了,"他说。

"重复一次,"我们喊。可是,咳,我们迟疑不决的时间太长了,这回他到了外面,再也没有进来,跑掉了。尽管我们打开房门,急匆匆地跑到街上四下张望,却再也瞧不见他的影踪。

(选自《小说界》1982年第4期,柳维坚译)

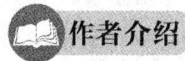 **作者介绍**

莱陶·赖因哈德(1929—),德国微型小说作家。他的微型小说集《马尼希的登场》曾荣获德国著名文学团体"四七社"的文学奖。

 **专家导读**

在对话中推演情节和人物

微型小说中有的纯用人物对话来推演情节,表现人物的个性和作品的底蕴,甚至近乎戏剧中的表演小品。《登场》便属于这一类作品。读完它,似乎在观看一出戏剧小品演出,给人留下了不可磨灭的印象。

"登场"者是谁?作品中对这个主人公没有作明确的交代,只是说"一位先生",因而至多只能确定他为一男性人物。至于年龄、职业、外形等等都是未知数。为什么"登场"?作品所提供的情节中并没有作明晰的表露。而"我们"作为一方,是以考官身份出现的。作品也是从这一特定视角考察那位先生登场登得如何、登得好与否、合乎要求与否、满意不满意等。读者约略可以看出,这也许是一次合格与不合格的现场表演考试。

整个"登场"表演共六次。第一次这位先生走进来,说了一句"我就是"。主考的"我们"显然表示出不满意的回答,要他再试一次。第二次"这儿是我",

把处于主语位置的"我"移作宾语。得到的答复仍然是"不比前一次好多少"。第三次,把"我"变化着放在句子中间表示,"我们"仍说"不好"。第四次,可算是来个丢掉"我"的大变化,以通常人见面打招呼用语"哈罗"开头,又遭到"我们"的否定。他似乎有点惘然了,文中虽然并没有用笔墨对主人公内心世界作具体的描述,但他只得"又做了一次尝试",似乎慢慢地近于失望了,他无可奈何地做第五次的重新登场,说了一句"我又来了",得到的答复是"差不离"了,尽管它比以前彻底否定的情况要好一些,但还是一种表示没有达到要求的否定性词语。他再次做了第六次"登场"表演,"一个你们期待已久的人来了"。这里,有了重大的转折,突出了考官的"你们",特别强调了考官大人们的地位。这个登场似乎使"我们"中一些人得到了某种的满足,他们没有立即否定,表示出一种"迟疑不决"的犹豫,最后,又极不尊重地喊着要他"重复一次"。可这位先生在门外毫无动静,原来他到了外面,或者是因人格上受到重大创伤以后义愤而去,或者是对这样的应试已沮丧到极点以后痛心而去。当这些主考先生们想把他招来再考一考,有希望录取他时,却遍找无人,他已经不知踪影了。

六次登场,变换着多种方式,可总不能合主考先生的意,应考的他曲意应变,主考的他们傲慢挑剔。一次登场就是一次对话,而且都只简洁的一句。但这一句话,不仅表示着双方的身份(主考与被考),而且也鲜明地显露出各自活脱的个性。记得鲁迅曾引用过高尔基的话,他惊服巴尔扎克小说里写对话的巧妙的语录,以为并不描写人物的模样,却能使读者看了对话,便好像目睹了说话的那些人。并且认为"只摘出各人的有特色的谈话来,我想就可以使别人从谈话里推见每个说话的人物"。《登场》这篇小说的对话,可以说是对话中的精品,精练而充分个性化,完全可以从双方的谈话里,推见"说话的人物",也"好像目睹了说话的那些人"。

(凌焕新,南京师范大学教授)

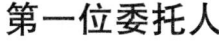

第一位委托人

[德国]威吉·兰兹

约翰·史密斯的律师事务所里还散发着油漆的气味。约翰很年轻,他的事务所今天早晨刚开张,只有一间等候室和一间工作室。现在,这位刚开业的律师正坐在他的大办公桌后面等着他的第一位委托人呢。

第一位委托人会是什么样呢?一个女人?一个男人?也许是个巨贾?或是一个老百姓?不管他长得怎么样,是个什么人,我决不能让他知道他是第一位委托人。约翰想,谁也不想当第一个,无论是医生还是律师。一个才开张就非常忙碌的律师事务所准能马上赢得顾客的信任。

他正想着,外面楼梯上响起了男人沉重的脚步声,来人慢慢向等候室走过来。约翰满意地听着开门和关门的声音。接着,工作室半掩的门上响起了敲门声,约翰看见走进来的是一位头发灰白、衣着朴实的男子。他想,这是个会给我带来好运气的老百姓,和老百姓一起耕种的人准会获得丰收。

"请您原谅……"来人说。

约翰迅速拿起面前的电话:"实在对不起,请稍等一下好吗?我有两个要紧的电话要打。"他随便拨了个号码,静了一秒钟,然后报出了自己的姓名。

"我是……"来人想打断他的话。

约翰摇摇手:"请稍等一下,先生。我马上就招待您。"他清清嗓子,对话筒说:"是的,我是史密斯律师。我可以同五金工人工会主席菲普西先生讲话吗?不在?那今晚六点可以见见他吗?什么?对,就是为机械工狄克逊提出权益要求的那件事。您说什么?对不起,不行,再早我没时间。今天下午我还有好几位委托人。好!那就六点。再见。"

"律师先生……"来人说。

"好吧,"约翰亲切地微笑道,"既然您这样着急,我就先办您的事。我等会儿再打另一个很重要的电话。您要委托我办什么案子,先生?"

来人走近几步,报以同样亲切的微笑:"是的,我很着急。您知道干什么工作都是这样的,不过不是委托您办案。我是邮局的,来为您的电话接上线。"

(选自《青年作家》1987年第4期,否定译)

威吉·兰兹,德国当代作家。

 专家导读

幽默调侃的嘲讽

本文以幽默调侃的笔调来嘲讽装腔作势、故弄玄虚的人,妙趣横生而又鞭辟入里,是一篇很有艺术特色的微型小说,具有很浓的喜剧色彩。

笑,是喜剧的基本特征,讽刺喜剧要在笑声中达到否定批判的目的。年轻而精明的约翰·史密斯,希望刚开业的律师事务所马上能赢得顾客的信任,并为了迎合顾客"不想当第一"的心理,要使事务所一开始就显得非常忙碌,这种愿望并不坏,但遗憾的是他选择了一种不恰当的方式来实现这一愿望:在没有接上线的电话机上作了一场精心设计的有声有色的表演,装得那么忙碌而又那么热情;但效果适得其反,约翰怎知他越装腔作势,也就越暴露得彻底,就越显得荒唐可笑。但《第一位委托人》不仅给读者描述了一个可笑的事件,提供一个笑料,更在于启发读者去思考笑的对象的潜在本质,这位年轻律师的所作所为,实可为自作聪明、弄虚作假者戒!

当然,只有在描述的对象中包蕴着一定的社会意义而又引人发笑时,才具有真正的喜剧性。本文在表达上述主题时采用了喜剧常用的误会、夸张等手法和巧妙的艺术结构来诱发读者的笑声,并在会心的笑声中达到批判的目的。约翰把一早来为他的电话机接线的工人误当为是"第一位委托人",于是"迅速拿起面前的电话",像模像样地打起电话来。而那位憨厚、质朴的电工好心地提醒他:"我是——"。话还没说完,就被约翰打断了,接着作品极为夸张地描述这位律师的精彩表演:那做作出来的忙碌、精细、负责和热情。作品的妙处是让这装出来的一切,都是在明眼人的面前洋洋自得地表演出来的,因而就更显得荒唐滑稽、可悲可笑。特别是作品的结尾,在律师和电工同样"亲切地微笑"的对话中结束,这是一个当场出丑而又戛然而止的结构处理,这是一个不露锋芒而又令人难堪的结尾,是一个启人深思而又令人发笑的结尾,使整个作品在会心的笑声中结束,就更加强了喜剧色彩。

(冯云青,南京师大文学院教授)

戒 指

[挪威]纳特·哈姆逊

在一个晚会上我发现一位妙龄女郎如痴如醉地堕入情网。那一双蓝湛湛的眼睛炯炯发光,把她满腹的恋情一泄无余……她究竟爱上了谁?啊,那边窗旁有位年轻的绅士——房产主的儿子——身着笔挺的制服,操着一口雄狮般有力的嗓音。

呀!她坐在椅中显得像热锅上的蚂蚁那样不知所措,贪婪的目光死死地盯住那年轻人。

当晚,我们同路回家时,出于对她的了解,我打趣说:

"天气真好,今晚玩得畅快吧?"

没等她应声,我便从手指上撸下那枚订婚戒指。然后说:

"你看,你送给我的这玩意儿变得又小又紧,鄙人手指无福消受了。你能不能想法儿让人把它弄大些?"

她把手伸了出来。

"给我吧,用不了多久,我会叫人把它弄大的。"

我把戒指递给了她。

一个月后我们又相遇了。本想打听一下那枚戒指的事,旋即又打消这念头。我暗自思忖,用不着这样性急,再给她一些时间——一个月毕竟太短啦。

她低头瞅着路面。

"啊,那——那戒指,"她终于开口了,"怕是那戒指不大走运吧——我把它忘在什么地方,给弄丢了。"她等了一会儿,略显不安地问:

"你生我的气吗?"

"不!"

当她终于明白我并未因此生气时,便如释重负地甩着手走开了。

一年以后,我再次回到昔日时常逗留的地方。

一天傍晚,我在一条熟悉的小径上散步。

突然瞧见她向我走来。那双眼睛更加蓝,更加明亮,只是那张嘴变得很大,并且没有血色。

"给你的戒指——那枚订婚戒指,"还离得老远她就大声招呼起来,"总算

找到了,我还让人给弄大了些。亲爱的,这下不会再卡你的手指了。"

我审视着这可怜的女人,她那大而泛白的一张嘴特别引人注目。接着我打量起那枚戒指。叹道:"唉!"

然后我使劲点了点头,说:"这戒指果真不走运啊!而今可又太大了。"

(选自《山丹》1984年第1期,兰斌译)

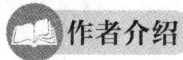

纳特·哈姆逊,挪威当代作家。

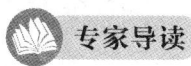

信物变迁的艺术喻义

这篇小说构思巧妙,作者借青年男女表示爱情的信物——订婚戒指的"丢失"和"找到"来表现爱情的变故。"我"和她本来已经有了婚约,赠送了订婚戒指。但是有一天,在一个晚会上"我发现她另有追求,爱上了一个年轻的绅士、房产主的儿子"。于是晚会结束之后,在回家的路上,"我"撸下了手指上的戒指,借口戒指"又小又紧",让她找人把戒指弄大些,把戒指退给了她。而她这时也很愿意收回戒指,所以虽然表面说:"给我吧,用不了多久,我会叫人把它弄大的。"然而,当一个月后她遇见"我"时却借口说:"我把它忘在什么地方,给弄丢了。"这样,就写出了她撕毁原来的婚约,另攀高枝的心理。可是事与愿违,她并没有能攀上高枝。一年以后,她又与"我"相遇,还离得老远,她就大声招呼起来,亲热地说:"总算找到了,我还让人给弄大了些。亲爱的,这下不会再卡你的手指了。"希望恢复原来的关系。可是,"我"这时看着她那大而泛白的嘴,虽可怜她,但再也不可能接受她的订婚戒指了,这样的构思使这篇小说简练而含蓄地表现了一个年轻女郎由于缺乏正确的恋爱观而被人玩弄,失去了真正爱情的悲剧。

这篇小说另一个特点是通过刻画人物的肖像的变化来揭示人物命运的变化。"我"的未婚妻——一个妙龄女郎,由于虚荣心,对"我"变了心,去追求有钱有势的人。作者通过描写她在一次晚会上的神态和肖像:"坐在椅中显得像热锅上的蚂蚁那样不知所措,贪婪的目光死死地盯住那年轻人。"就把她那如

痴如醉地爱上了一个阔少——房产主的儿子,追求金钱、地位的虚荣心理活灵活现地表现出来了。至于她后来怎样跌进了阔少的怀抱,被玩弄后遭抛弃等的情况,作品中并没有写。因为,在社会生活中,这样的事例实在太多,完全可以让读者自己去发挥想象。如果一一写出,反落俗套。作者只是在小说结尾处,写她醒悟后,想修复旧好,把戒指重新送给"我"时,突出了她的那张"变得很大""没有血色"的嘴,并且用反复的手法,强调"那大而泛白"的嘴,用人物肖像的显著变化,暗示出人物的悲剧命运。

(程均,南京师范大学文学院副教授)

半张纸

[瑞典]斯特林堡

最后一辆搬运车离去了;那位帽子上戴着黑纱的房客还在空房子里徘徊,看看是否有什么东西遗漏了。没有。没有什么东西遗漏,没有什么了。他走到走廊上,决定再也不去回想他在寓所中所遭遇的一切。但是在墙上,在电话机旁,有一张涂满字迹的小纸头。上面所记的字是好多种笔迹写的,有些很容易辨认,是用黑黑的墨水写的,有些是用黑、红和蓝铅笔草草写成的。这里记录了短短两年间全部美丽的罗曼史。他决心要忘却的一切都记录在这张纸上——半张小纸上的一段人生事迹。

他取下这张小纸。这是一张淡黄色有光泽的便条纸。他将它铺平在起居室的壁炉架上,俯下身去,开始读起来。

首先是她的名字:艾丽丝——他所知道的名字中最美丽的一个,因为这是他爱人的名字。旁边是一个电话号码,15.11——看起来像是教堂唱诗牌上圣诗的号码。

下面潦草地写着:银行,这里是他工作的所在,对他说来这神圣的工作意味着面包、住所和家庭——也就是生活的基础。有条粗粗的黑线划去了那电话号码,因为银行倒闭了,他在短时期的焦虑之后,又找到了另一个工作。

接着是出租马车行和鲜花店,那时他们已订婚了,而且他手头很宽裕。

家具行,室内装饰商——这些人布置了他们这寓所。搬运车行——他们

搬进来了。歌剧院售票处,50.50——他们新婚,星期日夜晚常去看歌剧。在那里度过的时光是最愉快的,他们静静地坐着,心灵沉醉在舞台上神话境域的美及和谐里。

接着是一个男子的名字(已经被划掉了),一个曾经飞黄腾达的朋友,但是由于事业兴隆冲昏了头脑,以致又潦倒到无可救药的地步,不得不远走他乡。荣华富贵不过是过眼烟云罢了。

现在这对新夫妇的生活中出现了一个新东西。一个女子的铅笔笔迹写的"修女"。什么修女?哦,那个穿着灰色长袍,有着亲切和蔼的面貌的人,她总是那么温柔地到来,不经过起居室,而直接从走廊进入卧室。她的名字下面是L医生。

名单上第一次出现了一位亲戚——母亲。这是他的岳母。她一直小心地躲开,不来打扰这新婚的一对。但现在她受到他们的邀请,很快乐地来了,因为他们需要她。

以后是红蓝铅笔写的项目。佣工介绍所,女仆走了,必须再找一个。药房——哼,情况开始不妙了。牛奶厂——订牛奶了,消毒牛奶、杂货铺、肉铺等等,家务事都得用电话办理了。是这家的女主人不在了吗?不,她生产了。

下面的项目他已无法辨认,因为他眼前的一切都模糊了,就像溺死的人透过海水看到的那样,这里用清楚的黑体字记载着:承办人。

在后面的括号里写着"埋葬事"。这已足以说明一切:一个大的和一个小的棺材。

埋葬了,再也没有什么了。一切都归于泥土,这是一切肉体的归宿。

他拿起这淡黄色的小纸,吻了吻,仔细地将它折好,放进胸前的衣袋里。

这两分钟里,他又重度过他一生中的两年。

但是他走出去时并不是垂头丧气的。相反地,他高高地抬起了头,像是个骄傲快乐的人。因为他知道他已经尝到一些生活所能赐予人的最大的幸福。有很多人,可惜,连这一点也没有得到过。

(选自《微型小说选4》,江苏人民出版社1984年版,周纪怡译)

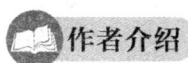

约翰·奥古斯特·斯特林堡(1849—1912),瑞典作家,出生于斯德哥尔摩一个经纪

人家。1867年进入乌普萨拉大学学习,1872年3月中断大学学习,专门从事创作。他曾当过小学教师、报社记者和皇家图书馆管理员等。

斯特林堡是一个学识渊博而又多产的作家。他的作品包括戏剧、小说、诗歌、散文和政论杂文。在他去世之后,瑞典曾出版过《斯特林堡全集》五十五卷。长篇小说《红房间》《红仆的儿子》、中篇小说《海姆斯岛上的居民》等都是优秀之作。

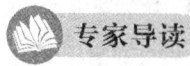

"刹那见终古"的独特匠心

"刹那见终古,粒沙显大千",这是微型小说艺术上的追求。本篇在搬家室内,只剩半张的纸上,虽只刹那间,瞥见上面的简短记录,却从回忆中串联起两年来的一段人生事迹,一个凄美的"罗曼史"。在半张纸的特定"空间"中,铺叙着时间上的叙事轨迹。眼前瞬间所见的半张纸,成了作者叙述的焦点,静态的记录文字刹那成了一个个相互连接的动态故事。

这个故事的主人公是谁呢?艾丽丝。纸上赫然在列,这是他的爱人,而且有一个美丽的名字,旁边是与她最初联系的电话号码。继而是马车行、鲜花店,他们订婚了。连着家具行、搬运车行,他们新婚同住了。歌剧院,他们去歌剧院,在那里心灵沉醉在"美及和谐里"。以后,生活的琐事缠着他们。生病了记录着L医生来过。岳母受邀来了,纸上名单中添了一位亲戚。"佣工介绍所"找佣工,"药房"买药,"牛奶厂"订牛奶,一切都得由他或岳母去料理。女主人不在家,怀孕临产了。这些记录都叙述着他和她快乐地从订婚、婚后生活,到生孩子度过的幸福生活,可命运多舛,却来了个晴天霹雳。

这就是纸上记录的"承办人"。这时他一下子悲从心来,流着泪把眼前的一切都变"模糊"了。后面括号里写着"埋葬事","一个大的和一个小的棺材"。记录表明,他至爱的女主人公妻子死了,可惨的是连同她刚生的婴儿也一起死了,也许是难产造成了这个不幸的厄运。埋葬了,一切归于泥土,这是人生的归宿。

这半张黄色的便条纸,对他来说,是特殊的历史见证。他"吻了吻",表达了对它的特殊感情,"仔细地将它折好,放进胸前的衣袋里",叙说着他将它珍藏起来,当作他人生难得的罗曼史的记录。在这短短的两分钟里,他似乎又重度过他一生中由喜到悲而不可磨灭的两年。最后,当他走出搬家的房间时,并没有被半张纸引发悲情,相反却"像个骄傲快乐的人"。因为他尝到一些生活

所能赐予人的最大幸福。结合作者的人生经历,他有三次婚姻。前两次都不欢而散,只有晚年第三次短暂婚姻,留下了爱情的幸福甜蜜又心酸的回忆。他怀念这段生活而且"知足"了,人生难得一知己。

这里特别要强调的是,作品所达到的艺术上的高度。小说是叙事艺术,可它不是按时间先后一维性地描述故事发生的过程,开始如何,以后怎样,结果为何。而是根据微型小说的审美特点,以"两分钟"的刹那间,展现两年时间长度的奇妙故事,这就是"刹那见终古"的艺术机智。以半张纸记录的简短符号,在这个小小的空间中,宛若"粒米""细沙",却映照出主人公美丽而又惨苦的罗曼人生世界。这种机智化应答出"粒沙见大千"的艺术奥妙,也许正是微型小说的"微"字艺术真谛之所在,不得不引发我们深思。

(凌焕新,南京师范大学教授)

最后一个便士

[英国] I. V. 玛利斯

一个穷苦的老人,站在露天寒冷的空气里,往一家商店的玻璃窗里看着。他的靴又脏又破,薄薄的大衣,抵挡不住向他迎面吹来的风雪。然而一丝慈祥的微笑,却挂在他已经冻僵的脸上。

商店里有很多人。这是全镇最好的地方,每个人都知道,这家店里的甜点心和糕饼是很出色的。而今天又不同于往常,因为在商店的窗口,又挂出了一块巨大的广告牌,上面写道:

试一下我们新做的苹果蛋糕吧,谁都能尝,免费供应。

很多人都来尝新蛋糕了。老板十分讲信用,任何人一进他的店堂,离开时一定会带走一盒甚至两盒甜点心的。因为他想:"今天,他们不一定个个都会买蛋糕的。对于几个穷人,免费让他们吃一点,我的心里同样感到很快活。"

这时候,他透过另一扇窗户的玻璃,看见了老人的脸,他急忙奔过去,微笑着拉开门,就像迎候一个衣冠楚楚的阔佬:"快进来,我的朋友,外面冷。你不想吃一杯茶和一些蛋糕吗?我新做的一种苹果蛋糕,看来很受欢迎。"

"非常感谢你,先生,"老人回答,"是的,我很愿意尝尝新蛋糕。当然,你们另外的蛋糕也很不错。"

老人坐在一个角落里，吃着放在面前的每一块蛋糕。店堂里另外的人正忙碌着，没有人注意到老人正抹着泪水。但老板看到了，于是他又拿了几块蛋糕，送到老人的餐桌上。因为他知道，像这样一个穷苦的老人，是不可能为自己买一整块蛋糕的。

最后，老人站起来走了，店老板提着一个大盒子走到门边，"请吧，"他对老人说着，把盒子递给他，"请拿上这盒蛋糕，作为我送给你的一份薄礼吧！"

老人的脸色变红了。"不……不，先生，谢谢你！"他低声说，"我决定为家里买一盒蛋糕回去！"

他持重地走回到放蛋糕的大桌子边。因为他不能让好心肠的店老板为他感到遗憾，他的自尊心不允许他这样做，他指着最大的一块蛋糕说："我要那一块。"

他把手伸进口袋，拿出所有的钱数了数，付清了蛋糕的钱。他离开商店时心里明白，他刚好花光了最后一个便士。

慢慢地，老人向自己的家走去。"我不能吃它，"他悲哀地说，"我不能享受它，但我也不能把它浪费了。"

突然，他再一次笑了。他走到一家和他一样穷的邻居房前，把蛋糕放在门口的台阶上，然后悄悄离开了。街道上，冷风依然使劲地吹着，但在老人的心里，却感到一阵温暖。他一步步向家里走去。

(选自《三月》1987年第2期，楼飞甫译)

I. V. 玛利斯，英国作家。

人性的尊严与富有

《最后一个便士》刻画了一位穷苦的老人。他口袋里只有最后的一个便士了，在凛冽的寒风中，他也许无数次盘算过这最后一点财产的归宿，最后却倾囊购买了一只蛋糕。他买这只蛋糕的动机不是为了自己，买来以后也根本没

有自己享用,而是送给了"一家和他一样穷的邻居"。老人是贫穷的,"他的靴又脏又破,薄薄的大衣抵挡不住向他迎面吹来的风雪"。他也许在这个寒冷的世界上踯躅得太久,感受不到一点温暖,可是,老板的真诚和热心,使他被冷风冻僵的脸上挂着泪水了。他穷,他的所有钱只够买一块蛋糕,可是,他又是一个真正的富有者,当他掏出自己的最后一个便士时,我们看到了他金子一样闪亮的心。为了不使"好心肠的老板为他感到遗憾",也为了维护自己的自尊心,他买下了一块最大的蛋糕。在那颗心里,有着贫穷和寒冷无法淹没的尊重别人感情和尊重自己人格的高尚情操,当老人提着这一块对他来说过于奢侈的,却凝结着许多感情和尊严的蛋糕,觉得沉重,觉得难以处置,最后竟悄悄地把它放在"一家和他一样穷的邻居房前"的台阶上时,我们更看到了寒风中老人心里的无限温情和深沉博大的爱心。这位老人,无疑是精神上、心理上、感情上的富有者,他的心没有因贫穷而失落掉任何宝贵的东西,他是一位真正意义上的高尚的人。

小说把故事放在寒风凛冽的背景中,使小店里的人情温暖显得更浓烈更感人。小说又着意描写了老人衣裳单薄,脸冻得发僵,口袋里只剩最后一个便士的窘况,这样也更衬托出老人心里的尊严、同情和爱心是多么博大可贵。在尽力渲染商店里的人情温暖,赞美一个健全的、高尚的人格的同时,作品没有忘记透露出这个社会的寒冷。这位心地善良的老人为何落得如此窘迫的命运?面包店老板的一点真情为何竟使老人流下泪水?寒风中究竟还有多少"和他一样穷"的穷人?小说似乎在不经意中给人们留下了一个个疑问。一个更深刻、更严峻的社会问题不能不引起读者深思:在这样寒冷的社会中,人心里那些高尚、温暖的东西究竟还剩下了多少?它们还能维持下去吗?那位身无分文的老人在寒风中远去了,社会并不承认他精神上的富有,他的归宿是什么呢?

(许永,南京艺术学院教授、博导)

聘 任

[英国]埃克斯雷

西奥·霍迪尔先生身材修长,面庞消瘦,两鬓斑白。他生性温和,平日寡言。研究学术问题，他精力充沛，记忆力惊人，面对日常生活的琐碎小事，却不甚了了。

坎福特大学需要聘请一名工作人员，上百人要求申请该空缺位置，西奥也递上了申请书。最后，只有西奥等十五人获得面试的机会。

坎福特大学地处在一个小镇上，周围仅有一家旅店，由于住客骤增，单人房间只好两个人同住了。跟西奥同住的是一位年轻人，叫亚当斯，足足比西奥年轻二十岁。亚当斯自信心甚强，且有一副洪亮的嗓音，旅店里时常可以听到他爽朗的笑声。这是一个聪明伶俐的人，这一点是显而易见的。

校长及评选小组对所有的候选人进行了一次面试。筛选后只剩下西奥和亚当斯两人了。小组对聘请谁仍犹豫不决，只好让他俩在大学礼堂进行一次公开的演讲后，再行决定。演讲的题目定为"古代苏门人的文明史"，三天后开讲。

在这三天工夫，西奥寸步不离房间，废寝忘餐，日夜赶写讲稿。而亚当斯却不见任何动静——酒吧间里依旧传出他的笑声。每天他很晚才回来，一边问西奥的讲稿进展情况，一边叙述自己在弹子房、剧院和音乐厅的开心事。

到了演讲那天，大家来到礼堂，西奥和亚当斯分别在台上就座。直到此时，西奥才惊恐万状地发现，自己用打字机打好的讲稿不知什么时候不翼而飞了。

校长宣布说，演讲按姓名字母排列先后进行。亚当斯首先开始。情绪颓丧的西奥抬头注视着亚当斯——只见他神情自若地从口袋里掏出窃来的讲稿，对着在座的教授们口若悬河、振振有词地讲开了。连西奥也暗自承认他确有超人的口才。亚当斯演讲完毕，场内爆发出雷鸣般的掌声。亚当斯鞠了一个躬，脸上露出微笑，回到座位上去。

轮到西奥了。他的一切东西都写在稿子上面，由于心情不好，要另开思路是不可能的了。他觉得脸上火辣辣的，唯有用低沉而疲乏的声音，逐字逐句重复亚当斯刚才振振有词的演讲内容。等他讲完坐下来时，会场上只有零零落落的几下掌声。

校长及全体评选小组成员退出会场，去讨论该聘任哪位候选人。礼堂内的人仿佛对决定的结果早已有了数。

亚当斯向西奥探过身来，用手拍了拍他的背，微笑着说道："厄运呀，老兄。没办法，两者只选其一。"

这时，校长及小组成员回来了。"诸位先生，"校长说，"我们做出了选择——聘请西奥·霍迪尔先生!"

所有的听众都惊呆了。

校长继续说:"让我把讨论的情况向诸位披露吧。亚当斯先生口才过人,知识渊博,我们大家都深感钦佩,我本人也为之感动。但是,请不要忘了,亚当斯先生是拿着稿子去作演讲的。而霍迪尔先生呢,却凭着记忆力,把前者的演讲内容一字不漏地重复了一遍。当然啰,在这以前,他不可能看过那份讲稿的一字一句。我们缺的那项工作,正需要有这样天赋的人!"

大家陆续走出会场。校长走到西奥面前,见西奥面上仍然挂着那副惊喜交集、不知所措的样子,便握着他的手,说道:"祝贺您,霍迪尔先生。不过我得提醒您一句,日后在咱们这儿工作,可要留神点,别把重要的材料到处乱放呀!"

(选自《读者文摘》1983年第9期,陈伟雄译)

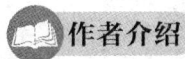

埃克斯雷,英国作家。

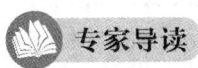

机智化的情节魅力

《聘任》写的是一所大学在招聘一名工作人员时发生的故事。它不仅暴露了就业艰难的社会现实,向生活中的招聘者和应聘者提供了一些有益的经验,而且在艺术上,也以其成功的人物塑造和颇具匠心的情节安排,给读者留下了细加品味的余地。

小说中刻画了应聘者西奥、亚当斯和招聘主持人校长这三个人的形象。其中对华而不实、心术不正的亚当斯的描写着墨不多,也未向其心灵深处多作开掘,但也能给人留下较深的印象,提醒人们不能丧失对这类骗子的警惕,并对小说中另外两个人物起到了较好的衬托作用。从表面看,小说对西奥这一形象的刻画用力最勤,所占的篇幅也最多。作品一开始,就对他作了肖像描写和概括介绍,使读者对他有了一个总的印象;接着,又通过对主要竞争对手亚当斯的对照描写,使这总的印象得到了进一步加深。然后,随着情节的不断发展,西奥在概括介绍时被提及的性格侧面,又一一得到了印证:正因为"研究学术问题,他精力充沛",所以在准备与亚当斯展开最后一轮竞争时,能在三天时间内"寸步不离房间,废寝忘餐,日夜赶写讲稿";正因为他"对日常生活的琐碎小事,却不甚了了",所以连花了那么多的心血才写成的讲稿也被对手偷走了,而且直到坐上讲台才发现;正因为"他生性温和,平日寡言",所以当他的竞争对手当面拿出窃来的讲稿演讲的时候,竟然默默地忍受了,自己倒"脸上火辣辣的"尴尬起来,甚至还容忍对手像猫哭老鼠似地向他大发感慨;正因为他"记忆力惊人",所以才能在措手不及的情况下还能"逐字逐句"地将讲稿背了出来。如此等等,西奥的形象也就愈来愈清晰、愈来愈生动了。当然,这样描写也不无平实之感。相比之下,对校长形象的刻画则显得异常巧妙、别具匠心。这位校长在第二轮竞争时就已出场了,但直到宣布聘任决定前,给人的印象却很单薄,只是朦胧地觉得他办事还算认真、公正。在宣布决定时,由于其决定出人意料,又善于辞令,解释服众,才引起人们的注意。接着,他在小说结尾处对西奥的一句看似漫不经心的提醒,却使读者的面前突然亮起一道耀眼的闪电,驱散了人们心头一切有关西奥受聘的疑云,也使校长的形象立刻大放异彩:原来他是如此聪睿,对西奥的讲稿被盗早已了如指掌;而他之所以能明察秋毫,正是由于他作风深入、办事认真,这在前边早有铺垫;亚当斯盗窃西奥的讲稿才是他拒绝前者选聘后者的真正原因,但他却以记忆力的差异为借口,作了得体、圆满、高明的解释,足见其具有非同一般的才智。这是小说中最为精彩的一笔,是艺术的"眼",不仅使人物形象因之而生辉,而且使全篇小说都笼罩着智慧的光芒。

  小说的情节安排,详略得当,摇曳多姿。对西奥参加的第一轮和第二轮竞争均未展开,一笔带过,以腾出篇幅详细描写最后一轮竞争中的风云变幻。对亚当斯偷窃讲稿的情景和评选小组的讨论场面,作者也忍痛割爱,置于幕后,减少了小说的枝蔓,使情节发展平添了出人意料的效果。为了竞争,上百名应聘者云集一处,小说偏偏安排西奥和亚当斯合住一室;亚当斯窃稿得逞,恰恰又幸获先讲的良机。如此等等,给小说增加了几分巧合的意趣。西奥本该稳操胜券,但却大意失荆州,眼看着山穷水尽,又谁知柳暗花明,校长先生来了个"最后一分钟的营救",峰回路转、化险为夷,且警钟在耳、余韵悠长。情节如此生动幽默,确使人得到了丰富的艺术享受。

(笪佐领,三江学院党委副书记、教授)

我所发现的生活

[美国]马克·吐温

那个人家住费城,小时候很穷,他走进一家银行,问道:"劳驾,先生,您需要帮手吗?"一位仪表堂堂的人回答说:"不,孩子,我不需要。"

孩子满腹愁肠,他嘴里嚼着一根甘草棒糖,这是他花一分钱买的,钱是从虔诚、好心的姑妈那里偷来的。他分明是在抽泣,大颗大颗的泪珠滚到腮边。他一声不哼,沿着银行的大理石台阶跳下来。那个银行家用很优雅的姿势弯腰躲到了门后,因为他觉得那个孩子想用石头掷他。可是,孩子拾起一件什么东西,却把它揣进又寒碜又破烂的夹克里去了。

"过来,小孩儿。"孩子真的过去了。银行家问道:"瞧,你捡到什么啦?"他回答:"一个别针儿呗。"银行家说:"小孩子,你是个乖孩子吗?"他回答说是的。银行家又问:"你相信主吗?——我是说,你上不上主日学校?"他回答说上的。

接着,银行家取来了一支用纯金做的钢笔,用纯净的墨水在纸上写了个"St. Peter"的字眼,问小孩是什么意思。孩子说:"咸彼得。"①银行家告诉他这个字是"圣彼得",孩子说了声"噢!"

随后,银行家让小男孩做他的合伙人,把投资的一半利润分给他,他娶了银行家的女儿。现在呢,银行家的一切全是他的了,全归他自己了。

我叔叔给我讲了上述这个故事,我花了六个星期在一家银行的门口找别针儿。我盼着那个银行家会把我叫进去,问我:"小孩子,你是个乖孩子吗?"我就回答:"是呀。"他要是问我"St. John"是什么意思,我就说是"咸约翰"。可是,银行家并不急于找合伙人,而我猜他没有女儿恐怕有个儿子,因为有一天他问我说:"小孩子,你捡什么呀?"我非常谦恭有礼地说:"别针儿呀。"他说:"咱们来瞧瞧。"他接过了别针。我摘下帽子,已经准备跟着他走进银行,变成他的合伙人,再娶他女儿为妻子。但是,我并没有受到邀请。他说:"这些别针儿是银行的,要是再让我看见你在这儿溜达,我就放狗咬你!"后来我走开了,那别针儿也被那头吝啬的老畜生没收了。这就是我所发现的生活。

(选自《译海》1984年第1期,肖聿译)

---

① 小孩把 St(Saint 的缩写)误认为 Salt(咸)。

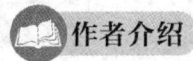

作者介绍

马克·吐温(1835—1910),美国作家。原名塞缪尔·朗荷恩·克列门斯,生于密苏里州的佛罗里达。自小家境贫寒,曾先后做过报童、排字工、水手和记者。

他的创作数量颇丰,有以《跳蛙》为代表的早期幽默故事;有以《王子与贫儿》《冉达克》为代表的历史传奇;有以《汤姆·索亚历险记》《在密西西比河上》《哈克贝利·费恩历险记》为代表的密西西比河的故事。这些作品充满了积极的浪漫主义的情调和对封建君主制度、教会的批判精神。其中《哈克贝利·费恩历险记》是压卷之作。

[导读一]

冷隽的幽默

美国作家马克·吐温一向以幽默的文风著称于世,他的幽默是多种多样的。通常的、一般意义上理解的幽默就是逗笑,可我们读罢《我所发现的生活》,既笑不起来,又同时被小说中洋溢着的幽默所浸染。可以说,这是一种冷隽的幽默,幽默的冷隽,是艺术辩证法赋予马克·吐温的天才创造。

这篇小说共六个自然段落。我们读前五段,会自然地沉浸在一个美好的故事中,作品中的小孩是多么幸运,银行家是多么慈祥,生活中真是充满阳光,一句话,可以说是小孩,也可以说是读者发现了美好的生活。

然而这一切是真的吗?作品第六段的开头一句话就使我们幡然醒悟,原来这是一个故事,是作品真正的主人公的叔叔给他讲的一个故事,这是一个古老的故事,还是一个神奇的传说,或是一种人们意念中的愿望,作者没有多做交代,读者看下去,自会体味出来。作品叙述"我"为前面故事的美妙结局所诱惑,天真地模仿起来,可最后结果是银行家要放狗咬人。而"我"花了六个星期好不容易找到的那别针儿也被那头吝啬的老畜生没收了。"这就是我所发现的生活。"小说至此结束,读者也就不难发现"我所发现的生活"是什么了。

马克·吐温在这篇小说中要叙述的是一个令人忧伤和愤慨的故事,却以他特有的幽默形式出之。他精心设置了一个故事叠故事的套式结构,作品的大多数笔墨在前半部分,那娓娓叙述的温情脉脉的故事,与后文中银行家的吝

啬与冷酷形成鲜明的对比,产生了强烈的艺术效果。除了这由艺术构思体现出的内容上的幽默外,作品还于平直的叙述中寓有从容冷静的幽默语言,捡别针这典型细节的设置也极妙,而尤为令人叫绝的是最后小孩在久不见银行家出来问他时,却还猜想着他可能没有女儿,恐怕不想招个女婿,以及准备把"圣约翰"回答成"咸约翰"这样的念头,这种调侃笔法在冷隽式幽默中同样是不可缺少的。

(丁晓昌,原江苏省教育厅副厅长,南京师范大学教授、博导)

[导读二]

贵在发现

作家不仅用文字描绘和呈现光怪陆离的生活,更重要的是对生活有所发现,展示出生活内在的蕴藉和含金量。马克·吐温的这篇小说正打上他的艺术印记:幽默中见深刻,生活中贵发现。

"我"是谁?一个不谙世事的孩子,从这一特定的视角观察生活和叙述故事,带有几分童心的天真和稚嫩的思维心理。他所发现的生活更能证实没有掩饰遮蔽的生活的真谛。

作品讲述两个故事,两个孩子,两个别针细节,两种不同的命运,发现了两种不同的生活。"我"叔叔讲的第一个故事,似乎是一个美丽的传说,一个穷困的小孩在银行门前寻找生计,遭拒绝后在银行台阶前捡到一枚不起眼的别针,可给银行家在门后看到了,一系列的询问和答话,得到了银行家的好奇和欢心,认为这是个"乖孩子",随后,做了银行家的合伙人,分得一半的投资利润,还娶了银行家女儿,最后银行家的一切都属于他。他这个贫苦的小孩成了个大银行家。多么美好的命运,多么幸福的结局。

第二个故事则由"我"受了第一个故事的诱惑,天真地模仿第一个故事中的情节,如法炮制它的过程,企求得到美丽的际遇。"我"花了六个星期在银行门前寻找别针,那个能引发银行家注意的小东西,银行家终于出现了,不客气地询问"你捡什么呀?"回答捡别针儿,有戏,他接过别针,下面我想会按照第一个故事的蓝本进行下去:走进银行,成了合伙人,娶了他的女儿为妻子。可是"我"没有受到邀请,相反,银行家恶狠狠地说"这些别针儿是银行的",言下之意属银行的财产,你不能随意捡拾。继而进行警告:要是我再看见你在这儿溜达,我就放狗咬你！显露出一副凶狠丑恶的嘴脸。至此,"我"这个穷困的小孩若有所悟:这就是"我"所发现的生活。这个听了叔叔的完美故事的小孩进行了模仿实践,遇到的却是另一类现实的银行家。他把捡到别针儿不是看作少儿节俭美德的象征,而是看作是侵占银行财物的行为,他把小孩不是看作"乖孩子",而是当作类似小偷的流浪儿。他不是邀请小孩成为"合伙人",而是要放狗来咬加以伤害。由此未谙世事的幼小心灵在比较中,对生活有了新的似懂非懂的发现:叔叔讲的故事也许是一种美丽的传说,或者是一种幻想、愿望,因而是非现实的,或者是一种传奇式的,偶然发生的生活;而他亲自实践的故事,才是现实社会上经常发生的故事,他遭遇的凶狠的银行家,才是银行家的真实面目。他所遭遇的命运才是所有贫困小孩普遍的命运,他所发现的生活才是这个现实社会常态化的生活,银行家贪婪吝啬的本性才是生活的必然。在"我"的发现中寄寓了作者对当时社会不合理现象的揭示,在幽默中见出对生活的犀利穿透力,以及艺术表现的深刻性。由此,凸显出经典作家独特的艺术印记。

(凌焕新,南京师范大学教授)

爱的磨难

[美国]欧·亨利

乔从中西部来到纽约,梦想绘画。迪莉娅从南部来到纽约,梦想搞音乐。乔和迪莉娅是在一间画室里相见的。不久以后,他们交成了好朋友并且结了婚。

他们居住的只不过是一套狭矮的房间,却生活得很幸福。他们互敬互爱,而且双方都热衷于艺术。直到有一天他们发现他们已经花完了所有的钱,之前他们生活中的每一件事都是顺心满意的。

迪莉娅决定去做家庭音乐教师了。一天下午,她对丈夫说:

"乔,亲爱的,我找到一位学生了,一个将军的女儿。她是位性情温柔的姑娘。一星期我教三节课,一节课五元。"

但是,乔并不高兴。

"我干些什么呢?"他说,"你以为我可以眼睁睁地看你工作而自己却轻松地搞自己的艺术吗?不,我也要挣钱。"

"乔,亲爱的,你真傻,"迪莉娅说,"你必须继续练习绘画。我们一周有十五元钱,会生活得很幸福的。"

"或许我还能卖掉一些我画的画哩。"乔说。

每天,他们早晨分手,晚上相见。一星期过去了,迪莉娅带回家十五元钱。她却显得有些疲惫。

"克莱门提娜有时使我感到烦恼。恐怕她不会下苦功夫练习的。但是,那位将军真是一位最可爱的老人!我多么想你能见他一面呀,乔。"

这时,乔从口袋里摸出十八元钱。

"我卖给了一个来自皮奥里亚的人一张我画的画,"他说,"他还定购了另外一张。"

"我太高兴了,"迪莉娅说,"三十三元!以前我们从没有这么多的钱去花费。今晚我们将吃一顿丰盛的晚饭了。"

第二个星期,乔回到家,把新得到的十八元钱放在桌子上。过了半小时,迪莉娅回来了,她的右手上缠着绷带。

"你的手怎么了?"乔问道。

迪莉娅笑着说:"噢,发生了一件滑稽事儿!克莱门提娜递给我一盘汤时,一些汤溅洒到我手上。对此她感到很抱歉,老将军也觉得过意不去。但是,你为什么也这样地瞧我呢,乔?"

"你今天下午什么时间烫着手的,迪莉娅?"

"我想大概是五点钟吧。那把烙铁——我意思是说那盘汤——是在五点左右备好的。你问这个干吗?"

"迪莉娅,来,坐在这儿。"乔说着把她拉到长沙发上,并且坐在她身边。

"你每天都干了些什么,迪莉娅?你真的在做家庭音乐教师吗?告诉我实话。"

她哭了起来,"我找不到一个学生,"她诉说道,"所以,我就在一个洗衣坊里找到一项工作——熨衬衣。今天下午,一个小女孩偶然间把一把烙铁放在了我的手上,把我重重地烫了一下。但是,告诉我,乔,你是怎么猜出我不是在做家庭音乐教师呢?"

"很简单,"乔说,"我知道关于你的绷带的所有来历,因为是我把它们送给楼下洗衣坊里一个小女孩,她用热烙铁烫坏了别人的手。你明白了吧,我也

在你工作的洗衣坊里的动力机房里工作。"

"那么,你画的画呢?你卖给那位来自皮奥里亚的人了吗?"

"算了吧!你的将军和他的克莱门提娜是无中生有的,那么,我那位来自皮奥里亚的人也是胡说的。"

接着,他们两人都大笑起来。

(选自《百花园》1981年第3期,刘砚冰译)

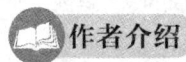 作者介绍

欧·亨利(1862—1910),美国作家。原名威廉·西德尼·波特,出生在美国北卡罗莱纳州格林斯波罗镇一个医生之家。曾当过学徒、牧童、会计员、办事员和银行出纳员。坐过两年牢,出狱后迁居纽约,专门从事写作。

欧·亨利的创作是在监狱中开始的。他在生命的最后十年,创作了一部长篇和约三百部短篇小说。至今,美国仍设有"欧·亨利奖",专门用来奖励优秀的短篇小说创作者。

歌颂"小人物"的善良友爱、揭露和鞭挞"大亨"们的贪婪和狡狯,是欧·亨利创作的思想基调。艺术上构思巧妙,文笔幽默。《麦琪的礼物》《警察和赞美诗》《最后的藤叶》《黄雀在后》等是他的代表作。

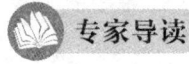 专家导读

双巧合:作家的艺术标记

《爱的磨难》运用了巧合的手法,两个梦想搞艺术的人从不同地方来到纽约,不期而遇,相识相知又相爱,这是一个巧合;为了让对方安心搞艺术,两个年轻人从同样的心理出发,同时向对方隐瞒了自己艰苦劳动的真情,又同时编造出一套轻松优雅的谎言,这是又一个巧合;最令人惊诧的是更奇妙的巧合:两位恋人所被迫选择的竟是同一行业,服务的又竟是同一家洗衣坊,而一次偶然事故,又偏偏正好涉及他们两人。这样的巧合似乎生活中并不多见,但在作家笔下,却不仅处理得合情合理,而且更逼近生活的真实。

两个同样耽于幻想又同样热爱艺术的年轻人相识相爱,这里有某种机缘,更多的却是生活的自然,第一个回合的巧合顺理成章,并无突兀之处,可是它却孕育着第二个巧合。正因为两个人同是可爱的梦想家,正因为两个人同陷于经济窘迫之中,又因为两人都那么无私地真诚地爱着对方,才酿成了同时编

造美丽谎言的第二个巧合。这次的巧合有一点偶然,但因为前一个巧合中将两个年轻人的性格、处境都做了介绍和铺垫,读者便不难意识到,这样的偶然其实正是特定环境中性格发展的必然结果,在这一个回合的巧合中,两位主人公在偌大的世界里已经被逼进了一条狭窄的小路,他们都必须在这个贫穷艺术家难以立足的世界里觅一条生路,他们又都必须尽快地用好消息告慰对方,这样,能够接纳他们的,自然只有危险而艰苦的工作了。生活的圈子既已被缩到极小,巧合的机会自然就变得极大,这样想来,表面不可思议的巧合中,正蕴藏着一种不可抗拒的生活的必然。作者精心安排这些巧合,正是想告诉我们,在这样一种社会中,艺术家们无论有多么美好的幻想,终究不能逃脱残酷的现实。

当两位艺术家向对方描述那些"无中生有"的美好境界时,事实上早已是同一洗衣坊的雇工了。作者却不急于揭破谜底,他让两位可爱的艺术家沉浸在一种虚假的满足和幸福里,也让读者处在一种有所欣慰的迷雾中,直到烫伤事件发生,才抖搂谜底,暴露出最终的残酷的巧合。这谜底令人惊诧,令人激愤,但你又不能不承认它恰在情理之中。在这个容不得梦想和艺术的残酷世界里,两位年轻人除了出卖自己的体力,还有什么办法生存呢?在欧·亨利笔下,文章最后以两个年轻人的大笑结束,这是一种充满苦涩和辛酸的笑,也是一种有所彻悟的笑,读者在这笑声里,不是也可以有许多领略和感悟吗?

(许永,南京艺术学院教授、博导)

桥畔的老人

[美国]海明威

一个满身尘土,戴着一副钢边眼镜的老人坐在桥畔。

这是一座浮桥。桥上车水马龙,汽车、卡车、男人、女人还有小孩,蜂拥地渡过河去。一辆辆骡拉的车子靠着士兵推转车轮,在浮桥陡岸上摇摇晃晃地爬动着。而这个老人却一直坐在那里,木然不动。他已经筋疲力尽,无法再迈动脚步了。

我的任务是过桥了解桥头周围的情况,摸清敌人的动向。这项任务完成

以后,我又回到了桥畔。这时,桥上的车辆已经不多了,行人寥寥无几,而这个老人还是坐在那里。

"你是从哪里来的?"我上去问他。

"从桑·卡洛斯来的。"他说时,脸上露出了一丝笑意。

桑·卡洛斯是他的家乡,所以一提到家乡的名字,他感到快慰,露出了笑容。

"我一直在照管家畜。"他解释着。

"喔。"我对他这句话似懂非懂。

"是呀,"他继续说,"你要知道,我在那里一直照管家畜。我是最后一个离开桑·卡洛斯的呐。"

他看上去既不像放牧的,也不像管理家畜的。我看了看他那满是尘土的黑衣服,看了看他那满面泥灰的脸颊,和他那副钢边眼镜,问道:

"是些什么家畜呢?"

"好几种,"他一边说一边摇着头,"没有办法,我是不得不和它们分开的。"

我注视着这座浮桥和这块看上去像是非洲土地的埃布罗三角洲,心里揣摩着还有多久敌人会出现在眼前,也一直留神地听着是否有不测事件发出的联络信号声。而这个老头仍然坐在那里。

"是些什么家畜呢?"我又问他。

"共有三种家畜,"他解释说,"两只山羊,一只猫,还有四对鸽子。"

"你一定要同它们分开吗?"

"是呀,因为炮火呀!队长通知我离开,因为炮火呀!"

"你没有家吗?"我问的时候,举眼望着浮桥的尽头,现在只有最后几辆车子正沿着河岸的下坡,疾驰而去。

"我没有家,"他回答说,"我只有我刚才说过的那些家畜。当然,那只猫没有问题,它会照管自己的,可是,其他的牲畜怎么办呢?"

"你的政见怎样?"我问他。

"我毫无政见,"他说,"我今年七十六岁,刚才走了十二公里路,现在已经寸步难行了呀。"

"这里可不是歇脚的好地方,"我说,"要是你还能走的话,你就到托尔萨的岔路口公路上去,那里还有卡车。"

"我等会再去。那些卡车往哪里去呀?"

"朝巴塞罗那方向去的。"我告诉他。

"那个方向我没有熟人,"他说,"谢谢你,非常感谢你。"

他面容憔悴,目光呆滞地望了望我,似乎要谁分担他内心的焦虑似的,然后说:"那只猫没有问题,我心中有数,不必为它担心。但另外的几只,你说它们该怎么办呢?"

"嗯,它们可能会安然脱险的。"

"你这样想吗?"

"当然啰。"我说时,又举目眺望远处的河岸,现在连车影也没有了。

"我是因为炮火,才不得不离开的。而它们,在炮火中怎么办呢?"

"你有没有打开鸽子笼?"我问。

"打开了。"

"那它们会飞出去的。"

"对,对,它们会飞的。……但另外的牲畜呢?唉,最好还是不去想它们吧。"他说。

"要是你已经歇得差不多了的话,应该走了,"我劝着他,"站起来,走走试试吧!"

"谢谢。"他边说边挣扎着站起来,但身子一个摇晃,朝后一仰,又跌倒在尘土中了。

"我一直在照管这些家畜,"这时,他说话的声音单调、刻板,也不是在对我说,"我一直就是照管家畜的。"

此时此刻,我对他已经无能为力了。那是复活节后的星期天,法西斯军队正朝埃布罗推进。阴霾的天空中,云幕低垂,一片灰暗,连敌人的飞机也无法上天。

猫儿会照管自己,飞机没有上天,这就是那个老人能碰上的全部好运了。

(朱炯强译)

作者介绍

厄纳斯特·密勒·海明威(1899—1961),美国作家。出生于芝加哥郊区的名医之家,从小爱好文学。1918年参加了首次世界大战。战后侨居巴黎,成了"迷惘的一代"的代表作家。

海明威最优秀的短篇是《乞力马扎罗的雪》。《太阳照样升起》是"迷惘的一代"的代

表作。《永别了,武器》和《丧钟为谁而鸣》是战争题材的世界名著。中篇《老人与海》荣获"诺贝尔文学奖"。海明威的创作特色是写战争;塑造"硬汉子"性格;文笔简洁含蓄,语言风格富于寓言意味。

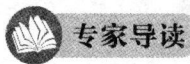

桥:连接战争和家园的聚焦点

海明威的笔法很冷静、简约。冷静又和战争的残酷相映照。微型小说进入故事的切入点要小。《桥畔的老人》由桥切入,这是连接战争和家园的桥。家园是背景,战争是前景。

此篇微型小说表现了战争与和平的主题。全篇主要由"我"这个侦察兵和桥畔的老人之间的对话构成,情节在此凝滞和回旋。对话中,主体是老人的家园,老人担心的是生活了七十六年的家乡,而家乡的全部不过是可怜的家畜,现场的战争气氛反而淡去了。一个孤独的老人,在桥畔的现场,作者重复地写了一个字:坐。而坐的变奏是筋疲力尽、无法迈步、寸步难行、摇晃跌倒等词语。这是老人生存的处境,不也是战争中人类的生存处境吗?

战争与和平是重大的题材,微型小说表现的方式是:由小切入,用微小去展示宏大。当然,它不直接写出那个"大",而是聚焦式的写好那个"小":一座桥,一个老人。战场是一个大环境,海明威选择了桥,它是人们的必经之地,最能敏感地体现战争的混乱。老人的处境又与战争联系起来,更能衬托出战争的残酷。这一个小小的点,展示出战争大大的面。老人在战争里,已无路可走,那桥是他的命运之桥。因为桥连接着他的过去和现在、和平与战争,他的选择已由不得自己。

(谢志强,著名微型小说作家)

大卫的机遇

[美国]霍 桑

大卫·斯旺沿着小道,朝波士顿走去。他的叔父在波士顿,是个商人,要

给他在自己店里找个工作。夏日里起早摸黑地赶路,实在太疲乏,大卫打算一见阴凉的地方就坐下来歇歇。不多会儿,他来到一口覆盖着浓荫的泉眼旁边,这儿幽静、凉快。他蹲下身子,饮了几口泉水。然后,把衣服裤子折起当枕头,躺在松软的草地上,很快就酣然入睡了。

就在他呼呼大睡的当儿,大道上来了一辆由两匹骏马拉着的华丽马车,蓦地,由于马蹩痛了脚,车又"嘎"地停在泉眼边。车里走出一位年长绅士和他的妻子。他们一眼就瞧见大卫睡在那儿。

"他睡得多沉,呼吸那么顺畅,要是我也能那样睡会儿,该多幸福!"绅士说。

他的妻子也叹道:"像咱们这样的老人,再也睡不上那样的好觉了!看那孩子多像咱们心爱的儿子呀,能叫醒他吗?"

"哦,咱们还不知道他的品行呢。"

"看他脸孔,多天真无邪哟!"

大卫不知道,幸运之神正近在咫尺呢!年长绅士家里很富有,他唯一的儿子新近不幸死了。在这样的情况下,人们往往会做出奇怪的事来。比如说,认一个陌生小伙子为儿子,并让他继承自己的家产。可是,大卫却始终没醒来,睡得正甜。

"咱们叫醒他吧!"绅士妻子又说了一句。正在这时,马车夫嚷起来:"快走吧!马好了。"老夫妻俩依恋地对视一下,便快步走向马车。

过了不到五分钟,一个美丽的姑娘踏着欢快的步子,朝泉眼走来了。她停下来喝水,也瞧见了大卫。就像未经允许进入别人卧室,姑娘慌忙想离开。突然,她看见一只大马蜂正嗡嗡地在大卫头上飞来飞去,就不由得掏出手帕挥舞着,把马蜂赶走。

看着大卫,姑娘心头一颤,脱口而出:"他长得多俊啊!"可是大卫却丝毫未动,她只好怏怏地走了。要是大卫能醒来,也许能和她认识,甚至结亲。要知道,她父亲可是个大百货商哩。

姑娘刚走开,两个帽檐拉到眉头的强盗悄悄地溜过来了。他们看见大卫躺在泉边香甜地睡着,一个歹念顿时闪上心头。

"也许这崽子身上有钱。"

"过去摸摸看,如他醒来,就用这个来对付他。"说着,一个强盗掏出了明晃晃的匕首。他们正准备下手时,一条狗匆匆跑到泉边饮水。他们吓得心惊肉跳。

"等一下，可能狗主人就在附近。"

"我们还是小心为妙，赶快离开吧！"两个强盗嘀咕了一阵，便溜走了。

一辆马车的隆隆声，惊醒了大卫。他跳了上去，很快消失在烟尘中了。

大卫永远也不会知道在他睡觉时，发生的一切幸运和险象。可是，仔细想想，世上谁人不如此呢？

（选自《三月》1985年第2期，陈小华译）

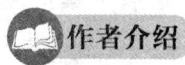

霍桑(1804—1864)，美国作家。出身于新英格兰的破落贵族世家。1825年，大学毕业后，回到萨莱姆，开始匿名发表短篇小说。1850年长篇小说《红字》的出版使霍桑成了当时公认的最重要的作家。

霍桑是一个思想上充满复杂矛盾的作家，对美国资本主义经济迅速发展、社会结构发生重大变化不理解。他把抽象的"恶"当作一切社会问题的根源。另一方面，在超验主义的影响下，霍桑也追求一种完美的理想。他的著名的短篇有《年轻小伙子布朗》《教长的面纱》等。

命运与机遇

人们获得地位和财富，爱情和幸福，或者化险为夷和大难不死，往往凭借机遇。美国十九世纪影响最大的浪漫主义作家霍桑笔下的大卫，这些机遇都曾降临于他，可是他都没有察觉。

一对家境富有的年长绅士夫妇瞧见大卫"天真无邪"的模样，想认他作干儿子，以便继承他们的家产；一位漂亮的大百货商女儿也望见了容貌端正的他，很动感情，起了与他相好的念头；一条狗的出现意外地阻止了两个强盗抢劫大卫钱财并置他于死地的行径，大卫幸免于死。然而这一切大卫都蒙在鼓里，大卫还是原来起早摸黑赶往波士顿谋生的大卫。这是因为他睡得太熟了！幸运之神多次来到他的面前，可惜他都没有醒悟过来。作者奉告我们："仔细想想，世上谁人不如此呢？"

是的，世界是变化多端的，人的命运也是变幻莫测的。它往往是与随时随地存在着的"机遇"联系在一起的，因而"机遇"显得特别的诱人。

可是,"机遇"往往带有偶然性,喜欢捉弄人,令人意识不到,因而又有谁能在其面前扮演全知全能的角色,把握住其行踪呢?

人活在世上会逢上"机遇",但是,"机遇"的到来往往出乎人的意料之外,这是现实生活中的一个怎么也回避不了的事实。

这篇小说颇似寓言,具有寓言那种"身体灵魂"结合的构架,旨在说明一种道理。然而,它又并非寓言,它叙说的完全是现实生活中时常见到的事。

作品"巧合"迭起,但衔接自然。例如:作品中的次要人物都是因偶然原因不约而同地来到大卫身边的。年长的绅士夫妇是"由于马蹩痛了脚",美丽的姑娘是由于口渴的缘故,强盗无非是为了寻觅行窃的目标;而大卫则要去波士顿,无意要与他们相遇,但其"天真无邪""长得多俊"以及香甜熟睡的神态对他们产生了一种"吸引力",这就为他们对其产生好感或打起主意提供了可能,因而令人们对此感到无斧凿痕迹,真实可信。

作品以问句作结尾,暗示着作者的推断并不强加于人,而是由读者去回味,去思索。

(吴锡民,江苏资深新闻工作者)

约　会

[美国]S. L. 基履

纽约中央火车站询事亭上头的时钟告诉人们,现在是差六分钟六点,高个儿的青年中尉仰起他被太阳晒得黝黑的脸,眯缝眼睛注视着这个确切时间。他心跳得浑身震动,再过六分钟,他就会看到十三个月以来一直在他生活中占有特殊地位的那个女人了。虽说他从未见过她一面,她写来的文字却总是给予他无穷无尽的力量。

勃兰福特中尉尤其记得战斗最激烈的那一天,他的飞机被一群敌机团团围住了。

他在信里向她坦白承认,他时常感到害怕。就在这次战斗的前几天,他收到了她的复信:"你当然会害怕……勇敢的人都害怕。下一次你怀疑自己的时候,我要你听着我对你朗诵的声音:对,纵使我走过死亡阴影的幽谷,我一点

也不害怕灾难,因为你同我在一起。"他记住了,这些话给了他新的力量。

现在他可要听到她本人的说话声了。还过四分钟就六点了。

一个大姑娘擦身而过,勃兰福特中尉心头一跳。她戴着一朵花儿,不过那不是他们约定的红玫瑰。而且,这个姑娘不过十八岁左右,贺丽丝·梅妮尔告诉他,说是三十岁呢。"那又怎么样?"他回信说,"我三十二岁。"他其实是二十九岁。

他想起他在训练营里念过的那本书——《人类的束缚》。整本书写满了女人的笔迹。他一直不相信,女人能这样温柔体贴地看透男人的心。她的名字就刻在藏书印记上:贺丽丝·梅妮尔。他弄到一册纽约市电话号码本,找到了她的住址。他写信给她,她复了信,翌日他就上船出国了,但是他们继续书信来往。

十三个月里她都忠实地给他回信。没有接到他来信的时候,她还是写了来。现在呢,他相信了,他是爱她的,她也爱他。

但是她拒绝了请她寄赠照片给他的要求,她说明:"要是你对我的感情是真实的,我的相貌就无关紧要。要是你想象我长得漂亮,我就会总是摆脱不了你不过心存侥幸的感觉。我憎恶这种爱情。要是你想象我长得不好看(你得承认这是更有可能的),那么,我会老是害怕,害怕你之所以不断给我写信,不过是因为你孤零零的,没有别的选择罢了。不,别要求我给你照片。你到纽约来的时候,就会看到我,那时候你再做决定吧。"

再过一分钟就是六点了……猛吸了一口香烟,勃兰福特中尉的心跳得更快了。

一个年轻女子正朝他走来。她高高的个儿,亭亭玉立,淡黄色头发一卷卷地披在她纤柔的耳朵后边,眼睛像天空一样蓝,她的嘴唇和脸颊显得温文沉静。她身穿淡绿色衣服,像春天般活泼轻盈地来到了。

他迎上前去,没注意到她并没戴着什么玫瑰。看到他走过来的时候,她唇上露出一丝挑逗的微笑。

"大兵,跟我争路走吗?"她喃喃地说。

他朝她再走近一步,就看到了贺丽丝·梅妮尔。

她几乎正是站在这位姑娘后边,是一个早已年过四十的妇女。她就快变白的头发卷在一顶残旧的帽子下面。她身体长得过于丰满,一双肥厚的脚塞在低跟鞋里。但是,她戴着一朵红玫瑰。

绿衣姑娘快步走开了。

外国微型小说
Foriegn Miniature Novels

勃兰福特中尉觉得好像被劈开两半似的,他追随那位姑娘的欲望有多么强烈啊,然而,对这个在精神上曾经真挚地陪伴过和激励过他的妇女,他的向往又是何等的深沉,她就站在那儿。他看得出来,她苍白、丰腴的脸是温柔贤惠的,她灰色的眼睛里闪烁着温暖的光芒。

勃兰福特中尉当机立断。他手指抓紧那册用来让她辨认他的《人类的束缚》。这不会是爱情,然而是可贵的东西,是他曾经感激过,而且必定永远感激的友谊……

他挺直肩膀,行了个礼,把书本伸到这个妇女面前,虽然就在他说话的时候,他感到了失望的苦涩。

"我是约翰·勃兰福特中尉。你呢——你是贺丽丝·梅妮尔小姐吧。见到你,我多高兴。我——我可以请你吃顿饭吗?"

女人咧开嘴宽厚地微笑了。"我不明白这都是搞的什么,孩子,"她回答说,"穿绿衣服的那位年轻小姐,她要求我把这朵玫瑰别在衣服上。她还说,要是你请我同你到什么地方去,我该告诉你,她在街那边的饭店里等着你。她说这多少是个考验。"

(选自《羊城晚报》1980 年 6 月 11 日,陈世伊译)

S.L. 基履,美国现代作家。

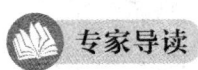

真爱的考验

姑娘设计一个圈套来考验自己的情人对自己的爱是否真诚——是爱她的相貌还是爱她的心灵,这已是老而又老的道德故事套子了。而微型小说由于极其有限的容量,更容易使一个老的故事套子变成味同嚼蜡的老调重弹。这篇小说的作者却给这个故事中加入了一些新的东西,给人以新鲜感。

小说叙述了一位青年中尉如何以一本书为媒介结识了一位从未谋面的女士,并通过书信往来而成为知己,在他参加战斗的最艰苦的时刻给了他巨

大的精神力量。这段情节似乎也不算独创。但有趣的是那本充当了月下老人的书《人类的束缚》（一译《人生的枷锁》，英国著名作家毛姆的长篇小说），用许多篇幅描写了小伙子菲利浦在真诚的爱情与对色相的迷恋二者之间摇摆并经历了不少情感波折的故事。这篇小说除了一点细微的暗示（"女人能这样温柔体贴地看透男人的心"）之外没有对那本书的内容作任何介绍。但西方读者对那本书并不陌生。于是我们看到，小说中未出现的东西像影子般罩在所描写到的内容上，形成了一隐一显两个互相呼应的结构：中尉在姑娘与中年妇女之间的犹豫如同菲利浦的爱情波折的再现。

　　作者在小说的有限篇幅内尽力地渲染了中尉所经历的内心矛盾：在二人见面之前，女士曾拒绝了自己请她寄赠照片的要求，从而投下了一道朦胧的阴影。联系到前文提示的那本书和那位女士"能这样温柔体贴地看透男人的心"的特点，使人预感到一场微妙的心理冲突将要发生。果然，中尉被一位亭亭玉立的少女迷住了。"他迎上前去，没注意到她并没戴着什么玫瑰。"少女又火上浇油地朝他"露出一丝挑逗的微笑"。中尉分明陷入了如同菲利浦迷恋于一位轻浮漂亮的女招待不能自拔的那种境地。紧接着出现了那位全无风韵的中年妇女，把中尉挤入了强烈的内心矛盾冲突之中："勃兰福特中尉觉得好像被劈开两半似的……"

　　显然，由于有了这一段心理冲突，故事已脱离了人们所熟知的道德"考验"的老套子，带上了明显的心理表现色彩。那位女士在小说中幻化出两个不同的形象：挑逗人的少女与温柔贤惠的中年妇女，二者分别成为"肉"与"灵"的象征。她要中尉在二者之间做出选择。中尉做出了令她满意的选择。然而，我们仔细一点就会注意到，中尉的选择并不是那么简单："勃兰福特中尉当机立断。他手指抓紧那册用来让她辨认他的《人类的束缚》。这不会是爱情，然而是可贵的东西，是他曾经感激过，而且必定永远感激的友谊……"理性和精神的追求胜利了，但并不是说他爱上了其貌不扬的中年妇女。他是为了精神的友谊而牺牲了对爱情的追求，所以他在选择友谊的同时感到了失望的苦涩。道德考验在这里变成了心理考验：中尉在选择后仍存在的矛盾心理表明他是个活生生的人，而不是传统的"考验"故事中的道德象征。这一切同他手中那本书里的主人公菲利浦的心理发展有明显的相似之处。

　　正因为中尉的选择具有了现实的心理深度，使读者易于产生共鸣，所以后来突然的翻跌便更显得奇峭莫测。柳暗花明、峰回路转的结局使幻化为两人

的女士形象统一了起来,从而消除了中尉的心理矛盾,也使读者得到了意外的满足:健康而完满的生活毕竟应该是灵与肉的统一。这一出人意料但又合乎人们的心理要求与道德理想的突转的结局使前面的心理冲突终于得到了平衡,因而在结构上也是成功的。

(高小康,南京大学、中山大学教授,博导)

在柏林

[美国]奥莱尔

一列火车缓慢地驶出柏林,车厢里尽是妇女和孩子,几乎看不到一个健壮的男子。在一节车厢里,坐着一位头发灰白的战时后备役老兵,坐在他身旁的是个身体虚弱而多病的老妇人。显然她在独自沉思,旅客们听到她在数着:"一,二,三"。声音盖过了车轮的"咔嚓咔嚓"声。停顿了一会儿,她又不时重复起来。两个小姑娘看到这种奇特的举动,指手画脚,不假思索地嗤笑起来。一个老头狠狠扫了她们一眼,随即车厢里平静了。

"一,二,三"这个神志不清的老妇人又重复数着。两个小姑娘再次傻笑起来。这时那位灰白头发的战时后备役老兵挺了挺身板,开口了。

"小姐,"他说,"当我告诉你们这位可怜的夫人就是我的妻子时,你们大概不会再笑了。我们刚刚失去了三个儿子,他们是在战争中死去的。现在轮到我自己上前线了。在我走之前,我总得把他们的母亲送往疯人院啊。"

车厢里一片寂静,静得可怕。

(选自《外国微型小说选》,中国文联出版公司1984年7月版,希望译)

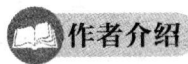

奥莱尔,美国现代作家。

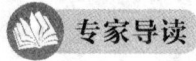

[导读一]

车厢里的苦难

这篇微型小说仅三百来字,然而,它却承载着法西斯侵略战争给德国人民造成的沉重灾难,承载着作者深广的忧愤。读着它,只觉得字字重千斤,就好像用硕大无比的磨盘,碾过德国历史的这一页。

这篇小说只向我们展示一个瞬间发生的事:第二次世界大战期间,从柏林开出的列车车厢里,一位头发灰白的后备役老兵,正把由于在战争中相继失去三个儿子而精神失常的妻子送往疯人院,因为现在轮到他自己上前线了。老兵的遭遇使我们联想到唐代诗圣杜甫脍炙人口的史诗《垂老别》。《垂老别》主人翁的儿孙都死在沙场,如今他自己又抛下饥寒交迫中的老妻被迫应征。两位文学家,选用的文艺形式不同,所处的时代不同、国度不同,然而,他们都善于准确地选择蕴含丰富深刻的内容闪光点,去照亮沉积于人们头脑中关于残酷的战争灾难的记忆,不再重演历史的悲剧。

这篇小说还通过车厢里典型环境的描写拓展更为广阔的社会背景。你看,车厢里"尽是妇女和孩子,几乎看不到一个健壮男子"。战争毁掉千家万户的幸福,所以,当听了老兵一席话后,车厢里则"一片寂静,静得可怕"。这种"此时无声胜有声"的静场描写,凝聚着多么深广的社会内容,显示着作品言外言、意外意的艺术魅力,产生了摄人魂魄的艺术威力。

这篇小说的结构布局安排巧妙而精致。全篇由三个部分组成。第一部分是情节的开端和发展,写车厢情景,写老妇人奇怪的神情以及反复数"一,二,三"的声音,写小姑娘无知而天真的动作,写一个老头的狠狠的眼神等,款款写来,节奏徐缓,在狭小的篇幅里显得那样从容不迫、游刃有余,占了二分之一篇幅的文字,好像都是闲笔。第二部分是情节高潮,后备役老兵一开口就笔锋陡转,仅用四句话,把情节推向顶峰,虽寥寥数笔,却力透纸背,读者的情绪也被激发震动起来。最后一部分只用一句煞尾,干脆利落。车厢里是"静得可怕",读者的思绪却是激荡不已。再回观第一部分那些"闲笔"实是点睛之笔,散落其间的细节丝丝入扣地与第二、三部分的内容通过联想紧密联系,互相映照,互相补充。没有第一部分文字厚实的铺垫,就没有第

二、三部分的情节高潮,就没有摄人魂魄的艺术力量。这种张弛结合、疏密相间的结构布局,既使文字简约凝练,又使情节细腻生动,其巧妙精致,令人叹为观止。

(张潜,南京市资深语文教师)

[导读二]

耐人寻思的悲剧

战争与和平,是人类关注的重大主题。俄国作家列夫·托尔斯泰的《战争与和平》成为享誉世界的长篇杰作和史诗。而要用微型小说来表现如此厚重而复杂的主题实属罕见的难题。可是富有创造力的作家却能在三百多字的篇幅里,用一个特写的小场面,刻画出一个老兵送走有病的妻子后走向战场的悲惨命运。作品没有一句声讨战争的罪恶,却在场面和命运中,呈现出战争给人们带来毁灭性的摧残和不幸,让人不得不寻思战争给人类带来的残酷和灭绝人性。这是无泪的控诉,也是对人类和平的渴望。小小尺幅,让人心灵为之震撼。

标题:在柏林。显示出故事发生的地点是德国柏林的火车车厢里。时间,没有标明,却能从中暗示出是在第二次世界大战,希特勒发动的旷世震惊的侵略战争时。把这背景放在故事的隐蔽处,让人联想而作出判断。故事的开始一列火车缓慢地驶出柏林,车厢里尽是妇女和孩子。几乎看不到一个健壮的男子。暗示:健壮的男人们到哪里去了?绝无仅有,一个车厢里居然有一个头发灰白的老男人,是个"战时后备役老兵"。旁边坐着虚弱多病的老妇人。她在超乎寻常的大声数着"一,二,三",不断地重复,这怪异的举动引起了两个同车厢小姑娘指手画脚的议论和嗤笑。老头见状狠狠地扫了她们一眼,继而,老妇人又固执地重复数着。两个天真的小姑娘,不自觉地又再次傻笑起来。这里写得真切,这是童心禁不住的自然表露。可老头却生气了,他对小姑娘称"小姐",告诉她们这个不幸的老妇人是他的妻子,我们刚失去三个在战争中死去的孩子。作为母亲当然悲不欲生,精神上受到莫大的打击,她神志迷糊而发疯了,可是祸不单行,战争当局又急催这个"战时后备役老兵"上前线,这个家怎么办?这个疯妇人怎么办?他无可奈何,只能在他上前线之前把她送往疯人院。多悲惨的家庭,多苦难的人生,这是谁之罪?战争,惨绝人寰的战争,这是血泪的无声控诉,这是反对战争的和平宣言书,一个不幸的家庭,一则小小

的故事,折射出世纪文学的一个普世大主题。

　　小说在人物设置和描写上,也有独到之处。两个小姑娘作为陪衬人物,写得栩栩如生。她俩的活泼天真、稚嫩童气的表现,正是未经世小孩的率真天性,遇上奇特的老妇人的举止不是害怕而是禁不住的嗤笑、傻笑,才和悲剧人物——已被战争夺去三个儿子的发了疯的母亲形成悲喜剧的不同对照。正是这发笑的小姑娘的无知才触发主人公——战争预备役老兵无限的伤痛。他要在走上毁灭性的战争前线前,安排好同命相怜、已发了疯的老伴,让她得到最后归宿——进疯人院。这两个小小的陪衬人物——小姑娘绝不是多余的人物,尽管在短篇尺幅中惜墨如金,但是如果缺少她们将毁了这篇经典的小说。被誉为"世界短篇小说之王"的契诃夫说过:"要是您在头一章里提到墙上挂着枪,那么在第二章或者第三章里就一定得开枪。如果不开枪,那管枪就不必挂在那里。"这句话值得我们永远记取。

(凌焕新,南京师范大学教授)

医生为什么来迟了

[美国]比利·罗斯

　　一天晚上,快九点钟的时候,医生接到一个紧急电话。电话里喊道:"喂,我这儿是格仁斯·佛尔斯医院,请曼·埃克医生听电话。"

　　"我就是曼·埃克!"医生答道。

　　"我是格仁斯·佛尔斯医院的海东大夫。我们医院刚刚接收了一个重病号,是个孩子。他脑袋中了一颗子弹,身体虚弱,生命垂危,应该马上动手术。可您知道,我不是外科医生。"

　　"我离您那儿有六十英里啊!"曼·埃克医生说,"您为什么不派人去请梅瑟大夫呢?他就住在你们那城里。"

　　"他有事出城去了,"海东大夫说,"我请您来,是因为这孩子是你们那城里的人。他来这儿游览,玩枪的时候走了火,打伤了自己的脑袋。"

　　"噢,您说这男孩子是阿班尼城的吗?"曼·埃克医生问道,"他名叫什么?"

　　"阿瑟·卡林汉。"

"我不认识他。但是我会尽快赶去的。这儿正下着雪,不过,我想十二点以前我总可以赶到的。"

"我应该事先说清楚,那孩子家里很穷。我估计他们不可能给你多少报酬的。"

"那没关系!"曼·埃克医生说。

几分钟之后,外科医生曼·埃克的汽车在城边被一盏红灯拦住,不得不停下来。这时,一个身穿旧的黑大衣的人,突然打开车门,钻了进来。

"开车!"他说,"我有枪!"

"我是一个医生,"曼·埃克说,"我正急着赶往医院,给一个重病号动手术……"

"不准啰唆!"穿黑大衣的人命令道,"朝前开!"驶出城约一公里,他叫医生停车,把医生赶下来,竟自己开着车走了。医生被甩在大雪纷飞的旷野里,呆呆地站了一会儿。

半小时以后,曼·埃克医生找到电话机,叫来了一辆出租汽车,急忙赶到火车站。到了那里,他才知道往格仁斯·佛尔斯的火车,要等半夜十二点才开。

凌晨二时,医生才赶到格仁斯·佛尔斯医院。海东大夫正等着他。

"我已经尽了最大努力了,"曼·埃克说道,"但半路上,我的汽车被人……"

"您能赶来,就很好了!"海东大夫说,"可惜那男孩一小时前已经死了。"

他俩走过医院候诊室。那个穿黑大衣的人,正双手抱着头,坐在那儿发愣。

"卡林汉先生,"海东大夫向那人介绍说,"这位是曼·埃克大夫,他是外科医生,为了抢救您的孩子,刚刚连夜从阿班尼城赶来的!"

(选自《太原文艺》1983年第5期,黄嘉琬、黄后楼译)

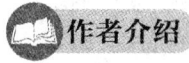

比利·罗斯,美国现代作家。

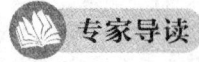 专家导读

"特殊而动人的奇遇"

法国作家莫泊桑说过这样一段话:"小说家的目的绝不是给我们叙说一个故事,娱乐我们或者感动我们,而是要强迫我们来思索、来理解蕴含在事件中的深刻的意义。"为此,小说家必须"把固定、粗糙和不动人的现实加工塑造,创造成一个特殊而动人的奇遇"。《医生为什么来迟了》这篇微型小说,不失为一篇"特殊而动人的奇遇"。

小说虽短,但线索却是双重的。其一是曼·埃克医生在晚上九点接到远在六十英里之外的格仁斯·佛尔斯医院的海东大夫的紧急电话,要他立即赶去抢救一个生命垂危的小孩。曼·埃克医生不讲任何条件,冒雪出发,计划在十二点之前赶到。小说通过快节奏的简短的对话,鲜明地突出了曼·埃克医生以抢救病人为神圣使命的崇高思想境界和雷厉风行的作风。其二是"穿黑大衣的人"抢劫曼·埃克医生的汽车,把他甩在大雪纷飞的旷野里,以致延误了对病人的抢救。这条线索对黑衣大汉虽然用墨不多,但其蛮横和不讲人道的特点,还是刻画得入木三分。这两条线索平行发展,最后通过海东大夫的"介绍",使曼·埃克医生与黑衣大汉"奇遇",猛然将小说情节推上高潮,既惊心动魄,又含义悠长,搅得小说中的人物和广大读者久久不能平静,不能不思索这一"奇遇"中的深刻意义。

"无巧不成书",这是人类早就总结出来的一条艺术规律。但怎样巧,即怎样运用这一艺术规律,确实大有讲究。有些平庸的作品,为巧而巧,虽然也能吸引读者,甚至使读者大吃一惊,但终因缺少思想内涵,那些巧便如同过眼云烟。这篇小说中的"巧"则不同,它不仅造成了情节的曲折波澜,而且使人道主义这一主旨得到了深化。你看,那个"穿黑大衣的人",在他伸出罪恶的手抢劫医生的汽车时,医生明明告诉他:"我正急着赶往医院,给一个重病号动手术……"医生的话显然还没有说完,"穿黑大衣的人"便以"不准啰唆!"的命令将医生的话"腰斩"了,而且将医生赶下了车。可以设想一下,如果这个黑衣大汉稍有一点人道之心,等医生把话讲完,也许他当时便会明白医生去抢救的人是谁,从而使他的孩子免于死亡。可见,这里的省略号并不完全是作者为巧而巧,为制造情节的"陡变"而设置的,而是服从并服务于表现"黑衣大汉"丧失人道精神的特点,它有其内在的必然性。唯其如此,所以当最后真相大白时,首

先便不是读者,而是这个"黑衣大汉"本人感到震惊、懊悔,不讲人道的苦果滋味在他心中一定会比其他人更觉得苦涩。小说结尾处写道:"那个穿黑大衣的人,正双手抱着头,坐在那儿发愣。"在他明白了曼·埃克大夫正是为抢救他的儿子,连夜从阿班尼城赶来时,依然不吭一声。但是,"此时无声胜有声",看来,这场"奇遇"已经逼迫他在用沉默"审判"自己的灵魂。

(常根荣,《南京师范大学学报》副主编、编审)

试 制 品

[日本]星新一

  M博士的研究所坐落在一片幽静的树林里,他独自住在那里。研究所远离市镇,因此无人光顾。然而,有一天却来了位相貌可憎的男人。
  "你是谁?"博士问他。
  那男人从衣袋里掏出手枪,对着博士说:
  "我是强盗,乖乖拿钱来!"
  "你找错了,我不过是位穷学者,虽然好不容易完成一项发明,不久会富起来,但我现在没有钱。"
  M博士这样回答,但强盗不甘罢休。
  "那么,就把你研制的试制品拿来,我将它卖给某公司,也许能赚大钱。"
  "那办不到。霸占别人的研究成果是极不道德的。"
  "要这样的话,我可要搜了。"
  强盗害怕博士逃跑,就紧紧拉着他的手,在研究所里搜起来。然而连试制品的影子都没见到。
  最后,强盗发现了一个小地下室。里面空空荡荡,只有一张桌子和一把椅子。他对博士喝道:"你要硬不交出的话,那我就不客气了。"
  "难道你准备开枪吗?"
  "不。杀掉你,东西就没指望了。我要想法让你交出来。喂,进地下室去。"
  "你究竟想怎样处置我?"

"把你关在这里,我在门外守着,待你饥不可忍的时候,你就会乖乖交出来的。那时我马上放你。"

博士断然拒绝了。于是他被关进了地下室。

过了一天,强盗由门外朝里问道:"喂,肚子饿了吧!你不会想开点?这里有吃的,当然你是用不着的啰。"

"我会坚持到底的。"

"不要打肿脸充胖子啦。"

于是,第二天、第三天都是如此,强盗只要一问,博士总是响亮地回答。有时,还从里面飘出悠扬的歌声。

一星期过去了,十天过去了。博士仍未屈服。这时。强盗坚持不住了,不仅身边的食品都已吃完,同时,他也厌烦在门外继续守下去,因为他感到博士令人畏惧。博士什么都没吃,可依旧神气活现。

"你也真不给情面,我算服啦。"

强盗垂头丧气地走了,M博士走出地下室。如释重负地叹口气,自言自语道:

"哎呀,太危险啦,强盗竟没发现试制品就在地下室里。我的研究成果就是那能用来吃的桌子和椅子。托福,我亲自检验了它的效用。营养似乎不错,只是还要多调调味。将来,把它们用在火箭内和宇宙基地,怕要发挥难以估量的作用呢。"

作者介绍

星新一(1926—1997),日本作家。东京大学农艺化学科毕业,后在东京大学研究院研究淀粉分解酵素。父亲故去后继任制药公司经理。公司不久倒闭,失意中写《性机器》,这篇小说被日本现代推理小说的奠基人江户川乱步所赏识,从此登上文坛。

二十年来,星新一写了近千篇超短篇小说,是日本超短篇小说的开创者,也是世界上超短篇作品产量最高的作家。他的作品题材广泛,自成一格。幽默、风趣、洗练,似乎远离人世,却又笔笔针砭时弊;好像荒诞不经,实则丝丝入理入微;常常在引人发笑处,蕴藏着辛酸的眼泪。

外国微型小说
Foriegn Miniature Novels

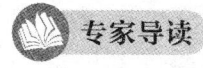

科幻小说的艺术张力

这是日本著名微型小说作家星新一的作品。星新一,1926年9月生于日本东京,东京大学毕业,担任过星记制药公司经理。自1959年日本流行微型小说以来,星新一始终在数量和质量上遥遥领先,被尊为"日本微型小说的鼻祖"。他的作品,较多地写科学幻想的曲折故事,把现实与科幻结合起来,酷似童话,情趣盎然,又寓教于乐,无论成人还是儿童、青少年都喜爱。《试制品》便是他较精短的作品之一。

本文写科学研究者遭遇强盗抢劫后靠科学研究成果安全脱险的奇迹。主人公M博士正在远离闹市的研究所工作。不料遇到强盗要他拿出钱来,可这位博士是个穷学者拿不出钱,强盗搜索全所,没有搜到,要他交出研究成果去卖钱,博士也不答应。于是强盗就把博士关进只有一桌一椅的地下室,让饥饿逼迫博士自动交出钱或者研究成果,强盗则在上面守候着。一天两天,博士不屈服,时而还传出悠扬的歌声,一个星期过去了,十天过去了,似乎到了生命饥饿承受力的极限,连强盗也坚持不住了,因为身边的食品已吃完,而且时间一长,引起警方注意的机会增多,可博士呢,什么都没吃,不仅没饿死,反而仍然神气活现,真令强盗畏惧,疑为"神人"。强盗最后只得垂头丧气地走了。

为什么博士在地下室没有饿死呢?这是全文的一个谜。作者用科研工作者的特殊科幻办法来解谜。博士走出地下室,自言自语地道出缘由。原来他的研究成果就是一种试制品,一种能用来吃的桌子和椅子。他在地下室就是靠这种能吃的桌子椅子度日的,经过验证营养还不错,这种试验品将来主要在火箭和宇宙基地应用,它的发展前景还不可估量呢!

这种试验品,只是一种科学幻想,既可以供人吃,又可供人用,它成了微型小说情节的主干,成了全文转折的关键,或者说前面的情节只是一个铺叙,试验品才是情节构成的真正核心。科学幻想,科学假设,虽然现实中还未存在,但它们根据科学的发展,可能成为现实,星新一把它们放在现实的背景下虚构小说的情节,则别开生面,例如他的其他作品如《拐骗》《波可小姐》等,都情节新奇,结尾出人意料,又有对现实的针砭性,都是借助于科学幻想之力,这成了作家鲜明的创作风格而赢得广大读者群的青睐。

(凌焕新,南京师范大学教授)

雨 伞

[日本]川端康成

雾一般蒙蒙的春雨,虽湿不透全身,但洒在皮肤上,还能觉出湿润来。姑娘跑到门外,看见如约前来的小伙子打着伞,这才喊道:

"哎哟!怎么下雨了?"

小伙子将脸藏在伞内,这雨伞与其说是挡雨,倒不如说是他来到姑娘家的铺石前时,为了遮羞而打开的。

小伙子默默地将伞遮在姑娘的头顶上,姑娘只把一边的肩膀伸进去。小伙子见姑娘还淋着雨,很想请她靠近自己,可又没有勇气开口。当然,姑娘也很想一只手凑上去拿伞,但不知怎么的,却偏偏做出要逃出伞外的样子。

两人羞赧地走进一家照相馆。小伙子那当官的父亲要携眷赴别处上任,他们是来拍分别照的。

"请您二位坐到这边来吧。"摄影师指着一张长椅子说。小伙子不好意思挨着姑娘坐,便站在她的身后。为了想表示出他们俩身体的某一部分相依在一块儿,小伙子把扶在椅子靠背上的手指轻轻地碰着姑娘的外套。通过手指感觉到她那微热的体温,小伙子仿佛感受到了紧紧拥抱着姑娘时的温暖。

从此以后,每当看着这张合照时,他都会回味起她的体温来的。

"再来一张怎么样?"摄影师颇热情地说,"您二位最好是挨紧点,把上半身拍大些。"

姑娘点头不语。

"你的头发是不是……"小伙子悄悄地对姑娘说。姑娘无意中抬头望了他一眼,顿时两颊绯红,明眸里闪烁出欣喜的光芒,她赶忙像孩子般温顺地到化妆室去了。

瞧见小伙子来到家门口时,她连理一下头发都顾不上便跑了出来。一头蓬松的头发,像刚刚脱下游泳帽似的,姑娘为此感到不安。但是,在男子面前,她又陷于羞涩,连拢拢头发的动作都做不出来,而小伙子又怕提醒会使她难堪。

去化妆室时姑娘欢快的神态深深感染了小伙子,不一会儿,两个人就很自然地一块坐在了椅子上。

临走时，小伙子正要抓起他的雨伞来，他忽然发现，伞已经被先走出门口的姑娘拿在手里了。姑娘从小伙子的目光中突然醒悟过来，心里不由暗自一怔——无形中，她竟已把自己当成他的人了！

小伙子没有要回伞，姑娘也不大愿意交还给他。可是，不像来时那样胆怯，他们似乎一下子变成了大人，像一对夫妻似的走回去了。

雨伞在蒙蒙的雨雾中远去，远去……

（选自《飞天》1983年第11期，谢丽译）

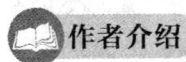 作者介绍

川端康成(1899—1972)，日本作家。出身于医生家庭。三岁丧父，四岁丧母，在祖父母抚养下成长。八岁祖母去世，十岁姐姐去世，十六岁祖父去世，落下孤身一人。1920年由第一高等学校毕业考入东京帝国大学英文科，和作家菊池宽相识。1921年发表小说。1926年发表《伊豆的舞女》而名声大振。

川端康成是日本的新感觉派的主要成员，但是他的艺术风格却和多数新感觉派成员的风格不完全相同。他的创作有《伊豆的舞女》《感情的装饰》《温泉宿》《浅草红团》《水晶幻想》《抒情歌》《禽兽》《雪国》等。

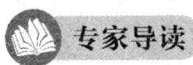 专家导读

尽在微妙的感情波澜处

这是篇独具风格的微型小说。它不像一般的微型小说那样有高度浓缩提炼的情节冲突和出人意料的转折变化，倒像是一段极其平淡无奇的生活场景片段，粗看起来几乎索然寡味。然而这篇小说的特点正在这里。

小说作者川端康成是著名的日本现代作家，诺贝尔文学奖获得者。他在思想上深受佛教禅宗和虚无主义哲学的影响，创作中通常不以故事情节取胜，而着重刻画细微的感觉和人物心理。因而他的作品往往在平淡的外表下蕴含着细腻微妙、耐人咀嚼回味的东西，类似我国宋代文人苏东坡所赞赏的"外枯而中膏，似淡而实美"的风格意趣。这篇小说突出地表现出这种特征。

小说叙述的是一位小伙子请一位姑娘一起去照相这样一件平凡的琐事，整个过程没有发生任何出人意料甚或稍许引人注目的事。但作者注意到了这

个平常的过程中人物心理的细微变化,在极短的篇幅中简练而清晰地勾画出了人物心理的变化。

小说中所描写的是一对年轻的恋人。显然不同于那种轻率随便的杯水主义式苟合,他们珍视对方,珍惜自己的感情。小说所叙述的看似信手拈来的一个生活片断,实际上是他们情感发展的一个微妙转折点。小伙子要随父亲走了,他们的关系如果要避免因分手而淡化,就必须跃入一个更成熟的阶段。或许这就是他们来拍分别照的潜在的心理动机。这种特定的情境决定了这对年轻人的心理与行为处于一种欲行却止、欲合却离的矛盾之中:小伙子为了遮羞而打伞,想请姑娘靠近一些又没勇气开口,两人合照却不好意思挨着姑娘;姑娘也是同样,她"很想一只手凑上去拿伞,但不知怎么的,却偏偏做出了要逃出伞外的样子"。他们在寻求突破这道心理障碍的缺口。

终于,小伙子开始进攻了:他把手指轻轻地碰着姑娘的外套,"通过手指感觉到她那微热的体温"。这是何等细微的感受!但它竟像电极的触点一样霎时使小伙子充满了温暖。这令人想起米开朗琪罗在西斯廷天顶画中所绘的上帝与亚当指尖将接触的那一刹那,上帝把精神活力通过指尖注入亚当体内的一刻固然神圣伟大,而小伙子由指尖感受到姑娘体温时的心理变化又何尝不重要呢?他冲破了心理障碍,有勇气向姑娘示意整理头发了。他的心理变化立刻被姑娘感受到,"明眸里闪烁出欣喜的光芒";她的欢快神态又反过来深深感染了小伙子。在二人情绪的急剧反馈震荡中,原先的心理障碍彻底崩溃,他们一下子跨入了一个新的更成熟的阶段,"一下子变成了大人,像一对夫妻似的走回去了"。

至此我们才看出,在如此简短的一篇平凡琐细的生活情景描写中凝聚着丰富而深刻的心理经验和复杂微妙的情感运动。然而这一切都被作者用平淡的描写和叙述掩盖了起来,人物的行为与心理活动被尽量地压低,只剩下了一点约略可辨的暗示,只有通过细细品味才能体会其深藏着的意义。这种若隐若现的风格通过小说开端和结尾对蒙蒙细雨那种温润朦胧之感的描写而融成一种难以言传的空灵缥缈的情韵,给人以一种特殊的审美感受。

(高小康,南京大学、中山大学教授、博导)

不鼓掌的人

[日本]藤森成吉

我突然发现这家伙很不正常,唯独他一个人不鼓掌,真不可思议。

演讲者慷慨激昂,台下掌声阵阵。大伙儿把手都快拍烂了,还是一个劲儿地向着讲坛报以雷鸣般的掌声,不,简直是在一齐鸣枪射击。有人嫌鼓掌还不过瘾,竟情不自禁地喊叫起来。"对!一点不错!""我们都挨了打!""警察是我们的敌人!"

警察犹如街道两旁的树木,布满会场四周。每当群众鼓掌、喊叫时,他们眼睛里就闪烁着白光;佩剑仿佛是套在家犬脖子上的锁链,发出"咔嚓""咔嚓"的恫吓声。不用说,这种举动纯属徒劳。演讲者的谴责句句在理,具有法庭和陪审员的权威。何况,警察今儿又是被告。

警察要是胆敢在这种场合动手打人,大概到会者谁也不会袖手旁观的吧!这一点群众清楚,被告们心里也明白。正因为如此,他们至多只能白白眼、拨弄拨弄佩剑而已。

"谴责警察'五一'暴行大会"笼罩着法庭般的庄严和激昂的气氛。演讲的工人大声怒斥,听众的心里也在大声疾呼。台上台下同仇敌忾。然而这究竟是怎么一回事呢?唯独这家伙阴沉沉的,一声不吭,显得无动于衷。

他一动不动地端坐在我的邻座,仿佛波涛中的一块岩石。面孔浅黑,身体似乎有点虚弱,鼻子向旁歪斜,目光锐利,身穿土黄色粗布工作服,看上去像是个中年工人。他嘴唇紧抿,正出神地望着台上的演讲者。

"混蛋!"我暗暗骂道。居然巧妙地混了进来,你在拼命地看什么呢?是把反抗者的面孔——记入脑海中的手册?还是像蜻蜓那样转动眼睛环顾四周呢?……于是我对他严加监视起来,但这家伙依旧纹丝不动。过了好大一会儿,他都没拍过一下手,也没喊过一声。也许他压根儿没这种念头。

我不免纳闷起来。恐怕是个新特务吧!不!说不定是个狡猾的老狐狸也未可知。我把注意力全集中在这家伙身上了,至于台上的演讲早丢在一边。我决定和他打个招呼。就在我正要把脸凑过去喊声"喂"时,突然发现他的双瞳像电光一样在闪亮。啊呀!这条狗真怪,在哭哩,是不是有所触动了呢?……就在这当儿,雷鸣般的掌声又一次震撼了整个会场。他失神地举起迄今一直垂着的那只手,可是刚举到胸前又垂落在膝盖上。

这时,我才看到了一样东西。可以说这是一个伟大的发现,其意义远比哥伦布发现新大陆要大得多,我的热血一下子沸腾起来。四周一片昏暗,我极力睁眼凝视,确实没错,搁在膝盖上微微颤动着的东西是一双没手掌的手,不!是研磨棒。

我的眼前闪电般掠过一个幻觉:传送带宛如几十条耀眼的白链,奔腾不息。马达隆隆鸣响,机器令人目眩般地飞速旋转。突然,五根手指和手掌碰到磨得光亮的钩形加工品,顿时在一片浅红色的烟雾中飞舞……

我全明白了。泪水不禁夺眶而出。

"你!"

我失声抽泣,眼前一片模糊,还是伸出双手,紧握住他那山芋般的、无声地颤动着的物体。

(选自《小说界》1984 年第 2 期,宋金和译)

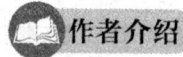

藤森成吉(1892—1977),日本小说家、剧作家,参加过"全日本无产阶级艺术同盟"。创作了长篇小说《波浪》《妹妹的结婚》,中篇小说《旧先生》,短篇小说《在研究室里》等。

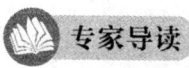

设疑解惑的期待魅力

角度,或者说叙事视角的选择,对于所有艺术创作都绝非无足轻重的,对于篇幅短小的微型小说尤其重要。《不鼓掌的人》选取了一个独特的表现角度——鼓掌,并以此为基点,营造看似平实,然则精巧的叙事结构,通过手——一双不能鼓掌的手,表现资本主义制度下工人的悲惨境遇和他们心中的愤怒。

作品一开头就设下一个悬念:在工人集会上,台上慷慨激昂,台下掌声阵阵,大伙都快把手拍烂了,可"我"身边的一个家伙不鼓掌。这是一个什么样的家伙呢?"我"疑窦丛生。接着,作者渲染会场的气氛:警察布满会场四周,佩剑发出"咔嚓""咔嚓"的恫吓声,工人们群情激愤,同仇敌忾,会场上剑拔弩张。可那家伙还是一声不吭,无动于衷。作者把悬念更推进了一步。那个家伙越

是不动,越是令人不可思议,"我"也就越疑心。"我"开始打量他,开始仇视他,怀疑他是特务,监视着他的一举一动,甚至忘记在开会。到这里悬念已推到了高潮。接着,情节发生了陡转,那家伙失神地举起手又马上垂落下去,"我"这时惊奇地发现那是一双没手掌的手。悬念解开了,两颗敌对的心一下撞击在一起,泪水夺眶而出,这位被怀疑成特务的人原是比"我"的命运更加悲惨的工人。

这篇小说的成功之处,在于角度的选择和悬念的设置。作者将心理因素的悬念,有机地融入情节之中,在悬念艺术美形态中塑造两个性格鲜明的人物。"我"是疾恶如仇、多疑好动、喜怒形于色的工人。没有手掌的人则是命运悲惨、把痛苦深藏在内心、喜怒不形于色的工人,但他对资本主义社会的憎恨与愤怒却是共同的。小说的结尾处,两个人之间的误解已经消除,但对资本主义世界的控诉却是无尽的。

谢榛在谈到诗文创作时说:"起句当如爆竹,骤响易彻;结句当如撞钟,清音有余。"这篇小说可以说是收到了这样的艺术效果。起句开门见山,悬念的设置精当简练;结尾部分则留下省略的情节:那位工人的手掌是怎么失去的?也许是机器轧的,也许是警察的佩剑砍的,让读者去想象,去填补这些情节,使人读后还在思索,还在回味小说内容。

(崔保国,清华大学新闻传播学院教授、博导)

他母亲的伙伴

[澳大利亚]亨利·劳森

电灯光下,剧院门口的台阶上,坐着一个面容憔悴的妇人。她手里抱着一个孩子,身旁站着两个,膝盖上放着一叠报纸,紧挨脚边的一个雪茄烟盒就搁在人行道上,里面装满了火柴、靴带和骨领扣。

一位绅士模样的人,从马路对面的"大理石酒吧间"走了出来。他在人行道上站了片刻,看了看表,然后径自向剧院走去。他穿过大街,在走近人行道的时候,把手伸进了衣袋里。

"买报,先生?"一个报童叫道,"来哟,先生,有《新闻》,还有《星》。"

但那位"先生"已经注意到了台阶上的妇人,并朝她走去。

"买报吧,先生!这里有《星》。"孩子嚷着,一下子闪到她跟前,目光很快地从"先生"脸上转向卖报的女人,他说:"没有关系,先生!都是一样的——她是我母亲……谢谢!"

(选自《小说界》1981年第3期,黄源深译)

亨利·劳森(1867—1922),澳大利亚作家。出生于一个淘金人的家庭,受过几年小学教育。十四岁两耳失聪,他的性格变得内向。1887年写了第一首诗《共和国之歌》,以后写了很多充满战斗气息的诗歌,成为名噪一时的诗人。继之又试笔短篇小说,并且取得了比他的诗歌更大的成就。

劳森是澳大利亚民族文学的主要奠基人,一生共写了三百多篇小说,或描写早期澳大利亚人谋生的艰辛,或赞颂人与人之间的同情、友爱和互助,或揭露资本主义的剥削。没有构思缜密的情节,不靠紧张的故事去吸引读者,而以内中蕴蓄的情感来打动人。

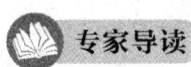

"最富暗示的那一顷刻"

亨利·劳森的《他母亲的伙伴》是一个艺术精品,它早在1981年就由《小说界》介绍给我国读者。1984年被收入江苏人民出版社出版的《微型小说选4》(外国微型小说专辑)。

这个作品好就好在它能充分体现微型小说选材细小、以小见大的特点。许多微型小说吸收了雕塑艺术"选择最富暗示的那一顷刻来表现"(莱辛《拉奥孔》)的特点,这个作品也是这样。作品开头用简洁的笔触,交代了时间、地点,勾勒了具体的情境:一个贫困而多子女的妇人,坐在剧院门口的台阶上卖报和其他零星杂货。然后作品的人物之一,一位绅士上场,他从剧院对面的酒吧间出来,在过马路向剧院走去时的"那一顷刻","他穿过大街,在走近人行道的时候,把手伸进了衣袋里"。作者选择这个"最富暗示的那一顷刻",或者说作者捕捉了人物的这个一瞬间行动,暗示出了人物此时此地的心态。但是,这种暗示并没有给读者十分明确的导向,而是具有朦胧性。读者可以根据自己的生

活经验来发挥想象,进行再创造。例如,我国有的评介文章认为故事"透露一种讽刺意味的弦外之音,使人想起了鲁迅的短篇《肥皂》来","他可能认为,在一个穷女人手里买报,使他从口袋里掏出的那几个钱……平添了一种救济和行善的色彩,他将获得一种乐善好施的慈善家的满足。从资本家的精明眼光来看,一文钱当二文用,何乐不为"。这是从阶级分析的角度来理解绅士的行动,这未尝不可,现实生活中这样的绅士也未必没有。但是,我们也可以想象绅士看到了贫穷的妇人憔悴、多子,产生了怜悯和同情。人性是复杂的,复杂的人性应该用复杂的思维去理解、想象,单一的思维是无法解释的。

　　这篇小说还精心选择了报童的"最富暗示的那一顷刻"的行动和语言。正当绅士把手伸进衣袋的时候,报童立即向绅士兜售报纸。当绅士向妇人走去时,他"一下子闪到她跟前,目光很快地从'先生'脸上转向卖报的女人,他说:'没有关系,先生!都是一样的——她是我母亲……",我们读到这里,才恍然大悟,这篇小说的前面两段文字,原来是为报童的出场作准备的。小说的主旨并不是刻画绅士,而是报童,作者通过人物的一个动作、一句话,写出了报童的机灵、善于应变,给读者留下了驰骋想象的广阔天地。读者或许会想:这个孩子为什么不去上学?他是在怎样的生活条件下被"训练"得这样善于应变的?报童说"她是我母亲……",小说的题目回答了这个问题,妇人并不是他的母亲,而是他母亲的伙伴,那么应该怎样看待报童的这种行为等等。这一系列的问题留给读者去思考,去再创造,使小说的结尾余音缭绕,同时也显示出作者深邃的构思。

(程均,南京师范大学副教授)

喜　鹰

[新加坡]黄孟文

　　太阳悬在西边两座山之间的凹处。天气旱热。四周云霞血红。

　　盘旋于低空,我睁大眼睛俯视着不远处的一个形同废墟的村落。翅膀稍一挥动,激起一阵劲风,仿若一架快要着陆的微型军用直升机。

　　感谢上苍,让我出生在非洲的土地上。这里的人比先进地区的老鼠还要

卑贱。天天有人在内战弹雨中身亡，不然就是饥饿而死。每天我都吃肉吃得不亦乐乎，养得身强体壮，哪里要像穷人那样为生活、为儿女而疲于奔命呢？

看！那里有个黧黑的小女孩！她枯瘠的右手握着一个小铁罐，在地上小洞中汲点污水。整10岁的人了还赤身裸体，比飞禽更不知耻——飞禽还有遮羞的羽毛！

望着小女孩那摇摇欲坠的瘦弱身躯，那呆滞的眼神，经验告诉我，机会来了，今晚肯定又有盛餐。

孩童的身躯虽然也一样是皮包骨，但是吃起来毕竟鲜嫩一些呀！

日落鹰翔霞满天……

小女孩仰颈喝下那仅存的几滴污水，啧啧嘴唇，蹒跚地退到近旁的一个垃圾堆，用瘦手挖掘着，颤颤然。真是笨蛋，垃圾堆里除了一些被我们吃剩的残肢断骸以外，还会有什么可以下肚的东西呢？

这个小女孩我早已把她盯紧了。我最憎恨的就是她那个小个子的黑妈妈。他们一家七口，有五口就先后饿死了，都被我们啄入腹中了。黑妈妈特别疼爱这个小女儿，每次觅得些许残羹，就全部让给女儿"虎咽"，宁可自己饿昏。更可恶的是，她整日把女儿牢牢护卫着，我每次想要偷袭都无从下手，只好知难而退。可是，现在好啦，时机成熟啦，再也没有人可以保护你了，看你这个小鬼还能躲到什么地方去。

黑妈妈昨天饿死了，就在这堆垃圾旁。临死时还紧抱住女儿不放，生怕她被我的鹰兄、鹰弟们攫去。我抿喙暗笑。自己已是泥菩萨过江，还要保护女儿？

我当然还是优先啄吃黑妈妈啦。死尸如果不趁早啄吃，很快就会腐烂掉，白白损失。黑妈妈的肉又干又韧，啄得我喙痛，肠胃也不舒服。吃剩的残骸都散落在垃圾堆里，东一块西一块。

我索性飞落到近旁的平地上，面对面地注视着小女孩。

小女孩还在垃圾堆里挖掘，有一下没一下地，数度跌倒又爬起来。她的四肢显然已经疲弱无力，颤抖得厉害。良久，她捡起一块骨头，急急放到齿间啃咬。嘴角嚅动，双目无神，茫茫然。嘻，傻东西，至亲妈妈的肋骨也会啃得津津有味！

好像咬不到什么可以入腹的残肉，小女孩绝望了，挣扎着站起来，举起小铁罐。罐内滴水全无。

小女孩终于支撑不住，全身一阵痉挛，倒下去了，再也爬不起来了。

我大喜,舌尖汩出了唾液,一步步地向小女孩跳过去。

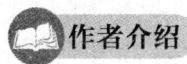

黄孟文(1937—),华裔新加坡作家,新加坡南洋大学毕业,曾在新加坡大学、美国华盛顿大学深造,获博士学位。曾任新加坡华文作家协会会长、名誉会长、世界华文微型小说研究会首任会长。微型小说著名作家和积极倡导者,举办首届世界华文微型小说国际研讨会。作品多次获大奖,鉴于其突出贡献,获中国微型小说学会终身成就奖。

人化后的艺术喻义

这篇作品最大的特点是采用了"鹰"的视角,看到的、想到的、欲做的无不以鹰的眼睛、鹰的心理为出发点,这就使得这篇作品在写作手法上便与众不同,有一种拟人化的成分渗透在故事里。

据我知道,作者去过世界很多地方,在行万里路的过程中,他看到了一般人不易看到的人与事。例如,非洲灾民在死亡线上挣扎的惨景。如果是个摄影家,只需按动快门就会把瞬间定格;如果是个新闻记者,大胆地、客观地、真实地报道就能让读者的心灵受到冲击;但作为一位作家,如何把这些重大题材化为艺术形象,这是个大难题。黄孟文不愧是个高手,他的鹰视角,一下子就将这题材举重若轻。鹰的视角属于小口子,但非洲灾民却是个大背景。作者用鹰的眼睛将所看到的一切展现在读者的面前,使题材一路开掘下去;又用鹰的思维,间接地把立意深化了。

整篇作品近乎一种白描,那勾勒、描摹的场景让铁石心肠的人也会为之动容。作者没有像鲁迅那样喊出:"救救孩子!"但读者分明感受到了作者那种强烈的人道主义精神,字里行间都渗透着"救救非洲孩子"的呼声。

近年,写动物的文学作品越来越多,以动物为视角、以动物为第一人称的作品也时有出现,但在儿童文学作品中以童话写法居多,在中短篇小说中以历史题材为主。作者这篇作品却是纯粹的现实题材,这更能拉近读者与作者之间的距离,给人的感受也就更真切,震撼也就更强烈。

作者为这篇作品起名为"喜鹰"也别具匠心,鹰是喜了,人却惨了,鹰之喜正是用来反衬人之惨的。整篇作品的画面感也特别强烈,读罢这篇作品,眼前便会自然而然地浮现出一幅非洲灾民图,这比空泛地呼吁救援非洲灾民更有说服力,这也就是艺术的、文学的力量。

(凌鼎年,著名微型小说作家)

心 壶

[泰国]司马攻

古语道:"玩物丧志。"但我管不了许多,我玩古董玩了三十多年,越玩越有兴致,打从去年退休之后更是成为古董迷,尤爱收藏小茶壶。

有一天我到"越沙攀"佛寺去礼佛,在寺里方丈室的一个古老的木橱中,见到了五把造型古朴的名贵小茶壶。我心一动,就和佛寺的住持巴空大师交谈起来,聊古说今,谈得很"投机"。从此我便经常去找巴空大师。

醉翁之意不在酒。我和巴空大师的往来,主要是看在那五把古老的小茶壶的份上。

几个月后,我花了二百铢在"耀华力"茶行买了一斤"乌龙茶",又以八十铢买了一把宜兴出品的新制小茶壶,兴冲冲地向"越沙攀"佛寺去。

"大师!我特地拿来一把新的小茶壶,换一换橱中的一把旧茶壶。还有一斤顶级的乌龙茶送给大师。"我一面说,一面打开橱,将新制的小茶壶放在橱里,随手将一把古老的小茶壶拿出来。

巴空大师瞪着眼看一看我的脸,我急忙从口袋里取出一个早已备好了的、其中放有一千铢的白信封放在桌上:"大师,还有一千铢善金奉献。"

大师眼一闭,不说什么。我自言自语了几句,就拿着那把古朴的小茶壶回家了。

我以新茶壶四把、乌龙茶四斤,外加现金四千铢,在三个月内换到了四把名贵小茶壶。

方丈室里木橱中的第五把小茶壶,我当然是不会放过的。一天,我重施旧法,再往佛寺里去,走到木橱前,心中吃了一惊,橱中的第五把古老小茶壶不见了,代替那把茶壶的是跟我所买来的一模一样的新茶壶。一定有人依样画葫芦,用我的办法,换去了名贵小茶壶,我真后悔我来迟了!

"大师！是谁将另一把旧茶壶换去了？"

巴空大师把眼睛睁开："颂吉施主，这个纸盒送给你，你拿回家去吧！"巴空大师以手指着桌子旁边的一个大纸盒，说完后又闭眼入定了。

我回到家里，把纸盒打开，我的心几乎要跳了出来。纸盒里放着四把宜兴出品的新茶壶、四斤乌龙茶、四个里面各放有一千铢的白信封，还有我想得到的那把名贵小茶壶！

晚上，我整夜没睡，我不需付出什么就得到了五把名贵小茶壶，而这五把小茶壶整夜在我脑中转来转去。

第二天，我带了那五把名贵小茶壶到"越沙攀"佛寺里去。巴空大师又在入定。我将五把小茶壶轻轻地放回木橱里。

"颂吉施主，橱中有没有壶，是新的还是旧的，这对于我都是一样的。但是对你……对你可能很重要。"巴空大师的声音在我背后传来。

我一转身，双手向巴空大师合十为礼，低下头来坐在巴空大师身旁："大师！是的，很重要，这五把小茶壶对我一生都很重要，我是真真正正地得到了五把小茶壶。"

我离开了佛寺，心中想着："得失只在一念之间，失去的可能就是得到的。我虽然有不少古董，而永远留在我心中的是那五把小茶壶。"

作者介绍

司马攻（1933— ），原名马君楚，笔名剑曹、田茵，祖籍广东潮阳市阳县成田镇，家庭世代在中国和泰国经商，他任泰国五福织造有限公司董事长、祥通公司总经理。泰国华文作家，曾任泰国华文作家协会第五届至十四届会长，现任该会永久名誉会长。世界华文微型小说著名作家和倡导者，任世界华文微型小说研究会副会长，获小小说创作终身成就奖。

专家导读

得失之间

《心壶》是一篇堪可玩味的作品。明明是茶壶，作者却起名心壶，通读全文方知作者用心良苦，方知取名"心壶"实在是远胜于取名"茶壶"。

这个故事写了收藏家与佛家大师之间的斗智或者说是较量，最后收藏家

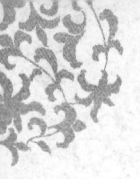

被大师感化,内藏禅机、禅意,让读者悟到一种生活哲理。我也接触过一些收藏家,其中相当一部分是出于对某一种东西的偏爱,也有的人则有一种占有欲。作者笔下的这个主人公"我",就是有着强烈占有欲的人,他看中了"越沙攀"佛寺方丈室的五把小茶壶后,为了占有可算是动足了脑筋,不惜用新茶壶、乌龙茶,外加泰铢去换取,但他不敢太贪,一次去方丈室换取一把,就在他以为将要"功德圆满",五把小茶壶即将全部到手时,发现第五把小茶壶不见了。这一急非同小可,但作者故布疑阵后又笔锋一转,使"我"的挖空心思一下没了意义,原来巴空方丈不但把宜兴新茶壶与乌龙茶、泰铢还给了施主"我",还额外地奉送了那剩下的最后一把小茶壶。这使"我"大感意外,然而更使"我"思想上受到震动的是巴空大师的话。因为对于四大皆空的出家人来说,旧壶与新壶都是壶而已,没有质的区别……

    这等于点化了"我",使"我"恍然醒悟到贪欲的不该。作品最后落点到得失仅在一念之间,让读者明白得失之间的哲理关系,实在是可圈可点。

(凌鼎年,著名微型小说作家)

中国微型小说
Chinese Miniature Novels

当代部分

摆 渡

高晓声

有四个人走到了渡口,要到彼岸去。

这四个人:一个是有钱的,一个是大力士,一个是有权的,一个是作家。他们都要求渡河。

摆渡人说:"你们每一个人,都要把自己最宝贵的东西分一点给我,我就摆。谁不给,我就不摆。"

有钱人给了点钱,上了船。

大力士举举拳头说:"你吃得消这个吗?"也上了船。

有权的人说:"你摆我过河以后,就别干这苦活了,跟我去做一点干净省力的事儿吧。"摆渡人听了高兴,扶他上了船。

最后轮到作家开口了。作家说:"我最宝贵的,就是写作。不过一时也写不出来。我唱个歌儿给你听听吧。"

摆渡人说:"歌儿我也会唱,谁要听你的!你如实在没有什么,唱一个也可以。唱得好,就让你过去。"

作家就唱了一个。

摆渡人听了,摇摇头说:"你唱的算什么,还没有他(指有权的)说得好听。"说罢,不让作家上船,篙子一点,船就离了岸。

这时暮色已浓,作家又冷又饿,想着对岸家中,妻儿还在等他回去想办法买米烧晚饭吃,他一阵心酸,不禁仰天叹道:"我平生没有作过孽,为什么就没有路走了呢?"

摆渡人一听,又把船靠岸,说:"你这一声叹,比刚才唱得好听,你把你最宝贵的东西——真情实意分给了我。请上船吧!"

作家过了河,心里哈哈笑。他觉得摆渡人说得真好,作家没有真情实意,是应该无路可走的。

到了第二天,作家想起摆渡人已跟那有权的人走掉,没有人摆渡了,那怎么行呢?于是他就自动去做摆渡人,从此改了行。

作家摆渡,不受惑于财富,不屈从于权力;他以真情实意馀渡客,并愿渡客以真情实意报之。

过了一阵以后,作家又觉得自己并未改行,原来创作同摆渡一样,目的都是把人渡到前面的彼岸去。

(《七九小说集》前言,1980 年)

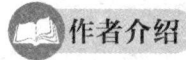

高晓声(1928—1999),江苏武进人,中国当代作家,江苏省作协副主席。

1949 年参加农村工作,1952—1957 年在江苏省文联工作,1979 年调入江苏省作协任专业作家。五十年代曾发表《解约》《不幸》等小说和大型锡剧《走上新路》(与人合作);1957 年因参加筹组《探求者》被错划成"右派"。

他的作品以农村题材为主,"陈奂生系列小说"——《"漏斗户"主》《陈奂生上城》《陈奂生转业》《陈奂生包产》引起当代中国文坛的强烈反响。《李顺大造屋》《陈奂生上城》分获 1979 年和 1980 年全国优秀短篇小说奖。

[导读一]

虚拟人物的灵动与睿智

《摆渡》原是作者为自己的《七九小说集》写的代前言。文中作家的所作所为、所言所思,其实都是高晓声本人关于文学创作的夫子自道。

虚构一个故事以表达自己对某个问题的看法,这做法本身就很有艺术性;本篇更大的艺术性表现在作者把文贵情真和文学家应承担"摆渡"众生的神圣职责的道理,通过文中作家的言行、感悟,说得有滋有味、层次分明。

文虽短,却一波三折,情趣盎然。先写作家无钱无势,遭摆渡人拒载,正苦恼绝望之际,却不料自己的无意一声长叹,竟感动得摆渡人回心转意,并得以

上船。他高兴之余,懂得"作家没有真情实意,是应该无路可走的"道理。继而写作家自己改行当了摆渡人,他"不受惑于财富,不屈从于权力;他以真情实意飨渡客,并愿渡客以真情实意报之"。最后写作家顿悟:"原来创作同摆渡一样,目的都是把人渡到前面的彼岸去。"作者就这样让读者于艺术欣赏之中,不知不觉地明白了一个关于文学创作的重大命题。

(陆建华,原中共江苏省委宣传部文艺处长,文艺评论家)

[导读二]

用故事说话

  作家表达自己的意见,陈述自己的看法,往往不是用抽象的概念语表述,而喜欢用形象作譬喻,用故事来说话。高晓声的《摆渡》本来是作者在扬州文艺理论座谈会上的发言,后又作为自己《七九小说集》的代前言。这个故事中人物的所作所为,所言所思,其实都是作者的自说自话,说的是有关文学创作的独特见解,即虚构一个故事借此生动形象地说出自己要说的话。这故事一经《青春》杂志1979年第2期刊出,不少文学杂志、选刊竞相转载,散文乎?小说乎?莫衷一是。其实说它是散文也行,小说也行。依我看如果纯从故事角度看,可作散文;如果从摆渡的人物着眼,加上虚构的完整的故事情节,则又倾向于小说,所以如今选它作为微型小说来鉴赏。

  这则故事谁是主人公?作家、摆渡人。故事曲折生动,幽默风趣。作家于暮色苍茫中,与其他三人渡河回家。怪哉,摆渡人居然提出一个令人意想不到的要求,要求他们"把自己最宝贵的东西分一点给我"。提到作家最宝贵的,就是写作,可一时也写不出来,遭摆渡人拒载。正在绝望之中的无意一声长叹,峰回路转,绝处逢生。摆渡人盛赞这长叹的真情实意,是作家最宝贵的,就让他渡河。作家觉悟:"作家没有真情实意,是应该无路可走的。"作家之悟,其实就是高晓声要阐说的创作体验。情节陡转,原摆渡人改行,走人,作家接班当了摆渡人。角色双转换,作家的渡人,以真情实意飨渡客,并愿渡客以真情实意报之。最后,作家顿悟"自己没有改行,原来创作同摆渡一样,目的都是把人渡到前面的彼岸去",作家是在精神层面渡人。这就是作家的社会责任感和历史使命感。这是鲁迅文学"为人生"的别具一格的

见解,也是小说深邃的艺术意蕴。它具有反复玩味的鉴赏品格和历久不衰的经典性。

(凌焕新,南京师范大学教授)

路 口

沈善增

一个同学告诉过我这样一个故事。

他很有一点小聪明,可惜那时待分配在家,常常"吃饱了饭没事情做"。一天,他邀了两个同学,到大街上去寻求刺激。

他们来到闹市口的一个阴沟边,蹲下,全神贯注地往里看。不到一分钟,他们身后已站下了五六个人。"看什么?"有人问。

"一只大老鼠,浑身雪白,这么大。"我那同学用手比画说。

"喏,头露出来了!"他的同谋趁机起哄。七八个脑袋立刻一齐凑向阴沟洞。

"缩回去了,等会儿还会出来的。"

不消十分钟,阴沟边上已围上了几圈人,外圈的人焦急地向里层的人打听:"什么东西?""什么东西?""白毛老鼠,绿眼睛,连尾巴两尺长。""哟!"

我那同学和他的同谋,悄悄地引退了。

待他们到别处逛了一大圈再回来时,那里已围得黑压压的。十字路口被堵塞了,排成长蛇阵的电车、卡车像乌鸦一样狂叫。

"什么事?"我那位同学拉住一个踮脚张望的人问。

"一只大老鼠。"那人摆摆手,向人圈里挤。阴沟边有人在喊:"头露出来啰!"

多么伟大的愚蠢啊!

(发表于 1981 年)

作者介绍

沈善增(1950—)，浙江鄞县人，专业作家，中国作家协会会员，代表作品有《正常人》《我的气功记实》。

专家导读

［导读一］

"看客"现象的沉思

作品中这个"很有点小聪明"的同学，他寻求刺激的方法未免有点恶作剧。但他这一有意无意的举动，却揭示了一个事关国民劣根性的社会现象，这就是，生活中有太多太多的看客。

看客们大多胸无大志、猥琐平庸。因为胸无大志，所以什么国家的前途、人民的利益，他们概不放在心上；因为猥琐平庸，他们常常把肉麻当有趣，甚至公然亵渎正义与真理。总之，他们属于饱食终日、无所事事的那一种人，其热衷于做的事，常常属于"伟大的愚蠢"。小说中的那黑压压的一群人，为看阴沟里一只不存在的大老鼠，一蹲就是半天。

生活中的看客们，看似对社会没有直接的危害，但如果听任病态的看客精神的蔓延，则祸害无穷。就像小说中描写的，因为越来越多的看客在无聊地等待阴沟里出现老鼠，结果，"十字路口被堵塞了，排成长蛇阵的电车、卡车像乌鸦一样狂叫"！毫无疑问，是看客造成了这一次交通堵塞。这是看得见的，还只是有限的损失；更可忧虑的是，如果人人都成了麻木不仁、玩世不恭的看客，那将会造成看不见的堵塞，即社会的停滞不前，这将是最为可怕的事情。

本篇的第一句话，作者以看似平静的口吻写道："一个同学告诉过我这样一个故事。"读完这个故事，我们不能不陷入深刻的思考之中。每个人都会遇到自己人生的路口，重要的是，决不做无聊的看客，必须抛弃猥琐、无聊、麻木不仁等劣性而奋然前行。《路口》所传递出来的思想意义就在这里。

（陆建华，原中共江苏省委宣传部文艺处长，文艺评论家）

[导读二]

诙谐中的悲哀

读《路口》,这作品似乎是一则引人发笑的故事,几个"吃饱了没事做"的青年学生,为寻求刺激,竟然制造了一个无中生有的阴沟里看老鼠的闹剧,而引来了一圈又一圈的围观者,堵塞了交通,引发了一场不小的车怒人怨的社会混乱。在诙谐的叙述中,撕破了这种无价值的东西让读者审视,让人不得不看到这些青年灵魂中精神空虚的悲哀,并给我们以足够的警示。

其一,作品主人公是一个"吃饱了没事做"的待分配同学。这位能吃饱的同学,生活无忧,如果饥肠辘辘,在饥饿线上挣扎的人,他会没事做吗?无论打工讨饭总要先解决生存问题。饱食终日,无所事事者实际上是社会的蛀虫。他的生命意义何在?

其二,寻求刺激,制造闹剧。主人公们不是为社会做些好事,做公益事,做为别人服务的志愿者,而是无中生有,无事生非,无事找事。尽管他们没有故意挑战社会,不是有意在捣乱,只是给社会开了一个小小的玩笑,但其引起堵塞交通、车怒人怨的社会后果却是恶劣的。只求刺激,不顾后果,这是"聪明人"的最大愚蠢。

其三,路过的"围观者"均是匆匆的"看客"。他们欢喜看热闹、凑趣、猎奇,可不知反浪费了时间,酿成群发性事件。鲁迅就曾痛心于这种"鉴赏这示众的盛举"的看客,体格健全、精神麻木的看客。几圈人围着,外圈人往里面挤,里圈人往外面突,为的是看什么怪异的老鼠。这种看客观象正是一种"伟大的愚蠢",当今社会发生这类的看客事件还少吗?

微型小说只能写一简单的故事,但并不追求单一的题旨,往往于简单之中,赋予丰富的内涵;于诙谐之中,蕴含着严肃的思考。《路口》的发生地路口,也许也是一种象征,作者和读者都心有灵犀一点通,似乎在告诫我们:青年们呀,站在这人生的十字"路口",要有清醒的选择啊!

(凌焕新,南京师范大学教授)

枪　口

徐光兴

官复原职的N省建材局杨局长和李秘书，走在蒿草丛生、芦荻疏落的湖边。

"烟中列岫青无数,雁背夕阳红欲暮。"西风,秋水,雁阵,衔着落日的远山,交融在一起,更增添打猎者的无限兴致。

"嘎——"传来一声水禽被惊动的鸣叫。杨局长从李秘书手里接过一支崭新的猎枪,爱抚地摸了一下。它是双筒枪管,枪身瓦蓝锃亮,枪口黑黝黝的,有一股子逼人的寒气。三十多年前他打游击时,也没拿到过这么好的枪。

"吱嘎——嘎呷",从附近湖面的荷梗残苇中,窜出几只白颈黄蹼、羽毛灰麻麻的水鸭子,在空中扑腾乱飞,惊悸声声。赶着猎狗的捕猎社员,也悄悄地摸到这儿。好几支猎枪的枪口,同时瞄准了这些空中猎物。

"砰——"老杨开枪了。一缕白烟消散,一只水鸭子像断了线的风筝,从半空里坠下。

"打中喽,打中喽！杨局长,你真不愧是当年游击队里的神枪手。"李秘书像个孩子似的跳着嚷着,奔过去捡猎获物。

老杨只是"嘿嘿"笑了几声,拍着枪,连声说:"好枪,好枪！"

他俩朝熄了引擎的黑色小轿车走去。老杨说:"老王这家伙,介绍的地点还蛮不错呢。"

李秘书试探地凑上前去说:"他是您的老部下嘛。这次他请您批五十吨建材物资给他……"

"你不要为他做说客。不批,半个字也不批;针尖大的洞,也会刮进斗大的风。咱党员干部,那歪门邪道不要搞。"他停了一下,朝烟波迷茫,水天一色的湖面瞧去,"好景致,可惜婷儿没有同来。"

"她今天有更高兴的事儿,"李秘书故作神秘地笑笑,说,"王主任托了文化局的老马,同意把你的女儿调到省实验话剧团工作。"

"嗯?"老杨的眉毛拧了个结。李秘书只当没察觉,坐进轿车,手扶在车门上,仿佛自言自语地说:"就拿这辆车来说吧,也是王主任出力调拨给您的。那回大姐犯病进院,还多亏这辆车接送。"

"该死,早把我当猎物给瞄上了。"他下意识地攥紧枪把想。李秘书一眼溜到枪上,像又想起什么,说:"王主任知道您喜欢打猎,这支猎枪,就是他特意托人专程送到您家的……"

车发动了。老杨陡然一惊,不觉倒抽一口冷气:黑黝黝的双筒枪口,冒着寒气,就像两只黑洞洞的眼睛,死死地瞄准了他……

(选自《小说界》1981年第2期)

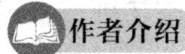

徐光兴,中国当代作家。

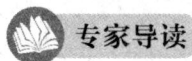

谁成了"猎狗"

此篇立意确定,无非要提醒某些官员别搞歪门邪道,别做心术不正者枪口中的"猎物"。这样的作品在1981年发表,倒是很及时的,颇具警策意义。可是时至今日,在我们的大大小小新旧干部中自觉或不自觉地成了心术不正者的"猎物"的已不在少数。面对这一触目惊心的事实,再来思考这篇作品提出的课题,又似乎觉得太平淡无奇了。唉!这也许是社会的悲哀吧!

作品中杨局长听了李秘书有关王主任的"关心"之后说:"该死,早把我当猎物瞄上了。"我以为这句话是全篇的"文眼",它包含的意义是多方面的。而其最主要之点是:杨局长被"包围"了,被一张无形的人情网粘住了。这张无形的人情网,凝聚着传统的文化心态。从文化学角度看,中国人中有一种类型,他们一方面"怕"官,一方面"愚"官。"怕"是因为官有权,管着自己,"愚"官的目的则在于"设范以囚之",借用"官"的权力营私肥己。而所谓"设范以囚之",其惯用的把戏就是通过各种途径,利用各种名目和手段,把"官""包围"住,使其神志不清,变得愚蠢,最终为自己所用。这些"包围"者的思想行为,有一个轨迹:当被"包围"的"官"昏庸了,垮台了,他们就毫不犹豫地又去"包围"新的"官",如此周而复始。今日的"官"是人民的勤务员,今日的官民之间并不存在根本利害上的冲突,这是谁都明白的道理。但是,从我们见到的许多事例看,

今日的官民之间,恐怕还是很难摆脱上面说的那种传统的文化背景的!但愿我们的为官者能从黑黝黝的"枪口"中领悟到更多的东西。

(包忠文,南京大学中文系教授,博导)

雄 辩 症

王 蒙

一位医生向我介绍,他们在门诊中接触了一位雄辩症病人。医生说:"请坐。"

病人说:"为什么要坐呢?难道你要剥夺我的不坐权吗?"

医生无可奈何,倒了一杯水,说:"请喝水吧。"

病人说:"这样谈问题是片面的,因而是荒谬的,并不是所有的水都能喝。例如你如果在水里掺上氰化钾,就绝对不能喝。"

医生说:"我这里并没有放毒药嘛。你放心!"

病人说:"谁说你放了毒药了呢?难道我诬告你放了毒药?难道检察院起诉书上说你放了毒药?我没说你放毒药,而你说我说你放了毒药,你这才是放了比毒药还毒药的毒药!"

医生毫无办法,便叹了口气,换一个话题说:"今天天气不错。"

病人说:"纯粹胡说八道!你这里天气不错,并不等于全世界在今天都是好天气。例如北极,今天天气就很坏,刮着大风,漫漫长夜,冰山正在撞击……"

医生忍不住反驳说:"我们这里并不是北极嘛。"

病人说:"但你不应该否认北极的存在。你否认北极的存在,就是歪曲事实真相,就是别有用心。"

医生说:"你走吧。"

病人说:"你无权命令我走。你是医院,不是公安机关,你不可能逮捕我,你不可能枪毙我。"

……经过多方调查,才知道病人当年参加过梁效的写作班子,估计可能是一种后遗症。

(选自《小说界》1982年第2期)

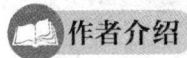

作者介绍

王蒙(1934—),河北沧州人,生于北京。中国当代作家。1953年开始写作长篇小说《青春万岁》。1956年发表短篇小说《组织部新来的青年人》。1979年后发表了大量的中短篇小说,有《蝴蝶》《相见时难》《最宝贵的》《悠悠寸草心》《风筝飘带》等。还发表了大量的微型小说,如《雄辩症》等。不少作品被翻译成英、法、德、日等国文字。曾任国务院文化部部长等职务,现为中国作家协会名誉副主席。

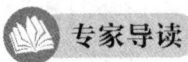

患时代病后遗症的荒诞人物

文学是时代的产儿。如果说历史是靠已经发生的事实说话,那么,文学中的小说则凭借可能发生的故事为时代刻上艺术的印记。王蒙在"文革"结束、新时期兴起时写下的《雄辩症》正是对"文革"这个特殊的时代中的某些特殊的"病人",患着以"文革"思维为特征的"雄辩症"的写照,让这个可笑的喜剧形象成为后人不可忘却的时代警示。

这位病人生何种怪病?雄辩症。得此病者的症状是,到处找辩论对象,以诡辩的思维逻辑为手段,主观臆测,转换命题,颠倒是非,以雄辩家自居,以置论敌于死地而后快。且看,医生是如何诊治的,先是医生招呼"请坐",病人则反驳"难道你要剥夺我不坐权吗",怪论。"请你坐"是爱护,有利于诊断病情。不存在你相反的"不坐权"。进而"请喝水吧",体现医生对病人的关怀,可这位病人总是反其道而行之,并且扣上片面、荒谬的帽子,用偷换命题的方法,推演出"不是所有的水都能喝",并且假设如果水中掺上氰化钾毒物就不能喝。医生耐心地宽慰:请放心,这水里没放毒! 而这位病人更是任意引申,无理取闹,我诬告你放毒了吗? 医生觉得这位病人不可理喻,只得换个话题打哈哈。"今天天气不错",可病人还是不依不饶,竟然称这话是"胡说八道"! 转换时空驳斥说"北极天气很坏"。医生指出我们这里不是北极,病人又诡辩"你不应该否认北极的存在",并扣上帽子,"别有用心"。至此,医生实在是无可奈何,只要一问讯,病人就疯狂地"批判"。医生一生也没有诊治过这样的病人。最后只得请他离开:"你走吧!"可病人更变本加厉,竟狂吠"你无权命令我走,你不是公安机关,你不可能逮捕我,你不可能枪毙我"。一句普通的祈使语"你走吧",竟

然让他枉顾事实，无限夸张，颠倒是非，乱扣政治帽子，实在是病入膏肓，无可救药。

如何得此怪病，医生的"医典"里也遍找无着。作品结尾处点出其中奥秘：该病人在当年"文革"疯狂时代参加过"梁效"的写作班子，以"唯我独革"的诡辩鬼才，成为"文革""旗手"豢养的御用文人，充当批判一切、打倒一切的"文攻"打手。现在，"文革"时代早结束了，可这些文人的"文革"思维酿成的"雄辩症"成了新时期罕见的怪病，患上"文革"的后遗症而"死不改悔"。作者塑造了这样一个铭刻上时代印记的、令人难忘的喜剧人物，把无价值的东西撕开给我们看，除了给我们以可笑的愉悦外，还形象地提出了令人惊心的警示，蕴含着艺术的震撼力和持续的、不能忘怀的艺术魅力。这也许是经典作品所具有的美学品格吧！

（凌焕新，南京师范大学教授）

胖子和瘦子

冯骥才

这城里，胖子和瘦子是一对朋友。一个胖得出奇，一个瘦得惊人。这胖子等于瘦子四个左右。

那时，胖子走红运。当官儿必须是胖子，画家专画胖子，女人也要挑胖男人做丈夫。人人说胖子块头足，身壮力不亏，能显出真正的男人气。于是就出现愈胖愈好的趋势。这位本城最胖的胖子就受到格外重视，人们都向他讨教胖身术。他的照片、言论、轶事，到处争抢刊载。其中他的两句发胖经验——"多吃多睡。动不如静"被全城人当作口头禅与座右铭。照这两句话去做，果真见效！本城的胖子就愈来愈多，但一时胖不起来而鼓腮挺肚、假装胖子的也不乏其人。一次，胖子被一群记者纠缠住，非请他说一说发胖的秘诀不可，他信口说一句："要衣松带宽！"当日全城加肥衣服就被抢购一空，各种腰带就滞销了。此刻，任何有能耐的大导演、演员、球星、发明家、魔术大师、特异功能者，都压不过胖子的名气。

某日，胖子兴致勃勃地去找老朋友瘦子。他见瘦子依旧细骨伶仃，便伸出

肉砣儿一般的食指指着瘦子的肋巴骨说：

"现在城里人人都学我，你是我的好朋友，为什么反不学我？天下还有比你再瘦的人吗？"

瘦子淡淡一笑，颇含自负地说：

"别看你一时走红，等你过了劲儿，就该轮到我了，不信，走着瞧吧！"

过一年，真有了变化。不知哪来一种说法：人胖、发喘、出汗、行动不便、脂肪囤积多，容易患血管病，有百害而无一利。当人们对一种东西的好奇与兴致渐渐淡了，相反的东西就现出魅力。这说法即刻像一阵风吹遍全城，跟着，有人在报纸上发表整版一篇文章，曰《瘦子好！》。文章扬瘦抑胖，议论周密，又十分有理。他说，瘦子灵便，体轻，占用空间小，心脏负担也小，不易患血管病；据统计，长寿的人中，百分之九十八是瘦子，百分之一是不胖不瘦的，只有百分之一是胖子，看来胖子长命纯属偶然。

自此，人们又开始关心瘦身法了，那个一直被世人遗忘的瘦子，终于被人们当作一件稀世的宝贝发现了。瘦子的经验刚好与胖子的相反，他要人们节食、素食、少吃糖，不喝啤酒，早起打拳，饭后散步，生命在于运动……于是，原先写文章称颂胖子的那些人，又笔锋一转，纷纷撰文，引经据典，有理有据，证实瘦子的经验如何宝贵、可靠和正确。并赞美瘦子是"当代人最佳体重""最符合时代要求的体重""典型形象"等等。报刊上有关胖子的报道一下子不见了。瘦子像片羽毛，一阵风，上了天。他的照片、轶事、经验、趣闻、言论、访问记、报告文学，像漫天飞花，风靡一时。

这天，瘦子在街上遇见胖子。胖子被冷落了，灰头灰脑，无精打采，他感慨地对瘦子说：

"当初你的话还真说对了，早知听你的话，提早设法变瘦，如今一下子很难瘦下去！"

瘦子听了，摇了摇他干树枝般的手指说：

"不！你应该保持这样，说不定哪天又时兴胖子了！"

（选自《鸭绿江》1982 年第 8 期）

冯骥才（1942—　　），浙江慈溪人，生于天津。中国当代作家。1978 年开始发表作

品。现已出版长篇小说《义和拳》(与李定兴合作)《神灯》;中篇小说《铺花的歧路》《啊!》《爱之上》《走进暴风雨》《神鞭》《感谢生活》《三寸金莲》;短篇小说《雕花烟斗》《意大利小提琴》《高女人和她的矮丈夫》等。《雕花烟斗》和《神鞭》获全国优秀短篇小说和优秀中篇小说奖。

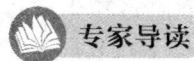 专家导读

[导读一]

时尚冷热的思考

"官本位",是我国传统的文化心态的重要内涵。由"官本位"而派生出了只唯上、不唯下的世道人心、社会舆论或思维定式。只要是上面的当官的说的,就是对的;只要是社会舆论捧场的,就是对的。这就是我国传统的占统治地位的社会思维模式。有这样统一的思维模式,就自然会形成统一的时尚、统一的思想、统一的言论和行为,至于谁敢于对它稍有抵制,那是要被视为异端,并加以发落的。

《胖子和瘦子》的作者冯骥才对中国的风土人情、文化心理有特殊的研究。他写的一些作品,由人心切入,画出了一幅幅真切迷人的风俗画。他这篇微型小说,就是从文化学、民俗学的角度对传统的"官本位"社会心态作了透视。胖子和瘦子,是人的体形的两个极端,过胖过瘦都是病态,这是谁都懂得的常识。可是一经舆论的臧否,"病态"也就变成了"常态",而且成了"理想态"。一时,"胖子"被捧为"理想态",自然要列出这样那样的许多理由;一时,"瘦子"被推为宣扬的对象,当然也会排出许多扬瘦抑胖的理由的。反正,欲褒贬之,何患无辞!"十年河东,十年河西",这句话,从文化地理学的角度看,是真理,即使用它来概括社会上的时尚的起落、消长也是很适合的。可惜,人的一辈子如果只在这样"时兴""不时兴"中过去,实在白来人间一场!我赞赏瘦子的"清醒",他看破了时尚兴废的奥秘。然而他也有不足之处,这就是他对于自己的"细骨伶仃"的病态缺乏自知之明,更缺乏改变一下的自觉或勇气。

(包忠文,南京大学中文系教授、博导)

[导读二]

寓言体小说的寓托

在微型小说的大家族中,有一类接近于寓言的小说,或者说,汲取了寓言艺术某些艺术营养而形成的别具一格的小说,我们不妨称之为寓言体小说。著名作家冯骥才的《胖子和瘦子》便是这类小说中的独特佳作。

寓言体小说中的人物一般是一种假定性人物,是一种虚拟的带有某种类型特点的人物。鲁迅说:"我的坏处,是在论时事不留面子,砭锢弊常取类型。"所谓"类型",恰如一幅"图",或实物的"标本",是一种泛指,而非实指,作品的胖子和瘦子,即是这种类型性的假定人物。胖子瘦子姓甚名谁?"这城里"是什么地方,有什么个人生成印记?都没有交代,因而它只是一个一切胖子和瘦子的代表性符号。拿英国福斯特在《小说面面观》中的说法,称作"扁平人物"。"他们最单纯的形式,就是按照一个简单的意念或特性而被创造出来"。胖子和瘦子即是这样的人物,是寓言体小说的主人公。这种假定性人物必将演绎一则假定性的故事。

那时,胖子走红运,时髦、新奇、怪异、时兴,从众心理,群起仿效,时尚,以此为好,以胖为美。当官儿必须胖子,女人要嫁胖子,胖子到处受宠,报刊电视争相报道,胖子的名气压过了明星。当胖子得意忘形之际,奉劝依旧细骨伶仃的瘦子,希望他改弦更张,跟上时尚学学胖子而胖起来。可瘦子却独有见地,认为胖的时兴只是"一时走红","过了劲儿"就衰落,就会轮到"瘦子"了。

果然,才过了一年,讲胖子"有百害无一利"的批评声此起彼伏,相反"瘦子好"的呼声甚嚣尘上,扬瘦抑胖,议论周密。瘦子长寿、灵便,自此,瘦子受宠,时兴,吃香。报刊电视,赞美瘦子的报道、舆论如漫天飞花,风靡一时。这时瘦子遇到被冷落的胖子,胖子感慨这时尚的倏忽变化,想方设法变瘦。可瘦子又发惊人之语,莫变!说不定过一阵又时兴胖子了。时而时兴胖子时而时兴瘦子,再过一时可能又时兴胖子,人间正演绎着这种不停歇的反复时兴的故事。寓言体小说的假定性故事往往有明确的训诫性题旨,有很强的现实性和哲理性。胖子和瘦子的时尚,是从现实中来又超越了现实,高于现实,表明了时尚的交错杂陈,流转互动,一定程度上是对时尚作了真实的揭示和针砭。这正是寓言体小说寓托的生活的哲理。这哲理又高于现实,成为普适性的人生理念。这篇作品虽历经二三十年,但它所闪耀出的思想光芒,仍在熠熠生辉,照亮着受众的心灵,仍具有现实的警示性。

(凌焕新,南京师范大学教授)

尾 巴

汪曾祺

人事顾问老黄是个很有意思的人。工厂里本来没有"人事顾问"这种奇怪的职务,只是因为他曾经做过多年人事工作,肚子里有一部活档案。近两年岁数大了,身体也不太好,时常闹一点腰酸腿疼,血压偏高,就自己要求当了顾问,所顾的也还多半是人事方面的问题,因此大家叫他人事顾问。这本是个外号,但是听起来倒像是个正式职称似的。有关人事工作的会议,只要他能来,他是都来的。来了,有时也发言,有时不发言。他的发言有人爱听,有人不爱听。他看的杂书很多,爱讲故事。在很严肃的会上有时也讲故事。下面就是他讲的故事之一。

厂里准备把一个姓林的工程师提升为总工程师,领导层意见不一,有赞成的,有反对的,已经开了多次会,定不下来。赞成的意见不必说了,反对的意见,归纳起来,有以下几条:

(1) 他家庭出身不好,是资本家;

(2) 社会关系复杂,有海外关系,有个堂兄还在台湾;

(3) 反右时有右派言论;

(4) 群众关系不太好,说话有时很尖刻……

其中反对最厉害的是一个姓董的人事科长,此人爱激动,又说不出什么理由,只是每次都是满脸通红地说:"知识分子!哼!知识分子!"翻来覆去,只是这一句话。

人事顾问听了几次会,没有表态。党委书记说:"老黄,你也说两句!"老黄慢条斯理地说:"我讲一个故事吧——

从前,有一个人,叫艾子。艾子有一回坐船,船停在江边。半夜里,艾子听见江底下一片哭声。仔细一听,是一群水族在哭。艾子问:'你们哭什么?'水族们说:'龙王有令,水族中凡是有尾巴的都要杀掉,我们都是有尾巴的,所以在这里哭。'艾子听了,深表同情。艾子看看,有一只蛤蟆也在哭,艾子很奇怪,问这蛤蟆:'你哭什么呢?你又没有尾巴!'蛤蟆说:'我怕龙王要追查起我当蝌蚪时候的事儿呀!'"

(选自《百花园》1983 年第 4 期)

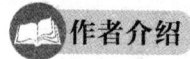 **作者介绍**

汪曾祺(1920—1992),江苏高邮人,中国当代作家。西南联大中国文学系毕业。新中国成立前当过中学教员,历史博物馆馆员。新中国成立后长期担任编辑工作,曾为北京京剧院编剧,如编撰过京剧《沙家浜》等。1940年开始发表小说。还写过京剧剧本,民间文学的和戏曲的杂论。出版过小说集《邂逅集》《羊舍的夜晚》《汪曾祺短篇小说选》《晚饭花》,散文集《蒲桥集》以及京剧剧本《范进中举》《沙家浜》等。

代表作有《受戒》《岁寒三友》《大淖记事》等,其中《大淖记事》曾获全国优秀短篇小说奖。

 **专家导读**

[导读一]

桥　梁

《尾巴》是一篇讽喻性很强的微型小说。

故事中套故事,用小故事说明大道理,是这篇作品的特点。作品所叙述的是现实生活中司空见惯、平淡无奇的事件,揭示了至今有些人仍然以家庭出身不好、海外关系、右派言论、知识分子等等为理由反对人员的正常提升。如果就事写事,那么这不过是一个小品而已,作者的高明之处就在于恰到好处地插进了一个古代的寓言故事,一个关于尾巴问题的艾子寓言。这个寓言故事和现实事件之间有什么联系?作者并没有用直接议论的语言去加以说明和解释,而是留下一片咀嚼、品味、思索的空白。同时,作者又为读者提供了诱发联想的暗示,那就是本篇的题目"尾巴"。

可以说,"尾巴"这个意象像一座桥梁,沟通了现实事件和寓言故事,是作者巧妙构思的基点。它显示了现实事件和寓言故事的重合之处和惊人的相似之处,使得寓言故事成为现实事件的有力参照和生动比喻。寓言中的禁尾巴命令多么愚蠢!而现实生活中对知识分子的种种非议也无非想割掉知识分子的尾巴而已。"知识分子翘尾巴"是多少年来宣传的一种理论,这种"尾巴论"也是同样的愚蠢!割尾巴的命令下达,不但水族哭泣,而且殃及蛤蟆,真是天下恐慌,人人自危,这分明是对现实事件的一种暗示性的警告!有了寓言故事作为参照和比喻,作者通过现实事件所表达的意蕴就更加清晰和深刻。

中国微型小说
Chinese Miniature Novels

寓言故事的运用,使得作品达到了在短小的篇幅内尽量表现丰厚内涵的艺术要求,也形成作品言简意赅、含蓄委婉、幽默讽刺的风格。对人对事,作者有何评价?全篇不着一字,却有一股讽刺幽默的情绪在作者的轻描淡写中透露出来。作品中出现了两个人物,一个是讲寓言故事的人事顾问老黄,另一个是反对人员提升的姓董的人事科长。作者只有三言两语就把姓董的可笑之处描画出来:"此人爱激动,他又说不出什么理由,只是每次都是满脸通红地说:'知识分子!哼!知识分子!'翻来覆去,只是这一句话。"激动得莫名其妙,反对得莫名其妙,既然没有理由,那么这种激动和反对就是一种可笑的病态。老黄那"慢条斯理"的态度恰好与姓董的形成鲜明的对比,用这种态度所讲出来的寓言故事正好是对姓董的最好针砭,一切讽刺俱在其中。作者的讽刺不是直接的,而是委婉的,作者的讽刺不是激烈的,而是含蓄的。

(金燕玉,江苏社会科学院文学研究所研究员)

[导读二]

故事中的故事

汪曾祺的短小说,悠闲中见情致,叙述得娓娓动听,让人身临其境,提神醒脑。《尾巴》就是故事中再讲故事,令人在故事中体察人情物理、审词定气,作家批判的倾向性在情节中自然流出,而尾巴的象征意义更提升了作品的美学和历史价值。这篇经典性的佳作应该是微型小说发展史上的一大亮点。

作品开始平淡朴素,介绍人事顾问的由来和背景。继而进入故事的正题,厂里为提拔一位工程师为总工程师而开会讨论。有赞成的,有反对的。而反对者都以极"左"的眼光归纳四条"左规"而拒之,特别那位姓董的人事科长,管人的当权派,更是"左"字当头,极力反对,抱着对知识分子的偏见,在这决定工程师命运的关键时刻,那位人事顾问出场了。他本不想表达什么,党委书记点名要他说说,他才慢条斯理地讲了一个寓言故事,主人公艾子听到江底水族们哭泣,一问缘由,原来龙王下令,凡有尾巴的都要杀掉。艾子深表同情。连一只蛤蟆也在哭。艾子奇怪你没有尾巴哭什么?答曰:怕它们追查起我当蝌蚪时的事儿,因为蝌蚪是有尾巴的,而我是从蝌蚪蜕变而来的。故事中的故事结束了。这个寓言故事表明,人的家庭出身是不能选择的,偏偏有"左规"把它当作人的"尾巴",把人打入"另册",永世不得超生。知识分子都有大大小小的

"尾巴",因此就被打入资产阶级的牢笼,或被改造,或被杀戮,这种极"左"的人事制度应该受到清算和批判,故事的故事讲完了。人事顾问让故事说出了他的意见。大家讨论的结果,党委做出什么样的决断,都让故事所包含的意蕴暗示了。故事用不紧不慢的叙述,用故事套故事的悠闲节奏,闲中着色,于悠闲中内隐着发人深省、催人振奋、振聋发聩的艺术张力和批判锋芒。

(凌焕新,南京师范大学教授)

一个复杂的故事

绍 六

"张工,看了你的《职工经济状况调查表》,想核实一下你在'其他负担'一栏内填的十五元,我们不明白……"

"那是寄给我妹妹的,在房县上畈中学,不信我可以将历年的每月汇款收据……"

"别误会,不是不相信你每月寄去这十五元,是想问你为什么要寄这十五元。"

"为什么?因为她是我妹妹,在我困难的时候——你知道我有整整七年,每月只拿生活费——她每月寄十五元支持我的家庭,直到我平反恢复名誉,还因为我的'问题'影响了她的毕业分配,在山凹凹里待了十五年,如今她有困难,我……"

"他们夫妇只有一个孩子,农村生活水平也低,不至于有困难吧!"

"不,他们每月要给妹夫家乡应山县寄十五元。"

"你妹夫要供奉双亲?"

"不,妹夫的双亲早亡。"

"那寄钱给谁呢?"

"寄给妹夫服役时的战友罗元凯的家。"

"姓罗的收入低?"

"他在中越边境自卫反击战中牺牲了。"

"啊——当地政府应当照顾这位烈士之家呀!"

"照顾得不错。不过,烈士的父亲每月要寄十五元给烈士生前部队的所在地襄阳。"

"寄给谁呢?"

"烈士生前曾救过一位盲人老太婆,并坚持每月照顾老人十五元,罗元凯同志牺牲后,烈士的父亲按照儿子的心愿,继续照顾这位老人。"

"原来是这样。不过,你寄钱给你妹妹,妹夫寄钱给应山,应山寄钱给襄阳,这……未免太复杂了。"

"难道有什么简单的办法吗?"

"你若直接寄钱给襄阳,不就省去几道关节和邮费吗?"

"这个……可是,生活并不是数学,人的感情更不是数学呀!"

(选自《南苑》1983 年第 3 期)

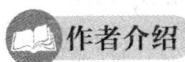

绍六(1939—),原名李绍六,湖北武汉人,《芳草》杂志副主编,武汉文学院副院长,专业作家。湖北作协理事。

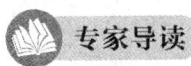

缕缕情丝织成的人情关

在这个偌大的世界上,最复杂的,莫过于人的感情,那缕缕情丝,牵动了你,牵动了我,牵动了他……它萦绕在人们中间,织成了一个人间情网。《一个复杂的故事》,就表现了这情网中的一个侧面。在这个故事里,作者没有塑造感人的形象,没有精彩的描述,没有生动的情节,只有两个人的平淡的对话,但正是在这淡淡的意味中,我们体味到了:甘苦与共的兄妹之情,战火硝烟中的战友之情,对"盲老太婆"的抚慰之情。我们从这里,窥视到了一个人情的社会。

作者说得好:"生活并不是数学,人的感情更不是数学呀!"生活是多彩的,人的感情也是丰富的。在这里,作者向我们展示了三幅生活画面,写出了三种人间情感,但作者所写的这种情,不是单纯的兄妹之情、战友之情,而是具有更深沉的意蕴,具有更广泛的包容性。

在十年"文革"期间,人情成了政治的奴隶,为了政治目的,夫妻背叛、朋友反目的事经常出现，人情堕落，真诚远逝。在那样一个年代，张工的妹妹，仍对哥哥保持着那份亲情。作者这里赞美的，不仅仅是"妹妹"对落难哥哥的真挚情感，而且是对那一时代存有的人间真情的讴歌和赞美。

在中越自卫反击战中，那么多优秀的青年为了共和国的安宁，为了万家团圆，人民幸福，血洒疆场，永远地倒下了。应该理解他们、记着他们的，不仅仅是烈士的战友，而且是我们每个活着的人。

在我们这个社会中，还有那样多像"盲老太婆"那样的孤苦者、不幸者，需要我们大家共同去尊重他们，关怀他们，抚慰他们……这些，正是作者要人们体味的，这也是作品深沉的意蕴所在。

这篇小说在艺术上的独到之处，表现在构思很巧妙，作者用十五元钱做纽带，将所表现的各种情巧妙地联结在一起，环环相扣，每一环，都向人们展示了一幅生活的图景，都向人们讲述了一个发人深思的故事，使作品的内容显得简洁而紧凑。另外，这十五元钱，也向人们暗示出了：钱，不过是表示感情的一种形式，而人世间的许多真情，并不是用钱可换回的。这更加突出了真情的可贵，显示了人情美的特殊魅力。

（徐雯，新疆财经大学教授）

找"帽子"

蒋子龙

这一下可叫金流傻眼了，他站在教育局大院中间的花坛旁边木呆呆、懵懂懂，像一棵被落霜打蔫的老水仙。他本来就是立身无傲骨、遇事缺主见的人，这一刻他真想一头撞死在花坛的岩石上。同村的"右派"分子一个个全都摘帽改正，落实政策回到城里，只剩下他没人管、没人问。今天，他来到原工作单位——教育局查问，组织科的同志一查档案，全局的"右派"分子已全部改正完并落实政策回城了，记载"右派"名单的老册子上并没有金流的名字。当初既然没有给他戴上"右派"帽子，现在只好回去。

"天哪，当初明明是把我打成了'右派'嘛！不然为什么要把我赶到农村去？"

"这我们就不知道了。当初整你的人已经不在教育局了。"

二十多年来,金流对"右派"这项帽子既厌恶又害怕。可是如今这项帽子对他来说,犹如吉祥鸟,恰似财神爷,变得无比珍贵、无比重要了。却偏偏在这时候"右派"的帽子飞走了,没有这项帽子,他的名誉就得不到恢复,政策就得不到落实。往哪里去找到这顶得而复失的帽子呢?传达室的老王看他可怜,走过来拍拍金流的肩膀,真心实意地对他说:

"你去找找老隋,求他给你证明一下。"

对,金流挨整的时候老隋是教育局的书记,他会证明自己是"右派"。金流打听了五十个人,跑了五十个地方,最后才在一家高级宾馆的小会议室里找到了老隋。没说上两句话,老隋就想起来了,眼前这个傻小子当时作为"右派"上报过,上面没有批。后来同"右派"分子一样待遇,送到农村去了。现在,怎好认这笔账?老隋斩钉截铁地说:"金流同志,我在教育局当书记的时候,绝对没有把你打成'右派'分子,这都是有档案可查的。"

金流又气又恼,还想辩解。老隋一挥手:"现在我有重要的会议,你的事同你讲清楚了,你没有什么落实政策的问题,现在还是回去好好工作。"说罢,迈着方步,走到里间去了。

金流无可奈何地离开了宾馆,嘴里还在喃喃地咕哝着:"帽子,我的帽子……"

(发表于 1985 年)

 作者介绍

蒋子龙(1941—),河北沧州人。中国当代作家。中国作协主席团委员,天津市作协主席,《天津文学》主编。

蒋子龙工人出身,他的作品以工厂题材为主。1962 年开始发表作品,1976 年《机电局长的一天》引起社会强烈反响,1979 年加入中国作协。代表作有中长篇小说《阴差阳错》《锅碗瓢盆交响曲》《蛇神》《子午流注》《收审记》等。

专家导读

[导读一]

荒唐可笑的冤情

金流之所以沦落在社会最底层,二十多年来在农村过着卑微屈辱的生活,

就是因为头上那顶"右派"分子的帽子。如今,好容易熬到新时期,又幸逢摘帽改正、落实政策可以回城的良机,却被告知:记载"右派"名单的老册子上并没有他的名字。为此,他不得不焦急地到处找帽子。好不容易从原教育局书记老隋那里,总算弄清事情的真相,但老隋的无情推诿、振振有词、无懈可击,金流最终只能失望地离开。

仔细阅读本篇,我们不难体会作者的深刻立意。值得我们赞赏的是,他把沉痛、愤慨的情绪隐含在表面平和甚至有点幽默的叙述之中,这样,金流越是找不着那顶曾经令人既厌恶又害怕,如今却显得无比珍贵、无比重要的"右派"帽子,读者越是感到无言的沉痛。事情有点荒唐和可笑,但读者笑不起来,并由此进行深刻的反思。

还值得称赞的是,作者仅粗疏几笔,便勾勒出两个形神兼备的人物形象,使人过目不忘。一个自然是"立身无傲骨、遇事缺主见"的金流,他的遭遇、他的命运令读者无比同情,并且欲哭无泪。再一个就是用三言两语打发走蒙冤数十载、如今求证无门的金流的上级老隋!一个善良,柔弱无助,沉冤多年后幸逢落实政策良机却申冤无望;一个冷酷,心硬如铁,为保住自己一贯正确的形象,不惜以草菅人命的卑劣手段在事实面前闭上了眼睛!作者成功地用对比手法,让这两个人物互相映衬而存在,并使各自性格更加强烈和鲜明。

(陆建华,原中共江苏省委宣传部文艺处长,文艺评论家)

[导读二]

悲剧之中的深思

悲剧人物,在文学中除叱咤风云式为真理而牺牲的英雄人物外,还有一类则是被毁灭的善良又朴实的平凡人物。这位作品里的主人公,曾被错打成"右派"下农村劳改的教师金流,正是这场特殊悲剧中悲剧人物的艺术见证。

说他是悲剧人物,因为20多年前,他被打成"右派"被赶往农村劳动改造,戴上了"右派"分子的帽子,在政治上被列入"地富反坏右"的"另册",从一个正常人异化为"非人"。他善良,"立身无傲骨"。可这顶"帽子"却把他可贵的青春年华和知识分子从教的宝贵理想毁灭殆尽,引起人们深切的同情和悲悯。

春风化雨,拨乱反正。把错划的"右派"纠正过来,恢复原有待遇,返还作为"人"的一切权利,这是国之大幸,也是对错成"右派"的个人天大的喜讯。主

人公金流当然也喜出望外,悲剧性的苦难终于可以结束了。可情况奇特,周围的"右派"都摘帽改正,回城安排工作,补发工资。可他,却无人问津,木呆呆傻眼成了一棵被霜打蔫的"老水仙"。无奈之下只得抖乎乎地去原单位教育局询问有关同志查档案,可查遍"右派"名册竟无主人公金流的名字。原来当初就没有给他戴上"右派"的帽子,当然今天也无须摘帽改正、落实政策了。这真是晴天霹雳,当初单位明明把他打成"右派",并与其他"右派"一起离职被遣送到农村劳改的呀!怎么这20多年的"右派"帽子竟一下子飞走了呢?简直有点儿荒唐,人间竟有这样的冤情!当下,如果没有这顶帽子就不能落实"右派分子"改正的政策,就不能恢复正常人的人格和一切生活待遇。此时的这顶帽子成了他人生命运攸关的"宝贝"。他到哪里去找这得而复失的帽子呢?在这"右派"由悲剧人物变成正剧人物的一片光明中,唯独他又遭遇意想不到的厄运。

解铃还须系铃人。他终于找到了"源头",当年那位整他为"右派"的教育局党组书记老隋。如果他能证明当时的实况,也许可以按实情落实"右派"政策,让他转悲为喜。可这位"极左派"头头,回忆起当时的情景:单位把他定为"右派"名单上报,上面却没有批,所以下达的正式名单中没有他的名字。这位"领导"碍于"既成事实",宁左勿右,还是把他当作"右派"和其他"右派"一起发配到农村改造,故而酿成主人公的人生悲剧,如果,按照常态的有点良心的"领导",定会有点悔意而知错即改,顺势做件好事。可他不是"普通人",他本有一颗阴暗的心灵,此时恶性膨胀,他不愿承担这个错案的历史责任,竟不知廉耻地赖账,振振有词地以"档案为证",叙述着当初就没有把金流打成"右派",继续一错再错,继续扮演着他一贯正确的"老左派"的角色。如今,国之大幸,激浊扬清,国家正在纠正这个错案,这是为历史存正气,为正义作伸张,可总有几个政治上"极左派"的跳梁小丑,不顾被害者下半辈子的祸福,仍不肯道出真情,揭开迷津,再次给受害者金流酿成新的悲剧。这部作品活脱脱地画出了极少数历史丑角的肮脏灵魂。

找"帽子"这则荒唐故事的主人公金流究竟在寻找什么?他找的并不只是"帽子",从某种深层意义上分析,是在寻找作为人,即便是普通人的人性的尊严。要让异化为另类的"人"嬗变为所以为人,并享有一切权利而站立在民族之林的大写的人。艺术在警示:不要再发生这类悲剧,人啊人,互相爱护和尊重吧!全篇在指引,对底层人民的不幸遭际应有莫大的悲悯。正如有方家提出:经典作品的维度之一就是"悲悯情怀"。毋庸置疑,这篇作品正走向经典化的行列。

（凌焕新，南京师范大学教授）

客厅里的爆炸

白小易

主人沏好茶，把茶碗放在客人面前的小几上，盖上盖儿。当然还带着那甜脆的碰击声。接着，主人又想起了什么，随手把暖瓶往地上一搁。他匆匆进了里屋。而且马上传出开柜门和翻东西的声响。

做客的父女俩待在客厅里。十岁的女儿站在窗户那儿看花。父亲的手指刚刚触到茶碗那细细的把儿——忽然，"叭"的一声，跟着是绝望的碎裂声。

——地板上的暖瓶倒了。女孩也吓了一跳，猛地回过头来。事情尽管极简单，但这近乎是一个奇迹；父女俩一点儿也没碰它。的的确确没碰它。而主人把它放在那儿时，虽然有点摇晃，可是并没有马上就倒哇。

暖瓶的爆炸声把主人从里屋揪了出来。他的手里攥着一盒方糖。一进客厅，主人下意识地瞅着热气腾腾的地板，脱口说了声：

"没关系！没关系！"

那父亲似乎马上要做出什么表示，但他控制住了。

"太对不起了，"他说，"我把它碰了。"

"没关系。"主人又一次表示这无所谓。

从主人家出来，女儿问："爸，是你碰的吗？"

"……我离得最近。"爸爸说。

"可你没碰！那会儿我刚巧在瞧你玻璃上的影儿，你一动也没动。"

爸爸笑了："那你说怎么办？"

"暖瓶是自己倒的！地板不平。李叔叔放下时就晃，晃来晃去就倒了。爸，你为啥说是你……"

"这，你李叔叔怎么能看见？"

"可以告诉他呀。"

"不行啊，孩子，"爸爸说，"还是说我碰的，听起来更顺溜些。有时候，你简

中国微型小说
Chinese Miniature Novels

直不明白是怎么回事,你说得越是真的,也越像假的,越让人不能相信。"

女儿沉默了许久。"只能这样吗?"

"只好这样。"

(选自《小说选刊》1985年第7期)

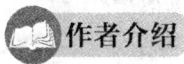
作者介绍

白小易(1960—),1983年毕业于辽宁大学中文系,曾当过《辽宁体育报》记者,现为《芒种》杂志社编辑,发表过多篇小说。微型小说创作成绩较为突出。《客厅里的爆炸》《意外》及《校园风》等曾分别被《小说月报》及《小说选刊》转载,在全国文坛上有一定影响。

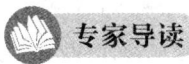
专家导读

社会心态的独特体验

一朵花可以预示满园春色,一滴水可以折射大千世界。《客厅里的爆炸》选择的是生活中一瞬间所发生的却又具有典型意义的细节,而表现的却是中华民族千百年来被扭曲了的某些传统心态,揭示的是社会生活、人际关系的复杂性。

王蒙说:"微型小说"是一种机智,一种敏感,一种对生活中某个场景、某个瞬间、某个侧面的忽然抓住,抓住了就表现出来的本领(见《微型小说艺术初探》第1页)。王蒙这段话的意思是说,微型小说的作者要有敏锐的发现力和精当的表现力。

《客厅里的爆炸》所叙写的内容很简单。地点在某家客厅;人物是一主两客;中心事件是主人沏茶招待客人,水瓶没放稳,一下子倒了引起爆炸。就这样一件不起眼的小事,却被作者从生活的砂砾中拣起,并发掘出隐含其中的社会意蕴,可见作者独到的艺术审视力。

然而,光有发现是不够的,还必须有恰到好处的艺术表现,才能使之成为艺术精品。为了使生活原型上升为艺术典型,为了能给读者以接受美学所认为的那种"期待视野",作者构思作品时,似乎漫不经心,实又煞费苦心。首先,作者写了暖水瓶爆炸时主客双方的反应。在这里,客人中的那位父亲说了假

话,是因为主人已在"没关系!没关系!"这"脱口"而出的话语中显露了他的判断。而这"没关系"又与作品中出现的"揪""攥"和"下意识地瞅"构成了微妙的反差。细细玩味,这一连三声"没关系",似乎隐藏着"有关系,很有关系"的潜台词。也许正因为如此,做客的那位父亲为了"顺溜",为了使碎裂声不那么"绝望",才主动承揽了责任。

如果写"爆炸"是一个精彩场面,那么作者补叙其后的父女俩的对话,恰是"点睛"之笔。在这里,天真的女儿与"世故"的父亲形成了强烈的对比,父亲的那句"你说得越是真的,也越像假的,越让人不能相信"的话,也像一只暖水瓶,在纷纭复杂的社会大客厅里爆炸。这种哲理性的言语,与其说是作者构思时的天机偶发,不如说是其研究社会、研究历史、研究微妙错综的人际关系的积淀与感发。

人们常把微型小说称为"微雕艺术"。然而,真正能在读者中产生强烈反响的艺术品,不能只满足于形式上的精雕细镂,而应在内容上有极大的浓缩性和高度的暗示性,能启发人们思考和想象,并具有隽永含蓄、意味深长的艺术美感。《客厅里的爆炸》正体现了作者这方面的艺术追求。

(孙雨,资深文化学者)

立 正

许 行

"你说说,为什么一提蒋介石你就立正?是不是……"

我的话还未说完,那个国民党军队的被俘连长,又"叭"一下子来了个立正,因为他听到我提蒋介石了。

这可把我气坏了,若不是解放军的纪律管着,早就给他一撇子了。

"你算反动到底啦!"

"长官,我也想改,可不知为什么,一说到那个人就禁不住这样做……"

"我看你要为他殉葬啦!"我狠狠地说。

"不,长官,我要改造思想,我要重新做人啦!"那个俘虏连长很诚恳地说。

"就凭你对蒋介石这个迷信的态度,你还能……"

谁知我的话里一提蒋介石,他又"叭"一下子来了个立正。

这回我终于忍不住了,一杵子把他打了个趔趄,并且高声说:

"再立正,我就打断你的腿!"

"长官,你打吧!过去我这也是被打出来的,那时我还是个排副,就因为说到那个人没有立正,被团政训处处长知道了,把我弄去好一顿揍,揍完了对我进行单兵训练,他说一句那个人的名字,我就马上来个立正,稍慢一点就挨打。有时他趁我不注意冷不防提那个人的名字,我没反应过来便又是一顿毒打……从那以后落下来这个毛病,不管在什么时间地点。一说到那个人或一听到那个人的名字就立正,弄得像个精神病似的,可却受到嘉奖,说这是对领袖的忠诚……长官,你打吧!你狠狠地打一顿也许能打好呢。长官,你就打吧打吧!"俘虏连长说着就痛苦地哭了,而且恳切地求我打他。

这可真怪了!可听得出来,他连蒋介石三个字都回避提,生怕引起自己的条件反射。不能怀疑他这些话的真诚。

他闹得我也有些傻了,不知该怎么办啦!

1948年我在管理国民党军队俘虏时,竟然遇到了这种事。当时那个俘虏大队里都是国民党军队连以下的军官,本来是想把他们改造改造好再使用,未曾想会遇到这么个家伙。

"政委,咱们揍他一顿吧!也许能揍过来呢。"我向大队政委请示说。

"不得胡来,咱们还能用国民党军队的办法吗?你以为你揍他,就是揍他一个人吗?!"

吓!好家伙,政委把问题提得这么高。

"那么?"我问。

"你去让军医给他看看。"

当时医护水平有限,自然看不出个究竟来,也没有啥医疗办法。以后集训完了,其他俘虏做了安排,他因这个问题未解决,便被打发回了家。

事隔三十年,"文化大革命"后,我到河北一个县里去参观,意外地在街上遇到他。他坐在一个轮椅上,隔老远就认出我来。

"教导员,教导员!"他挺有感情地扯着嗓子喊我。

他头发发白,面容憔悴,显得非常苍老,而且两条腿已经坏了。我问他腿怎么坏的,他说因为那毛病没改掉,叫"红卫兵"给打的,若不是有位关在"牛棚"里的医生给说一句话,差一点就要没命啦!

我听了毛骨悚然,生活竟是这样……打断了他两条腿,当然就没法立正

了,这倒是一种彻底的改造办法。于是,我情不自禁地说:

"你这一辈子,算叫蒋介石给坑啦!"

天呵!我非常难过地注意到:在我说"蒋介石"三个字时,他那坐在轮椅中的上身,仍然向前一挺,作了个立正的姿势。

(发表于 1987 年)

许行(1923—2006),笔名"石不琢",满族,辽宁义县人,原吉林省作家协会副主席。作品《许行小小说选评》获中国微型小说学会优秀作品奖,曾获小小说终身成就奖。《立正》多次被选入教材。

细节写活了人

《立正》这篇作品最大的成功是写活了人。其写作特点是反复渲染人物的性格特征,把人物的个性进行适度夸张,也就是说把人物个性绝对化、极端化,用文学术语讲就是把人物性格推向极致。在这篇千余字的作品中,共出现过8次"立正",可以说"立正"贯穿于全文。由于作者几乎把所有的笔墨都聚焦在了"立正"这一细节上,并在这一点上做足了文章,可以说,把"立正"写透了,也就把人物写透了,这样,读者眼前就会浮现出一个活生生的人物形象来。

题目是"立正",行文开门见山就写到"立正",最后结尾写到的还是"立正"。从结构上说,前后呼应,又层层递进。因为此"立正"非彼"立正",不是细节的简单重复,而是细节内涵的加深。作者开篇时的那"立正"细节,与作品结尾时的那"立正"细节,前者是 1948 年的事,后者是"文革"后的事,前后相隔三十年。三十年的历史沉浮、风云变化以及社会、人、价值观念,一切的一切,改变了多少啊,可称得上是翻天覆地,但文中那位主人公依然未改掉条件反射般的"立正",这样的细节怎不叫读者过目难忘、掩卷深思啊。

有位作家曾说:你给我三个好的细节,我还你一个好的中篇,信哉!请看作者只一个细节就把这篇微型小说写绝了,可见细节在作品中的重要性。有经验的作家都知道,情节可以编,细节没法编。所以,写好作品很重要的一点

是注意收集细节。这篇作品篇幅不长,历史跨度却不短,有情节,有细节,有人物。人物有个性,故事有内涵,确实让人印象深刻。微型小说写到这份上,着实不易。

(凌鼎年,著名微型小说作家)

杭州路10号

于德北

我讲一个我的故事。

今年的夏天对我来说很重要。

随着待业天数的不断增加,我愈发相信百无聊赖也是一种合理的生活方式。这当然是从前。很多故事都发生在从前,但未必从前的故事都可以改变一个人。我是人。我母亲给我讲的故事无法诉诸数字,我依旧一天到晚吊儿郎当。

所以,我说改变一个人不容易。

夏初那个中午,我从一场棋战中挣脱出来,不免有些乏味。吃饭的时候,我忽然想出这样一种游戏:闭上眼睛在心里描绘自己所要寻找的女孩的模样,然后,把她当作自己的上帝,向她诉说自己的苦闷。这一定很有趣。

我激动。

名字怎么办?信怎么寄?

我潇洒地耸耸肩,洋腔洋味地说:"都随便。"

乌——拉!

万岁!这游戏。

我找了一张白纸,在上边一本正经地写了"雪雪,我的上帝"几个字。这是发向天国的一封信。我颇为动情地向她诉说我的一切,其中包括所谓的爱情经历(实际上是对邻家女孩儿的单相思),包括待业始末,包括失去双腿双手的痛苦(这是撒谎)。

杭州路10号袁小雪。

有没有杭州路我不知道,也不必知道。我说过,这是游戏,是一封类似乡

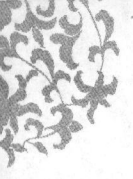

下爷爷收的信。

信寄出去了。

我很快便把它忘却。

生活中竟有这么巧的事,巧得让人害怕。

几天之后,我正躺在床上看书,突然一阵急切的敲门声把我惊起。我打开门,邮递员的手正好触到我的鼻子上。

"信。"

"我的?"我不相信,是因为从来没有人给我写信。

杭州路10号。我惊坐在沙发上。仿佛有无数只小手在信封里捣鬼,我好半天才把它拆开。字很清丽,一看就是女孩子写的。信很短:谢谢,您信任我,向我诉说您的痛苦,我不是上帝,但我理解您,别放弃信念,给生活以时间。您的朋友雪雪。

人都有良心。我也有良心。从这封信可以知道袁小雪是个善良的女孩子,欺骗善良无疑是犯罪。我不回信,不能回信,不敢回信。

这里边有一种崇敬。

我认为这件事会过去,只要我闭口不言。

但是,从那封信开始,我每个月初都能收到一封袁小雪的信。信都很短,执着,感人。她还寄了两本书给我:《张海迪的故事》《生命的诗篇》。

我渐渐自醒。

袁小雪,你这是为什么、为什么、为什么呀?

我渐渐不安。

四个月过去了,你知道我无法再忍受这种折磨。我决定去看看袁小雪,也算负荆请罪,告诉她我是个小混蛋,不值得她这样为我牵肠挂肚。我想知道袁小雪是大姐姐、小妹妹还是阿姨、老大娘。我必须亲自去,不然的话我不可能再平静地生活。

秋天了。

窄窄的小街上黄叶飘零。

杭州路10号。

我轻轻地叩打这个小院的门,心中充满少有的神圣和庄严。门开了,老奶奶的一头花发映入我的眼帘。我想:如果可以确定她就是袁小雪,我一定会跪下去叫一声奶奶。

"您是?"

中国微型小说
Chinese Miniature Novels

"我,我找袁小雪。"

"袁?……噢,您就是那个……写信的人?"

"是,是她的朋友。"

"噢,您,进来吧。"

我随着她走过红砖铺的小道,走进一间整洁明亮的屋子里,不难看出是书房。就在这间屋子里,我被杀死了。从那里出来,我就是另外一个人了。

"她不在么?"

"……"她转过身去,从书柜里拿出一沓信封款式相同的信,声音蓦然喃喃:"人,死了,已经有两个多月了,这些信,让我每个月寄一封……"

我的血液开始变凉。这是死的征兆。

"她?"

"骨癌。"

她指了指桌子让我看。

在一个黑色的木框里镶嵌着一张三寸黑白照片。照片是新的。照片上的人的微笑很健康、很慈祥。照片上的人,是一位白发苍苍的老爷爷。

他叫骆瀚沙。

他是著名的病残心理学教授。

(发表于 1988 年)

作者介绍

于德北(1965—),中国当代作家,中国作协会员。出版有小小说集、童话等十余部,《杭州路10号》获全国小小说优秀作品奖。

专家导读

巧合的奇迹

这篇作品的故事及其艺术品格和思想意蕴,使其不只是微型小说,而且成为生活的象征。

这故事说的是一个巧合——"我"在"百无聊赖"中给纯粹是"闭上眼睛在心里描绘"的"杭州路10号袁小雪"写了封信,结果居然不仅真有其址和真有

其人,而且由此使"我""渐渐自醒"!于是,我们便从这个属于巧合的故事中明白到:其实,生活中什么事情都有可能发生。

这故事说的又是一个奇迹——从某种意义上说来,巧合也就是奇迹,而这一故事所创造的最大的奇迹,则是"我"的变化,那种从"一天到晚吊儿郎当"到"渐渐不安",到"心中充满少有的神圣和庄严",到我似是"被杀死了。从那里出来,我就是另外一个人了"的质的变化,从而让我们从这个属于奇迹的故事中知道:虽说"改变一个人不容易",但人又确实是可以改变的,哪怕他是个"小混蛋"。

当然,这故事说得更是一种十分可贵的真诚与真情——尽管那位曾被"我"认准为女孩子的"袁小雪",事实上是一位"白发苍苍的老爷爷",是一位名叫骆瀚沙的著名病残心理学教授,但从他身上所体现出来的那种对别人的真切的理解和深沉的关怀,却是如此的博大,令人从心底里被感动,而有了这种难能可贵的真诚与真情,我们也就有充分的理由相信:所有人的微笑便都会显得"很健康、很慈祥"!

是的,就这样,作者笔下的"杭州路10号"已成为一种象征,既属于微型小说又属于生活的象征。

(汝荣兴,著名微型小说作家)

混　浊

杨东明

一条混浊的大河。

灰色的堤坝在两山之间冷漠地矗立而起,截断了它那大漠狂沙般的黄色的热情。上游的水依旧是黄色的,平静得像一张摊开的饼。下游的水自然是黄色的,坝底的泄流孔和山边的隧道排沙泄流洞犹如巨兽的鼻孔,喷出漫天的黄雾。

一只小小的划艇载着一胖一瘦两个人,沿着堤坝在上游的河道里漂。瘦子坐在船头,胖子坐在船尾,因而那船便微微翘起来,颤动着,像是坠着鱼钩的浮标。

中国微型小说
Chinese Miniature Novels

水底莫非有一只吞了钩的大鱼？那船好似被拖拽着，顺着堤坝向岸边的山崖滑去，船底那怪异的大鱼是要进洞的吧？——排沙泄流洞就在那山崖下，一边发出怒不可遏的狂吼，一边搅起黄风般的漩流。

坝上和崖边的人见了，禁不住声声发喊："快回！"船上的人不呆，胖子和瘦子一起拼命打圆了桨，小船像只被粘住的苍蝇似的鼓着翅挣着腿。然而，那船依然向深幽幽的洞口滑……

岸上的人都看见了，胖子忽然跃起身，坚决地从船上跳进了水里；岸上的人也都看见了，瘦子忽然弯下腰，坚决地向船里一缩……

小船被吸进了洞中。

胖子拼命游了一段，终于沉了底。小船却奇迹般地穿越了几百米隧道，从下游的洞口弹射而出，将瘦子平安地载回。

有人感叹胖子死得勇敢，他勇于跳入水中求生，躺在船上的是懦夫，而懦夫总是容易侥幸地在世上活着。

有人赞叹瘦子活得勇敢，他敢于留在船上，穿越那地狱般的隧道。而胖子的勇敢本身即是一种怯懦，他怯于穿越那可怕的通路。

人们询问瘦子，彼时他们想了些什么，说了些什么。他却哑了似的沉默着，只木然地望着大河。

河水是混浊的，似乎永远也不会澄清。

（选自《百花园》1986年第8期）

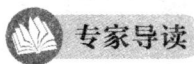专家导读

［导读一］

历史的象征

如果我们没解读错的话，小说是一个象征，一个关于历史的象征。在这一象征中，寄寓了作者对历史的某种感慨。

历史就像一条河。每当这条大河奔腾到了一个转折的关口，面临一个生死存亡的时刻，栖身于船上的人都会为自身的生存做出不同的选择——就像小说中的胖子和瘦子那样——他们似乎都觉得只有这样做才是正确的。历史的那一瞬间过去了，一些人生存下来，一些人被河水吞没了。风平浪静之后，

人们便纷纷对此进行评说：英雄，懦夫，伟大，渺小，高尚，卑下。然而他们究竟谁对谁错，谁是谁非呢？恐怕谁也说不清。

历史难道就是这样一条混沌的河？

小说透露出作者对历史思索的一种茫然与困惑，而这种茫然与困惑正反映了当代人以新的目光重新审视历史时的普遍心态。它蕴含和象征着人们在对历史进行多视角观察和多元化思考中旧的、单一的价值取向的解体，同时也潜在地显示出人们在新的历史探索中对新方法的急切寻求。可以说，在这茫然与困惑中，预示着一种新思维的诞生。

象征作为一种艺术手法，常被运用于微型小说中。象征，从本质上说也是一种对现实的抽象，但它不同于科学上的逻辑与概念的抽象，而是一种形象的抽象。即作者在生活中有了某种认识经验或思想感触，一时难以理喻或不便理喻，便构想出一个与现实情景具有相似性和同构关系的形象，将自己对生活的感悟或某种哲理性思考，凝聚在这个富有意蕴的形象中，用这一形象来激发读者的思考和感悟。由于它是作者对众多认识经验的概括和抽象，所以它往往包含较大的思想容量，能使微型小说获得小中见大，以斑窥豹，见微知著的艺术效果。

（刘晓钢，南京政治学院上海分院教授）

[导读二]

应当如何生活？

一条混浊大河中，一只小小的划艇载着一胖一瘦两人，在被吸进大坝排沙泄流洞前的生死选择，演绎出谁最勇敢的故事，让人们反思着"应当如何生活"的人生大课题。

什么是美？俄国车尔尼雪夫斯基有句名言："应当如此地生活。"应当如此，其含义内容极其丰富，包含着人性的、正义的、道德的等等，但生活不仅是多彩的，更是混浊不清的，有时孰是孰非，很难分辨，于是就增加了人生道路的艰难选择。《混浊》就是这么一篇容量丰富，思想深邃的哲理性小说，胖子和瘦子在经过拼命努力后，小船仍然向深幽幽的洞口滑去，在这千钧一发、生死攸关的时刻，两人选择了不同的应对方式，胖子跃进水中，用游泳的浮力对抗水的流力，瘦子弯腰一缩，随船穿越泄洪道。结果，胖子游了一阵，筋疲力尽而沉没，瘦子奇迹般地随小船从洞口射出，平安无事。有人评价胖子勇敢，敢于和

洪流抗争,虽死犹荣;而瘦子臣服于险境而不作为,是个侥幸的懦夫。另有人赞叹瘦子活得勇敢,敢于利用智慧穿越地狱般的隧道而获得了生机;而胖子才是一介鲁莽的懦夫,其结果可想而知。谁最勇敢?胖子和瘦子在生死攸关的临危瞬间,根本无法深思熟虑,反复推敲,只凭一时的直觉迅速做出抉择:也许胖子水性好,与其被吸进排洪隧道速死,不如跳水游泅,尚有求生的一线希望;也许瘦子水性不好,不如随船穿越勇敢地去面对死亡。其实他们也未必预知生还的结果。所以,两种选择,的确难分是非,人们总是以结果论是非,那么瘦子的选择是正确的、勇敢的,而胖子的选择是错误的、怯懦的。可谁知道,他们的后果将是怎样?也许,两者都葬身洪水了,也许两者都生还了。所以,应当怎样地生活,不仅是生活美的大课题,而且是人生永远在探求的艰难行程,特别是青少年,在追求"应当如此地生活"的大目标中,要用自己的智慧和人格做出自己满意的回答。这就是作品给我们的美学启示。

(凌焕新,南京师范大学教授)

在澡堂里

效 耘

"哎哟,好烫!"

一条嫩腿伸进水里,又慌忙缩了回去。水池腾腾地冒蒸汽,一个出水口汩汩流着热水,一个出水口汩汩流着凉水。试水的人站着干瞪眼,怕烫,不敢下池子。

"让我来!"后面有人拨开试水的人,扑通跳进水池。热水烫得他吸溜了一下。他将毛巾撑开,身体沉下去,在水里兜着搅着。热水轻,浮在上面;凉水重,沉在下面。经他一翻腾,上下对流,凉热很快就匀和了。于是他向上招呼:"下来吧,现在正好。"

试水的人哆嗦着身上的肉,吃力而小心翼翼地试了试水:果然正好!便缓缓地将整个身子滑进了水池。

哎呀,真舒服!

澡堂子里水汽蒙蒙。试水的人半眯着眼,扫了对面的人一下,顺便抛过去

一个亲切的微笑。那人瘦得不像话,皮绷在骨头上发亮,两排肋骨像小孩玩的木琴。"像个济公。"试水的人想。

"济公"也在欣赏试水的人:一个秃瓢脑袋,油光光的;一脸肥肉,粉团团的;一对招风大耳,再配上圆滚滚的西瓜肚子。"济公"忍不住想笑:这不像个弥勒佛吗?

"老兄真精干。"

"老兄真富态。"

于是"济公"和"弥勒"都会意地笑起来。"济公"感到了"弥勒"的和蔼,"弥勒"感到了"济公"的平易,在笑声中他们靠拢了,终于由对面而并排。

"千金难买老来瘦啊!""弥勒"感叹道。

"也不见得。前天我看到一本杂志上说,还是胖点好。"

"哪本杂志?我倒订了一本《长寿》。"

"我也喜欢《长寿》,每期必买的。"

"现在都兴练气功,我试了试,就是不好收功,搞得人魔里魔气的。"

"那就是入了门道了,已经'气沉丹田'。""济公"乜斜着"弥勒"深陷在脂肪中的"丹田",笑冲击着喉咙管,憋着,发出咕咕噜噜的声响。

"种了花吗?""弥勒"问。

"种了。还养了鸟。有一只红莺,是'叫口',吱溜吱溜叫起来,好听极了。"

"我也有一只画眉,叫得还好。就是麻烦,要洗澡,要吃虫,要遛,我哪来许多闲工夫?"

"麻烦才有味道呢。我大孙子勤快,天天去捉'吊死鬼',我的鸟总有虫吃。"

"哪天去看看你的红莺?"

"洗完澡就可以去。搓背吗?"

"搓。"

湿淋淋地,两位萍水相逢、一见如故的朋友爬出了水池。"济公"先替"弥勒"搓背,他一碰"弥勒"的身体,"弥勒"便咻咻地、哈哈地大笑起来:厚厚的脂肪竟没有掩住他的笑神经!"济公"用指头绷了一下"弥勒"的肚皮,警告说:"莫笑,再笑搓不成了!"自己却也禁不住笑了,"好大个肚皮,三指膘总是有的。"

"三指?恐怕未必。最多只有两指。要能送给你一指,咱俩都是标准体型。可惜这不像池子里的水,一翻一搅,就能够匀和。"

接着又是笑。笑声在顾客寥寥的澡堂子里碰过来撞过去,发出嗡嗡嗡的回荡声。

他们洗完了澡,开始穿衣裳。

"去看鸟吗?""济公"穿上发黄的汗衫。

"当然去看。""弥勒"登上绒衬裤,费力地往上扯,终于掩住圆滚滚的肚皮。

"穿了衣裳就去?""济公"套上卫生衣。

"唔……这个……""弥勒"的脑袋被"开司米"憋住了,说话不清楚。

"济公"终于穿上洗得发白的工作服,同时,"弥勒"也在扣毛哔叽中山装的纽扣。"济公"抬起头来,寻找他的朋友,他的"弥勒",然而他的"弥勒"已经失去了身子,只剩下一颗脑袋,油光光的。一顶帽子"啪"地扣上去,这颗脑袋也迅速发生了质变。

在"济公"面前,哪有什么"弥勒"?面前分明站着个大人物:衣冠楚楚,相貌堂堂,神态凛然!

"济公"愣了。刚才还斗胆弹了对方的肚皮!真的弹了么?澡堂子里水汽蒙蒙,是出幻觉的地方。"济公"暗暗捻了捻手指,又微微摇了摇头。

也许两人都想再说句什么,但话到唇边,却变成一次稍稍重点的呼吸。

默默地,两人各自走出了澡堂。

(选自《芳草》)

人性中的真诚与隔阂

在西方的艺术画廊中,曾出现过诸如安格尔的《土耳其浴室》之类专门描绘浴室中人的裸体艺术名作。它们所显示的人体美的艺术魅力,无不为后代人所倾倒。《在澡堂里》则在微型小说艺苑里另辟蹊径,着力表现人性中的美和丑,别有一番意蕴深邃的韵味。

作者选择了富有象征意味的澡堂这个艺术聚焦点,把平时用种种社会外衣打扮或包裹起来的人,一下子赤裸裸地恢复了作为真实人的本来面目,透过这个独特的视角,窥见两个素不相识的人的沟通与隔膜。在水汽蒙蒙的澡堂中,一个瘦得"皮绷在骨头上发亮"的"济公"和另一位"秃瓢脑袋、招风大耳、圆滚滚西瓜肚子"的胖"弥勒"相遇了,赤裸裸的两人,抛开了各自的工作、家务,

或者欢乐与烦恼,希望来舒舒服服地洗个澡。可是,这池水凉热不匀,胖"弥勒"不敢下水,而瘦"济公"却是内行,经他下去上下一翻腾,凉热匀和,可洗了。这第一个回合的"试水",似乎把这两个陌生人的心理距离缩小了。两人在池水中诙谐地交谈着,人与人之间的感情也在交融着,"济公"感到了"弥勒"的和蔼,"弥勒"感到了"济公"的平易;继而他们交流了各自种花养鸟的爱好和兴趣,谈得十分融洽;进而互助搓背,戏谑欢笑,两位好似一对萍水相逢、一见如故的朋友。人性中真诚这个最可贵的品格把人与人之间的心灵沟通了,它在一定程度上冲破了人为的某些伪装与虚假,暂时抛却了人与人之间的隔阂和防范心态,恢复了作为赤裸裸的人所蕴含着的那种人性的美质。法国著名的文艺批评家泰纳在《艺术哲学》中提出:人性中最有益的特性是"爱",认为爱是"使个人有益于别人的"超乎一切之上的内部动力。因此,是否可以这样说,这种人性的美质也就是人与人之间真诚的友爱。

可是,好景不长,作者把视点从浴池转向更衣室。当他俩洗完澡一件件穿上各自的衣服时,似乎又在慢慢地失去了先前的自己。"济公"在寻找他的朋友——"弥勒",他在扣毛哔叽中山装的纽扣,油光光的脑袋上一顶帽子"啪"地扣上去,连这颗脑袋也迅速发生了质变。显然,面前站着个"大人物":衣冠楚楚,神态凛然!而"济公"自己则穿上洗得发白的工作服,平常得很,两者形成了强烈的反差,"大人物"与"小人物"之间悬殊的社会地位和身份在两人的心灵之间,急遽地筑起一座无形的高墙,人物的心态随着人物的衣冠所表示的社会等级而变异着。他们之间已无话可说,或者说已不能进行平等的真诚的交谈。"济公"感到一种心理的压力在折磨着他,甚至怀疑刚才的一切是否是一种"幻觉"。作者在这里,把视点转向人物内心的活动,通过对"济公"捻手指等的细节描写,把"济公"心理中分明存在而又难以相信或者说不敢相信的难堪艺术地表现出来。这时,一条弯曲的脊梁的曲线与一条挺直的脊梁的直线已不再平行,也不可能再碰撞出任何音响。

最后作者把视点转向结局。分别了,他们把似乎要想说的什么话变成一次稍重的呼吸——终于没有说,各自默默地走出了澡堂。他们仿佛谁都不愿意承认刚才澡堂里发生的那一幕,居然又衍变成两个完全陌生的人。这个酸涩、苍凉的悲剧性结局,将留给读者深深的思索。

(凌焕新,南京师范大学教授)

中国微型小说
Chinese Miniature Novels

"书法家"

司玉笙

书法比赛会,人们围住前来观看的高局长,请他留字。

"写什么呢?"高局长笑眯眯地提起笔,歪着头问。

"写什么都行。写局长最得心应手的好字吧。"

"那我就献丑了。"高局长沉吟片刻,轻抖手腕落下笔去。立刻,两个劲秀的大字从笔端跳到宣纸上:"同意"。

人群里发出啧啧的惊叹声。有人大声嚷道:"请再写几个!"

高局长循声望去,面露难色地说:

"不写了吧——能写好的就数这两个字……"

(选自《南苑》1983年第3期)

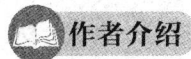

司玉笙(1956—),河南开封人,河南《商丘日报》副总编,著名微型小说作家。

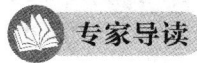

含蓄蕴藉的"象外之旨"

这篇作品是微型小说中的精品,一百多字的篇幅近乎一首含蓄蕴藉的小诗。它以简练白描的手法,勾勒出一局之长在书法比赛会上留字的小小场面,蕴含着"象外之象、象外之旨"的博大艺术空间,令鉴赏者玩味再三,不忍离去。

作为领导的高局长,为支持关心书法比赛会,亲临现场,自然引起人们的关注,人们提出要他留字的请求。尽管局长并没有参加比赛,但既然是书法比赛会,留几个字助助兴这也是理所当然,于是高局长很有风度地、应付自如地在大庭广众下表演起来。

他首先显出一副和蔼可亲的长者气派,笑眯眯地歪着头在询问大家的意见,又像在自白式地思考:写什么呢? 这一问,随和,似在征求群众的回答,笼罩着一股民主融洽的气氛。群众则希望"写局长最得心应手的好字"。这个要求是合情合理的。因为这不是一般的领导题词,着重在意义上的勉励。这是书法比赛会,要求领导留下代表自己水平的"好字",以便和比赛的其他好字相辉映。

高局长客气了一番,开始书写了。作者用白描手法,描述主人公立刻写出两个劲秀的大字:"同意"。写这两个字真有点不伦不类,但围观群众并未对字的意义发出疑问,只是从书法艺术的角度欣赏着它的艺术美,并为之发出赞美或惊叹。情节发展到这里,也许可以终止了,因为它已完成了局长作为书法家形象的最后一笔。然而,情节又延宕着,人群中竟有人嚷着请求局长再写几个。或者是有人感到兴犹未尽,嫌两个字写得太少了一些,或许内中还有什么别的用意,作者没有在文中透露。而高局长作何反应呢?也许他会满足大家的要求,既然他的字写得这么好,再写几个又何妨。可作者笔下的高局长却是另一番景象:面露难色而不想再写了。究竟"难"在哪里?大家正迷惑不解时,高局长最后总算道出了个中缘由:"能写好的就数这两个字……"这一回答,犹如一石激起千层浪,在读者的思维水面上,荡起一系列疑问的涟漪。高局长不是不愿写,而是其他字写不好。继而人们又思索着,为什么"同意"两字写得特别好,其他字就写不好呢?联系他的职务地位,读者引起了创造性的联想,为他塑造起另一个"想象中的形象"。原来他天天批文件、批下级送来的请示报告,经常写"同意"二字,天长日久,熟能生巧,居然把这两字写得"劲秀"起来,甚至达到了书法家的艺术水准,而其他字则不多写,没有下多大功夫,自然就与之大相径庭了。

作者把高局长放在书法比赛会这个特定场合下,着力表现他书法的美,甚至可以成为一个地道的"书法家",而受到群众的赞扬。这为我们勾勒出一个领导层中难得出现的书法家的形象。可是在这个形象的描述中,又尽力超越这个具象。克罗齐说:"艺术家的全部技巧,就是创造引起读者审美再创造的刺激物。"(《美学原理》)细心的读者通过高局长所写的"同意"两字和能写好的就数这两个字的信息——"艺术刺激物",进行审美再创造,很快构筑起高局长在办公室里的另一种文牍主义、官僚主义者的形象。他写的"同意"越多,从书法角度看,这两个字也就越美、越有艺术性;从其从事的领导工作看,则越多越误事,越给群众和事业带来不幸。所以从字美中又分明蕴含着一种行为"丑",从"书法家"的形象引发出一个官僚主义者形象,这就是我国传统艺术美学中所提出的"象外之象、象外之旨"吧!它有着诗的宏阔深邃的艺术空间,有

着诗的含蓄、诗的意蕴和韵味,所以,我特别喜爱这篇犹如诗的微型小说。

(凌焕新,南京师范大学教授)

每件事的发生都有着特殊的背景

沙黾农

"记者同志,我实在没有什么好说的。"

"别把录音机对着我,也不要记录……"

"当时我绝对没有想到是为了维护中马两国人民的友谊,真的,确实没有这么想!"

"事情最简单不过了,前天,下夜班路上,我捡到一只皮包,打开一看,里面全是洋人用的钱。是在夜里,我不敢一个人站在街上等失主,就赶紧跑到派出所。民警同志认识这些钱,说是有一万多美金。我从没见过这么多钱,不瞒你说,我心里还有点害怕哩!我想早点回家,可民警同志非要我留下姓名才让走,我只好让他们看了看身份证。今天早晨听说经过民警同志的努力,终于找到了失主。我刚刚才晓得失主是一位马来西亚的商人,我怎么会在前天就想到为了维护中马两国人民的友谊呢?看来你非要我说出点什么来不可啰……好吧,我告诉你一个秘密,这个秘密我可从来没跟人讲过!嘿,怎么说呢?就不说了吧?……好,说就说吧!"

"我妈妈是个清洁工,刚解放那年就开始扫大街,一扫就扫了40年,直到去年扫不动了才退休。妈妈40年来扫出的垃圾能堆成山,也扫到了许多行人丢失的钱物。妈妈单位里有一本拾物交公的表册,妈妈40年来上交的手表就有148块,金项链18条,金戒指36个,钱包266只,至于硬币钞票什么的,多得无法统计。有一回……我能在阳台上站一会儿,等一等再说吗?……有一回,妈妈在马路边拾到一个刚出生的女孩,这个女孩就是我……我很爱现在的妈妈,但有时候也……好了吧?明白了吧?不需要我再说什么了吧?"

(选自《微型小说选刊》1997年第3期)

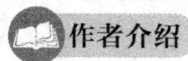

作者介绍

沙毛农(1949—　)，南京人，原《南汽报》主编，《现代快报》副主编，著名微型小说作家。著作有《沙毛农微型幽默小说99篇》等。

新闻和小说的形象诠释

沙毛农，八十年代就已经很有知名度的微型小说作家，1989年出版《沙毛农微型幽默小说99篇》，著名作家高晓声、香港老作家刘以鬯为之写序。他的作品多幽默风趣。本篇也是如此，格调是幽默的。然而这篇作品真正的文体意义和审美价值却另有一番天地。它作为经典性作品，必须出类拔萃，成为同类作品中的佼佼者，其文本更有着特殊的审美价值以及与新闻价值相区别的诠释意义，提升了作品当下性与恒定性相结合的品位。

作品纯用接受新闻采访的人物的回答来进行语言叙写，故事为女青年清洁工，拾到了一个装有巨额美元的皮包，送到派出所，派出所找到失主马来西亚客人，物归原主，客人道谢，并被新闻记者获悉而采访。作为记者对这则新闻消息所追求的新闻价值，不是一般的"拾金不昧"，而是这事涉及与国际友人的关系与两国人民的友谊，具有国际意义，所以反复追问是否"想到是为了维护中马两国人民的友谊"。这是新闻的最大价值。所以记者抓住不放，但主人公实事求是，纠正记者不切实际的"拔高"，反问把包交给派出所之前，不晓得失主是一位马来西亚商人，怎会想到为维护中马两国人民的友谊呢？她还原她本真的想法和行为：拾到东西要千方百计归还失主，天经地义，道理就这么简单。她回叙着事情发生的经过。这就是她的本性，中国人的传统美德，人之初，性本善。从文学角度看，通过形象或故事所表现的就是人性，就是这种所以为人的人文精神。

如果要满足记者猎奇的需要，她向记者道出了一个秘密，引出了另一个重要人物和故事，这就是她的妈妈——一位已退休的清洁工。她一生不仅扫出了堆成山的垃圾，而且扫到了许多行人丢失的钱和物，拾物交公的表册上记得清清楚楚，她的妈妈多值得敬佩，这位本分敬业善良的清洁工，一个平凡而伟大的普通人，主人公就在这母爱身教的环境中成长，就在这家风传

承中造就新一代清洁工的优良品性。这是她讲的"秘密"吗?当然是,由女儿引出母亲,一位更普通伟大的母亲,主人公为什么会做这样的事,找到了活生生的根据,然而这还不是"秘密"的全部,结尾处甩开一个"包袱",主人公是妈妈在马路边"拾"到的"遗弃"女婴,她就成了主人公最亲爱的妈妈!这真是道出了个惊天秘密。她俩不是血缘关系的母女,却比亲生母女还要亲,揭开了母女两代人的特殊命运。这才是真正的秘密——她的传奇般的家庭史。在这里让母女俩高尚品性的传承得到了充分的展示,描述出两个"大写"的人物形象。

新闻,是对新近发生的有意义的事实作简短的报道,写的是"实有之事",它追求的是当下的新闻价值。微型小说讲述的故事和描绘的人物是"会有的实情",应当如此地生活,它所追求的不仅是当下的现实意义,更重要的是为了倾力刻画富有个性和深度的人物形象,揭示有永恒意义的审美价值。也许,这篇作品最值得称道的经典性意义就在于此。

(凌焕新,南京师范大学教授)

公 寓

郑 义

这个流传在建筑师中间的小笑话,大约是讽刺住宅设计的千篇一律及设备的质量低劣罢。

一醉汉喝得酩酊大醉,在一座公寓楼门口跌跌撞撞地徘徊:他觉得这楼似乎是自己居住的楼,又似乎不是。巡夜的警察起了疑心,以为是昼伏夜出的歹徒,便上前询问。那醉汉见警察要带走他,酒醒了一半,一口咬定这是他的家。见警察不信,便带他上楼,边走边证实给那警察:小心自行车……十二级台阶,又十二级台阶——没错吧?……三楼中间单元,320——没错吧?你看我开门——说着,醉汉掏出一串钥匙,看也没看,随手拣一把插进门锁,拧几下,房门居然开了。见警察还有怀疑,便请他进屋,打开电灯,介绍道:你瞧,这是厨房,这是厕所,这是卧室——他打开卧室门,打开灯,见双人床上正熟睡着一对夫妇,更信心十足地向警察介绍。

"没错吧,你看!那女的是我老婆,旁边躺的那个男的,就是我!"

(选自《长江》丛刊 1985 年第 6 期)

郑义(1947——   ),原名郑光召,祖籍四川省双流县。中国作家协会会员,山西作协专业作家,曾任《黄河》的主编。

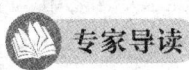

醉的变形艺术

文学作品中,写醉人醉态的名篇很多。而《公寓》则借醉汉的朦胧意识,讽刺住宅设计乃至其他设计的千篇一律,可以说是微型小说中一篇别具风格的力作。

作品第一个镜头展现在读者面前的,是一个醉汉在一幢公寓楼门口跌跌撞撞地徘徊。这里突出一个"醉"字,在醉态的迷糊中,他已分辨不清这公寓是不是自己住的那一幢。因为公寓的外观设计都大同小异,如果是意识清醒的人,自然不至于认错。现在醉汉醉了,不怎么清醒,当然就变得"似是而非"了。继而矛盾展开。起了疑心的巡夜警察要把他带走,而醉汉的酒被吓醒了一半,虽然这公寓并没有被辨认出,但他为避免引起警察的误解、怀疑,甚至招来不必要的麻烦,不得不脱口咬定这是他的家,他现在是在回家。此时,他虽然仍是半醉半醒,但警察的查问这一强烈刺激,似乎促使他从醉态中又多醒了几分。为了打消警察的疑虑,他又开始了新的举动,带警察上楼,边走边证实他所熟悉的一切:小心过道上放着的自行车,上一层楼共二十四级台阶,三楼中间单元的门号是 320 等。的确一点不错,尽管这幢楼并非醉汉所住,但他所说的情况却准确无误,不得不令人相信。本来,到了"家门口",这戏可以收场了,可警察并没有离开之意,促使他又继续证实下去:醉汉随便掏出一把钥匙插进去拧了几下,门居然被打开了。可见公寓门锁也一律可以"通用"。醉汉见警察还有怀疑,便又请他进屋打开灯,一一指出住房的结构:这是厨房,这是厕所,这是卧室。这套居室居然也的确和醉汉所住居室的安排一模一样。人们听了他的介绍,也许都会首肯,可醉汉毕竟是醉汉,他并不就此打住,继续扮

演起他半醉半醒的角色。他面对双人床上睡着的一对夫妇,向警察介绍:那女的是我老婆,旁边躺着的那个男的,就是我。他在说这话的时候,并没有故意作假,而是显出十分自信,反复申明"没错",带有一种拙朴的诚意,无非要让警察相信他说的都是真的,千方百计证实自己是一个好人。如果说前面所证实的一切似乎都合乎现实逻辑,又令人相信的话,那么,最后的一句话,则露出醉态,近乎荒诞,完全和正常的现实相悖,形成了一种充满谐趣的超常态艺术情境。

这篇微型小说,正如作品开头所表明的,是流传在建筑师中间的一个"小笑话"。通过醉汉醉的视觉,把本来不是自己的住宅当作自己的住宅,把另一对夫妇认作自己夫妻一对,造成一种荒诞不经的变形现实。然而,这"醉"中分明又不是完全不省人事的昏迷,仍然有着一定的清醒意识。当酒醉到一定程度时,人的理性意识逐步失去控制的缰绳,而让主人公平时积淀着的潜意识转化升腾为显意识,不自觉地把自己住宅的记忆依附于当时当地现实的另一住宅上,并加以模糊化,而后合而为一,形成让人发笑的带有针砭味的幽默情趣。作者采用醉汉的变形艺术手法加以夸张和强化,打破正常人自然秩序的常规性,开拓出一个新的奇特性的艺术境界,从而在更新的层次上揭示作品的主题。鲁道夫·阿恩海姆在《艺术与视知觉》中指出:"在这个世界里,一切原来为人们所熟悉的事物都具有了一种人们从未见过的外表。这个新奇的外表,并没有歪曲或背叛这些事物的本质,而是以一种扣人心弦的新奇性和具有启发作用的方式,重新解释了那些古老的真理。"本作品通过"醉"铸成的变形的新奇性的艺术世界,并没有歪曲或背叛事物的本质,恰恰相反,让读者从"醉"的视觉里,看到社会生活中司空见惯的某种弊病,从而在笑声中得到心灵的反省和启迪,从"醉"态中醒悟过来,获得别有情趣的美感享受和人生真谛。

(凌焕新,南京师范大学教授)

橘红色的伞

杜卫东

姗姗走了,走的时候连门都不关,好像故意让我看着那把橘红色的伞,消隐在茫茫的雨帘中……

我,徘徊在清冷的街上,惆怅若失,思绪万千。

"对不起,让你久等了!"一位姑娘从刚刚停稳的14路汽车上跳下来,"啪"的一声,张开自动伞,路牌下的小伙子钻进去了,两个人肩依偎着肩,像一朵浮动的红云,渐渐远去了,留下一缕缕沁人的芳馨,撒落一串串笑语欢言……

两个小时前,姗姗走进我的房间,也是说了一句同样的话,然后,把伞一转,嘿,雨珠甩了我一身一脸。明天,她报考文工团,要表演小品,今晚,邀我当"临时导演"。于是,时间和空间在我的小屋里开始高度地交替——两个青年,正在收听解放区广播,一群国民党特务突然出现在面前;失散多年的母女邂逅重逢,近在咫尺,却又不能相认。姗姗的表演成功极了,她时而侧目而视,神色安然;时而双眸含情,强忍泪泉……

在柔和的灯光下,看着她那窈窕的身段,不知为什么,我一下子竟想起了"她",想起那已经飞走的春燕。于是,我鬼使神差地出了一个时代感强的小品《失恋以后》——悲剧,也许就从这里发端。

姗姗娇嗔地瞥了我一眼,沉思了片刻,开始进入了角色:她先把荷叶式的发型随意抚乱,又痛苦地睁大泪眼,然后紧锁眉头,一会儿啜泣,一会儿悲叹……

失恋,仅仅是这样的吗?不,初恋的她,也许还无法体会失恋的伤感。我和"她",不是感情破裂的分手,而是她那个门阀观念很深的父亲,在我们之间掘了一道不可逾越的"天堑"。那天,当她迈上公共汽车的踏板,回过头,向我送来最后的一瞥时,我的心都要碎了。形只影单,好像漂泊在浩渺无垠的大海上的一叶孤帆……

"嘿,愣什么神儿?"我告诉了她应该怎样把握此时的情感。她听了,惊讶地看着我,稍后就以少女特有的敏感问:"你怎么有这样深切的体验?"

"我?"我支支吾吾……信口胡诌?搪塞敷衍?……不,我不愿意让爱情的彩虹投下欺骗的阴影,哪怕是一丁点。

"你!"姗姗听我说完逝去的一切,脸涨得通红,呼吸急促,声调发颤:"你……原来爱过?!人的一生只能爱一次,可你……"她话未说完,转身拿起墙角的伞,留下一句:"咱俩就一刀两断……"

几曾想到,伟大的表演艺术,竟弄假成真!

雨丝,织成无数道密集的水帘,在夜风中摇曳,捶打着我的脸。真凉!我踽踽地往回走,一股淡淡的芳馨突然飘到我的鼻尖。啊,那橘红色的伞,像一朵瑰丽的花,在我的头上开绽。

"啊,是你——姗姗!"

她笑了,眼角挂着两滴晶莹的泪珠:"我想起了一位哲人的话,纯洁的不一定是白的。"

雨丝,淅淅沥沥;情意,密密绵绵……

(选自《小说界》1982年第3期)

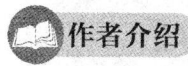

杜卫东(1953—　),笔名晓渡,北京人,任中国校园文学杂志社社长,1988年加入中国作协。

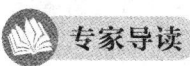

诗化小说的特殊魅力

每个作者都有自己的美学理想和美学追求,并把它们外化在自己的作品中。《橘红色的伞》叙写的是一个平淡的故事,作者的美学追求不在于制造出离奇曲折的故事情节,相反他却尽可能地淡化情节,将主要的笔墨投入到创造小说诗化的氛围中去。

淡化情节,着墨景物。一般来说,小说作者要么是刻意地追求情节的复杂生动,要么是故意淡化情节,着意去表现人物和作品的意念。前者追求的是强烈的、外在的东西,后者追求的则是冲淡的、内在的东西。这两者在一篇作品中往往很难兼而得之。《橘红色的伞》是一篇诗化了的小说,它有意识地淡化了情节。比如"我"和初恋的情人分手一段,作者用很快的频率将它叙述过去了。如果这一情节放在刻意追求情节效果的作者手中,就会展示出"我"和她为何分手的全过程,包括她的父亲的阻挠;痛苦的话别等等,是很有戏可唱的。又如姗姗愤然离去之后,情节线就干脆断了。作者用景物描写来代替断掉的情节,"雨丝,织成无数道密集的水帘,在夜风中摇曳,捶打着我的脸。真凉!"凄风苦雨的夜色恰到好处地衬托出姗姗走后"我"的痛苦、失望、无奈……这种以景衬情的手法使小说充满了诗情画意。

隐喻、象征和氛围。本小说诗化的另一个特点是赋予小说中的景物以隐喻、象征的意义,从而创造出一种冲淡而深远的诗的意境。在情节小说中,作者很少注意细枝末节,但在诗化小说中,作者时时刻刻注意周围的一切,充分

利用它们为自己服务。因此出现在他们笔下的景和物都不是单纯的景物了,而是灌注了作者强烈的主观感情,具有隐喻作用了。比如写"雨"。雨,本是一种客观存在的自然之物,并不具备喜怒哀乐。但作品中四次写雨却各有各的感情色彩。第一次是姗姗"消隐在茫茫的雨帘中"——痛苦的雨。第二次是姗姗将橘红色的伞一转,"雨珠甩了我一身一脸"——欢快的雨。第三次是我踽踽街头时,"雨丝,织成无数道密集的水帘"——惆怅的雨。第四次则是姗姗重新回到我身边,"雨丝,淅淅沥沥"——幸福的雨。不同的作者对雨的诠释也不尽相同,有所谓"相对无语,唯有泪千行",更有"随风潜入夜,润物细无声"。此文作者用"雨"来隐喻主人公感情的得与失、喜与忧。这种隐喻使作品免于浅露而韵味深长。作者还充分运用了象征的艺术手法,进一步烘托出那种淡淡的、温馨的氛围。作品的开头和结尾三次写到那把"橘红色的伞",当它消隐在茫茫的雨帘中时,我便失去了这一片温馨,失去了姗姗那纯洁得容不下一点杂质的爱,失去了沁人的芳馨和笑语欢言。当我为失去了的爱感到悲痛时,"一股淡淡的芳馨突然飘到我的鼻尖。啊,那橘红色的伞"。当爱重新获得时,首先出现的不是姗姗,而是"橘红色的伞"。很显然,这幸福、温馨、明艳的橘红色,是爱的象征,它象征了男女青年之间的爱情。情的物化与意化,使作品呈现出既冲淡又隽永的意境。

寓事于理,耐人寻味。作者描写景物,淡化情节,隐喻象征,烘托气氛,使小说富有诗情、诗意、诗味。但我们说,一首好诗,不仅讲究韵律、韵味,更强调诗中的哲理。诗之圣便是理。小说作者熟谙这一点,将诗理寓于事件之中,他借助一对青年男女感情的波折作为哲理得以依附的物质外壳,通过女主人公姗姗之口说出了寓含在其中的实质:"纯洁的不一定是白的"。男主人公为了使他们之间的爱情没有一丁点儿的阴影,真诚地告诉姗姗,他曾经很热烈地爱过另一个女孩子,只是因为外来的压力才分手的。这种真诚的坦白对一个初恋的女孩子来说是不能容忍的,难怪姗姗要愤然离去。也许是门外带着凉意的雨丝使她愤激的感情逐渐平静下来,她的理智告诉她,男女之间的爱不能肤浅地看对方是不是第一次,最重要的是要检验这份爱是否真诚。正是由于真诚才使"我"失去了姗姗而又重新得到了她。

爱需要真诚,这不仅仅是指男女之间的爱,还可以泛指人世间所有的爱。这个哲理的内核使本小说的诗化具有了深刻的含义。

(马中红,苏州大学教授)

她盼着他来电话

吕明辉

她被评为全市放映系统优秀播音员了。

她喜滋滋的,想唱,想跳,想大声说话,想疯疯癫癫闹一阵,想……可是,她什么也没做。表彰奖励大会刚开完,她就回到小小的播音室,守在那架电话机旁。

那是一架苹果绿色的自动拨号电话,小巧,雅致。一年来,就是这架电话机,搅得她心神不安……

那时候,她刚接班来电影院当播音员。她骄傲得像只小天鹅——本来嘛,高中生当播音员,还不是绰绰有余?可是,当她播完一篇《新片预告》时,这架苹果绿色的电话机响了。她拿起电话,耳机里传出一个男青年的声音:

"喂,您是播音员同志吗?"

"当然……"

"刚才您在播音时,把'售'票的'售'读成'愁'了。请您注意。"

她的脸"刷"地一下红了。幸亏电话里看不见。"吹毛求疵!"她这样想着,愠怒地挂断了电话。

从那天开始,她就经常接到他的电话了:

"喂,刚愎(毕)自用,不是刚复自用……"

"刚直不阿(俄),不是刚直不阿(啊)……"

"任务的'任'是卷舌,不是平舌……"

"……"

男青年始终坚持不懈,表现了异乎寻常的关注。"他是不是……"她胸口突突跳着。

从此,这架苹果绿色的电话机成了不祥之物。每当她拿起一篇广播稿时,心里都觉得在某一个角落里,有一个人在竖着耳朵听她播音,挑她的毛病。她恨这架苹果绿色的电话机,怕那讨厌的铃声响起。与此同时她开始注重学习了,她买了字典、词典,每篇稿子广播之前,都要先熟悉一下,有了生字查查字典;她还报名上了市里的工人夜校……她平静的生活被打破了,而打破这平静生活的恰恰就是这架苹果绿色的电话机。

现在，她被评为先进播音员了。他的电话再也不来了。两个月了，电话铃响了多少次，可都不是他来的。现在，她真盼着他来电话，哪怕说说别的也好。说起来实在遗憾：她到现在也不知道他叫什么名字？在哪工作？

她把脸转向窗外：电影院门口正是十字街头，一派热热闹闹的景象。每天经常到这里来的有好多好多的人，警察、小贩、清洁工、服务员……他能在这些人之中吗？

（选自《小说创作》1984年第4期）

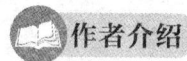

吕明辉（1952—   ），辽宁丹东人，先后任吉林省集安县文化馆馆长、县文化局副局长、通化市群艺馆馆长等职，2009年加入中国作协。

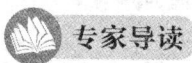

期待：艺术的诱惑力

写实有两种含义：一是实录式的写实，二是按生活"会有的实情"（鲁迅语）去写实。不管是哪种"实"，都要有"事"，有一个包含一定意味的事，甚至有一点波澜、带情节性的事。

微型小说这种短小的纪实文学运用各种艺术手段，造成读者关心主人公命运的急切期待，实中有虚，是具有艺术诱惑力的重要标志之一。《她盼着他来电话》从纪实的技巧来看，正是通过"期待"，孕育着这种令人执卷流连的艺术诱惑力，显示出作者高超的艺术功力。

作品叙写一个被评为全市放映系统优秀女播音员的姑娘盼着他来电话的故事。一个"盼"字，蕴含着姑娘多少复杂而深沉的感情啊！它记录着她由一个不合格的播音员成为一个优秀播音员的历程，同样也勾画出她对他感情态度的变化和深化的发展轨迹。作品中的她，是一个电影院的播音员，高中毕业刚上班，自认为应对工作绰绰有余，有点傲气。而他呢？不知姓甚名谁，在哪儿工作，只从声音中听出是个男青年。故事发生在她第一次播完新片预告之后，电话铃就响了，他很客气地向她指出读音的错误，把"售"票的"售"读成了"愁"音，以后不断地来电话，不断地指出读音错误，诸如刚愎自用的"愎"（毕

不能读成"复"、刚直不阿的"阿"不能读成"啊"等,她始而脸红,继而愠怒、恼恨,她被他的电话逼着注重学习,严格要求自己,久而久之,竟奇迹般地发愤学习,最后以优异的工作成绩被评为市优秀播音员了,情绪也转为喜滋滋的。她的成长,似乎都离不开他,她每播一次音,总觉得有一个人在竖起耳朵仔细听,不时挑她的毛病。这个男青年,坚持不懈地这样做,是否表现出一种男性对女性的特别关注。这一切,搅得她心神不安。

可奇怪,当她已经达到准确而娴熟的播音水平以后,他却两个月不来电话。因而在她的心灵中也似乎缺少了点什么,产生一种隐隐约约的期待。在她获得荣誉之后,回顾自己努力学习的过程,无不蕴含着他的辛劳和关注。在她的心田里,宛若有一种生命力很强的友情种子在生根、发芽和成长,她这时特别盼他来电话,哪怕说点别的什么也好。可她对他的情况一概不知——姓名、工作单位、外形长得如何、年龄情况等等。即使最勇敢的姑娘,也无法与他取得联系。因而她在急切地期待,急切地寻找!

作品的最后一节,又把这种期待引向更为广阔的背景。姑娘在"盼"的幻想中猛地把脸转向窗外的十字街头,这里来来往往的人有警察、小贩、清洁工、服务员……她从心底里发出怀念的呼唤:"他能在这些人之中吗?"作者在这里,列举的这四种职业的人,都是普通劳动者,表明姑娘的感情倾向,这省略号似乎又表示他的职业的不确定性。她把期待的视野伸向整个社会,在茫茫的人海中期待着他的出现,寻觅着他的存在。作品的整个情节发展以展示她——播音员的感情变化为线索,由羞、怒、怕到喜,似乎有一个好的结局,然而她盼着的他却终未出现,留下的永远是一种深深的难以忘怀的惦念。女主人公的这种缠绵而不可名状的盼望,包含着丰赡而复杂、隐约而深沉的多义性感情,是人与人之间的人情?是同志间的友情?是男女青年之间的恋情?这期待中,蕴含着的正是那种无定型的感情,有着一定的模糊性。

而所期待的男主人公的形象,是一个虚实结合的不确定形象:他有实在的一面,他的声音可以感知,他的高尚的情操可以体验;他有虚拟的一面,他的其他一切,都朦胧一片,只能由读者无限的审美遐想来补充和创造。所以,她盼着他来电话中所蕴含的期待,不仅是一种使人永远去猜度的不解之"谜",而且就其艺术价值来说,它比起定形作品来,更富有感性价值和联想价值,更具有最大容量的可能性,能为读者审美过程的视觉活动提供更充裕的空间和更适宜的氛围。

(凌焕新,南京师范大学教授)

瞎　说

胡　雪

我的舅舅在中学里教书,算是个老教员了。几十年来,工作一直兢兢业业,待人也是一团和气;只一样,胆子忒小。他从没跟任何人发生过争执,听人谈话,总是满脸堆笑,频频点头,即使有不同见解,也只是用来指导自己的实践。久而久之,这笑、这点头便成了他的一个不太体面的毛病。不过,同他接触的人并不这样看,资历比他浅的感激他平易近人,资历比他深的则赞许他治学谦恭。他的人缘儿并不坏。

本来,他是尽可以这样过一辈子的,不料想,一场"文化大革命",把他的毛病搞得恶性膨胀了——因为在众多的革命口号和政治观点面前,光陪笑点头是不行的,必须得有个鲜明的态度,或坚决支持,或激烈反对。于是,舅舅便只好强开尊口,以"对,对"相应,然后,重复一遍别人结论式的最后一句话;若碰上呼口号,内容过长,他便要偷工减料,只相机振臂喊出最后两三个字,如,"砸烂……狗头!"便只剩下"狗头"了。习惯成自然。时间一长,他竟养成了爱重复别人最后一句话的最后几个字的习惯,本来实在是属于违心的一些做法,也渐渐地成了一种下意识的行为,就像他过去的老毛病一样,不可更改了。这一直延续到"文化大革命"结束之后。

一天,他到我们家来,我高兴地说道:"舅舅,昨天我坐车路过新华书店,看到进去一个人,好像是你!"舅舅竟连连点头。"对对,是你,是你。"弄得我愣了半天;是确认我看见他了呢?还是他也看见我了?要不就是……简直不知所云。那天他告辞时,妈妈叮嘱他:"要注意休息,不要老开夜车,身体受不了。"他又不住点头:"对对,受不了,受不了。"就是这么可笑。

终于,他的这套本来是用于护身的咒语,给他捅了个吓人的娄子。

那是去年,学校请来一位新长征突击手做报告。那是个老模范。他讲得生动极了,引来一阵又一阵的热烈掌声。会后,许多老师都向他表示感谢。一个老师说:"您讲得太好了,我们很受教育,很受启发。"老模范谦虚地说:"瞎,我那也是信口开河,瞎说!""对对,瞎说,瞎说!"舅舅在一旁立刻接了上来,神情竟十分地认真严肃。这一下,在场的人全都惊呆了,连老模范也愕然地睁大了眼睛。直到这时,舅舅才恍然有悟,脸上渐渐地挤出了笑,那模样,叫人看了

实在糟心。

这件事幸亏是发生在粉碎"四人帮"之后,舅舅只出了一身冷汗,恓惶了几天。不过,这却使舅舅像从噩梦中惊醒了一样,毛病一下子改了。只是每逢听到人们说这个笑话的时候,他的眼里就会流露无限的辛酸。人们不忍看这种眼神,便不再说了。

(选自《南风》1982年第37期)

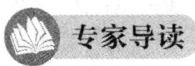专家导读

人性的扭曲、失落与复归

《瞎说》这篇微型小说写的是发生在十年"文化大革命"荒唐的岁月中的一个荒唐的故事,作者用荒诞小说的写法,把当时被扭曲的客观现象,人和人之间不正常的关系,以至于变形的人性,都表现得淋漓尽致,别具风采。

"我的舅舅"是老教员,工作兢兢业业,待人和气,见人总是"满脸堆笑""频频点头"。作品的开头便写了舅舅的性格,善良中带着软弱和卑怯。就是这种传统的中庸之法,为他赢得了好的人缘,受到了不同人们的赞扬。

然而,好景不长,狂热的"文革"中,残酷的政治风暴,不允许你是中间派,必须有坚定而鲜明的政治立场。因而舅舅的那种"光陪笑点头"的中庸之法行不通了,在无可奈何中,他只好"强开尊口",以"对,对"相应,然后,"重复一遍别人结论式的最后一句话",如果句子长,他就只喊"最后两三个字"。这违心的做法,虽然更表现了舅舅的怯弱,但在那疯狂的岁月,却是一种保身的对策。作品的荒诞性在这里也有所显现。作者虽然没有正面描写"十年浩劫"的严重危害,但我们却可以从舅舅善良的性格的改变中,看到"文革"给人们心灵造成的创痛和扭曲。

习惯成自然,出于他长期有意识地强迫自己"重复别人最后一句话的最后几个字",这渐渐地成了下意识的行为。而且久而久之,经过反复、深入和强化,使它从意识阈之内的显意识转化到意识阈之外的无意识中去,构成一种本能,融为一种血肉化了的习惯和性格。虽然"文革"结束了,但舅舅的老毛病却一时改变不了。时代变了,而舅舅仍用过去的习惯处理人际关系,与现实发生了强烈的反差,在"文革"中可以保身的方法,在新时期到来之际,却给他"捅了个吓人的娄子"。在一次劳模会上,他竟把老劳模谦辞中的最后两个字"瞎

说",神情十分认真地重复了几遍,并且还说"对对!"他的言行使在场的人都大吃一惊,而舅舅也尴尬万分。尽管舅舅的本意并非如此,但由于长久的习惯所形成的心理定式,即使环境改变了也一时无法扭转,处于心理结构深层的潜意识仍然不自觉地外射出来,所以才闹出了这样一个"笑话"。幸好,这时已是"文革"以后的新时代了,它不会给舅舅带来什么重大的不良政治后果,只是成为人们茶余饭后的一个笑料罢了。即便如此,舅舅仍悒惶了几日,不过,坏事在一定条件下可以转为好事,"这却使舅舅像从噩梦中惊醒了一样,毛病一下子改了"。的确,十年"文革"像一场噩梦,使多少人从人变成了鬼,给多少人的心灵留下了深深的伤痕。舅舅的毛病改了,但在他听到这个笑话而流露出无限辛酸的眼睛里,我们看到了他痛苦的经历。舅舅变了,由鬼变成了人,这个历史发展的必然规律,是谁也无法改变的:人终究是人,不可能永远像鬼一样地生活。从此,舅舅可以堂堂正正地做人了。在这里,作者用荒诞式艺术手法,把舅舅被扭曲的性格的转变,置于一个"笑话"的框架中表现,使我们体验到一种辛酸的"含泪的笑"。

这篇作品充分运用现代荒诞派手法和技巧,把显意识和潜意识交替描写,用来表现"舅舅"人性的扭曲、失落和复归,独具匠心地表现十年内乱对人性的摧残,深刻而又含蓄,诙谐而又庄重。

(凌焕新,南京师范大学教授)

天 道

陈建功

丁囡囡发誓自己也得去发财的时候,别人都已经发够了财了。

其实此前她也没少见到人家发财,好像也没怎么动心。可母校的校庆日那天,一个曾经叫她"红卫兵奶奶",趴在她的皮带底下哭爹喊娘的"狗崽子"居然坐上一辆"卡迪拉克",牛气哄哄地停在了她的面前,又成心要再灭她一道似的,当着她和全体校友们的面,甩给了校长一张七位数的支票,把她看得差点儿没背过气去。

"我这才明白我们真他妈的傻帽儿,真他妈的八旗子弟,真他妈的败家

中国微型小说
Chinese Miniature Novels

子——还慎什么呢,赶紧,与其让他们'发',干嘛不他妈的让我们'发'?……"

"操,我们老爹打下的江山,凭什么让他们这么发财啊!"

在一个朋友家,我认识了丁囡囡。说起这事,她还咬牙切齿,又仿佛从中顿悟猛醒出了一点什么……

没多久,听说丁囡囡果然"发"了。她在南边倒腾了几个月的地皮,成了一个富婆。

你不能不感叹,到底是人家老爹打下的江山。

听朋友说起了好几次,说丁囡囡还是那么"气不忿儿",别看她发了财。

"不是都发了财了吗,还有什么气不忿儿的?"我这个人永远是"燕雀不知鸿鹄之志"。

"谁知道她!老骂人,问:'这天下到底是谁的?'"朋友说。

"你得告诉她,天下就算是她的,也得留条道儿让别人走啊。"丁囡囡那副气哼哼的模样是不难想象的。想起时至今日,居然还有人这样想问题,我就忍不住想乐。

最近,在一家大医院的门口遇见了我的朋友。他说他看丁囡囡来了,她快死了。"快死了?"

"是啊,肝癌。已经爬不起来了。"

我陪我的朋友到病房里去看她。

"瞎掰!……我这一辈子,竞争半天,管屁用,甭管谁,往火化炉里一塞,全他妈的只占巴掌大的地方!"她蜡黄的脸上冒着虚汗,口气却和没病时一样。

我说:"你早想到这一层,就得不了这病。不过现在还不晚,你明白了,你的病就好了……"

"扯淡,甭蒙我,好不了了!……不过,你说得对,他早告诉我了。"她指指我的朋友,"……我跟我家里人说了,我死了,把我的骨灰扬了,我连巴掌大的地方也不要——我活着时,给别人留的道儿太少,死了,给别人腾点儿地方吧……"

听说丁囡囡居然没死,直到今天。

(发表于 1990 年)

作者介绍

陈建功(1949—),中国当代作家。1977 年考入北京大学中文系,毕业后调入北

141

京市作家协会从事专业创作。现为中国作家协会副主席。著有小说《萱草的眼泪》《京西有个骚达子》《飘逝的花头巾》等。

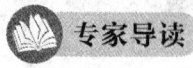

大道至简，亦庄亦谐

本篇负载着丰富的思想内涵和深刻的人生哲理，作者通过叙写宛如八旗子弟的丁囡囡而曲折表现之。这个满嘴污言秽语、骄横不可一世的女人，其实是个泼妇。常挂在她嘴边的一句话是："我们老爹打下的江山！"就凭这一点，她内心深处的想法是，今天的一切，只有她这样的人才配享受。她不懂"人间正道是沧桑"的道理，她看不惯时代的进步并且总是留恋、追忆、惋惜她自己已经不再的昔日辉煌。对于丁囡囡这种复杂阴暗心理的揭示，作者并没有费上千言万语，而是巧妙地用一个心理细节描写，清清楚楚地说明一切，并令人遐想万千——在母校校庆日那天，看到有个同学比她阔气、神气，她马上愤愤不平地想到，当年，正是这位同学，"叫她'红卫兵奶奶'，趴在她的皮带底下哭爹喊娘"！

本篇最值得玩味的，是作者不无调侃地以丁囡囡的一悟再悟，揭示她的至死方悟。欲抑先扬，欲擒故纵，一波三折，妙趣无穷。她先是从当年"狗崽子"的今天发迹，"悟"到自己傻，进而想到，"与其让他们'发'，干嘛不他妈的让我们'发'？"后来，她显然凭借打江山的老爹的威力，"在南边倒腾了几个月的地皮"，迅速"成了一个富婆"。虽然发了财，可她仍然"气不忿儿"，老骂人，因为她还是想不通："这天下到底是谁的？"最后，她不幸患上癌症，居然"大悟"："我这一辈子，竞争半天，管屁用，甭管谁，往火化炉里一塞，全他妈的只占巴掌大的地方！"这与其说是真悟，不如说是一种哀鸣。但，经过这么多折腾，她总算明白一点："我活着时，给别人留的道儿太少，死了，给别人腾点儿地方吧……"

作者对丁囡囡这类人物的嘲弄鄙夷之情，充盈在全文的字里行间。或许是被这类人的最终也有所觉悟而感动，作者顿发慈悲之心，竟于文末放丁囡囡一条生路："听说丁囡囡居然没死，直到今天。"短短一句话，亦庄亦谐，意味深长。

（陆建华，原中共江苏省委宣传部文艺处长，文艺评论家）

预　感

滕　刚

　　W君早晨下床时,忽然一个可怕的意念像闪电一般划过他意识的上空——今天可能被汽车撞死！这个意念来得很突兀。W君觉得这种意念的出现不是无缘无由的,是一种预感。人死之前总是有预感的。关于人死之前是否有预感,W君原先是将信将疑的。可最近发生的一些事使W君对此深信不疑。

　　前天上午,W君家门前的马路上接连出了两起车祸,死了两个人,一位是花匠,一位是教师。两人都被车轮碾成肉酱。后来人们的考证证明,他们死之前都有预感。据说花匠在遇难的那天早晨,睁开眼睛便沉默不语,面呈死相。更怪的是他下了床便洗澡,剪指甲,穿了一身崭新的衣服。一个人居然会在早晨洗澡,这在当地是前所未闻不可思议的事。花匠死亡之前的怪异表现说明他对自己的死是有预感的。至于那位教师就更奇了。据说他在遇难之前一个月就开始焚烧他的日记、信件和其他手稿了。他甚至写信给他的朋友们,要回他以往写给朋友们的信。总之,他几乎把这世上所有留有他文字的东西都化为灰烬。那天上午,他踏上柏油马路不久,就有一辆刹车失灵的卡车盯着他追。他一边呼喊一边狂奔,结果还是被压死在轮胎底下。

　　W君认为他们之所以死,是因为他们没有重视预感。既然有了预感,就该不惜一切去避免预感实现,绝不能听之任之。所以,W君决定今天坚决不出门。

　　汽车总不会冲进屋里来撞他。

　　他漱洗完毕,就对妻子说:"今天一天我不上班也不出门,我在后院看书。天塌下来你都不要叫我,有人来找我就说我不在家。我今天有重要的事。什么重要的事你不要问,问我我也不知道。就这样。"他说完就拿了一本小说书和几块面包,钻进后院放杂物的土坯屋里去了。

　　W君没头没脑的话把妻子搞得晕头转向如入云里雾中。W君一年三百六十五天,从不迟到早退,即使有病也坚持上班,今天怎么突然不上班了？为什么要到土坯屋里读书？他以前可是从未去过土坯屋的。妻子几次想去问他都没敢。W君从来是说一不二的。妻子只好去自己单位请了假,便匆匆回到家里,不论怎么说她不能让W君一人待在家里,她想他一定有什么难言之隐。

从早晨八点至下午四点，先后有十四个人来找W君，都被妻子拦在门外。下午四点一刻的时候，W君单位里的经理来找他，说有十万火急的事，要他赶快去上班。来者是经理，又有十万火急的事，他妻子不敢怠慢，便把经理领到后院。

"我不去！我今天哪儿也不去！你什么话也不用说了，你开除我我也不会去。什么原因你不用问，我有非常非常重要的事，以后你们会知道的。你走吧！"W君挥舞着手臂声色俱厉地说，他急得虚汗淋漓。这时候发生十万火急的事，本身就是不祥之兆，是死亡的召唤。他没法让经理理解他的态度和做法，他现在不能说出预感，预感说出来肯定凶多吉少。待预感消失后，他会好好地向经理解释的。

经理被他搞得莫名其妙。经理出门前对他妻子说："再观察一段时间，情况严重，就去叫医生。"他妻子含泪点头。

大约晚上七点光景，一辆重型卡车飞驰在一条柏油马路上。临近三岔路口时，为了避免和一辆违章行驶的客车相撞，卡车急转弯冲向路边的小道，撞倒一堵围墙和一座土坯小屋后停住了。

人们把W君从乱砖中扒出来时，他已经咽气了。

W君之死使人们震惊不已。这一奇特的事件在当地传为奇谈。以后人们谈到人死之前是否有预感时，总拿W君之死作为例子。如果他没有预感，他怎么会突然一天不出门，突然钻进给他带来灭顶之灾的土坯屋？又怎么会说那些奇怪的话呢？

（发表于1990年）

滕刚（1970— ），江苏扬州人，著名微型小说作家，中国作协会员。是小小说"新写作实验派"代表人物，代表作有《货之家》《预感》《姓名》《性别》等，出版《个人履历表》《克尔萨斯的下半夜》《百花凋零》等小说集。

预感背后的哲理思考

这是一篇十分好读又很十分耐读的作品。说它好读，是因为作品写的是

一个很能吸引人的"奇特的事件"——主人公W君因为预感到自己这天可能会被汽车撞死,并对这种预感深信不疑,所以他就千方百计地想"去避免预感实现",并"决定今天坚决不出门",但最终,已在自家后院放杂物的土坯屋里躲了整整一个白天的W君,还是在当天"大约晚上七点光景",被一辆"为了避免和一辆违章行驶的客车相撞"而突然急转弯的重型卡车给撞死了……于是,"这一奇特的事件在当地传为奇谈",而人们在为此震惊不已的同时,对人死之前是否有预感也就同样都深信不疑了,至少会"总拿W君之死作为例子"去说明。

那么,这一"奇特的事件"真能说明人死之前会有预感吗?或者是作者给我们讲述这个故事的目的,真是为了说明人死之前是有预感的吗?没错,从故事本身看,W君之死与他的"预感"确乎十分地合拍。但只要我们透过故事表面深入它的内核,只要我们细心地、反复地去品味和揣摩,就不难发现,作者通过这一故事要告诉我们的绝不是那种人生的宿命,而是在揭示人生中各种各样可能性的客观又现实的存在,是在展现人生旅途的那种艰难与困苦,是在对人们对待不幸与磨难的态度作深入的探讨与真诚的规劝:消极的逃避绝不是对付厄运的好办法,甚至越逃避那厄运就会离你越近……

如此,作品所娓娓道来的这一"奇特的事件",便因其饱满的哲理内涵而具有了容量的广度与厚度以及艺术的深度与力度。如此,我们在读罢这篇作品之后,就不仅仅是看到了一个构思精巧、结构圆润的故事,而且是对人生况味有了更多又更深的认识与了解,同时会因从中所受到的启迪而对自己的生活和生命作同样更多又更深的思考。是的,这也就是这篇作品的耐读之所在。

(汝荣兴,著名微型小说作家)

放宽政策

田文茂

新春伊始,小胡工工整整地在日记本上写下一段话:

不把高等数学全部自修完,决不谈女朋友。说到做到,不放空炮。

一年后,小胡才自学了一道半题。刚好有热心肠的人为他牵线搭桥。他只好放宽政策,在日记上郑重写道:

女朋友谈了,但自己得立个条约,不自修完课程,决不结婚。

又是一年后,自修课程仍无进展。小胡结婚了。新婚之夜他又在日记本上立下了旦旦誓言:

现在该认真学习了。咬着牙也要自修完课程,才养孩子……

已是第四个春天了。小胡一切依然如故。看见别人抱着孩子那个亲热劲,甚是羡慕。晚上,他睡在妻子旁,说:"我们也养个孩子吧!"

"你不是说,不学完课程不带孩子吗?"

"唉,你看别人带着儿子多幸福呀!再说养了儿子,我更会安心学习嘛。"

妻子的思想打通了。

小胡再一次放宽政策:

"请上帝原谅我未能按条约执行。如果带了孩子,我一定要加倍努力学习,完成自己的宏伟计划……"

儿子有了。小胡忙得不亦乐乎。有时刚拿起书本,眼皮就开始打架了,不过,他又记日记了:

唉,往者不可谏,来者犹可追。等孩子大了,再集中精力学习吧!

(选自《南苑》1983 年第 5 期)

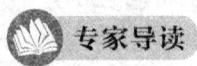

悬念引发的审美吸引力

悬念是引起读者(包括阅卷者)不断产生兴趣的重要手段。缺少悬念,也许读者就会形成阅读疲劳从而昏昏欲睡,或者干脆拒绝阅读。为了让读者不断产生兴趣,悬念就需不断设置。形成"设疑──→探索──→释疑──→满足"的过程,然后形成再设疑、再探索、再释疑、再满足这样一个步步推进、反复回环的基本模式。《放宽政策》就写小胡这位自学青年立志自学高等数学而失败的故事。

小胡新春立下志愿,不把高等数学自修完,决不谈女朋友。

一年后,小胡对己"放宽政策",谈起恋爱,另立个条约,不自修完课程,决不结婚。

又一年后,结婚了,但对妻子说,不学完课程,决不生孩子。

又一年后,生了孩子。小胡忙得不亦乐乎,只得叹气,这门数学课程等孩子大了,再集中精力学完吧!

如此这般地设置悬念,不断地释疑,主人公从一个单身的自学青年到有了家庭做了孩子的父亲,最终,自学不成,在自学之路上成了一个"失败者"。究其原因,就在于"放宽"两字。自学青年谈恋爱、结婚、生孩子与自学是否是对立的,两者只能择其一呢?回答当然是否定的,只要妥善处理好两者的关系,达到和谐的统一,就能互相促进,获得双赢的美好结果。关键在于对自学的誓言,要严于律己,敢于实践,善于学习,有一种言行一致的精神。所以,这里的"放宽",其实就是"放弃"的同义词,种种放宽的理由,只是一种放纵自己的借口,变相放弃的遁词。

本文不断设置的悬念,不仅层层推进,而且反复回环,呈螺旋上升之势,使作品显得饶有风趣,带有幽默俏皮的意味。这种反复式地设置悬念,不仅可让读者产生欲罢不能的阅读兴趣,而且让小胡的形象在这反复设疑释疑中,得到多次"显影",呈现出鲜明的个性,成为刻画人物的有效艺术手段,让小说获得理想的艺术效果。

(凌焕新,南京师范大学教授)

除　法

周　锐

一个房间里有一个人和十二只蚊子。

十二只蚊子咬一个人。

12÷1＝12

这个人觉得吃不消。

他就又去找一个人到这房间里来。

十二只蚊子咬两个人。它们分成了两队。

12÷2＝6

人觉得比原先好受一些了。

但还可以更好受一些。

这两个人又找来第三个人。

12÷3＝4

好极了,再找第四个。

12÷4＝3

第五个人跑来了。

12÷5＝?

大家叫第五个人别进来,因为这样蚊子不好分了。

但第五个人硬要进来。响起"啪啪"声。第五个人打死了两只蚊子。

10÷5＝2

OK,这下好分了。

大家正高兴,又听"啪啪"声,第五个人又打死了两只蚊子。

8÷5＝?

又不好分了。

大家觉得第五个人老是添麻烦,就齐心合力把他赶走了。

作者介绍

周锐(1953—　),原名周庆宁,上海市人,儿童文学作家,已出版著作80多本,中国作家协会会员。获中国作协颁发的全国优秀儿童文学奖,冰心儿童图书奖等。

专家导读

警世喻言

微型小说是一新兴的文种。它借鉴姊妹文艺体裁如寓言、童话等之长,或杂交,或渗透,变幻异化,千姿百态,尽管形式上变式杂糅,但其内在含蕴,总不失其小说之神。此类作品,似不重传统小说的形似,然细品内核,却存神似。重神似,比形似的微型小说更有味,更新颖,更具强烈的审美效果。这篇作品从寓言中生发出来,似在解释一个数学运算题目——除法。数学是理性的计算之学,而微型小说是文学之学,不仅风马牛不相及,而且似是对立的两个学科门类。然而作者偏从这相悖处入手,变式入招,以一则除法之法,演化为一则变形的警世喻言的寓言体微型小说。

《除法》是以一个房间里一个人和十二只蚊子除数与被除数关系的变化展开的。首先一幕即 12÷1＝12，一个人要被 12 只蚊子叮咬，他觉得负担过重吃不消。继而找来一人，变成了 12÷2＝6，被叮者负担减轻一半，觉得好受些了。这二人找来第三个人，则成 12÷3＝4，再找一人成 12÷4＝3，第五人跑来了，请注意不是去找，而是自己跑来，这下 12÷5，除不尽了，那人打死了两只蚊子，变成 10÷5＝2，当然挺好，负担大大减轻，大家高兴，然而，这位第五人多事，又打死了两只蚊子，8÷5，除不尽，这下负担不均就闹起了矛盾，觉得第五人是麻烦制造者，先前四人齐心把他赶走，8÷4＝2，大家分担均匀又恢复原样。除法的故事总算结束了。故事表述的是除法，但采用了六个连续不同的场景，层层推进，体现出叙事的一维过程性，其中第五人的跑来与被赶走，又体现出叙事的曲折性和矛盾冲突的尖锐性，意想不到的结局又让人获得更多哲理性的沉思。

这篇除法的故事，完全符合微型小说的叙事要求。开端是一人和十二只蚊子共处一室，发展是不断地找一些人来，共同减轻了被叮的负担，高潮是第五人跑来后无法除尽、负担不均引起了矛盾，如何解决？第五人采用的方法是消灭蚊子，即减蚊子以适应人数的均衡，原先四人则采用习惯的模式，以减人来适应蚊子数达到均衡。结局，把消灭蚊子的第五人赶走，演变成一场悲剧性的结局，从中引发出许多耐人寻味的话题，它超越了一般寓言寓意的单一指向性，而把它升华为人生哲理的警世喻言；诸如对待害人虫——蚊子和一切祸害是忍受还是拍杀，是追求奴隶般消极的平衡，还是主人样的改变现状而追求积极的平衡；告诫人们如何处理好除数与被除数之间的关系而谱写新的人生；等。蕴含丰富而多义，寓意警世而耐思，这才是本篇作品新颖而厚重的美学价值。

（凌焕新，南京师范大学教授）

小站歌声

修祥明

子夜时分，山村的小站昏暗静谧。苗兰老师提着行李来到站台，像触电般浑身颤抖起来。

她本想在夜深人静时悄悄离开山村,没想到全班四十多个孩子全站在这里为她送行。

站牌下,放着一篓子山核桃,篓把上贴着个红双喜字。这是山里人祝贺新婚的礼节。

三天前,她去了趟县城,回到山村,她对孩子们说,要和远隔千里的男朋友举办婚礼,婚后,她就在那里定居了。

孩子们舍不得她,却没张口将她挽留,只将一串串难舍难离的泪水洒下。

远处传来列车的长鸣。

四十多个孩子含着泪水,像一棵棵被雨水浇伤的禾苗一样,凄悲地立着。

班长说:"咱们为苗老师唱一首《好人一生平安》吧。"

歌声在夜空中响起:"有过多少往事/仿佛就在昨天/有过多少朋友/仿佛还在身边/也曾心意沉沉/相逢是苦是甜/如今举杯祝愿/好人一生平安。"

这歌声,低沉悲哀。这是孩子们真诚的祝愿。

列车徐徐地向前开动着,孩子们像一阵旋风一样随车跑着、唱着……

好人一生平安。

歌声像让泪水滤过似的。

车上,苗兰老师失声痛哭起来。

孩子们怎知道,她不是去结婚,三天前,去县城体检,她患了白血病,在人生的旅途上,只有半年的时间了。

(发表于1993年)

修祥明(1958—),山东即墨人,中国作协会员,其作品《小站歌声》入选人民教育出版社出版的中学教材。

一曲悲歌　余音唏嘘

微型小说特别重视结尾。美国著名评论家罗伯特·奥弗法斯特把它当作

中国微型小说
Chinese Miniature Novels

微型小说三要素——"(1)构思新颖奇特;(2)情节相对完整;(3)结尾出人意料"——之一。所以,作者往往在结尾处妙笔生花,做足文章,恰似凌波仙子临去那秋波一转,让人勾去魂魄,似惊似呆,余意绵绵。《小站歌声》的结尾就有这种艺术魅力。作品主要是写了在一小站,午夜时分,山村小学全班四十多个孩子在站上为女老师送行的故事。送行事由:女老师要回城结婚,然后就留在城里了。孩子们舍不得他们的教师离开,他们的深情只用泪来表达。火车快要进站了,一曲《好人一生平安》把孩子们的祝愿唱出来了,把他们纯真的童心献出来了,把他们感情的泪水宣泄出来了。已上车的苗老师也泪流满面,融入这遽然诀别的场面之中,只有山核桃篓子贴着的红双喜字,是对女教师新婚的喜庆祝贺。也许孩子们的泪是分别的难舍之泪,是祝贺老师新婚的幸福之泪,尽管激动不已,也属人之常情。

结尾处一个意外的"交代",把隐情的包袱一下子甩开:三天前去县城体检,她患了白血病,估计只有半年的寿命了。这真是晴天一声惊雷,这一交代式的发现,引起了全文的转折,如果说,前面故事所写的小站上学生送女老师回城结婚,属于喜庆式的喜剧的话,那么,这一突转的发现,一下子把喜事转化为悲剧,他们的祝福幻化为给她的哀念和悼词,他们的送别,变成了最后的诀别。这一突转式的交代,写出了山村女教师为了不使学生悲伤,有意地隐瞒了悲剧性的实情,却编造出喜剧式的结婚理由,让学生安心学习。这一无奈的善良的"欺骗",表现出她的美好心灵。这为刻画普通山村女教师的形象,添上了具有艺术张力的关键性的一笔。

结尾对读者的吸引力、感召力至关重要,正如本文的结尾那样,能使读者触目惊心,产生无限的遐想,甚至勾魂摄魄,使人执卷流连,看过数日,犹觉声音在耳,情况在目,心绪绵绵,终不能忘怀,这就是微型小说特别重视结尾的艺术魅力所在。请君切记。

(凌焕新,南京师范大学教授)

洗　澡

何立伟

老何下班回家,迈着比肋下的公文包更为沉重的步子,走在拥挤的人群里。老何眼前晃动着的是一张张都市人疲惫的脸。老何想,我的脸被别人瞥见时大约也正是这番可怜的模样吧。这么一想,老何便觉得生活怪累的,而且怪没意思的。遇到红灯,所有的脚都停下来;然后绿灯,所有的脚又匆匆走动。累也好,没意思也好,总而言之是这般地走走停停、停停走走。这就是都市里的人必须每天面对的。而"必须",老何想,多么叫人无可奈何啊。

老何拐过一个路口,踅进一条僻静的老街,为的是把甚嚣尘上的喧闹和芜乱杂沓的人影甩在身后。经过一个门前爬满了常春藤的旧式院子,老何听到里头有人在弹钢琴,弹得非常好、非常悦耳,也非常柔和明丽。这琴声使老何想到春天的原野、山间的绿树、明净的溪涧和婉转的鸟啼。老何就站住了。老何感到了自然和生命美丽的呼吸与盎然的诗意。

此后,老何每天下班,都要从这条静静的老街走过,而且每天都驻足在那被常春藤缠绕的旧式小院前,凝神屏息,让那如水的琴声淙淙地流过蒙尘的心野。

有一天,正好老何的老婆也从这儿路过,远远看见老何呆呆地站在那里,就大声唤他:"好哇,难怪你每天下班都回得那么迟嘛,原来你是站在这个鬼地方泡时间啊——还不赶快给我回家去!今天你做这顿晚饭躲不掉啦!"

路上,老何的老婆问老何:"站在那个鬼地方你到底干什么呀,嗯?"

老何想了想,答曰:"洗澡。"

老婆睁圆了眼睛,说:"你说什么,嗯?洗澡?那个鬼地方有个澡堂子么,嗯?"

(发表于1994年)

作者介绍

何立伟(1954—),中国当代作家,作品有《小城无故事》《你在哪里》等。

专家导读

画龙点睛的魅力

中国画论中传说梁代张僧繇在金陵安乐寺壁上画了四条龙,不点眼睛,说

点了就会飞掉。听者不信,偏让他点上。刚点了两条,就雷电交加,震破墙壁,两条龙乘云上天,只剩下没点睛的两条仍在壁上。从中喻说点睛后龙就由死变活。点睛之笔实乃绘画作文的传神之处,它可使文章顿然生辉,《洗澡》这篇微型小说可算是深谙此道,在娓娓道来的故事悬疑中,突出点睛之笔,顿然如电光石火,点亮了全篇的精气神,让叙事的故事层面瞬间提升至震撼心灵的精神佳境。

故事起始于一个公务员机械的上班下班的生活方式,走走停停,停停走走,拖着疲惫的身躯,为生活所累,心灵上也无可奈何地染上生活的污垢,以此作为主人公人性异化的写照。然在这行进途中,他踅进一条僻静的老街,在闹中取静中听到了美妙的钢琴声。他驻足静听,在悦耳的乐声中感受到了自然和生命的美丽和盎然的诗意。于是每天下班都会到这里来,让那如水的琴声洗涤着蒙尘的心田。可这却引起了老婆的怀疑,她发现丈夫呆呆地站在那里不知何故,问其原因,主人公则回答"洗澡"。一石激起千层浪,如此回答似乎有些突兀。妻子更不解,洗什么澡,那个鬼地方有澡堂子么?然而千百位读者会明白,会回答。这是绝妙的好词,亏作者能想得出来的好词,这词是一种比喻和象征,它不是用水洗涤身上为生活所累的污秽,而是在用审美的音乐艺术滋润着伤痛的心灵,享受着精神层面的欢愉和抚慰。劳碌的人们,在谋生的繁忙中,切不可忘了精神上的审美"洗澡"。

"洗澡"这个神来之笔,一方面是情节发展必然释疑的结果,同时又是作品意蕴的凝结点。它既是人物提问的回答,又是小说表现题旨警策的闪光点,既含蓄讽喻,又催人反思和醒悟,充满着引人入胜的艺术魅力。

(凌焕新,南京师范大学教授)

丰　碑

李本深

一支长长的红军队伍,在云中山的冰天雪地里,顶着混沌迷蒙的飞雪前进。严寒把云中山冻成了一只冰坨,狂风狼似地嗥叫着,要征服这支装备很差的队伍。

将军的马,早已让给了伤号骑。将军和战士们一道踏着冰雪行军。他不时被寒风呛得咳嗽着。他要率领这支队伍向前挺进,为后续部队开辟一条通路。等待着他们的将是十分恶劣的环境和十分残酷的战斗,可能三天两头吃不上饭,可能要睡雪窝,可能一天要走一百几十里路,可能……哦,可能太多了,这支队伍的素质怎么样呢?能不能经受住严峻的考验?

将军思索着……

前面的队伍忽然放慢了行军的速度,有许多人围在一起,不知干什么。

将军边走边喊:"不要停下来,快速前进!"

将军的警卫员回来告诉他:"……前面……冻死了一个人……"

将军愣了一愣,什么话也没说,朝那儿走去。风雪太大了。他步履有些踉跄,眼睛有点迷离。

一个冻僵的老战士,倚靠一棵光秃秃的树干坐着,一动也不动,好似一尊塑像。他浑身都落满了雪,可以看出镇定、自然的神情,却一时无法辨认面目,半截带卷的旱烟还夹在右手的中指和食指间,烟火已被飞雪打熄。他微微向前伸出手来,好像要向战友们借火……怎么?他的衣服这么单薄、破旧?像树叶,像箔片一样薄薄地贴在身上……他的御寒衣物呢?为什么没有发下来?

将军的脸上顿时阴云密布,嘴角边的肌肉明显地抽动了一下,蓦然转过头向身边的人吼道:"叫军需处长来!老子要……"一阵风雪吞没了他的话。他红着眼睛,像一头发怒的豹子,样子十分可怕。

没有人回答他,也没有人走开……

"——听见没有?警卫员!叫军需处长跑步上来!"将军两腮的肌肉大幅度地抖动着,不知是由于冷,还是由于愤怒。

终于,有什么人对将军小声地说了一声:"这就是军需处长……"

将军正要发火的手势突然停住了。他怔怔地伫立了足有一分钟。雪花无声地落在他的眼睑上,融化成闪烁的泪珠……他深深地呼出了一口气,缓缓地举起右手,举至齐眉处,向那位与云中山化为一体的牺牲者敬了一个庄严的军礼……

雪更大了,风更狂了。大雪很快地覆盖了军需处长的身体,他变成了一座晶莹的丰碑……

将军什么话也没说,大步地钻进了弥天的风雪之中,他听见无数沉重而又坚定的脚步声在说:"如果胜利不属于这样的队伍,还会属于谁呢……"

(选自《解放军报》)

中国微型小说
Chinese Miniature Novels

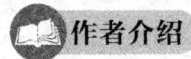

李本深(1951—)，山西文水人，军旅作家，1985年加入中国作协。

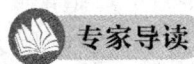

[导读一]

艺术的"曝光点"

朱自清的散文《背影》，是从反面摄下了凝聚父子之爱的"背影"，而李本深的微型小说《丰碑》，则是从正面摄下了一个"正像"："一个冻僵的老战士，倚靠一棵光秃秃的树干坐着，一动也不动，好似一尊塑像。他浑身都落满了雪，可以看出镇定、自然的神情，却一时无法辨认面目，半截带卷的旱烟还夹在右手的中指和食指间，烟火已被飞雪打熄。他微微向前伸出手来，好像要向战友们借火……"如果说《背影》是作者情感鲜明的寄寓，而《丰碑》则是作者全力去刻画的人物活力和个性的"点"。这也许是与微型小说散文对待人物之不同的艺术态度吧！

《丰碑》抓住了人物生命行动耀眼的一刹那，选择了富于动感的"曝光点"，对这个点进行了独特的明暗处理。作者以将军为视点对这个"点"进行了明的显影：那倚树而坐的姿态，那镇定自若的神情，那微微向前伸出手来的动作，给人一种清晰的雕塑感。军需处长在部队缺乏供给时，自己身着破旧单薄的衣衫，冻死在一棵树旁。作者抓住了人物走向生命最后终点的瞬间，用特写技巧明晰地表现人物的个性，赋予人物巨大的物质力量。

粗心的读者也许匆匆掠过，只是惊叹于作者选择了这样动人的"点"，随着将军怔怔地伫立一分钟，举起右手，向那位与云中山化为一体的牺牲者，行一个庄严的军礼。

然而，当我们以艺术的感觉来回味这篇作品时，不禁发现，作者所精心塑造的这个"点"，就像进行曲中的休止符，而雄壮有力的前奏正余音绕梁。作者给这个"凝固点"注入了生命，留下了可供想象的空白。正像中国山水画中那一叶扁舟，暗示着"空白"处正是澄江千里。小说选择的这个"点"，也正具有较大的暗示性。那半截带卷的旱烟还夹在右手的中指和食指间的动作，那微微

向前伸出手的细部特征,都是先前运动的结果。当我们久久地凝视着这个"点",不由自主地被带到了这样的境地:军需处长在冰天雪地的行军中千方百计筹集军需物品,面临着山穷水尽的困境,他毅然脱下自己的衣衫披在战士的肩上,自己则试图借微弱的烟火帮助抵御严寒的袭击。在走向生命终点的那一刹那间,他显得那样镇定、自然……由读者想象补充的这一切,正是作者暗处理的情节。作者只是给读者勾勒了想象的轨迹。正是在这明暗交接点上,作者对人物进行了成功的曝光。人物的品格得以充分展示。

微型小说要在有限的空间中似闲庭信步,寻求一个充满暗示意味的"点"是多么重要!正是这充满暗示意味的"点",可以造成情节上的省略,使篇幅得以凝缩。

精巧而不干瘪,紧凑而不局促,从容而舒展。小有小的玲珑,小有小的奥秘!

(沈国芳,南京师范大学文学院教授)

[导读二]

震撼心灵的崇高之美

在微型小说中,描述重大历史事件,表现崇高美的作品可谓凤毛麟角,少之又少。这可能与文体篇幅短小的限制有关,同时也与作者审美观的偏颇有某种联系。而李本深八十年代发表在《解放军报》上的《丰碑》,却是独辟蹊径、异军突起,犹如平地的惊雷,生动地描绘红军在爬雪山、过草地的长征途中,一个战士被冻死的悲剧故事,简约而又传神地塑造出红军战士坚守信仰、克艰奉公、自我牺牲的高大形象,表现出一种惊天地、泣鬼神的悲壮美、崇高美,震撼着读者的心灵,在微型小说中独树一帜,寥若晨星。

作品以一个红军将军的视角,叙说着过雪山踏着冰雪行军中发生的故事。忽然行军速度放慢了,前面冻死了一个人,在将军的眼前,出现了一座冻僵老战士的雪雕:有一个倚着一棵光秃秃的树干坐着落满了雪的静态的塑像,面目难认,神态镇定自然,中指食指间夹着半截旱烟,好像在向战友们借火。将军惊呆了:他的衣服这么单薄、破旧?像树叶、箔片一样薄薄地贴在身上,他硬是被冻死的。继而,引发了将军的疑问:他的御寒衣服呢?为什么没有发下来?情绪激动的将军发出了怒吼:"叫军需处长来,老子要……"保护红军战士的生

命是他的天职,他要问责,向负责军需的后勤头儿问责!这既看出将军爱兵如子的情怀,更是小说的一个悬疑点:这位军需处长为什么独独没有把御寒棉衣发给这位被冻僵的战士?这人将担当何责?将会受到何种严厉的处分?这就构成了小说故事跌宕起伏的惊人情节。将军命警卫员去叫,让军需处长跑步前来,可无人应答,有人悄悄地小声在将军耳际诉说:"这就是军需处长。"将军顿时为之一怔,出乎他的意料之外,情绪忽然由愤怒转为悲痛,为关键时刻失去这样的好同志痛惜,眼睑上掉下闪烁的泪珠;进而敬仰,缓缓地举起右手向这位牺牲者敬了一个庄严的军礼。在这由怒、悲到敬的情绪转换中,遮蔽了多少动人心魄、可歌可泣的丰富而具体的内容。这位牺牲者,在敌人封锁、环境恶劣、物质条件极端困难的情况下,为保障红军队伍过雪山准备御寒衣鞋不知付出多大的操劳,在行军过程中竟发现还有个别战士缺少寒衣,他在无可奈何的情况下脱下自己的棉衣给战士,把生的希望送给别人,死的可能留给自己,他以单薄之衣,微薄之躯靠在树干上,镇定自若地看着红军队伍艰难地爬过雪山,通往胜利的明天。他甘愿自我牺牲而换取红军战士的生命,保障队伍安全地到达胜利的目的地。他真是生的伟大,死的光荣。其实,也许遮蔽的内容还会更加丰硕,还有更多的巧合。长征途中,爬雪山,过草地,缺衣少药,病死冻死的时有发生,可这次冻死的不是别人,恰恰是负责御寒衣服的军需处长。他负责处理发放几百几千件御寒棉衣,偏偏没有留下保护自己生命的寒衣,怎不叫人惊叹!这个被冻僵的肉身具象蕴含了太多精神层面的神韵而变为一座不朽的丰碑,屹立于求索真理的长征路上。这位代表历史前进方向的悲剧性形象,表现出那种令人敬仰的崇高美,这在微型小说创作中实属难能可贵、真正罕见。整篇小说从内容到形式,特别是语言的锤炼,和那种"有筋骨、有道德、有温度"的审美追求,都将使之成为经得起历史淘洗的经典性作品。

(凌焕新,南京师范大学教授)

风 铃

刘国芳

兵回家探亲时,小琪抱一个孩子来看他,兵屋里一屋子人,很热闹,小琪进来,把一屋子的热闹熄灭了。

旋即,众人离去。

一屋子只剩下兵和小琪,还有那个抱在小琪手里的孩子。

相对无言。

良久,小琪开口说话了:"我对不起你。"

兵无言。

小琪说:"是我母亲逼我嫁给大狗的,他有钱,给了聘礼两万元,我不嫁,母亲跳了两次河。"

兵无言。

小琪说:"我是爱你的,一直爱你,我也知道你喜欢我,你还同意的话,我跟大狗离婚,跟你结婚。"

兵无言。

小琪见兵不说话,出去了。俄顷,小琪走了回来,她手里除了抱着一个孩子外,还多了一只风铃。

小琪说:"这风铃是你以前送我的,这两年我一直把它挂在门口。"

兵看见风铃,开口了:"你现在来还我风铃,是吗?"

小琪摇头:"我刚才说了,你还同意的话,我跟大狗离,跟你结婚。这事,你不要急于回答我,你考虑考虑,同意的话,把风铃挂在你门口,我看见了风铃,会来找你。"

小琪说着放下风铃走了。

屋里剩下一个兵。

兵呆着,许久许久,后来兵拿起风铃,在手里晃动,于是有丁零丁零的声音在屋里响起。小琪住在隔壁,听得到风铃声,她跑出来,抬头往他门口看。

他门口没有风铃。

小琪待在自家门口,眼里潸然泪下。

兵回部队时,也没把风铃挂在门口,兵把风铃带走了。回连队后,兵把风铃挂在营房门口。是大西北,风大,风铃整天在门口丁零丁零地响。兵没事时,呆呆地看着,还说:"小琪,我把风铃挂在门口了,你看到了吗?"

军营里挂一个风铃,起先让兵们觉得好玩,久了,兵们烦了,觉得丁零丁零的声音很吵人,于是让兵拿下。兵拿下来,把风铃放好。但没事时,兵会把风铃拿出来,兵找一个无人的地方,坐下来,然后把风铃在胸前晃动,让风铃丁零丁零地响,还说:"小琪,我把风铃挂在我的心口了,你看到了吗?"

中国微型小说
Chinese Miniature Novels

小琪看不到,兵把风铃挂在心口也罢,门口也罢,小琪都看不到。小琪只看得见他的家门口,那儿,没有风铃。

两年后兵退伍了,这回,小琪没来看兵。兵问人家,小琪呢,怎么不见。人家说小琪不怎么出来了,整天缩在家里。兵说出了什么事,人家说小琪老公找了一个更年轻的女人,把小琪离了。

兵沉默起来。

隔天,兵把风铃挂在门口。

小琪没来。

兵便看着风铃发呆,在心里说:"小琪,我把风铃挂在门口了,你看到了吗?"

有风吹来,风铃丁零丁零地响,兵听了,又在心里说:"小琪,风铃在响哩,你听到了吗?"

小琪听到了,也看到了,但她一动不动地抱着孩子坐在屋里,没出来。隔天,兵找上门去。

兵去之前,把风铃取了下来,然后放在胸前,同时用手晃动着。于是在风铃丁零的响声中,兵走进了小琪屋里。

小琪见了兵,把头勾下,然后说:"我现在被人遗弃了,你还来做什么?"

兵说:"来告诉你,我不但把风铃挂在门口了,还挂在心上了。"

说着,兵又把手中的风铃晃动起来。抱在小琪手里的孩子,四岁了,会说话,听见风铃响,孩子把一只手伸出来,还说:"妈妈我要。"

(发表于1995年)

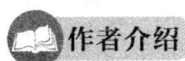

刘国芳(1957—),江西抚州人,江西政协委员,抚州市作家协会主席,著名微型小说作家。作品曾多次获奖,多篇被选入语文教材。

道具,作品中不可缺少的"主角"

很显然,这是一个爱情故事。大凡爱情故事,总有情节与情感的起起伏

159

伏——或者是起起伏伏的甜蜜与欢乐,或者是起起伏伏的苦涩与忧伤,或者是起起伏伏的收获,或者是起起伏伏的失落……

这篇作品也不例外。作品中的兵与小琪之间,自然也充满了那种情节与情感的起起伏伏:先是小琪还是那样地爱着兵,可兵却总是"无言";接着是兵如此这般地想着小琪,但小琪要么是"看不到",要么是"没来";最后,在小琪四岁的孩子那声"妈妈我要"里,故事戛然而止,从而令我们在掩卷之后,还会忍不住地去回味兵与小琪之间那种情节与情感的起起伏伏,去想象他们那或者是甜蜜与欢乐,或者是苦涩与忧伤,或者是收获,或者是失落的最终结局……

但作品的最感人和最动人处,又并不在于那种情节与情感起起伏伏的本身,而是串联起这起起伏伏的情节与情感的那个小小的"道具"——风铃。在这篇作品中,是风铃串起了整个故事,是风铃在传达和诉说人物的全部内心,是风铃使作品的叙述充满了诗情画意……就在风铃那丁零丁零的响声中,我们被吸引着走进了作品;而当我们读完作品之后,风铃那丁零丁零的响声还依然在我们的耳边经久不息。于是,我们便得到了这样一个启示:在微型小说创作中,有时候,一个看似小小的"道具",却可以起到既组织起作品的内容又决定了作品的形式甚至是作品风格的作用。

(汝荣兴,著名微型小说作家)

法　眼

凌鼎年

近年,娄城的古玩市场开始热了起来。每到双休日,那文庙边上的古玩市场就摊连摊,人挤人了。

初秋的一天,来了一位外地口音的黑脸汉子,此人年纪三十来岁,说城里人不像城里人,说乡下人不像乡下人,憨厚中带着点狡诈,精明中又透着几分死性,让人捉摸不透他。他摆出了宣德炉、墨盒、笔洗等几样古玩,开价都不算太高,很快就成交了,唯有一只斗彩莲花盖罐他开价八万八,并咬死说一口价,不能还价,还价免谈。

齐三元是古玩市场上的大户,他认准了的东西,如落入了他人手中,他会

几天几夜睡不着觉。

齐三元这几年在古玩市场上，药已吃过多次，还在不断付学费，不过，看得多了，也多少练出了点眼力，几年来，也确确实实收进了不少好货，让收藏界同行眼馋得很呢。

齐三元那天一瞄到那斗彩莲花盖罐，眼就一亮，凭他目前对瓷器的鉴别能力，他一看那造型，那图案，那色彩，应该是明成化年间的官窑出品，这可是好东西呐。如果说真是成化年间的官窑产品，八万八这价太便宜了。如此看来，这黑脸汉子是个嫩头，是个涩货。从他刚才出手的宣德炉、墨盒、笔洗等，其价位都只是半价到七八成价。齐三元估摸着，要么都是旧仿，要么真是不识货。要是碰上个不识货的，那合该我发财喽。

齐三元上前把那盖罐看了一下，底下"大明成化年制"六个字分两行竖排，字外有双圆圈套着，这可是标准的成化年间的落款。再看那莲花画得拙拙的，土土的，色彩有红有绿有蓝有黄，怎么看都有点俗，但齐三元知道，成化年间的斗彩瓷器就是这风格，与青花是不可同日而语的。齐三元掂着分量，用手指弹着听响，看了外面看里面，看了顶盖看罐底，又用手摩挲了一阵。反复看了一阵后，齐三元有点吃不准了，说是吧，似乎釉色太新了，用手摸没有那种润的感觉，说不是吧，又太像真的了。

齐三元拿八万八出来是绝对拿得出的，但毕竟也不是个小数目，不能再吃药了。他想到了娄城古玩鉴赏家楚诗儒，他可是法眼呐。齐三元一个电话打过去，楚诗儒倒也上路，一听是成化年间的瓷器，立马就打的赶了过来。

楚诗儒也不说话，先用手在罐内罐外顺时针转动摸了一遍，又逆时针转动摸了一遍，然后取出一只特大放大镜，仔仔细细看了一遍。看罢，他说："瓷是好瓷，仿得很到位，必是高手所仿，能仿到这个程度，无论怎么说，也算是精品了，应该也值个一万两万的。但恕我直言，以我的手感而言，这罐的仿制时间不会超过十年。"楚诗儒怕齐三元不信，让他通过放大镜看，果然，那毛刺都还在呢。楚诗儒说："明成化距今五百多年。五百多年啊，一件瓷器经历五百多年，怎么说也火气全消了，手感绝不应该有任何毛刺感，仅此一点，就足以证明这是赝品！"

楚诗儒在娄城古玩界的权威性是从没人怀疑的，他此话一出，谁还会去买这件假货呢。

齐三元连声说："谢谢，谢谢，要不然我今天又要吃药了。"

黑脸汉子听楚诗儒这么一说，也蔫了，自言自语说："我爹临终时告诉我，这是货真价实的成化瓷……"

他守着这盖罐整整一天,再没人来问津,眼见将收市了,黑脸汉子知道没戏唱了,咬咬牙降到了四万八。

这时,有位拄拐杖的老者踱进古玩市场,他转了一圈后,来到了黑脸汉子摊前。他告诉黑脸汉子他是专门收藏成化瓷的,所以价也不还,爽爽气气地付了四万八现钞,开开心心地走了。

齐三元想,冲头总是有,连这古稀年纪的老资格也看走眼,保不准回去后要悔得吐血。他忍不住上前对老者说:"老先生,这是赝品,你上当了。"

老者见齐三元一脸真诚,很热情地说:"走,喝茶去,边喝边聊。"

老者自始至终没说他姓啥名甚,以前是吃什么饭的,但老者关于斗彩莲花盖罐的一番话,使齐三元吃惊得半天回不过神来。

老者说:"看来你也是古玩行当的票友,让你长长见识。这个罐绝对是真品,但为什么会给人仿制的感觉呢,因为这是库货。"老者见齐三元一脸的惘然,知道他还不懂何为"库货",就解释给他听。"原来这盖罐是当时官窑烧制的,其中有一批瓷器被送到了报国寺,因为是皇帝的御赐,除了部分用掉,剩余部分就封存在了寺庙的地下室里,后来战乱的关系,地下室的秘密就鲜为人知了。一直到1966年破四旧,红卫兵扒庙时,才无意中发现了这地下室,结果就发现了好几箱没有拆封的瓷器,有瓷双耳三足香炉、有军持、有僧帽壶、有青花盆碗、有斗彩瓶罐等等,当时小将们乒乒乓乓一阵砸,这些价值连城的珍宝十毁八九。据说有人趁乱拿了几件回家。我是在收古董时无意中听当年参与过此事的红卫兵讲的,从此后我一直在寻觅是否有库货遗存,没想到会在这儿发现,天意天意呐。"

老者还说这只罐自1966年被从地下室取出后,从没用过,很可能放在箱子里,换句话说这罐五百多年来还第一次见阳光呢,所以依然像刚出窑的新货一样。

"如此说来,这铁定无疑是库货,是真家伙了?那该值多少?"齐三元问了个不该问的问题。

"好,看你也不是坏人,真人面前不说假话,这件瓷器按目前行情,一百万应该是值的。"老者说时掩饰不住满脸的神采。

"应该让楚诗儒来听听,应该让楚诗儒与老者见见面,对对话。"但老者说:"免了免了。"

喝罢茶,老者飘然而去。

齐三元冲着老者的背影叹服道:"法眼,真正的法眼!"

中国微型小说
Chinese Miniature Novels

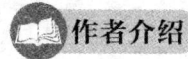

凌鼎年(1951—),江苏太仓人,中国作家协会会员。太仓市作协主席,世界华文微型小说研究会秘书长,著名微型小说作家,作品曾多次获奖,并被选入国内外教材。

蓄势待发的张力

在创作中,作者常用蓄势的艺术手段,让读者期待更为猛烈的爆发。所谓"势",一般指造型艺术在姿态上表现运动的过程和趋向。微型小说也往往通过短暂时间内的活动,表现出一种态势,预示着力的流向,然后像拦河大坝将它截住、积聚、孕育一股更大的力,等待暴发,造成大的曲折,引起强烈的审美刺激。《法眼》似有这种蓄势待发的功能。

全文写齐三元购买古玩斗彩莲花盖罐的经过。这个古玩市场上的大户齐三元一瞄到那只斗彩莲花罐,眼就一亮,仔细端详,好货,这八万八值。如果他决心买下,故事就煞尾了。然好事多磨,他因吃不准而在犹豫,于是请一古玩专家来鉴定,如果是真货他一定买。蓄势,要买而未买。继而,专家反复揣摩,认为凭手感得到毛刺感,这是一件赝品,因为明成化距今已五百多年,怎会毛刺还在呢? 专家出口,没人怀疑,齐三元庆幸自己没有上当,当然不买此罐了。古玩市场上此罐买价竟呈跌势。罐主主动咬牙降价为四万八,这也是文章落入低谷之势。在无人问津的萧条之中,居然有一位拄杖老者爽气地付了钱,开心地走了。似乎故事到此可以结束了。然而作者宕开一笔,齐三元好心怕老者上赝品的当而加以提醒,可老者并不感激反请齐喝茶聊罐。老者详细地谈出了此明成化罐的来历,以及历经种种厄运而流传至今的曲折故事,还有那仍存毛刺的原因,等,一席话说得齐三元心服口服,此罐目前行情值一百万元。齐三元不仅佩服老者睿智的眼力,也为自己失去了一次购得宝物的机会而遗憾终身。

这种蓄势的暴发,犹如山崩地裂,晴天霹雳,产生巨大的力量,震撼着每个阅读者,具有强烈的审美效果。

(凌焕新,南京师范大学教授)

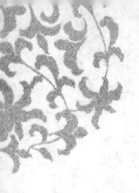

英雄的眼泪

何天谷

他,满脸孩子气,有着少女般的羞怯、腼腆。但他敬慕刚烈,崇拜英武,少年时代,枪林弹雨中的英雄壮举曾经填满了瑰丽的梦境。可命运偏偏让他做了乡村小学教师。然而,他还是成了真正的英雄……

省报头版上刊登了他的事迹,文化馆的宣传栏里张贴了他的照片,大街上悬挂了向他学习的标语……他成了N县妇孺皆知的英雄。

授奖仪式在县委礼堂举行。场面隆重,气氛热烈,镁光灯频频闪射出炫目的光,录像机不断变换着角度。他面前的茶几上,放着鲜花,放着用红绸包裹的奖金,放着装饰精美的镜框。县委书记洪亮的声音回响在礼堂:

"徐立民同志在教室墙壁即将倒塌的紧急关头,临危不惧,奋起双臂撑住墙壁,使三十多名学生安全脱险,他却身负重伤。徐立民同志不愧为'人类灵魂工程师'的光荣称号,我们要学习他舍己救人的英雄品质……"

台下鸦雀无声。前排的几位红领巾代表眼里闪着晶莹的泪光……

往事像湍急的江流,哗哗地奔向思维的大海:半山腰的几间石板房墙壁裂开了一寸多宽的缝隙,桌凳缺角少腿。他心急如焚,一次又一次地找校长,求主管文卫的书记,步行六十多里面见县教育局局长……腿跑酸了,嘴皮磨薄了,得到的却是推、拖、哄。面对冷漠的苦笑、摊手、摇头,他气愤得想捆起被盖卷一走了事……然而,他还是带上斧头,上山砍回几根碗口粗的树杈,撑住危墙……

"哗——"掌声打断了他的思路。他猛然转过头,瞥了眼主席台左右两侧的校长、书记、局长。他们正对着录像机的镜头,审慎地调整着面部表情——或春风满面,或端庄有姿。

"下面,请徐立民同志讲话!"

"我……"照相机、录像机、录音话筒一齐对准了他。他感到喉头哽咽,心里咚咚咚地跳个不停。就在这瞬间,台下人的脸幻化成了他熟悉的乡村孩子的天真面孔,幻化成了送孩子上学的淳朴山民……

"我对不起我的学生……他们失去了教室,失去了课桌,四十多天没上成学……他们渴望读书呀!"他眼里滚出一串串泪珠。

台下哗然。

他咬了咬嘴唇,用颤抖的双手捧起那叠红绸包裹的奖金:"我请求维修全县的乡村小学。这……这是我的捐款……"

"哗——"台下爆发出雷鸣般的掌声。

(选自《小说界》1984年第6期)

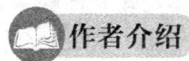

何天谷(1959—),四川青川人,现任四川省人民政府文史研究馆馆长。

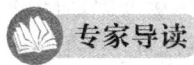

眼泪中的英雄

世界上的事无不充满着一定的机遇性,蕴含着生活的辩证法,有时愈想靠近它,反愈行愈远,愈想远离它,却又愈行愈近。《英雄的眼泪》用艺术语言创造了一个小小的艺术王国,表现了主人公想当英雄反没有成为英雄,不想当英雄竟成了某地妇孺皆知的英雄,当了英雄却又流下了伤心的眼泪而不希望当英雄,从中充满了悲喜剧交融而又相辉映的艺术光芒。

作品把聚光点集中投射在授奖仪式这一特定的场面上。

首先描述出隆重热烈的场面气氛。鲜花、镜框、红绸,摄影师的镁光灯在闪烁,录像机在变换角度。一切显示出授奖仪式这一特殊场景所洋溢着的特殊氛围。

继而,县委书记对英雄的英勇事迹进行表彰,一方面介绍出主人公的崇高之处:作为乡村小学教师的徐立民,在教室危墙即将倒塌的关键时刻,表现出人民教师爱学生甚于爱自己生命的英雄品质。另一方面,广大的与会者以及读者都会沉浸在昔日惊险场面之中,被这英勇行为所感动。

然而,作品中的主人公却并不陶醉在这一光荣表彰的自我欣慰之中,作者把视点潜入主人公的内心世界,让人窥见已经逝去的一幕幕辛酸的往事:他回忆着学校危房的险情,桌椅的破败,一再向校长、主管文卫的书记、教育局局长反映、请求,跑酸了双腿,磨破了嘴唇,可得到的却是悲愤的结局:"推、拖、哄"、"苦笑、摊手、摇头"。在无可奈何之际,他只得尽自己的力砍回几根树杈,暂时

撑住这即将倒塌的危墙。但事故终于发生,他愿以自己微薄的身躯换得祖国花朵的生命。这是教育战线上的一场悲剧。鲁迅说:悲剧是把有价值的东西毁灭给人看。从这场悲剧中,我们不仅看到小学教师徐立民忠诚于教育事业的高尚美好的心灵——有价值的东西在损伤和毁灭,而且也看到了造成这场悲剧的种种间接的和直接的社会原因。

  当主人公的视点由内在世界转向外部世界即主席台上的现场时,竟发现与前者形成强烈反差的脸谱:校长、书记、局长,"或满面春风,或端庄有姿"。一个个准备着上录像机的"镜头"。他们在高兴什么?是由于他们"英明的领导"才培育出如此不平凡的英雄?!或者说从英雄的出现,显示出他们"政绩"的浩大,他们甚至比英雄还"英雄"。作者用抢镜头的方式,摄取他们刹那间的种种表情和细小的动作,透视出他们隐蔽着的不洁灵魂。达·芬奇说:"绘画里最重要的问题,就是每一个人物的动作都应当表现它的精神状态","表现它们内心的意图"。(《论绘画》)

  作者通过脸谱所要表达的,正是这些人的"精神状态"和"内心意图",他们所以如此隆重地开庆功会,与其说是为了对英雄人物进行表彰,不如把它说成是或多或少为自己的功绩而欢庆,让这庄重的授奖会带有一点令人啼笑皆非的喜剧色彩。

  授奖仪式上,作为英雄的主人公当然要讲话,与会群众热烈的掌声表示对他的欢迎和敬意。讲什么呢?作者没有按照常理,讲些诸如感谢领导和上级栽培之类的套话,而是从人物特定的个性出发,描述主人公眼里把台下的与会者都幻化为山村渴望读书的小学生的幻觉。他痛心,他心急如焚,他边自责边倾诉:小学生失去了教室,失去了求学的神圣机会,悲剧在继续!快救救孩子吧!这一伴着血泪的呼唤,响遏行云,震撼着人们的心灵,骤然把欢乐的会议气氛罩上一层浓烈的悲剧色彩,把冲突推向高峰。

  最后,作者用惊人的一个动作描写,为表现这一人物形象的崇高美划上最后遒劲的一笔。主人公把那叠红绸包裹的奖金当众捐献出来,以用作乡村小学急不可待的维修费。这一出人意料的壮举,使徐立民这位教育战线上的英雄性格更为丰满,品质更为崇高。是的,主人公年少时想当英雄而不成,如今作为把青春献给山村教育事业的小学教师竟意外地成了英雄。当了英雄他又处处关心着落后山村的教育事业而不想当这英雄。但就其高尚的品质而言,这才是真正的英雄。由此看来,微型小说虽然不能铺陈为英雄的史诗,但也同样可以表现英雄的崇高美。我们从这篇很有特色的作品中会得到许多可贵的

艺术借鉴。

（凌焕新，南京师范大学教授）

求　佛

生晓清

近来，唐明心绪颇为不宁，终日昏昏沉沉，常常晨昏颠倒，似醒非醒，似梦非梦……

星期天，他躺在沙发上，双手抱住那颗沉重的脑袋，眼睛微闭。蓦然，新调来的老同学孙建新拖他去登山游玩，散散心。他们爬至半山腰，见许多善男信女们，每人捧着青烟袅袅的香炷，上一个台阶磕一个头，神情十分虔诚。这情景触动了唐明某根神经，便对孙工程师说："我们也给菩萨烧一炷香吧！""好，不妨闹着玩玩。"孙附和。

他俩买好香烛，走进烛光通明、香火氤氲的大雄宝殿，来到观音菩萨面前，正要敬香磕头，肩头突然被人拍了一下，回首一望，发现一位削长脸的瘦老和尚站在身后："两位施主，请到那边排队登记去。"

"笑话！给菩萨烧香还登记？"他们感到奇怪，向大门东边望去，果见香客们排着一条长蛇阵。唐明和孙工程师怀着极大的兴致排进队伍里，等候登记。过了很久，终于轮到孙工程师了。

"施主，姓甚名谁？"一个老和尚认真地询问。

"孙建新。"

"嗯。文化程度？"老和尚一边记录，一边继续盘问。

"大学毕业。"

"家住何处？"

"东北松花江畔。"

"好，孙施主请！"

下一个便是唐明，他照例回答了老和尚的所有问题。末了，不知何故，老和尚沉下脸把他推出大雄宝殿。唐明申辩道："我和孙建新一起来的，又都是大学里的同学，关系甚好。你们同意他烧香，为什么不允许我敬神呢？"

"不行,就是不行。"

他与那和尚争吵,惊动了方丈,他捻着雪白的胡须走来调解:"阿弥陀佛,老衲看登记方知,唐施主家住本地,而孙施主家离这儿二千余里。本寺院接受菩萨旨意,只受远方香客,不纳近地土人……"

"这是菩萨旨意?"唐明更加狐疑,"难道我真的生不逢时,到处碰壁吗?"

"最近,许多寺院菩萨赶时髦,向茅山菩萨学习——照远不照近!本寺院菩萨也不例外。"

"也罢,倒不如了此残生!"他向硕大的铜香炉上撞去……"唐明,唐明!你醒醒!"妻子推醒滚在沙发下的唐明。唐明睁开双眼,发现自己并没有死,只是刚刚梦游了南山寺。不过,梦中经南山寺和尚一点化,倒使他茅塞顿开:"怪不得孙建新刚从外地招聘进厂几个月,便有了新住房、科长、党票……而我在厂里辛辛苦苦干了二十年,仍是外甥打灯笼——照旧(舅)……"

(选自《生晓清精短小说集》1988 年 9 月)

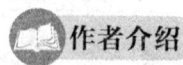

生晓清(1956—),江苏泰州市文化局专业作家,《梅柳文艺》编辑部主任,中国作协会员,著名微型小说作家。

现实性与假定性的生活

在微型小说的大家族中,有一类接近于寓言的小说,或者说,汲取了寓言艺术的某些艺术营养而形成的别具一格的小说,我们不妨称之为寓言体小说。《求佛》这篇小说通过主人公白日做梦求佛的假定性情节,寓托一个现实性很强、带有训诫性的题旨,显示出寓言体小说的艺术光彩。

小说的寓言体特色首先表现为整个故事情节现实性与假定性相结合的方面。故事开端,叙写主人公唐明近来心绪不宁,躺在沙发上竟做起白日梦来。这是现实生活的如实写照,也是引起下文的一个交代。而这个梦,则是作品的主体,它的基本情节构架是主人公唐明和新调来的老同学孙建新一起登山拜佛的经过,该寺和尚对远方来的孙建新准予烧香,而对本地人的唐明却不许其

敬佛。当唐明向香炉撞去要了却残生时,却被妻子叫醒,故事又回到现实中来。

整个情节从现实开始,进入梦幻,又回到现实。如果说现实是梦的土壤,那么梦幻则是飘浮在大地上空的云霓。根据弗洛伊德的说法,梦是人的愿望被压制并被推回到无意识之中,当浅睡时解除了清醒意识的约束便会按照原先的愿望衍生出的种种得到某种满足的幻觉。唐明为什么心绪不宁,就因为现实生活对他不公平,他在厂里辛辛苦苦干了二十年,反不如从远地刚招聘进厂的孙建新——有了新住房、当上科长等,但他又不便明说,只是把它压抑在心底深处,这是做梦的现实基础。而梦中的拜佛,虽然显得荒诞,但并不是无本之木,而是由现实变形而成的幻觉。作者比较巧妙地把情节的现实性和假定性契合起来,既不同于纯寓言情节的虚假性,又不同于一般小说的现实性。艺术处理上能注意这两者的"度",不失为一种创造性的可贵尝试。

这篇寓言体小说的特色还表现在带有训诫性的题旨上。整个梦的主旨在寓示:"本寺院菩萨照远不照近。"而且,菩萨居然也在赶这个"时髦"。由梦的主旨,联系到现实生活中唐明和孙建新两人的不同遭际,主人公悟出了人生也有此"时髦"的做法,以此讽喻较为普遍存在的"舍近求远"的不合理现象,轻本单位人才,盲目重外来人才的不良倾向。广大读者可以得到一定的教训或告诫,从中得到启迪。这篇讽喻性的寓言体小说,幽默而有奇趣,机智而藏大悟,体现出这类作品所闪烁出的殊光异彩。

(凌焕新,南京师范大学教授)

总 统 梦

谌 容

"胖胖,快起来!"

"天还没亮呢!"

"你昨晚保证了,早晨起来把作业做完呀!"

"嗯——嗯,人家刚做了个梦……"

"别说梦话了,快穿衣服,看你爸打你!"

"妈,我真的做了个梦嘛!"

"好,好,好孩子,听妈的话,快点,抬胳膊!"

"我梦见呀,我当了总统了!"

"算术不及格,还当总统呢?伸腿儿!"

"不骗您,我还下了一道命令呢。我……"

"伸脚丫儿!"

"管学校的大臣跪在我面前,我坐在宝座上,可威风啦!我命令:给老师的孩子的作业留得多多的!"

(发表于 1995 年)

湛容(1936—),女,中国当代作家,中国作协会员,作品《人到中年》获优秀中篇小说奖。

[导读一]

梦里折射的童真愿望

我们至今还记得,作家湛容当年发表的中篇小说《人到中年》在社会上引起的巨大轰动和产生的深远影响,许多人就因为这篇作品记住了她的名字,同时懂得了这样一个道理:密切关注现实生活,努力深刻地反映现实生活,是每一位优秀作家的神圣职责。本篇无论在分量上还是发表后产生的影响上,都不能与《人到中年》相比,但作品所表现出来的作家对现实生活的关注,和对重大社会现象的深刻思考,两者仍是一脉相承。

梦幻从来都是现实生活的曲折反映,大人如此,小孩亦然。本篇中的孩子胖胖和现实生活中的许多孩子一样,不堪学校沉重的作业负担,以致天真地做了一个总统梦,幻想凭借总统的无限权力,不仅使自己得到解脱,同时严惩一下"管学校的大臣",还不忘报复一下老师:"给老师的孩子的作业留得多多的!"

中国微型小说
Chinese Miniature Novels

无论是作品立意、表现形式，还是语言运用，本篇都可谓匠心独具、别出心裁。对当前普遍存在的小学生负担过重的现象，作者深感同情并为之忧虑，但对这样一个重大社会问题的思考和批评，她不是正言厉色，而是站在儿童立场，以儿童做总统梦的形式谴责之。全文没有一句人物行动描写，没有一句客观事物叙述，全是母子之间的对话，但读者完全可以从对话中想见母子之性格及其内心活动。妈妈对儿子的疼爱、责备、催促，儿子的天真、任性、撒娇，全都跃然纸上，令读者玩味无穷。

（陆建华，原中共江苏省委宣传部文艺处长，文艺评论家）

[导读二]

童趣的幽默

童趣，天真烂漫，百无禁忌，想说就说，想哭就哭，稚气而纯真，这是金色童年留下的宝贵情趣。然而在这童趣中，却常蕴含着令人深思的东西，或会叫人忍俊不禁，发出幽默的微笑。女作家谌容的《总统梦》，文字不多，简约中见丰富，喜谑中见深意，幽默中见警示，在童趣中完成了作家的寓托。

作品只写了一个早晨给小孩穿衣的小镜头。以妈妈的视点描述这一风趣的故事。全文用一边穿衣、一边对话的方式进行。妈妈说"快起来"，催促着抓紧时间。小孩回答："天还没亮呢！"注意，天不亮就硬把他拉起来。早晨是小孩最好睡的时光，不应该把他叫醒。而妈妈呢，让孩子"早晨起来把作业做完"，可见老师布置的作业之多。昨晚没做完，还要挨到早晨来做！小孩边穿衣边说，刚才正在做梦。好做梦的确是童年的幸福，他们可以随心所欲地做各种各样美丽的梦。什么梦？当上了总统。小孩也懂总统的权力至高无上。妈妈在揶揄他："算术不及格，还当总统呢？"孩子真切地表示自己在梦里真的当了"总统"，还下了一道命令，叫"管学校的大臣跪在我面前"，要"给老师的孩子的作业留得多多的！"这是嬉笑之言，但也是儿童潜意识在梦中的显现。他要"报复"老师给小学生课后布置这么多作业，负担重，让他们来不及做，从晚上赶到早晨。因而让老师的孩子要做更多的作业，让他们也受受罪，让他们的老师作为父母体验体验，孩子做作业太多的辛苦，从而能知错悔改。

这个梦写得多有审美情趣啊！一方面写出了年轻母亲对孩子的呵护、关怀、严格要求。帮孩子穿衣服，"抬胳膊"、"伸腿儿"，"看你爸打你！"可见严父慈母,妈妈是从不打孩子的。另一方面又写活了小孩胖胖。还在做梦的小孩天不亮不想起床,叫醒穿衣服时又给妈妈讲梦中的故事。而这故事尽管只是一个幻梦,不可能实现,但他因平时作业过多,负担过重而郁结不满和委屈,以梦的形式,提出了正当的诉求,这是合理的呼声和抗争。大人们啊!老师们啊!你们要重视而警醒啊!作者是一位写作高手,也是位有爱心的妈妈,写出这样简洁而有蕴涵的精湛之作,也许这就是当代的"经典"。

(凌焕新,南京师范大学教授)

鞋

王 伟

　　一天,两天,一个多月过去了,每当日落西山的时候,小鞋匠都忍不住要向路口张望,希望能从落日的余晖中看到那个高大的身影出现。但是,他没有看到。

　　又是一个傍晚,一位瘦瘦的军人来到修鞋摊旁:"一个多月前,是不是有位大个子军人来这儿修过一只皮鞋?"

　　"啊……对呀。"

　　"要付你多少钱?"

　　小鞋匠略一沉思,说:"修鞋费一块五,外加一个月的保管费五毛,您给两块钱得了。"

　　军人把两元钱递给他,小鞋匠收好钱后,问:"怎么大个子没来?"

　　"他……上前线去了。"说完,军人转身要走。

　　"哎,"小鞋匠提起那只鞋,赶忙喊道,"鞋子,鞋!"

　　军人止住了脚步,用低沉的声音对小鞋匠说:"用不着了,他的双腿已经在前线医院里……他特意来信嘱咐我把钱送给你,谢谢你了!"说完,迈着大步走了。

(选自《解放军报》)

中国微型小说
Chinese Miniature Novels

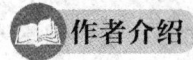

王伟（1949—　），原名王占山，笔名荒山、夏初，河北廊坊人，军旅作家。曾任《星火燎原》编辑部主任，著有长篇传记文学《刘伯承军事生涯》等，1988年加入中国作协，其主编的丛书曾获"五个一工程奖"。

［导读一］

崇高之美

当小鞋匠得知大个子军人双腿已经失去，却仍然嘱人送来修鞋钱时，他的心底掀起怎样的狂波大澜，小说中并未写出。但是，在读者心目中，"那个高大的身影"却更为高大了，并且转为崇高。微型小说表现崇高形象，似乎很难，但是，此文却以极短的篇幅有力地表现了一个崇高的形象。

崇高的形象总以其强大的精神力量令人瞩目。小说中主角并未出场，他如何负伤也未写出，但是，在战场上负伤程度无论如何都可以表明他作战的勇敢精神。他失去了双腿，这无论对于一个普通人，还是一个军人，都是一个巨大的精神打击。在这样的打击下，要保持意志的坚强绝非易事；而这位军人居然不忘欠下的修鞋钱。如此，他的高尚的道德境界就充分地表现了出来，而由此我们又可以想象他的广阔博大的精神世界。所以，虽然是虚写，却使我们感到了主人公强大的精神力量。

崇高的形象又总是与比较平凡渺小的事物形成巨大的对照而存在的。小说中主要是通过小鞋匠来写这个大个子军人的，虽则寥寥几笔，还是勾画出了小鞋匠的一些特征。他"希望能从落日的余晖中看到那个高大的身影出现"，说明他对大个子军人有着潜在的敬意，但是，其中却也包含着功利动机。从他算"外加一个月的保管费"可知，他是怀着怎样的心理计算着日期的。这样，由于小鞋匠的对照烘托，我们就更加强烈地感到大个子军人形象的崇高。

大个子军人的未出现，不仅造成了巨大的想象空间，而且扩大了审美心理距离，从而使我们以一种不同寻常的眼光去审察他。由此，人物在心目中处于高远的位置，更能显出与普通人的不同，我们对他也就愈加尊敬。

军人的断腿,与"高大的身影"形成的巨大反差,是使人产生痛苦和怜悯,造成情感之流"暂时阻碍"的事件。然而,主人公对苦难的战胜更加让我们感到其精神的崇高。所以说,恰恰是这种痛苦的、怜悯的情绪,使我们振奋起来,在主人公崇高精神的激励和鼓舞下,我们的精神得到了提高和升华,从而获得崇高的精神力量。

(骆冬青,南京师范大学文学院教授、博导)

[导读二]

"旁见侧出"之妙

微型小说如何扬长避短、巧选角度?这是每位作者必须斟酌的问题。清代美学家刘熙载在《艺概》中说:"正面不写写反面,本面不写写对面、旁面,须知睹影知竿乃妙。"微型小说由于篇幅短小的限制,往往不从正面、本面着笔,而选取反面、对面、旁面等角度加以表现,"其妙处总在旁见侧出"(袁枚语)。《鞋》描述了一个军人送补鞋钱的小小场面,而故事的主人公却始终隐匿在幕后,作者有意避开对他的正面描写,而选择了侧笔成趣的角度,在看似不经意之处,表现人物的高大形象。

出场人物小鞋匠一连多日等待着一个大个子军人来取他补的皮鞋。另一个人物则是瘦军人,他在傍晚时来修鞋摊旁送补那只鞋的钱。两人的交往主要通过对话完成:一是确认主人公大个子军人一个多月前在这儿修过一只皮鞋;二是应还小鞋匠多少钱,然后还钱;三是得知主人公不来的原因——上前线去了。当瘦军人转身要走,小鞋匠叮嘱拿鞋时,军人做出了悲壮的回答:用不着了,他的双腿已在前线医院里锯掉了,他只是惦记着要还钱,并不想取走这只鞋。多么宽广的胸怀!多么美好的心灵!这就是我们最可爱的人——中国人民解放军。

描写军人的高贵品质,当然可以正面着笔,在浴血奋战的枪林弹雨中表现他们的英勇气概,从战场上显现他们的不怕牺牲、视死如归的英雄品格。然而,从侧面描述他们言而有信,欠账要还的诚信品质,表现他们热爱人民,与老百姓之间的鱼水关系也非常生动。这种巧选侧面表现军人品质的角度,不仅使军人形象更为丰满、高大,而且也令读者耳目一新,获得特殊的审美效应。这种侧面的表现方法,也可以给作者提供灵活选择角度的能动性,从而根据自

己的创作个性、题材的多侧面的可能性,扬长避短,抒写出别出心裁的优秀之作来。

（凌焕新,南京师范大学教授）

霸王别姬

孙方友

　　颍河乡的书记郑张来省城开会,想借机请一请在省城工作的颍河老乡,联络联络感情,要他们多为家乡人办些事情。他把这个想法与在省政府当财务科长的吕强一说,吕强说你这父母官请客,哪个不来?郑张说你看放哪儿合适?吕强说就在"天然居"吧,那里有一道好菜,叫"霸王别姬",很招人。

　　接着,吕强给郑张介绍说,这"霸王"是老鳖,"姬"为小母鸡。老鳖不是人工养殖的那种,是在湖河中自然生长的。小母鸡为"柴鸡",而且是正在下蛋的"少妇鸡"。做法为传统工艺,先把活鳖放在笼屉里加温,笼为特制笼,周围有圆眼儿,开始用纸糊了,温度一高鳖发渴,找地方换气,便把纸拱烂,头从眼儿里伸出来,赶巧外面有备好的作料水。鳖将作料水吃进五脏,排出去原有的废物,几经"清蒸",鳖体内吸足了作料,然后开始杀鳖。清蒸的鳖高傲地将一只足踏在卧地的"虞姬"身上,构图给人一种悲壮感,能让人联想起失败的英雄末路状。味道不但独特,而且美妙无比。只是价格高,"霸王"卖到五百元一个,一个上斤重的鳖与一只三斤重的小母鸡组成的"霸王别姬",至少近千元。郑张说既然请了,就不能丢份儿,那就上"天然居"吃"霸王别姬"。第二天中午,该请的老乡一个个走进了"天然居"。吕强订的雅间叫"紫光阁",服务小姐是个很清秀的小姑娘,胸前的号码为八号。八号小姐看到郑张时怔了一下,然后赔着笑脸喊先生,礼貌相让。吕强像是常来这里,对宴会的道道很熟悉,指使小姐弄这弄那,喝什么茶,抽什么烟,全由他张罗。因为十几个人都是颍河人,又全说家乡话,室内就充满了颍河气息。

　　八号小姐拿过菜单,要郑张点菜。郑张将菜谱递给吕强,说:"吕科长,您先点。"吕强说:"一人点一个。"郑张说:"那我就点'霸王别姬'吧!"众人大笑。吕强说:"父母官,说鸡不带巴。"郑张这才悟出自己失言,面色红了一下,笑道:

"霸王别姬,霸王别姬!下面挨个儿点。"众人一人点了一个后,又由吕强做"总结",几热几凉几个汤,喝什么酒,要什么饮料,一拢说了,最后对那八号小姐说:"要快!"

不一会儿,凉菜热菜开始陆续上桌。酒是家乡酒:宋河粮液。众人虽同在省城,但平时都各自忙自己的工作,也并不常见面,借此机会,叙说友情,禁不住乱给家乡父母官敬酒。郑张很高兴,说是自己在诸位的家乡问事,请诸位多多关照,谁若有什么事情,只要一个电话,兄弟一定照办。众人同时举杯,齐声说好说好说!话落音,都干了。郑张放下酒杯,问八号小姐说:"'霸王别姬'怎么还不上?"

八号小姐急忙解释:"先生,今日客多,点'霸王别姬'的人也多,大师傅做不及,请诸位原谅。"

过了一会儿,仍不见上"霸王别姬",郑张又问:"怎么还不上那道大菜?"

八号小姐又急忙解释说:"先生,请您别慌,我这就去催!"八号小姐说完,急忙到门外叫来传菜小姐,悄声说着什么。

眼见酒席就要结束了,仍不见上"霸王别姬",众人都禁不住面露急色。郑张更是按捺不住,责问那小姐说:"到底怎么回事儿?"

小姐也有些惶恐,急急出去,不一会儿又急急回来,抱歉地说:"先生,实在对不起,今日的'霸王别姬'已缺料了!"郑张一听变了脸色,忽地站起,怒视那小姐说:"我们早早订桌,又早早报了'霸王别姬',你推三说四,一直不上,现在竟说卖完了!搞什么鬼?"

众人也深感受了愚弄,纷纷指责八号小姐。吕强口气很硬地说:"叫你们老板来!"

一听要叫老板,八号小姐蒙了,苦苦哀求说:"诸位先生,你们千万别让老板来,老板一来我就要被炒鱿鱼!实言讲,我压根儿就没给你们报这个菜!"听八号小姐如此一说,众人都怔了。郑张不解地问:"你为什么不报?"

没想那八号小姐竟跪了下来,哭着说:"郑书记,我没什么意思,只是想让你省点儿!"郑张呆了,疑惑地问:"你怎么知道我姓郑?"八号小姐说:"我就是颍河乡的人,来省城打工才两年!"

这一下,全场静极,十几个科级、处级干部齐刷刷望着跪在地板上的小老乡,惊诧万状,许久许久没人说话……

(选自《百花园》2001年第1期)

中国微型小说
Chinese Miniature Novels

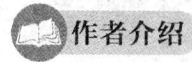

孙方友（1950—2013），河南省淮阳县人，河南文学院专业作家，发表长、中、短篇小说多部，尤擅长小小说创作，是国内外著名的小小说作家。《陈州笔记》八卷、《小镇人物》六卷多次获重奖，并被选入教材、改编成电视剧且获飞天奖。

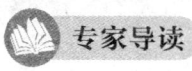

小人物的石破天惊

当前，反映反腐倡廉内容的微型小说较多。这篇小说无论在思想性还是艺术性上，都可称为这一时期、这一题材的标志性作品。

这篇小说不同于类似作品的写法，如正面揭露某些人的腐败行径，或是运用嘲讽、夸张等方式进行抨击。它的特别之处在于：巧妙地采用"盘马弯弓，引而不发"的手法，并使用对比，在表面不温不火的叙述中，蕴含着犀利的批判，饱含着作者强烈的情感，因此给人外柔内刚的突出感觉。

小说前后刻意制造较大反差。前半部分用了一半的篇幅，放笔写"霸王别姬"这道菜的制作与特色，以引起读者的兴趣，产生一睹为快的愿望。但作者却迟迟不让菜上桌，读者顿生疑惑，寻根溯源的情绪被激化并逐渐达到高潮。这时，突然让小服务员道出不能上菜的原委，使前后情景形成极大的错落，在读者心中引起巨大的震撼，读者的期待视野因受到阻隔而产生阅读的快感，作者巧妙的构思收到极好的艺术效果。

运用对比也使小说增色很多。一边是以颍河乡郑张书记为首的一大堆省里、乡里的干部，受党多年的教育，有较高的政治与文化水平。他们是受到人民养育本应全心全意为人民服务的公仆，却任意挥霍人民的血汗钱，用公款编织关系网。一边是农民小姑娘、一个打工妹，她讲不出更多的大道理，却从真实的情感出发，用朴素的语言，说出了这些干部不愿说或者是从未意识到的真理。极普通的一句话，却由于深深触及了灵魂，犹如石破天惊，震得这些大小干部"惊诧万状"。在现实生活中，每夜饭店霓虹灯彩光闪烁，各种车辆排成长龙，人们对公款吃喝熟视无睹，早已麻木、见怪不怪了。但作者把它放在一个特定的环境中，并有意运用强烈的对比，让人心灵特别

受到震动,心潮不禁激起层层涟漪,对反腐倡廉的重要性及实行的艰巨性有了切肤的体验和更深刻的认识。

(顾建新,中国矿业大学教授)

老 木

吴金良

"您保重!"老木握着处长的手说。"嗯,好!"处长漫应了一声。握着的手松开了,老木觉得无话可说了。他暗恨今天这个差事怎么偏偏落到自己头上。处长出差,难道非要有人送才行吗?难道非要我来送才行吗?处长的下巴肥厚而有光泽,微微向上扬着。拧着眉,好像心事重重的样子。他把双手背过去,风衣的扣子全开着,被风吹得掀起一个角。真的是一副长者之风!老木不敢仰视,只好又讷讷着说了一句:"您一定多保重!"

"唔。"处长拧着的眉松了一下,眼睛看着远处。老木便也随着去看,什么也没有。

"车快来了!""唔,快了。"处长点点头。

老木巴不得自己就是火车,赶紧把处长驮走了事。他知道处长为什么不高兴:首先,事前联系好的小轿车,临时送一位产妇去了医院,处长只好坐吉普车来车站;其次,上汽车前,在院子里见到局长,处长跑上去,大概是想告别一下再走,谁知局长却转身上楼了,而这一幕又偏偏被老木看个正着。这就使处长那可怕的浓眉一直拧着,也就使老木始终如芒刺在背,总觉得是自己得罪了处长。他暗自设计了不少幽默、诙谐、热情、豪爽的告别辞,结果连一个字也用不出来。除了"保重",他再也想不出在送一位领导出差时还应该说什么才好了。

火车终于进站了。停车四分钟。老木急忙拎起处长的小小手提箱,谨慎地托住了处长的一只胳膊。他想过了,如果实实在在地去搀着处长,会使处长不高兴的:怎么,我已经老到要你来搀了吗?如果不做一点表示,又有失礼貌,显得太不尊重。所以他只能这样托着,才十分得体。处长倒是不客气地让他托,却又不动:"再等一等,人多呢!"老木只好等。一手拎箱,一手"托"。

"您保重吧!"老木觉得终于到了最后的时刻,他一下子变得轻松起来,想

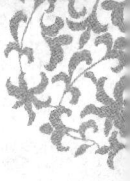

起了不少精彩得体的告别辞:"往北走,越走越冷。您小心些!""唔唔。""家里有事吗?要不要……""不,不要!"

能想到的词又用光了,处长依然不动。老木觉得喧嚣的站台一下子变得无声无息了,巨大的、无边的沉默把他压得不敢呼吸了。

大约过了一个世纪,老木勇敢地看了看手表,好,还有一分钟!他如释重负般地吐了一口气,总算说出了早就想说的那句话,为了憋住这句话,他几乎尿了裤子:"好!处长,您请上车吧!再见!"

"再见!"处长迈开大步。就在这迈步的同时,好像踩到了一个电闸,站台上忽然响起了广播员亲切的声音:"旅客同志们,本次列车因故晚点四十分钟开出,请大家……"

(选自《小说界》1988年第3期)

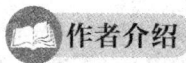

吴金良(1955—),北京人,1982年小小说作品获《北京晚报》征文奖,成小小说创作专业户。1998年成为中国作家协会会员。

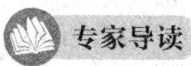

心理时间、心灵世界

在微型小说的叙事艺术中,从时间上来说,往往表现"一瞬间"内主人公的行为活动和精神状态。而这"一瞬间",特别在心理小说中如果艺术化地表现为人物的"心理时间",那么,它将幻化出众彩纷呈的艺术境界,充分展示出人物隐蔽深邃的内心世界的奥秘。《老木》正是这方面的代表作。作者捕捉到主人公老木在车站送处长出差这个"一瞬间"的尴尬心态,运用特殊的"心理时间",最大限度地放大或延长心灵的曲折历程,折射出心灵镜子映照出的某些不良的官场社会相。

在车站送行,有甜兮兮的友人笑别,有苦凄凄的恋人泪别,而老木送别这差事,实在叫他难堪。老木与这位将出差的处长之间由于上下级的地位不同,存在着不小的心理距离。作者首先勾勒出送别时两人握手话别的气氛不和谐的画面:从老木的心理感觉中,处长对他说的告别话漫不经心地答应着,而握

着的手又很快松开了,一副随便、冷淡的态度;从他的视觉中,眼前的处长"一副长者之风",高高在上,而作为下级公务员的他,心存畏惧之意,当然不敢仰视,连说话都只"讷讷着"了。这里虽只简约的几笔,却把两者的心理距离惟妙惟肖地呈现出来了。

如果说第一层次主要写两人送行的外在动作和内在心态的话,那么,作者在第二层次则重点在用人物内心独白的手法,直接披露老木由感觉所引起的种种联想和回忆,打破原有的时空界限,把已逝去的时间再倒回来,道出了处长送别时不高兴的缘由。一是本来联系坐小轿车到车站,却因小轿车送产妇到医院而改坐了吉普车。这有损于他处长的威信。另一件事是他临行前与局长告别时遭到了"冷遇",恰又被下级老木看到,大伤了处长的面子。老木的内心世界"总觉得是自己得罪了处长",处于一种"芒刺在背"的境地,作者对老木这个公务员在上级面前呈现的卑怯心态和惶恐情绪的描述真可谓入木三分,力透纸背。

继而作者叙写了火车进站后两人的动作和心态。老木虽然暗恨这个送处长的差事,但他又不得不小心谨慎地完成这个差事,在火车进站的仅四分钟时间里,作者专门写老木送行的具体行动——一手拎皮箱,一手托住处长一只胳膊。你不要小看这两个动作,特别是托胳膊,在老木的心里是反复斟酌过的:如果改用搀,就会引起处长的不高兴,认为他老了,这是中年干部的大忌;如果连"托"也不表示一下,似乎又失礼貌,同样会遭到处长的不满。只有"托"胳膊,才显得得体。正当一边走一边托进站时,处长却要"等一等"。这时他俩一切活动着的姿态突然"定格"。在老木的心理感觉中,这种尴尬的局面实在难以维持下去,他觉得时间在拉长,一秒一秒地延续,甚至感到时间已经停滞,虽然从物理时间计,只有两三分钟,但在主人公的感情世界里,如果以心理时间计,则好像"过了一个世纪"。从物理空间看,车站是如此的宽广,又如此的喧嚣;但从心理空间看,老木感觉到"巨大的、无边的沉默把他压得不敢呼吸",站台一下子变得"无声无息"。这种充满窒息压抑气氛的空间正是老木感情化了的感觉,是主观化后造成的一种变形世界。

终于到了送别的最后时刻——最后一分钟。作者写老木看了看手表,送别的时间即将结束了,用"如释重负"这个成语表现主人公心理压力的即将解除。在沉默中憋住想说的最后一句话"处长,您请上车吧!再见!"几乎是主人公用全部身心力量蓄积起来的最后爆发。读者正为主人公即将结束这个难堪的场面、尴尬的差事、负载不了的巨大心理压力而庆幸,然而,谁知道,命运偏

和弱小者作对,结尾处竟又出现意外的结局,作者巧妙地设置新的冲突,陡生令人更加忍受不了的新的心理压力:广播中传出本次列车晚点四十分钟开出的消息。不知这位主人公将如何度过这比原来送别时间还长的"晚点时间"。读者为老木此时此地的遭际给予无限的同情。

作者用人物特定的心理视角,着重描述老木在送别时与处长之间存在着巨大的心理距离,度过了漫长的"心理时间",感到了压抑的"心理空间",表现出特定场合下的小公务员的尴尬情绪,这些都是社会生活在主人公心灵深处的积淀和反射。

(凌焕新,南京师范大学教授)

驼 背

谢志强

赵主任上任的头一天,发现一个奇怪的现象:单位工作人员,除两位副职之外,皆弓着脊背。起初,他认为这是对他的到来表示和善、友好。他一一握了手之后,说:大家不必客气,从今天开始,我们都要一起共事,我的性格大家逐渐会了解。

可是,大家仍旧弓着脊背,呈典型的"C"状。赵主任很快通过两位副职的口中得知,这是前几任主任留下的传统,由此,导致了单位这种恭敬、谦虚、谨慎的风气。赵主任似乎自嘲地摇头笑笑。

于是,赵主任发起一项"挺直腰杆"的活动。并且,他将这项活动提高到关于单位形象的高度。果然,办公室的全体工作人员雷厉风行,生硬地挺起了胸膛,使赵主任想起电影中的异国军人"海依"的姿势。他感慨万千,说了许多话,渐渐地,他看到大家脸颊沁出汗水。他体谅地说:"放松放松,我也清楚,非一朝一夕所能改正,关键要坚持。"

随着话音,大家的背部又恢复了弓形,甚至响起轻松的叹息。之后,他走过各办公室,所到之处,本来驼着的背,皆如接受命令那样艰难地挺胸昂头。他稍稍地观察,发现他不在场,大家的背又驼起来。甚至,个别人员,碰见他,习惯性地准备哈腰,却又立即改为挺胸——他的意识中仿佛听见了强作挺胸的动作而引起脊椎骨咯嘎作响。他想：总不能我一个人监督这项活动的实施吧？

他叫来办公室钱主任，要求钱主任拟个考核办法，将"挺直腰杆"活动与单位奖金挂钩。考核办法一出台，大家着了慌似的挺起了胸膛，不过，苦了那几位年龄稍大的同志，他们开始寻门路，欲"跳槽"，而别的单位一听是他们，纷纷打了回票，拒绝接纳。

考核办法具体由钱主任实施，而钱主任的背弓得尤其明显。赵主任不会管得那么具体了，否则，岂不是有失身份。他每月过目钱主任汇总的统计表。统计表分日统计，其中有"挺直率""挺直次数""抽查情况"之类的栏目。赵主任看了月度"挺直腰杆"活动统计表，感慨道："初见成效啦！"

这天，开了会回来，他突发兴致，出现在各个办公室巡视。他的脸慢慢阴沉下来。他没有批评，因为，他看见大家惊慌尴尬的表情。

"你提供的数据是不是掺了水分？"赵主任严肃地说。

钱主任立即弓起腰，红了脸："赵主任，我也十分为难。"

"为难？你看看你！"

钱主任猛地一挺胸，随即，豆大的汗珠扑刷刷地滴落，面色刷白。

赵主任赶紧上前扶起，说："你哪里不舒服？"

"赵主任，我刚才用力过头，伤了脊梁骨，"他惭愧地欲站立起来，"赵主任，大家都养成习惯了，一下子要照你那样做，都不习惯……我的工作没做好。"

赵主任朝走廊喊："快派车，送医院。"

（发表于1997年）

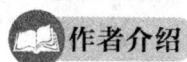

作者介绍

谢志强（1954— ），浙江余姚人，中国作家协会会员。微型小说多产作家，其作品多次被选入大中小学教材。其作品被翻译成多国语言在美、法、俄等10余国出版，多次获各种文学奖。

专家导读

荒诞中的沉思

"单位工作人员，除两位副职之外，皆弓着脊背。"这样的单位，现实中是不

大可能存在的,至少是极罕见的;但见了领导就习惯性地点头哈腰,弓着脊背作恭敬谦虚状,这样的人,生活中却屡见不鲜。作者对生活中的这一常见现象不仅注意到了,而且显然进行了认真的甚至是痛苦的思考,这才有了我们现在看到的用荒诞手法写出的《驼背》。

貌似谦恭的见到领导就"弓着脊背"的现象,伤害的不只是身体,更是人的精神!其产生的原因,既在于某些领导习惯于属下在自己面前低眉敛目,也在于当事者自身精神上的伤残。长此以往,不仅会由"弓着脊背"发展为驼背,而且改也难。赵主任敏锐地发现了这一奇怪现象,后又了解到这一现象的成因。他下决心扭转,甚至发起"挺直腰杆"的活动,但收效甚微。原因在于"大家都养成习惯了","这是前几任主任留下的传统"。

创作中的荒诞手法运用,其实是对现实生活中人们常见现象的提炼和集中,又以夸张手法出之。作者之所述看似荒谬,但却是来自生活,言之有据,只不过被强化、放大了。这样做,与其说是创作的需要,更不如说,非如此不足以表达作者对生活的独特发现,以及要大声疾呼以引起人们严重注意的急迫心情。用荒诞手法叙写的作品,读来常常令人忍俊不禁,比如本篇为显示积习难改,作者写赵主任希望人们"挺直腰杆"并为此想了好多办法,不仅搞活动,还"将'挺直腰杆'活动与单位奖金挂钩",即便如此,人们仍然改变不了"弓着脊背"的习惯,甚至有人因为不愿挺起腰杆而想跳槽。读这样的情节很难不笑,然而,笑后又不能不陷入深深的思索之中。

(陆建华,原中共江苏省委宣传部文艺处长,文艺评论家)

木头伸腰

何雨生

市长以前曾是位小有名气的作家,所以上任伊始,对市里的文教工作便非常热心,鼎力支持。这不,在他的倡议下,市里正轰轰烈烈地举办每年一届的"桃李杯"全市作文大赛,他亲自担任了大赛评委会主任一职。

他这个主任可不是名义上的或象征性的,他身先士卒,放着有空调的办公室不坐,深入基层,跟他亲自挑选的一干精兵强将一起奋战在批阅作文的第一线,冷了喝口白开水,搓搓手、跺跺脚,饿了啃上口干面包,任劳任怨,以身作则。功夫不负有心人,市长终于在这次大赛上发掘出一个好苗子。

作文是市里最偏远的一个叫桑木桥的小学(那里素有市里"大西北"之称)的学生写的,光看题目就很别致——《木头伸腰》。市长情不自禁地读出声来:"你可曾听过木头伸腰的声音?我们坐在教室里,有时便会听到阵阵'咯吱吱''咯吱吱'的响声,仿佛屋梁上有许多魔鬼在狂笑,我们很害怕,大人们说那是木头伸腰的声音……"

市长激动地拍着那篇作文,禁不住舞之蹈之:"听听,听听,多么鲜活的语言,多么新颖的想象力!真希望多听到这些来自民间的声音!"见有人扑闪着眼睛在发愣,市长便老道而又富有感情地介绍起来:"乡下的房梁都是木头的,其中有的树木在做梁条时还未停止生长,所以有经验的木匠在盖房时,两根梁条之间总要预先留出一点空隙,以便木头伸伸腰、长足劲。据说黑松林那儿有座东寺庙,你悄悄地走到正梁下面,乍一抬眼,便清晰可见有一条缝……"

众人纷纷为市长渊博的学识所倾倒。结果,这篇《木头伸腰》以绝对优势夺得本届"桃李杯"作文大赛唯一的一个特等奖。

颁奖大会热烈而又隆重,与会代表对这样一件功在当代泽被后世的活动报以经久不息的掌声。会上,市长发表了热情洋溢的演讲,称"这次大赛使我们聆听到真正来自底层的心声",其间他又举了那个《木头伸腰》的典故。

不过,唯一遗憾的是,那个唯一获特等奖的小作者不知什么原因缺席了,未能到现场来领奖。

会后,本次大赛赞助方之一的国际大酒店举办了盛大的招待酒会,宾主双方觥筹交错,其乐融融。席间,秘书匆匆赶来告诉市长:桑木桥小学校舍因年久失修,房梁断裂,今天上午坍塌了两间教室,死伤十多名小学生……

(选自《金山》杂志 2002 年)

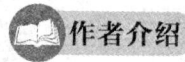

何雨生,微型小说作家,其作品《木头伸腰》获中国微型小说学会 2002 年度一等奖。

写实中的暗示

如何记叙现实中发生的事件和故事？首先应挑选日常生活中有某种意味的、有社会意义或审美价值的事作为描述对象,鲁迅先生所说的"选材要严"也包含着这一层意思,并且告诫我们:"不可将一点琐屑的没有意思的事故,灌填成一篇,以创作丰富自乐。"(《关于小说题材的通信》)《木头伸腰》选择的故事,有着深邃的社会内涵,是教育事业中亟待解决的问题,学校经费短缺,贫困地区危房四起,危及学生的生命安全。人们在呼喊:救救孩子。这类有很强现实性的问题,作者不是直接描述它的触目惊心,而是选择市长倡导下举办的全市作文大赛,从大赛作文中间接地、含蓄地表现此现象,因而更令人深思,增强了扣人心弦的内在魅力。

写实纪事并不是简单的实录、照相似的再现,而应有所选择、剪裁。从选材的角度看,能从大处着眼、小处入手、大中抓小、小中见大、迂回侧见、睹影知竿,方妙。

本文纪事的另一特点是选择了具有创新意义的细节——木头伸腰。这一细节是作文比赛获得特等奖的作文中的主要事件。作者是从小学生特有的想象眼光记叙着危房吱吱作响的细节,显示出小孩的稚气和美好的童心,他并不理解危房吱吱作响的危险性,而只是把它当作"魔鬼在狂笑"。作为评委会主任的市长虽然欣赏这篇作文,但他却做出了另一番"大人"的解释:"……木匠在盖房时,两根梁条之间总要预先留出一点空隙,以便木头伸伸腰、长足劲。"结果,颁奖的酒会上,竟得到了一个连市长在内都意料之外的噩耗:这所"木头伸腰"的小学两间教室坍塌,死伤十多名小学生,那位获奖作者也不知是否幸免于难。这是一场多大多惨的悲剧。市长从孩子的作文中竟没有听清楚他们童声的呼喊,而错过了补救的良好机会,真令人扼腕痛惜。这样的细节处理,这样的巧合,无不叫人击节赞叹。写实纪事同样可以写出勾魂摄魄的佳作来。

(凌焕新,南京师范大学教授)

谁是真英雄

秦德龙

刘孩和杨孩，都是茁壮成长的年轻孩。有一天，他俩在公园里玩，忽听见有人喊"救命"，就一同循声跑了过去。原来是个孩子掉到水里了，正在水里挣扎呢。

刘孩知道水塘很深，因为他在里面游过泳。杨孩不知道水深水浅，一脚就踏到水里了，朝小学生扑去。刘孩想喊住杨孩，可已经来不及了。

刘孩知道杨孩不会游泳。刘孩一边高声呼喊，一边跳进了水中。许多人闻声赶来了，小学生被救上来了，肚子里倒出很多水。杨孩也被救上来了，可他却停止了呼吸。刘孩望着杨孩的尸体，失声痛哭。

杨孩被授予了烈士称号。杨孩和刘孩的名字都上了报纸，走进了千家万户。

有人悄悄告诉那被救的小学生，那天，救你上岸的，是刘孩，而不是杨孩。小学生眨着黑亮的眼睛，不大相信这个说法。小学生也弄不清，当时是谁把自己救上来的，他只知道，杨孩为了救他，献出了宝贵的生命。现在，知道了真情，小学生就写了一篇作文，很想把刘孩写得高大一些。可不知怎么回事，写出来的高大形象却是杨孩，刘孩只被略带了几笔。

小学生的这篇作文，被老师推荐到了报纸上。刘孩看见了报纸，什么都没说，好像他什么都不曾做过。

有一天，小学生的父母找到了刘孩，千恩万谢地说，他们已经知道了，刘孩才是真正的救命恩人。他们表示，等将来儿子长大了，一定要让他来重谢他。

听到这话，刘孩的热泪就在眼眶里打转转了。

几年后，小学生长大了，长成了中学生。有一天，中学生找到了刘孩，与他探讨问题，中学生说："刘哥，我也说不清为什么，杨哥的形象在我的心中特别高大，虽然我知道他不会游泳。"

刘孩说："为了救你，他献出了生命。"

中学生说："我总想告诉大家，你才是我的救命恩人。但不知为什么，我说不出口。"

刘孩笑笑："那是因为我活着。"

刘孩反问中学生:"如果现在有个儿童落水了,而你又不会游泳,你会不会救他?"

中学生说:"会。脸色十分庄重,像要随时去赴汤蹈火。"

刘孩说:"我知道了,杨哥没有白白为你牺牲。可我还是不赞成你往水里跳,因为你不会游泳。"

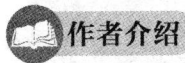 作者介绍

秦德龙(1955—),河南作家,特长于小小说创作,出版小小说集等文集20部,多篇作品获各类文学奖并被各报刊专栏评介,2002年成为中国作协会员。

 专家导读

欲罢不能的探求

微型小说中,有的悬念迭起,不断把情节推向前进,不断吸引读者往下阅读,以此探寻一个"究竟",从而获得性情上的审美愉悦,求得认识上的妙知真谛。《谁是真英雄》就充分运用悬念的艺术手段,从标题起,就提出一个大问号,等待着阅读主体的读者去解答,其实,这也是全篇设置的总悬念。

所谓悬念,是指作品中设置"疑问",不断造成读者某种急切期待和热烈关切的一种艺术手段。外国理论家亨脱说:"悬念是戏剧中抓住观众的最大魔力"(《现代剧》)。贝克说:悬念"就是兴趣不断地向前延伸和欲知后事如何的迫切要求"(《戏剧技巧》)。本文设置悬念的目的也在于引起读者关注这个问题,并以探求的审美心态,急切地阅读下文。故事从刘孩和杨孩同时救一落水小学生开始,杨孩不会游泳,结果被水溺死,刘孩会游泳,熟知水性,救上了小孩。杨孩被授予烈士称号,被称为英雄,而刘孩只是得到一般的表扬。这里就首次提出了谁是真英雄的疑问。被救小孩得知真情后,仍然认为杨孩为救自己而死,形象高大。小学生家长知道刘孩是真正的救命恩人后,表示千恩万谢,待孩子长大后重谢他,也没有意识到这位是真英雄。待小学生长成中学生后,仍然说不清此类问题,刘孩反问被救者,如果现在有儿童落水,你又不会游泳,会不会救他?而被救者庄重地回答:会。这似乎会重蹈杨孩之路,说不定童孩未救起,自己也壮烈牺牲了。

这样的问题的确很难得到圆满的解答,因为杨孩虽然自己不会游泳,但他

想到的是立即救人,并不顾及自己的安危,这种见义勇为的精神应该弘扬。但作者通过刘孩,做出另一种回答:因为你不会游泳,故而不赞成你往水里跳。这种回答是见义勇为不仅要敢于去"为",即"勇"字当头,也要顾及自己勇为的能力和效果。如果一味的"蛮勇""盲勇",也只是多遭受些意想不到的损伤,而对于被救者来说,毫无裨益。因而对这种英雄提出了质疑,是真英雄还是一个莽汉?这个问题比较复杂,回答起来也不能简单化,刘孩的答案也并非尽善尽美。如果有歹徒拿刀伤害小孩,其他围观者自认为无能力制服歹徒就袖手旁观吗?所以这个问题还得具体情况具体分析,不能一概而论,这就是作品的魅力。所以,正如法国著名作家巴尔扎克所告诫的那样,作家只是给开列方程式,不要把现成的答案硬塞给读者。

(凌焕新,南京师范大学教授)

打 错 了

[中国香港]刘以鬯

1

电话铃响的时候,陈熙躺在床上看天花板。电话是吴丽嫦打来的。吴丽嫦约他到"利舞台"去看五点半那一场的电影。他的情绪顿时振奋起来,以敏捷的动作剃须、梳头、更换衣服。更换衣服时,嘘嘘地用口哨吹奏"勇敢的中国人"。换好衣服,站在衣柜前端详镜子里的自己,觉得有必要买一件名牌的运动衫了。他爱丽嫦,丽嫦也爱他。只要找到工作,就可以到婚姻注册处去登记。他刚从美国回来,虽已拿到学位,找工作,仍需依靠运气。运气好,很快就可以找到;运气不好,可能还要等一个时期。他已寄出七八封应征信,这几天应有回音。正因为这样,这几天他老是待在家里等那些机构的职员打电话来,非必要,不出街。不过,丽嫦打电话来约他去看电影,他是一定要去的。现在已是四点五十分,必须尽快赶去"利舞台"。迟到,丽嫦会生气。于是,大踏步走去拉开大门,拉开铁闸,走到外边,转过身来,关上大门,关上铁闸,搭电梯,下楼,走出大厦,怀着轻松的心情朝巴士站走去。刚走到巴士站,一辆巴士疾

驶而来。巴士在不受控制的情况下冲向巴士站,撞倒陈熙和一个老妇人和一个女童后,将他们碾成肉浆。

2

电话铃响的时候,陈熙躺在床上看天花板。电话是吴丽嫦打来的。吴丽嫦约他到"利舞台"去看五点半那一场的电影。他的情绪顿时振奋起来,以敏捷的动作剃须、梳头、更换衣服。更换衣服时,嘘嘘地用口哨吹奏"勇敢的中国人"。换好衣服,站在衣柜前端详镜子里的自己,觉得有必要买一件名牌的运动衫了。他爱丽嫦,丽嫦也爱他。只要找到工作,就可以到婚姻注册处去登记。他刚从美国回来,虽已拿到学位,找工作,仍需依靠运气。运气好,很快就可以找到;运气不好,可能还要等一个时期。他已寄出七八封应征信,这几天应有回音。正因为这样,这几天他老是待在家里等那些机构的职员打电话来,非必要,不出街。不过,丽嫦打电话来约他去看电影,他是一定要去的。现在已是四点五十分,必须尽快赶去"利舞台"。迟到,丽嫦会生气。于是,大踏步走去拉开大门……

电话铃又响。

以为是什么机构的职员打来的,掉转身,疾步走去接听。

听筒中传来一个女人的声音:

"请大伯听电话。"

"谁?"

"大伯。"

"没有这个人。"

"大伯母在不在?"

"你要打的电话号码是?"

"三——九七五……"

"你想打去九龙?"

"是的。"

"打错了!这里是港岛!"

愤然将听筒掷在电话机上,大踏步走去拉开铁闸,走到外边,转过身来,关上大门,关上铁闸,搭电梯,下楼,走出大厦,怀着轻松的心情朝巴士站走去。走到距离巴士站不足五十码的地方,意外地见到一辆疾驶而来的巴士在不受

控制的情况下冲向巴士站,撞倒一个老妇人和一个女童后,将他们碾成肉浆。

一九八三年四月二十二日作,是日报载太古城巴士站发生死亡车祸。

(选自《小说月报》1984 年 7 月)

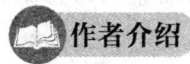 作者介绍

刘以鬯(1918—),原名刘国绎,字昌年,浙江镇海人。中国香港当代作家。抗战胜利后,曾在上海创立"怀正文化社"。1948 年主持上海《春秋》杂志编务工作,其后去香港及南洋,以写作与办报为生。主要作品有短篇小说集《天堂与地狱》、长篇小说《酒徒》及文学评论集等。1985 年 1 月创办《香港文学》月刊并任主编。

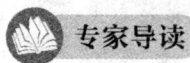 专家导读

复合结构中的哲理思考

香港老作家刘以鬯先生在其主编的《星岛晚报》副刊《大会堂》上,发表了这篇新颖别致的极短篇小说,立即引起了港岛各界的争论和关注。有人说,小说主人公死了,第一段是明证,第二段只是个"假设",真为旦夕祸福的主人公之死惋惜。也有人说,主人公最后没有死。第一段只不过是一"假设",因他求职心切,错接了一个电话,延迟了时间,救了他的命,错得好。这里值得注意的是,两种意见都把小说中的两段故事一作实情一作假设,忽略了小说作为艺术既是从现实生活中来,又都是经过作家艺术虚构而成的假定性世界。应该说两段大同小异的情节合在一起,才构筑成这篇小说完整统一的自足的艺术世界。它以复沓、"重复"的富有凝重韵味的复合结构方式,寓含着"生命在于瞬间"的艺术意蕴,暗示出人生中偶然的因素也可以决定着一个人祸福和命运的哲理。

重复,是艺术上的大忌,特别是情节上的大段重复,往往标志着艺术上的单调和贫乏。然而,有意地重复,重复中显出不重复,重复处见出作者独特的艺术匠心,表现出异乎寻常的艺术魅力,则是艺术技巧的娴熟与高超。《打错了》的可贵之处正在于重复中表露出作者别出心裁的创新才华。文中两则相对完整的故事都写同一主人公——从美国学成回港待业的大学生陈熙接到女友的电话,相约同去某电影院看电影。他打扮停当,拉开大门,走到巴士站,巧

遇失控的巴士,把站上的老妇、女童撞倒,发生严重车祸。第一则的结局主角陈熙也和巴士站上的老少两人同时罹难,被碾成肉浆,酿成死的悲剧。第二则则加上一个偶然性因素,正当陈熙拉开大门,忽然电话铃响了,他急忙返回家接电话,原来是一个想往九龙找人的女人打错了电话,延误了一两分钟时间,当他赶到巴士站时,恰巧刚发生过这起车祸,压死了老妇和幼童。主人公却幸免于难,很平安地去和女友相见,获得了生的结果。而这个偶然性因素就是时间上的误差。作为叙事艺术的微型小说,总是离不开具体人物、事件所处的具体时间、空间。人物在特定的时空内活动,必然产生相应的结局。如果其中的时间因素发生了变化,将会引起这个自足系统内其他因素的重新组合,导致质的嬗变,产生不同的结局。所以英国作家伊丽莎白·鲍温在《小说家的技巧》中精辟地论述说:"时间是小说的一个主要组成部分。我认为时间同故事和人物具有同等重要的价值。凡是我所能想到的真正懂得、或者本能地懂得小说技巧的作家,很少有人不对时间因素加以戏剧性的利用的。"这篇小说就是利用"打错了"这个偶然插入事件,对时间作了重新的调整和分配,才产生死与生两种不同的结局。可见,时间在这里,扮演着何等重要的角色。

偶然性,在这篇小说里则是一位更为活跃的关键性角色。有了它的参与,可让主人公由死而变生,改变他的命运。小说家总是抓住这个角色从而演绎出生动奇异的艺术来。但是,偶然性这个不确定的闪烁朦胧的角色,正如作品中"打错电话"这一意外性事件,也仍然包含着必然性的因素。凡偶然性起作用的地方,一般说来又会受到内、外部必然性的支配。从主人公的内因看,他走出大门听到电话铃响,如果不是这几天老待在家里等那些求职处的电话,他不会那样敏感地掉转身、疾步折回去接听。从中反映出他求职的艰难。从外因看,在香港这个大环境中,车祸已经成为社会的一个公害。写这篇小说的当天,作者所处的太古城就发生车祸,触发了作者灵感,疾思成篇,因此,即使主人公陈熙没有遇上,也会有其他张熙、王熙遇上此类不幸,所以,主人公偶然性的不同遭际正是社会生活的必然反映,偶然中寄寓着必然性的内核,蕴含着哲理的韵味。

(凌焕新,南京师范大学教授)

永远的蝴蝶

[中国台湾]陈启佑

那时候刚好下着雨,柏油路面湿冷冷的,还闪烁着青、黄、红颜色的灯火。我们就在骑楼下躲雨,看绿色的邮筒孤独地站在街的对面。我白色风衣的大口袋里有一封要寄给在南部的母亲的信。

樱子说她可以撑伞过去帮我寄信。我默默点头,把信交给她。

"谁教我们只带来一把小伞哪。"她微笑着说,一面撑起伞,准备过马路去帮我寄信。从她伞骨渗下来的小雨点溅在我的眼镜玻璃上。

随着一阵尖锐的刹车声,樱子的一生轻轻地飞了起来,缓缓地,飘落在湿冷的街面,好像一只夜晚的蝴蝶。

虽然是春天,好像已是秋深了。

她只是过马路去帮我寄信。这简单的动作,却要教我终生难忘了。我缓缓睁开眼,茫然站在骑楼下,眼里裹着滚烫的泪水。世上所有的车子都停了下来,人潮涌向马路中央。没有人知道那躺在街面的,就是我的,蝴蝶。这时她只离我五公尺,竟是那么遥远。更大的雨点溅在我的眼镜上,溅到我的生命里来。

为什么呢?只带一把雨伞?

然而我又看到樱子穿着白色的风衣,撑着伞,静静地过马路了。她是要帮我寄信的,那,那是一封写给在南部的母亲的信,我茫然站在骑楼下,我又看到永远的樱子走到街心。其实雨下得并不大,却是一生一世中最大的一场雨。而那封信是这样写的,年轻的樱子知不知道呢?

妈:我打算在下个月和樱子结婚。

(选自《小说界》创刊号)

陈启佑(1952—),笔名渡也、江山之助,中国台湾嘉义市人。台湾中国文化大学中国文学博士,曾任台湾新化师范大学国文系教授。他的诗、散文多次获奖。

中国微型小说
Chinese Miniature Novels

幻象化的情绪小说

  法国著名美学理论家狄德罗说："没有感情这个品质,任何笔调都不可能打动人心。"微型小说家族中,也有主要以表现主人公的情绪为特色的,一般称之为情绪小说,《永远的蝴蝶》就属于这种类型作品中以情绪"打动人心"的出色篇章。

  情绪指的是人的心境,也就是人对外界刺激所采取的一种内心态度。情绪表现是微型小说中打动人心、获得艺术感染力的一个内在因素。作为情绪小说的《永远的蝴蝶》,着重于对主人公主观情绪的抒写,环境情绪氛围的描述。但这种情绪的产生并非无源之水,总是和人对外界客观事物的刺激息息相关。因此,一般通过对事物的叙写,导引出人物情绪的产生和发展。

  作品一开头,就用冷色的调子,画出故事发生的时间、气候、地点等特定场景。叙述"我"和主人公樱子在骑楼躲雨,看到街对面的绿色邮筒,"我"有一封给南方母亲的信要寄。因为下雨,两人只带一把伞,"我"本想自己去寄,可樱子却主动要帮"我"去寄。这里首次表露她与他之间的深情,她的略带俏皮的说话和准备撑伞的动作,也给读者留下了一个主动热情、活泼大方的美好印象。

  接着,写樱子突然遇难。她过马路时,不幸被汽车撞倒。作者并没有详细写出这个惨不忍睹的场面,只是从"我"的感觉中,首先听到的是"一阵尖锐的刹车声",这是符合客观事物真相的实写,点出车祸的发生。继而,对她被撞而后弹得老远的描述,则采用变形的虚化写法。"我"遇到这个突如其来的轰雷般的打击,情绪上产生了剧烈的震荡,因而也使自己的感觉发生了变形的错觉:"樱子的一生轻轻地飞了起来,缓缓地,飘落在湿冷的街面,好像一只夜晚的蝴蝶。"把女主人公虚化为一只"美丽的蝴蝶",而且"轻轻地飞了起来",这简直把这场不幸诗化了,这是不是有悖于客观真实呢?不!根据变态心理学理论,"我"在这特定时空下,悲恸过度,长歌当哭,对眼前的一切发生了错觉,"我"把对她的炽爱化作无比美丽的形象——蝴蝶,在轻轻地飞,缓缓地飘。他仿佛丧失了自我意识的控制而陷入迷茫的心理状态,"惚兮恍兮其中有象,恍兮惚兮其中有物"。这是符合特定时空下的心理真实的。继而,作者写出了他"茫然"地站在原地、"眼里裹着滚烫的泪水"等外在表现,又写他似醒未醒的心

理感觉。他觉得"世上所有的车子都停了下来",一切时间和空间都凝固起来。而她只离"我"五公尺,虽然物理距离很近,但心理感觉却是那么"遥远",因为她已属于"另一世界"。他为发生这意外的悲剧痛心着,反思这不幸的经过,懊恼着种种产生这场悲剧的"差错",反复地唠叨着,希望时空能逆向倒转,恢复原先的美好面貌。可是,客观的事实是无情的,时间永远只能往前推移,不可能逆向再现。这些都描摹出他主观世界中情绪狂涛的起伏和变化。

继而,作者进一步写出他情绪发展到顶点的炽烈状态——出现了迷狂式的幻觉。他沉入冥冥的幻觉之中,出现了现实已经不存在而只留在印象中的幻象:又见到樱子穿着白色的风衣,撑着伞,静静地过马路帮我寄信。一会儿,又看到樱子走到街心而永远停在那里。这些樱子幻象的映现,是"我"在愁痛的强烈情绪支配下所产生的。心理学证明,在感情积郁太厚,一般的想象已无法表达情怀时,便会不知不觉地发生幻象。霍布士说:"对于某物之情感超乎寻常者为'癫狂',而癫狂就意味着进入幻境。"所以,这个幻象,是男主人哀痛和爱恋之情炽烈化的结晶,就艺术美的角度看,它更具有虚幻、朦胧、荒诞的美学品格。

作品的最后一笔,点明那信上告诉妈妈的,正是他俩下月准备结婚的消息。这不仅解开了开头寄信的悬念,而且更加深了"我"对樱子的怀念,加重了作品的悲剧色彩,加浓了整个作品的悲哀情绪。

全文以"我"的情绪发展为线索,从正常的感觉写到变形了的错觉,再至幻象化了的幻觉,显示出主人公悲痛情绪的变化历程。但它并不割断与现实世界的联系,既写出了现实环境,如三次写"雨",又写出了尽管是十分简单的动作,和淡化的故事情节,它们都是作为情绪组合的对象,融在一个有机和谐的情绪王国之中了。

(凌焕新,南京师范大学教授)

打 电 话

[中国台湾] 爱 亚

第二节课下课了,许多人都抢着到学校门口唯一的公用电话机前排队,打

中国微型小说
Chinese Miniature Novels

电话回家请妈妈送忘记带的簿本、忘记带的毛笔、忘记带的牛奶钱……

一年级的教室就在电话机旁,小小个子的一年级新生黄子云常望着打电话的队伍发呆,他多么羡慕别人打电话,可是他却从来没有能够踏上那只矮木箱,那只学校放置的、方便低年级学生打电话的矮木箱……

这天,黄子云下定了决心,他要打电话给妈妈,他兴奋地挤在队伍里。队伍长长的,后面的人焦急地捏拿着铜板,焦急地盯着打电话人的唇,生怕上课钟会早早地响起。然而,上课钟终于响起。前边的人放弃了打电话,黄子云便一步抢先,踏上木箱,左顾右盼,发现没人注意他,于是抖颤着手,拨了电话。

"妈妈,是我,我是云云……"

徘徊着等待的队伍几乎完全散去,黄子云面带笑容,甜甜地面对着红色的电话方箱。

"妈妈,我上一节课数学又考了 100 分,老师送我一颗星,全班只有四个人考 100 分呢……"

"上课了,赶快回教室!"一个高年级的学生由他身旁走过,大声催促着他。

黄子云对高年级生笑了笑,继续对着话筒:

"妈妈!我要去上课了,妈妈!早上我很乖,我每天自己穿制服、自己冲牛奶、自己烤面包,还帮爸爸忙,中午我去楼下张伯伯的小吃店吃米粉汤,还切油豆腐,有的时候买一只肉粽……"

不知怎么的,黄子云清了下鼻子,再说话时嗓音变了腔:

"妈妈!我,我想你,好想好想你,我不要上学,我要跟你一起,妈妈!你为什么还不回家?你为什么还不回家?你在哪里?妈妈……"

黄子云伸手拭泪,挂了电话,话筒挂上的一刹那,有女子的语音自话筒中传来:

"下面音响 10 点 32 分 10 秒……"

黄子云离开电话,让清清的鼻涕水凝在小小的手背上。

作者介绍

爱亚(1945—),原名李丌,毕业于台湾艺术专科学校,曾任台北电视节目主持人;美劳教育出版社总编。

显隐之间

　　微型小说的"微",是用文字表述的简短故事,是可读的有形显性载体,短小,精粹,真实。它没有写出来的故事却比写出来的更精彩,更令人遐思,更发人深思,更有博大的艺术空间——这就是"隐",藏在故事的背后,其艺术价值恰恰就在这"隐"匿的世界里。《打电话》显性的故事是小学一年级小孩黄子云羡慕别人在课间给妈妈打电话,请妈妈把忘记带的文具、簿本等送到学校。黄子云只羡慕,却从没有打过。这天,他下决心要去打电话,排在长长的队伍里面。上课铃响了,孩子们一下子都跑往教室,而他却赶快用抖颤的手拨打电话。他要说的不是自己忘带了东西,而是一天的独立生活,考试考得了100分的优异成绩。人们催促他快去上课,可他还唠叨不休,不离不弃,为什么?电话中他说出了他的心声:"妈妈!我,我想你,好想好想你……你为什么还不回家?……你在哪里?"这声嗓变了腔的呼喊,催人泪下,感叹唏嘘!这问号下面谁能回答这个隐匿着的故事?他想念的妈妈怎么了?是外出打工?是离异后远走他乡?黄子云没有给读者交代,作者也没有在文中提及,这是个待解的深深的谜,是待读者追索的大悬念,可小说的妙处还在后头。小孩流着诉说的泪挂上电话,那语音话筒里传来自动报时几点几分几秒。原来,他并没有和实在的妈妈通话,而是自说自话地向心中的隐性妈妈诉说。多么悲怆的场面,多么不幸的命运!这个失去母爱的孩子多么值得我们同情和关爱!全篇实写主人公给母亲打电话的故事,虚写他挂念着的,爱着的妈妈不知在什么地方,他的妈妈能不能再回到自己身边。这里还深藏着他妈妈离家的种种原因,种种不同的家庭厄运或社会悲剧,折射出更丰富的艺术内涵。文学之美,不仅在显性的有言故事,尤其在未表现而含蓄无穷的隐性部分。这就是方家赞美的无言之美。

(凌焕新,南京师范大学教授)

现代部分

一件小事

鲁 迅

我从乡下跑到京城里,一转眼已经六年了。其间耳闻目睹的所谓国家大事,算起来也很不少;但在我心里,都不留什么痕迹,倘要我寻出这些事的影响来说,便只是增长了我的坏脾气,——老实说,便是教我一天比一天地看不起人。

但有一件小事,却于我有意义,将我从坏脾气里拖开,使我至今忘记不得。

这是民国六年的冬天,大北风刮得正猛,我因为生计关系,不得不一早在路上走。一路几乎遇不见人,好容易才雇定了一辆人力车,教他拉到S门去。不一会,北风小了,路上浮尘早已刮净,剩下一条洁白的大道来,车夫也跑得更快。刚近S门,忽而车把上带着一个人,慢慢地倒了。

跌倒的是一个女人,花白头发,衣服都很破烂。伊从马路边上突然向车前横截过来;车夫已经让开道,但伊的破棉背心没有上扣,微风吹着,向外展开,所以终于兜着车把。幸而车夫早有点停步,否则伊定要栽一个大斤斗,跌到头破血出了。

伊伏在地上;车夫便也立住脚。我料定这老女人并没有伤,又没有别人看见,便很怪他多事,要自己惹出是非,也误了我的路。

我便对他说,"没有什么的。走你的罢!"

车夫毫不理会,——或者并没有听到,——却放下车子,扶那老女人慢慢起来,搀着臂膊立定,问伊说:

"你怎么啦?"

"我摔坏了。"

我想,我眼见你慢慢倒地,怎么会摔坏呢,装腔作势罢了,这真可憎恶。车夫多事,也正是自讨苦吃,现在你自己想法去。

车夫听了这老女人的话,却毫不踌躇,仍然搀着伊的臂膊,便一步一步地向前走。我有些诧异,忙看前面,是一所巡警分驻所,大风之后,外面也不见人。这车夫扶着那老女人,便正是向那大门走去。

我这时突然感到一种异样的感觉,觉得他满身灰尘的后影,霎时高大了,而且愈走愈大,须仰视才见。而且他对于我,渐渐地又几乎变成一种威压,甚而至于要榨出皮袍下面藏着的"小"来。

我的活力这时大约有些凝滞了,坐着没有动,也没有想,直到看见分驻所里走出一个巡警,才下了车。

巡警走近我说:"你自己雇车罢,他不能拉你了。"

我没有思索地从外套袋里抓出一大把铜元,交给巡警,说:"请你给他……"

风全住了,路上还很静。我走着,一面想,几乎怕敢想到我自己。以前的事姑且搁起,这一大把铜元又是什么意思?奖他么?我还能裁判车夫么?我不能回答自己。

这事到了现在,还是时时记起。我因此也时时熬了苦痛,努力地要想到我自己。几年来的文治武力,在我早如幼小时候所读过的"子曰诗云"一般,背不上半句了。独有这一件小事,却总是浮在我眼前,有时反更分明,教我惭愧,催我自新,并且增长我的勇气和希望。

作者介绍

鲁迅(1881—1936),浙江绍兴人。原名周樟寿,字豫才,后取名周树人。笔名鲁迅、巴人等。曾留学日本。1904年弃医从文。1918年发表白话小说《狂人日记》。1925年主编《莽原》,1930年筹备成立"左联"。主编过《奔流》等多种刊物。主要著作有小说集《呐喊》《彷徨》《故事新编》,杂文集《坟》《热风》《而已集》《三闲集》《二心集》《南腔北调集》《伪自由书》《准风月谈》《花边文学》《且介亭杂文》等。另有散文集《朝花夕拾》,散文诗集《野草》等。

专家导读

"小"与"大"之间

在"五四"时期,中国知识分子与劳动者相处的机会不多,比较而言,接触最频繁的大概以人力车夫为最,所以当时报刊上反映人力车夫生活的文学作

品较多。

胡适1918年发表题为《人力车夫》的新诗,对那位十六岁的少年车夫表示了一定的同情。"我坐你车我心惨凄",可是经过车夫的哀告,"你老的好心肠,饱不了我的饿肚皮",于是他就心安理得地上车说"拉到内务部西"!

"五四"前,沈尹默的诗亦有以《人力车夫》为题,刘半农以"拟车夫语"写了《车毯》,他们二位用鲜明的对比度,无情揭露了旧社会贫富悬殊的不公平现象。

1920年4月,陈绵发表短剧《人力车夫》,以汽车撞伤人力车夫为题材,让车夫悲愤地喊出了"这个年头哪儿还有穷人走的路"的呼号。稍后几年的郁达夫的小说《薄奠》正面描写知识分子对人力车夫的友谊,给予了劳动者温暖与慰抚。

作家们从不同的角度,也在不同的思想层次上写了知识分子的同情、悲悯、揭露和控诉。但是鲁迅的《一件小事》则从一个特定的视角写了一件引起了"我"心灵中的巨大感情波澜的小事。小说中的"我"看车夫的视点呈仰角,但是鲁迅是以高屋建瓴之势,站在时代的制高点俯瞰车夫和"我"的关系——车夫对"我"的"威压"的意义。

国家大事和文治武力的现状只能使"我"生出大苦闷,增长坏脾气。牢骚满腹的结果"便是教我一天比一天地看不起人",于是对一切都显得"冷漠"。"我"对老妇人的一系列的"冰冷"的推理所得的结论是"装腔作势罢了,这真可憎恶"。

与"我"形成强烈对比的是,车夫关心他人的品格和敢于主动承担责任的正直无私的情操。车夫的行动使"我"震悚——在这位"一天比一天地看不起人"的人面前,站立着一个"伟大的人"。他之所以伟大是因为他将那位老妇人也看作一个人。车夫的性格特点就是"赤热",而"赤热"者的推理是既然撞伤了人,就得主动承担责任。他没有想到这是"自讨苦吃",一步步地搀着伊走进巡警分驻所。

鲁迅写的是两种处世方式,两种人生观:是在"一天比一天地看不起人"中冷漠处世,还是热情关心地搀扶着人"一步一步地向前走"。

鲁迅的《一件小事》发表在1919年12月1日出版的《晨报·周年纪念增刊》上。其时,他不一定自觉地认识到,小说是写了工人阶级的伟大和知识分子需自我剖析,但"五四"时代风行一时的"劳工神圣"的口号深镌鲁迅之心,他自觉地写出在"一件小事"中看到了一位"神圣劳工",在他鸠形鹄面的外表下

看到一颗质朴伟大的心!

(范伯群,苏州大学教授,博导)

他

郭沫若

近来西欧文艺界中,短篇小说很流行。有短至十二三行的。不知道我这一篇也有小说的价值么?

天色已晚,他往街上买柴去了。

回来的时候,他在街道上看见那位二八的月娥,披着件缟素的衣裳,好像是新出浴的一般,笑向着他;月娥旁边还有许多的明眸,也在向他目礼。他默默地望着他们叹道:啊,光呀!爱呀!我要怎么样才能够修积得到呀?修积得到的人真是幸福呀!……

——喔,K君!你往哪儿去来?

招呼他的人是他的同学N君。他从mantle底下露出一个柴来示N,说道:你又遇着我买柴!N笑。他也笑。他问N,你要往哪儿去?

——往Y君处去耍。你不同去么?

——不,抱起柴拜客!

——你不往那儿去耍么?

——不,我要回去了。

他们在H神社分了手。他又默诵起他自家的诗来。

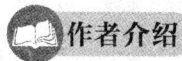
作者介绍

郭沫若(1892—1978),四川乐山人。原名郭开贞,笔名沫若。1921年出版新诗集《女神》,开一代浪漫主义诗风。另有诗集《星空》《瓶》《前茅》《恢复》等。另有《棠棣之花》《屈原》《虎符》等历史剧。有诗集《新华颂》《潮汐集》《东风集》等。1982年人民文学出版社出版了《郭沫若全集》。

中国微型小说
Chinese Miniature Novels

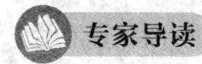

[导读一]

诗人的诗小说

这篇小说写于1920年1月,在作者留日期间,抒写《女神》诗篇的同时。

小说的开端很特别,亮明了自己是受西欧微型小说的影响,谦逊地告诉读者,这是试作,还请求评判。

天色已晚,他却往街上去买柴。这该是一位生活很局促的游子;可是他又是一位热爱大自然的诗人。当他看到团圞的明月时,就进入了诗的境界,向往的是"天上的市街"。作者只字不提月亮和星星,只说妙龄的"女神"向他微笑,以致使旁边的许多闪烁的明眸也欣羡他的幸福了!他是多么渴求这幻象变成现实。多么希望有一个人间的嫦娥,这样的"女神"就是他的"光"和"爱",慰藉这游子孤寂的青春!他要为此而"修积",为此而追求!

N君的招呼使他回到了局促的黯淡的现实中来。脑中的美人逝去,露出的是"斗篷"下的柴。"你又遇着我买柴!"一而再,再而三,都做着尘世间的琐事,生活的轭压在肩上,心灵却要挣脱这生活的镣铐。

谢绝了到Y君处去畅叙,他要回家去追寻诗魂。他迫不及待地在路上就默诵起自家的诗来。也许青年的诗人要回家去将构思成熟的《天上的街市》从心中移到纸上。也许郭沫若的《霁月》就是这样受胎的:"我身上觉着轻寒,/你偏那样地云衣重裹,/你团圞无缺的明月哟,/请借件缟素的衣裳给我。"

这微型小说塑造的是一位青年诗人,在枯燥寂寞中没有被贫困生活的双手扼杀,而是执着地向往、追求美与爱的明天。

小说中有诗情,也是诗的小说。这位诗人K君所"默诵起自家的诗来"的诗篇是否也命名为《女神》?!

(范伯群,苏州大学教授、博导)

[导读二]

现代微型小说创作的先河

大诗人郭沫若如何写起小说来?在他的小说《他》中开首一段有个交代,

表明他受西欧流行的、短至十二三行短篇小说的影响，也试作这篇《他》，并戏称它有没有"小说的价值"。这里说的西欧流行的短至十二三行的短篇小说，其实就是"超短篇""极短篇"小说，也就是今天一般称作的"微型小说"。这篇小说写于 1920 年 1 月，作者在留学期间，能阅读到众多西欧流行的文学作品，心有所动，所以在主要写诗《女神》的同时，也尝试着写这种只有十几行的超短篇小说。实属难能可贵。开首的交代，是作者探出头来的表白，小说虽然还没进入小说人物的客观世界，但这却是小说作品不可分割的前奏。

　　这是怎样的一篇小说？它不靠奇特故事取胜。"它是一种机智，一种敏感，一种对生活中的某个场景、某个瞬间、某个侧面的忽然抓住，抓住了就表现出来的本领。"（王蒙语）作品开始一句话："天色已晚，他往街上买柴去了。"把小说主人公"他"点出，时间、地点、事由也点明了，简洁明了。继而是描述他抱着柴在回家路上所见所闻所思的一个小小场面。首先他遇到了二八月娥等一群美女，其实是圆圆的明月所幻变，"微笑着"是"光"和"爱"的象征，他向往着如何才能得到这样的幸福。真可谓"窈窕淑女，君子好逑"。路上遇上同学 N 君，他又遇上我买柴。对于一个年轻的留学生来说，"尴尬"。N 君邀他到另一个同学处玩，他抱着柴怎去拜客，当然回答"不，我要回去了"。简单的机遇，简洁的对话，把留学生为生活所迫不得不亲自上街买柴的窘态和氛围充分形象地表现出来了。最后两人分手。一路上"他又默诵起他自家的诗来"，是默诵不出声的心中吟诵，他边走边进入一个诗境的王国，这就是留日学生诗人上街买柴在回来路上所遇到的一个既尴尬又充满诗情的场面，小说主人公"他"的形象，虽寥寥数笔，却跃然纸上，诗情盎然。这正是"五四"时期青年昂扬奋进，追求理想的乐观形象。

　　小说只有十三行文字，只有一个小场面，所谓"螺蛳壳里做道场"，简洁中见神韵，一叶而知秋。小说中用英文字母作人物代称，用英文 mantle，不用汉字表述"斗篷"，这种汉语中夹带英语，正是"五四"时期写作的时髦风气。这一切都表明，作者在自觉地拓展"五四"新文化运动中新的文体意识，把创作"极短篇"作为诗人写作的新的尝试，因而具有新文体的开创性意义，《他》这篇作品也就成为现代文学中微型小说创作的先河，其艺术价值不容小觑。

（凌焕新，南京师范大学教授）

一个兵丁

冰 心

小玲天天上学,必要经过一个军营。他夹着书包儿,连跑带跳不住地走着,走过那营前广场的时候,便把脚步放迟了,看那些兵丁们早操。他们一排儿地站在朝阳之下,那雪亮的枪尖,深黄的军服,映着阳光,十分的鲜明齐整。小玲在旁边默默地看着,喜欢羡慕得了不得,心想:"以后我大了,一定去当兵,我也穿着军服,还要掮着枪,那时我要细细地看枪里的机关,究竟是什么样子。"这个思想,天天在他脑中旋转。

这一天他按着往常的规矩,正在场前凝望的时候,忽然觉得有人附着他的肩头,回头一看,只见是看门的那个兵丁,站在他背后,微笑着看着他。小玲有些瑟缩,又不敢走开,兵丁笑问:"小学生,你叫什么?"小玲道:"我叫小玲。"兵丁又问道:"你几岁了?"小玲说:"八岁了。"兵丁忽然呆呆地两手挂着枪,口里自己说道:"我离家的时候,我们的胜儿不也是八岁么?"

小玲趁着他凝想的时候,慢慢地挪开,数步以外,便飞跑了。回头看时,那兵丁依旧呆立着,如同石像一般。

晚上放学,又经过营前,那兵丁正在营前坐着,看见他来了,便笑着招手叫他,小玲只得过去了,兵丁叫小玲坐在他的旁边,小玲看他那黧黑的面颜,深沉的目光,却现出极其温蔼的样子,渐渐地也不害怕了,便慢慢伸手去拿他的枪。兵丁笑着递给他。小玲十分地喜欢,低着头只顾玩弄,一会儿抬起头来,那兵丁依仍凝想着,同早晨一样。

以后他们便成了极好的朋友,兵丁又送给小玲一个名字叫作"胜儿",小玲也答应了。他早晚经过的时候必去玩枪,那兵丁也必是在营前等着。他们会见了却不多谈话,小玲自己玩着枪,兵丁也只坐在一旁看着他。

小玲终究是个小孩子,过了些时,那笨重的枪也玩得腻了,经过营前的时候,便也不去看望他的老朋友了。有时因为那兵丁只管追着他,他觉得厌烦,连看操也不敢看了,远望见那兵丁出来,便急忙走开。

可怜的兵丁!他从此不能有这个娇憨可爱的孩子,和他做伴了。但他有什么权力,叫他再来呢? 因为这个假定的胜儿,究竟不是他的儿子。

但是他每日早晚依旧在那里等着,他藏在树后。恐怕惊走了小玲。他远远地看着小玲连跑带跳地来了,又嬉笑着走过了,方才慢慢地转出来,两手拄着枪,望着他的背影,临风洒了几点酸泪——

他几乎天天如此,不知不觉地有好几个月了。

这一天早晨,小玲依旧上学,刚开了街门,忽然门外有一件东西,向着他倒来。定睛一看,原来是一杆小木枪,枪柄上油着红漆,很是好看,上面贴着一条白纸,写着,"胜儿收玩,爱你的老朋友——"

小玲拿定枪柄,来回地念了几遍,好容易明白了。忽然举着枪,追风似的,向着广场跑去。

这队兵已经开拔了,军营也空了——那时两手拄着枪,站在营前,含泪凝望的,不是那黧黑慈蔼的兵丁,却是娇憨可爱的小玲了。

冰心(1900—1999),福建长乐人。原名谢婉莹,1918年发表《两个家庭》《斯人独憔悴》《庄鸿的姊姊》等小说。1921年参加"文学研究会",出版小说集《超人》、诗集《繁星》《春水》等。1923年在美国写成的散文结集为《寄小读者》。1926年回国,出版小说散文集《往事》《冬儿姑娘》及《冰心诗集》《冰心散文集》等。新中国成立后出版了《冰心文集》(五卷)、《冰心作品选》《冰心选集》等。

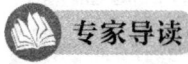

相识、相熟、相知的童心视角

这篇小说的题目是"一个兵丁",作者所要表现的主要是中年兵丁思念家乡和亲人的一腔柔情,并以此来揭示社会动荡、战乱频繁给人们带来的心灵伤害。但是,作者却没有正面展示兵丁的内心情感,而是设计了一个旁知视角,即从小学生小玲的角度来展开叙写,从小玲眼中所见的"凝想""呆望""认儿"等来折射兵丁的内心痛苦和思念之情。作为一个八岁的小孩,他的认知范围和认知深度是有限的,从他的角度来展开叙写,就把更多的空间留给读者去填补、去思索、去体味。这是这篇作品凝炼耐嚼的主要原因。同时,这种叙事角度的安排,也使作品所表现的情感在交流中显得异常的真切动人。小玲的形象在这篇作品中不仅作为一个旁知视角而存在,他的出现,也使作品的情感有了一个可供交流的向度。小玲与兵丁的交往可分为"相识——相熟——相知"

三个阶段,这三个阶段又不是直线式的发展。作者从人物特定的身份、境遇和情感动机出发,细致地表现出了人物双方情感发展过程中的错位和逆行。小玲最初结识兵丁,只是出于好奇和羡慕,作为一个八岁的小孩,他此时此刻还不可能体察兵丁喜欢他的缘由。当距离消失,当好奇心得到满足以后,他便渐渐地觉得有些厌烦了。而兵丁则是把他当作自己"假定"的儿子看待的,他从小玲那里得到了一份心灵的慰藉,他希望长久地保持这一种友谊。这是一种由于年龄和经历的差异造成的异质情感交流,它们的流向实际上存在着逆行状态:兵丁愈是热心,小玲愈是感到厌烦;小玲愈是疏远,兵丁愈是渴望亲近。在得而复失之中,兵丁的内心痛苦更加深重了。读到这里,我们不禁为小玲的少不更事而深深地遗憾,但正是这种遗憾加深了作品感人的力量。这就是人物双方的情感逆行产生的艺术效果。更为高明的是,作者并没有就此罢休,在这短短的篇幅里,她要把"戏"做足,让人物和读者经受一次情感的大折磨。在队伍开拔之前,兵丁给小玲送来了一杆小木枪。这是离别的纪念,这是情感的寄托,这是一个朋友的心,这是一个父亲的梦。这杆小木枪终于使小玲"明白了",逆行的情感终于同向合流,同质沟通了。然而已经晚了,他们不能坐在一起真正进行交流了,而只能永远是单向的"含泪凝望"。看来就要合拢的情感流向,实际上拉开了更大的距离。对小玲来说,留下的是永远无法弥补的追悔和遗恨;对兵丁来说,又多了一个牵肠挂肚的思念对象,如此看来,动荡不定的生活所伤害的就不仅是兵丁,也深深地触及到幼小的童心了。

在叙事作品中,那种人物双方"同质等量"的情感交流,那种"心往一处想,劲往一处使",有情人终成眷属的格局,往往不可能给读者带来太多的感动。相反,"单相思",无望的、没有完满结局的情爱,因错失造成的永恒的思念和遗憾,却具有巨大的震撼力。保加利亚的结构主义文学批评家托多罗夫在论述如何表现情感的时候,曾经以爱情为例,列了这样一个公式:A爱上了B,但B却不爱A;A设法使B爱自己;当B爱上了A以后,A却不能爱B了。艺术作品当然不能有什么公式,但是,运用人物双方情感的错位逆行来加强作品的情感效果,却不失为一种有效的艺术方法。冰心是中国现代文坛上抒情写心的高手,她的作品温馨委婉而又深沉凝重,总是在对读者的情感晕染中显示自己对社会人生的思考。这种艺术效果的获得,与她深谙艺术创作的奥妙是分不开的。通过对《一个兵丁》情感结构的分析鉴赏,我们可以获得有益的启示。

(高朝俊,南京师范大学出版社编审)

立秋之夜

郁达夫

黝黑的天空,明星如棋子似的散布在那里。比较狂猛的大风,在高处呜呜地响。马路上行人不多,但也不断。汽车过处,或天风落下来,阿斯法儿脱的路上,时时转起一阵黄沙。是穿着单衣觉得不热的时候。马路两旁永夜不熄的电灯,比前半夜减了光辉,各家店门已关上了。

二人尽默默地在马路上走。后面一个穿着一套半旧的夏布洋服,前面的穿着不流行的白纺绸长衫。他们两个原是朋友,穿洋服的是在访一个同乡的归途,穿长衫的是从一个将赴美国的同志那里回来,二人系在马路上偶然遇着的。二人都是失业者。

"你上哪里去?"

走了一段,穿洋服的问穿长衫的说。

穿长衫的没有回话,默默地走了一段,头也不朝后转来,反问穿洋服的说:

"你上哪里去?"

穿洋服的也不回答,默默地尽沿了电车线路在那里走。二人正走到一处电车停留处,后面一乘回车库去的末次电车来了。穿长衫的立下停了一停,等后面的穿洋服的。穿洋服的慢慢走到穿长衫的身边的时候,停下的电车又开出去了。

"你为什么不乘了这电车回去?"

穿长衫的问穿洋服的说。穿洋服的不答,却脚也不停慢慢地向前走了,穿长衫的就在后面跟着。

二人走到一处三岔路口了。穿洋服的立下来停了一停。穿长衫的走近了穿洋服的身边,脚也不停下来,仍复慢慢地前进。穿洋服的一边跟着,一边问:

"你为什么不进这岔路回去?"

二人默默地前去,他们的影子渐渐儿离三岔路口远了下去,小了下去,过了一忽,他们的影子就完全被夜气吞没了。三岔路口,落了天风,转起了一阵黄沙。比较狂猛的风,呜呜地在高处响着。一乘汽车来了,三岔路口又转起了一阵黄沙。这是立秋的晚上。

中国微型小说
Chinese Miniature Novels

作者介绍

郁达夫(1896—1945),浙江富阳人。原名郁文,字达夫。1919年在日本开始写作白话小说。1921年处女作《银灰色的死》发表。同年7月,与郭沫若等成立"创造社"。第一本短篇小说集《沉沦》出版后产生很大影响。1923年发表小说《茫茫夜》《茑萝行》《采石矶》《春风沉醉的晚上》《薄奠》等。1933年后陆续出版《达夫短篇小说集》《达夫日记集》《达夫散文集》《达夫游记》等。新中国成立后先后出版了《郁达夫选集》《郁达夫文集》《郁达夫小说集》等。

专家导读

"零余者"踯躅的剪影

1923年春,郁达夫失业在上海,贫困就像影子一样跟随着他。他说:"自去年冬天以来,我的情怀,只是忧郁的连续。我抱了绝大的希望想到俄国去作劳动者的想头,也曾有过,但是在北京被哥哥拉住了。我抱了虚无的观念,在扬子江边,徘徊求死的事情也有过,但是柔顺无智的我的女人,劝我终止了。清明节那一天送女人回了浙江,我想于月明之夜,吃一个醉饱,图一个痛快的自杀,但是几个朋友,又互相牵连地教我等一等。我等了半年,现在的心里,还是苦闷得和半年前一样。"所以他叹息道:"英国的一位讽世家所说的 Life is a prison without bar 的这一句金言到此我才领悟到了彻底。"(这句金言的意思是"生活是一座没有栅栏的牢狱"。)

《春风沉醉的晚上》写在1923年7月15日,《立秋之夜》作于同年8月8日夜12时。

通过上面所引的郁达夫的独白,再将本篇与《春风沉醉的晚上》这一名篇相对照,两位路上偶遇的失业者的景况与心情,就毋庸多言了。

郁达夫称这类人为"零余者",也就是"多余的人"。他们的基本特点是:"心头多恨",他们的学识不为国家所用;"袋里无钱",这是失业的必然结果;"于事无补",还未找到战斗的哨位。因此郁达夫曾说:"我的确是一个零余者,所以对于社会人世是完全没有用的。"

这篇小说的特色之一是只有问句,没有回答,或只用反问来代替回答。文中有"话"而无"对"——始终不形成"对话"。因为回答是多余的,一般化的回

207

答又显得太浅薄。"你上哪里去?"如果回答说:"能有哪里可去?只好回家。"还有什么韵味?所以不回答比回答更深沉,但我们又似乎听到了回答:贫困使他们的生活失去了依托,人生的前途和归宿又在何方?"生则于事无补,死亦于人无损","怀才不遇,报国无门",我能上哪里去?

"你为什么不乘了这电车回去?"也不必回答。因为"零余者"一无所有,两袖秋风,几只空袋而已。"你为什么又不进这岔路回去?"回到《春风沉醉的晚上》的邓脱路贫民窟去,去做"自由的监房的住民"?

这样又引出了本篇小说的另一特色:作者一再渲染不停歇的"走",在前途茫茫中不停歇的"走"——"默默地前去"!虽然天风、黄沙,夜色要吞没他们的身影,但是从"春风沉醉的晚上"到"这是立秋的晚上",他们抱着"心中多恨"的愤懑,不停顿地寻求。这两位朋友在沉默中心灵相通,"互相牵连"着走前面的路,否则其中一个或许早已怀沙自沉了。

郁达夫笔下是一幅出色的旧社会的零余者的速写,在"立秋之夜",都市知识浮浪汉在街头踯躅的剪影。等待他们的是严酷的冬天!

(范伯群,苏州大学教授、博导)

疲倦的母亲

许地山

那边一个孩子靠近车窗坐着,远山、近水,一幅一幅,次第嵌入窗户,射到他的眼中。他手画着,口中还咿咿呀呀地唱些没字曲。

在他身边坐着一个中年妇人,低着头瞌睡。孩子转过脸来,摇了她几下,说:"妈妈,你看看,外面那座山很像我家门前的呢。"

母亲举起头来,把眼略睁一睁,没有出声,又支着颊睡去。

过一会,孩子又摇她,说:"妈妈,不要睡罢,看睡出病来了。你且睁一睁眼看看外面八哥和牛打架呢。"

母亲把眼略略睁开,轻轻打了孩子一下,没有作声,支着头又睡去。

孩子鼓着腮,很不高兴。但过一会,他又唱起来了。

"妈妈,听我唱歌罢。"孩子对着她说了,又摇她几下。

中国微型小说
Chinese Miniature Novels

母亲带着不喜欢的样子说:"你闹什么?我都见过,都听过,都知道了;你不知道我很疲乏,不容我歇一下么?"

孩子说:"我们是一起出来的,怎么我还顶精神,你就疲乏起来?难道大人不如孩子么?"

车还在深林平畴之间穿行着。车中的人,除那孩子和一两个旅客以外,少有不像他母亲那么酣睡的。

作者介绍

许地山(1893—1941),台湾台南人。名赞堃,字地山,笔名落华生。1920年发起筹备文学研究会。发表短篇小说《命命鸟》《商人妇》及代表作《缀网劳蛛》等。1925年出版散文集《空山灵雨》、短篇集《缀网劳蛛》。1934年发表短篇《春桃》《铁鱼底鳃》等。1946年出版《危巢坠简》。新中国成立后出版了《许地山选集》等。

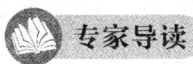专家导读

象征性小说的艺术容量

象征,是由象征物象、寓示、象征意组成的艺术表现手法。一般用于诗歌、散文、绘画等创作中,其他如小说、戏剧中也偶尔用之。如果这一艺术手法成为作品的主旋律,那么它就构成象征性的作品。许地山的《疲倦的母亲》就是这种象征性的微型小说,借此,扩大了作品的艺术容量,唤起沉睡中的中国——母亲,赶快醒来。

作品实写一则情节单纯的故事,一个孩子与他的母亲坐车前行,孩子兴奋,看着一幅远山近水的画面,哼着没字的曲子,母亲这位中年妇人却低头瞌睡,孩子摇醒她,她只把眼略睁一下,又支着颊睡去。过一会,孩子又摇她,她略略睁开后又睡去,再过一会儿又摇,母亲回答:"我很疲乏",又睡了。车在林中穿行,车中除了孩子外,几乎都像母亲那样一直在酣睡。作品前后虽有起伏,有波澜,但没有激烈的冲突,故事似乎平淡无奇,并不吸引人的眼球。然而在这写实的故事中却蕴藏着一个由此及彼的象征性故事,许地山所处的年代,正是祖国风雨交加备受列强侵略者凌辱的黑暗日子。不少国人却在浑噩中苟且生活。这位"母亲",可以是沉睡的祖国或者中国一部分沉睡中人的一种象征,代表未来的孩子的觉醒正是祖国希望之所在。作品把写实与象征结合起

来,散发出阵阵哀婉怨怒之情,表现出一种哀其不幸,怒其不争,劝其不悟,唤其不醒的淡淡的悲愁情调,但是孩子的一声断喝,如石破天惊:难道大人不如孩子吗?是的,孩子是祖国的明天,是透过沉睡的黑暗的一丝光明,给人以些许鼓舞的亮色。拿破仑说过一句话:中国是睡狮,一旦醒来,整个世界都会为之颤抖。作者通过孩子的呼唤,催促着中国赶快"醒来"。这里,象征性的形象大大扩展了作品的艺术空间,加大了作品的艺术力度,引起读者无限的遐想。

(凌焕新,南京师范大学教授)

河 豚 子

王任叔

他从别人口中得来了这一种常识,便决心走这一着算盘。

他不知从什么地方讨来了一篮的河豚子,悄悄地向家中走来。

一连三年的灾荒,所得的谷只够作租,凭他独手支撑的一家五口,从去年冬支撑到今岁二三月间,已算是困难极了。现在也只好挨饥了!

但是——怎样挨得下去呢?

这好似天使送礼物一般的喜悦,当一家人见到他拿来了一篮东西的时候。

孩子们都手舞足蹈地向前迎去。

"爸爸,爸爸!什么东西呵!让我们吃哟!"

这么样的情景,真使他心伤泪落的了!

"吃!"他低低地答一声后,无限的恐怖!为孩子生命的恐怖,一齐怒潮般压上心头,喘不过气来。

他嘱咐妻子把河豚子煮熟来吃,自己托故外出一趟。他并不是自己不愿死,不吃河豚子,不过他不忍见到一家人临死的惨状,所以暂时且为避开。

已过了午了,还不见他回来。孩子却早已绕着母亲要吃了。这同甘共苦的妻子,对于丈夫是非常敬爱,任何东西断不肯先给孩子尝吃的。

日车已驾到斜西,河豚子,还依然煮着。他归来了。他的足如踏在云上一般。他想象中一家尸体枕藉的惨状,真使他归来的力也衰了。

然而预备好的刀下舍生的决心,鼓起了他的勇气。早已见到孩子们炯炯

的眼光在门外闪发着,过后,一阵欢迎归来的声音也听到了。

"怎么还没有死呢?"他想。

"爸爸!我们是等你来一同吃呀!"

"哦!"他知道了。

一桌上争争抢抢地吃着。久未得到鱼味的他的一家人,自然分外感到鲜甜。

吃好后,他到床上安安稳稳地睡着,静待这黑衣死神之降临。

但毕竟因煮烧多时,河豚子的毒性消失了,一家人还是要安安稳稳地挨饿。

他一觉醒来,叹道:"真是求死也不得吗?"泪绽出在他的眼上了。

作者介绍

王任叔(1901—1972),浙江奉化人。原名王士侠,字任叔。曾用笔名巴人等。1922年加入文学研究会。小说《疲惫者》被选入《中国新文学大系·小说一集》。1928年后出版短篇小说集《殉》《破屋》、长篇小说《阿贵流浪记》《死线上》等。抗战爆发后,在上海编辑《译报》《申报·自由谈》等刊物,并主持编辑《鲁迅全集》。1940年完成的《文学读本》(后改名《文学论稿》)是五四运动后较早出现的文学理论著作。新中国成立后出版的著作有《巴人小说选》《冲突》《巴人杂文选》等。

专家导读

死亡边缘的悲哀

这篇小说写的是一桩求生不能、求死不得的悲剧。"他"是丈夫、是父亲,却不得不亲手置妻儿于死地。于是一篮河豚子,引起许多生生死死的悬念牵挂,许多亦悲亦喜的感情波澜,许多曲折和意外。作品把人物放在生与无法生、爱与不能爱,希望和绝望、企盼和恐惧的感情烈火中煎熬。在一层层曲折中表现出不同寻常的真情、深情,让人们感到一种巨大的悲哀。

一篮可以置全家于死地的河豚子,藏着一个无可奈何的残忍决定。可是这满盛着死亡的篮子,面对的却是"天使送礼物一般的喜悦",是孩子们手舞足蹈的迎接。黑色的死亡阴影和鲜活的生命形成强烈反差,造成了感情的一次顿挫,童稚的天使般的欢乐,使"他"已被绝望凝固了的爱一下融化开来,化作

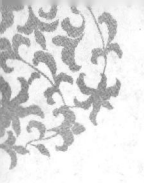

伤心的泪水了。这里,情节的第一次起伏就把"他"推入了感情的矛盾之中。

"他"不忍见一家人临死的惨状,借故避开了。当他"如踏在云上一般"地回来时,看到的并非意料中尸体枕藉的惨状,而是孩子们炯炯的目光和欢迎归来的声音。意外的充满温情的气氛和满含着生的企盼的目光轰毁了"他"解脱痛苦的预谋。情节的又一次曲折把"他"的感情推进更深的深渊。妻儿们的真情和爱像烈火炙烤着"他","他"注定了还要在想活而无法活,想爱而不能爱,想结束这一切而又实在于心不忍的感情矛盾中煎熬。

终于"一桌上争争抢抢地吃着",分外鲜甜地吃着。他感到一切即将结束,于是"到床上安安稳稳地睡着,静待这黑衣死神之降临"。情节到此似乎已可结束,不料又一次意外打破了"他"感情的片刻宁静。河豚子的毒性消失了,一家人还是要忍饥挨饿。企图以一次感情的大牺牲换取永久宁静的希望彻底破灭了,等待"他"的,仍将是漫无边际的生存痛苦和感情煎熬。

对于鲜活的生命,死亡是一种悲哀,对于艰难困苦中真诚赤热的亲情和爱,不能享受不能回报只能亲手将其扼杀,那是一种更深的悲哀,而失去了死亡和扼杀的权利呢?那已经是一种超越了悲哀的大悲哀了。死亡历来是逃避痛苦的妙方,死了,一切痛苦随之消失,一切喜怒哀乐的感情煎熬即刻中止,悲剧的帷幕也随之落下,观众也可以松一口气。可是《河豚子》却不肯落下这块帷幕,只要造成悲剧的一切背景仍然存在,这悲剧就要一直演下去。于是读者对人物命运的关注无法终止,人们对于吃人社会的痛恨和诅咒也久久不能平息。这就是作品独特的艺术魅力了。

(许永,南京艺术学院教授、博导)

三贝先生家训

沈从文

年高有德的三贝先生不幸于今年正月初四日"遽返道山"了!这在C城是一种惊人的骚动,重大的损失。当三声落气炮响过后不到五分钟,全县城人便都在纷纷议论他的"平生大节"了。大凡贤者身后,总有一部分不能了解他伟大人格的人,常常立于反对方面加以攻讦诋毁。三贝先生自然也不是例外。

也许是他太好——不然,便是C县的舆论太不公允了;你无论走到什么地方,见了一个卖豆腐或卖落花生的小贩,问他"三贝先生如何?"他答复了你所问以外,必定还附带地加一句奚落三贝的话,如"那个啬刻鬼"或"那老怪物"一类言辞。

据说三贝是无疾而终的。还正是一般"积德厚福"人应有的事。不过,从田大伯妈处得来的消息,则又明明是因问他做校长的那个儿子索退抚育费不得而气死的。田大伯妈是与三贝有瓜葛的人。她女婿曾拜寄过三贝隔房堂弟做干崽,大概这话总不是全无把柄!

总之,三贝先生是今年正月初四日午时死去了。是"无疾而终"还是"气伤肚肠"而死的,我们不是应措意的事,很可以不必再过问。倘若是真有那种好揽闲事的人寻根究底,只指示讣文给看就得了,讣文明明载着"享年七十有八……无疾而终"。

三贝是有钱有势的人,丧事自然是非常之热闹。他第五儿子是现在县署第二科的科员,第六儿子——就是有气死老子嫌疑的那个——又是中学的校长,儿孙又多,因之出殡那一天竟有许多人执绋。有用松柏枝扎成的香亭,有用白布缠就的灵轿,有十来个敲法器的大师傅,有各种无字的脚牌,有朱红绫子的铭旌,有写上"典型犹存"或"里失贤者"的挽联和祭幛,有两堂锣鼓及一队细乐,有一队制服整齐的学生,而且,知事大人也屈尊到送丧。此外,典狱官张四老爷,地方财产保管处田老爷,宋连长,复查局刘局长,初从上海毕业转来的九二先生……都莫不大襟上佩了一朵白纸花,沉肃谨敬地在鼻涕眼泪一把抓的孝子前头走着。警察所长呢,另外又专派了四名着号衣年轻的警兵,随同灵柩左右照料,免得那些打高脚牌,扛祭幛的小孩子,沿途吵嘴滋事。

"好热闹阔绰的丧事!"

当灵柩从道门口菜市过身时,许多妇人老头子以及卖白菜的老孀,和担水卖的哑爷,都带了羡慕神气这样说。

三贝先生生活就是这样结束了,也可谓"生荣死哀"。

不过,人虽死去,但其"嘉言懿行"流传于C城老一辈人口中的却很多很多。大体都极有关于"世道人心"。因此谨就我所知者,摘录一二;至其"出处大节",则已有C县宿儒方梧庐先生为之作传,兹均不述及。

节抄家训:

过大桥时,应将脚步加速——但亦不必如驰如奔免撞损徐元记之密货担子——不然,设于此时桥忽圮下,岂不危极险极?桥久不修,年代渊远,适于此

时圮下，实亦"事所必至理有固然"者也！

进城时，到城洞下亦应加快一脚，尤其是曾经失火之东门。并须用双手将脑壳掩护，如此，既可防意外之虞，即或万一猛不知道于彼时从上面掉落一砖头瓦片，亦可因手在上而不致伤脑。至于到城门洞卖羊肉、卖粉条、卖布那种要钱不要命之事情，千万莫去做。最好连买也莫买，即或东西再好，价钱再贱。

有客久坐未动时，应不俟呼唤时时将茶献客。冲茶之水不必顶沸——不沸之水则尤好。若然，客即不知趣硬赖到吃饭后方去，其食量因喝水过多亦必大减。

逢年过节用大荤祀祖——其实不用亦可，不见"采藻明其洁"之训乎？——实在万不得已，最好是用零买法为佳。譬如称肉一斤，则分为四处称，每处四两。如此办法，既可选择皮薄骨少心所欲得之肉，而斤两上亦占便宜不少。

厕房粪坑……院中到夏天粪过稀不能售出时，可加以草灰斗许；但应切记将草灰之价同时算入。

……

三贝先生家训多至百余则，而每则均有独到之见解，此处但选其一小部分耳。其行为尤欤歖不同于流俗，容当汇次编出，以介绍于"未获亲炙"三贝先生诸读者前。

C县大概是湖南一县，究竟在湖南哪一处，我也不大清白了。至其家训，除为代加标点外，初未敢易去一字。

 作者介绍

沈从文（1903—1988），湖南凤凰（今湘西苗族自治州）人。原名沈岳焕。1923年开始写作，始用"沈从文"的名字。1924年开始发表作品，并与胡也频编辑《京报》副刊等。出版的著作主要有《鸭子》《蜜柑》《好管闲事的人》《老实人》《入伍后》《湘西》《我的生活——沈从文自传》《长河》等。新中国成立后出版了《沈从文文集》（八卷）等。

专家导读

戚而能谐，婉而多讽

这是一篇绝妙的讽刺小说，于作者的"颂扬"中使三贝先生的麒麟皮下露

出马脚来。读后深感"感而能谐,婉而多讽,烛幽索隐,物无遁形",继承了《儒林外史》的笔法;作者趁三贝先生"遽返道山"之际,为他盖棺论定,以精悍之笔墨,为三贝先生作"正传",细细咀嚼,能辨出点类似《阿Q正传》的鲁迅风味。

作家用了许多崇敬仰戴的"超级颂词"介绍三贝先生:年高有德,伟大人格,积德厚福,嘉言懿行……不一而足。凡对这位乡里前贤的微词,作者一律冠以"攻讦诋毁""太不公允"之类贬义,加以"定性"。再加上"大出丧"的非凡仪仗,真可谓"生荣死哀"了。

但作家略去"讣文",不录宿儒方梧庐先生所作的传记之类的官样文章,而是"节抄家训",还"一字不易",这就像在三贝先生遗像的庄严神圣的面容上,轻轻一点,涂个白鼻,还其"怪物"本色。这真是欲抑先扬、大起大落的手笔,可收灵犀在心,浮一大白之效应。

沈从文素来善于揭露上流"衣冠社会"的腐败和人性之恶。他在三贝家训中,虽有"脚步加速"和"加快一脚"的字样,其实是揭露他"怕死保命"的本质,活画出一副"畏首畏尾"的卑怯相。三贝先生能活到"七十有八","无疾而终",恐怕真是和他的过大桥而加快脚步,过城洞而双手护住脑壳有关。这位封建绅士的畏葸保守性格,在家训的琐屑中,跃然纸上了。

至于写他的啬啬,更是入骨三分。如用不沸之水灌客之肠胃;一斤祭祖之肉,分四处去称;稀粪中所加草灰之价,切不可忘;等等之类。令人哑然失笑,"诚微辞之妙选,亦狙击之辣手矣"。他之所以有钱有势,是因为千方百计,挖空心思,盘剥起家。至于从田大伯妈处听来的"索退抚育费不得而气死"的内幕小道消息,也使我们似乎听到了一场父子争吵的风波,那么这个封建大家族的"父慈子孝"的融融之乐,也意在不言中了。尽管在大出丧队列中,这位有气死老子的嫌疑的儿子,自己鼻涕眼泪一把抓,还责令"一队制服整齐的学生"参加,以壮声势。作者将"衣冠社会"的人际关系,写得虚伪之状可掬。

作者在结尾处写道:"C县大概是湖南一县,究竟在湖南哪一处,我也不大清白了。"一个畏葸不前、吝啬刻薄的老怪物的幽灵在湖南、在中国大地上徘徊,到处都有这样的家藏万贯不义之财的三贝先生,像镣铐一样缠住我们民族的脚步,真可谓"典型犹存"了!

(范伯群,苏州大学教授、博导)

昼寝的风潮

老 舍

宰予昼寝。子曰:"朽木不可雕也——"言犹未了,只听得子路子贡……齐声呐喊:"法西斯蒂!"

夫子暗藏怒气,轻声问道:"何谓也?"

大家齐喊:"法西斯蒂!"

夫子微笑道:"知之为知之,不知为不知,是知也!"

大家第三次喊道:"法西斯蒂!"

夫子真动了气,冷笑了一声,翼翼如也,走了出去。心中乱想:没想到教了这么多年书,卖了这么大力气,临了来个法西斯蒂。越想越难过,只好去请教于老子。

见了老子细说始末,老子微微一笑,道:"老二,该!我没告诉过你吗,凡事要无为而治,谁叫你爱管闲事?法西斯蒂,活该!"

"难道学生睡觉,我还得给他盖上点被子吗?"夫子反抗。

"谁那么说来着?不要管他好了。"老子说。

"他醒了呢?"

"醒了之后发给他毕业证书,好啦。"

夫子虽然热心教育,不肯马马虎虎,可是到底觉得老子对人情世故是极有经验的,于是翼翼如也走回来。

到了学校,喝,贴满了标语:打倒法西斯蒂化的孔老二。夫子知道风潮是要扩大,决定采取老子的妙策。他偷偷地进了后门,到自己屋中填好几张毕业证书,然后笑嘻嘻地来找宰予子路们。找到了他们,他拍着宰予的肩头,说:"朋友,请拿去这证书吧;晚半天也不要上课了,我请大家吃个便饭,如何?"

诸贤脸上并无喜色,由子路代表发言:"我们命令你明天给我们添招女生,这是一;第二,以后再不准有考试;第三,昼寝定为必修课程;末了,向宰予在书面上道歉。"

夫子一一地答应了,登时向宰予做书面的致歉。这样,一场风波算是没有扩大,后来宰予等就成了七十二贤,而夫子至死也没法西斯蒂化。

中国微型小说
Chinese Miniature Novels

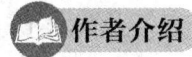 作者介绍

老舍(1899—1966),满族,北京人。原名舒庆春,字舍予。1924年开始写作。作品有《老张的哲学》《猫城记》等。还写有《黑白李》《五九》等短篇。1934年至1936年在山东大学任教,创作的短篇多收在《樱海集》《蛤藻集》中。1936年以后从事专业文学创作。写成了著名长篇小说《骆驼祥子》。抗战后又创作了长篇小说《火葬》《四世同堂》、短篇集《火车集》等,新中国成立后出版了《老舍剧作选》《老舍文集》等。

 专家导读

荒唐的故事新编

老舍笔下,《昼寝的风潮》是一出闹剧。作者借助历史人物的"亡灵",打破时空的界限,以"昼寝"事件为中心,用荒诞的非现实的变形形式,重新编排了一个荒诞的非现实世界的故事,隐射和讽刺当时学校中的丑态和不合理的现象。

小说开头,就揭开了师生之间尖锐的矛盾冲突。而这矛盾是因学生宰予昼寝(午睡)引起的。孔子批评他是"朽木不可雕"之辈,立即遭到学生的强烈反对,竟然齐声呐喊,拿现代语言翻译的话,即高呼口号:法西斯蒂!这里,首先出现了非现实的、非历史的扭曲场面。在儒学正宗教馆里,一向以"之、乎、者、也"著称的嫡传弟子竟连续三次喊出了现代西方传入的"外来语",反对孔子的专制独裁。这种不协调的荒唐组合和冲突给全篇定下了一个荒诞喜剧的基调。

继而,又出现了一个问道于老子的场面,老子抬出他的一贯主张:无为而治,少管闲事。学生睡觉由他睡去,醒了就给他们发"毕业证书"。尽管孔子仍不以为然,但他也觉得对付这样的学潮别无他法。也算是"开了一点窍"吧!这里尽管是历史人物,但语言、行为却又充分现代化。他们相悖地扭合在一起,似不合理又合情理,似不真实,又很真实。

学潮的事态在发展,在扩大,到处贴满了"打倒法西斯蒂化的孔老二"的标语。一本正经的圣人孔老二,变为笑容可掬的滑稽式的喜剧人物,笑嘻嘻地找到被他斥责过的宰予、子路们,给他们双手送上毕业证书,给他们放假,还请大家"吃个便饭",尽力想用"现代化"的办法缓解矛盾。而他的诸位贤弟子则提

出四条照办的解决条件。其内容十分荒唐可笑,如立即添招女生、昼寝定为必修课程等。这里也是将严正的形式、严肃的气氛与荒诞不经的荒谬内容,不协调地加以组合,形成了这出闹剧的高潮。

结局自然是以夫子一一满足了弟子的要求达到风波平息而告终。作者把视野推向纵深的古今流变长河,在闹剧的具形上予以抽象化,似乎在构造一个令人触目惊心的悖理:正因为双方以荒唐对荒唐的方式维系着神圣的教育殿堂,才使孔老二当上了圣人,诸弟子成了贤人。

整个小说创造的是拌和着对立、矛盾、相悖的非现实世界。首先是时差的错位,让几千年前的历史人物表演现代学校生活的话剧;其二是人物的变形,让受人崇敬的儒家圣贤扮演着各种可笑的喜剧角色;其三是行为的荒唐,愈是以一本正经的神圣行为出现,愈蕴含着内在谬误百出的为人可笑的实质内容。但同时这个艺术世界又是现实世界的真实映照。作家把握住当时学校的弊端,无论场景、人物、细节,无不与当时被讽刺的对象相似或相近,是对现实的一种更为曲折而真实的摹写。作者在特定的恶劣环境中用"笑"这个特殊的审美手段,观照和表现现实生活,谐隐曲折,旁敲侧击,艺术地将人生无价值的东西撕破给人看,借以针砭社会的痼疾。正如作者所自述的:"我喜欢笑。""所以写起逗笑、凑趣的东西就比较容易些。"(《小花朵集·题材和生活》)此作品正是在这笑声中,既揭示出一个不合理的现实世界,又塑造出一个正直高尚的人物,展现出一个幽默作家的别具艺术个性的艺术世界。

(凌焕新,南京师范大学教授)

田寡妇看瓜

赵树理

南坡庄上穷人多,地里的南瓜豆荚常常有人偷,雇着看庄稼的也不抵事,各人的东西还得各人操心。最爱偷的人叫秋生,因为自己没有地,孩子老婆五六口,全凭吃野菜过日子,偷南瓜摘豆荚不过是顺路捎带。最怕人偷的是田寡妇,因为她园地里的南瓜豆荚结得早——南坡庄不过三四十家人,有园地的只是王先生和田寡妇两家,王先生有十来亩,可是势头大,没人敢偷;田寡妇虽说

只有半亩,可是既然没人敢偷王先生的,就该她一家倒霉,因此她每年夏秋两季总要到园里去看守。

一九四六年春天,南坡庄经过土地改革,王先生是地主,十来亩园地给穷人分了;田寡妇是中农,半亩园地自然仍是自己的。到了夏天园地里的南瓜豆荚又早早结了果,田寡妇仍然每天到地里看守。孩子们告诉她说:"今年不用看了,大家都有了。"她不信,因为她只到过自己园里,王先生的园在哪里她都不知道。

也难怪她不信孩子们的话,她有她的经验:前几年秋生他们一伙人,好像专门跟她开玩笑——她一离开园子就能丢了东西。有一次,她回家去端了一碗饭,转来了,秋生正走到她的园地边,秋生向她哀求:"嫂!你给我个小南瓜吧!孩子们饿得慌!"田寡妇没好气,故意说:"哪里还有?都给贼偷走了!"秋生明知道是说自己,也还不得口,仍然哀求下去,田寡妇怕他偷,也不敢深得罪他,看看自己的嫩南瓜,哪一个也舍不得摘,挑了半天,给他摘了拳头大一个,嘴里还说:"可惜了,正长哩。"她才把秋生打发走,王先生恰巧摇着扇子走过来。王先生远远指着秋生的脊背跟她说:"大害大害!庄上出下了他们这一伙子,叫人一辈子也不得放心!"说着连步也没停就走过去了。这话正中了她的心事,她一辈子也忘不了,因此孩子们说"今年不用看了",她总听不进去。不管她信不信,事实总是事实。有一天她中了暑,在家养了三天病,园子里没丢一点东西。后来病好了虽说还去看,可是家里忙了,隔三五天不去也没事,隔十来天不去也没事,最后她把留作种子的南瓜上都刻了些十字作为记号,就决定不再去看守。

快收完秋的时候,有一天她到秋生院里去,见秋生院里放着十来个老南瓜,有两个上边刻着十字,跟她刻的那十字一样,她又犯了疑。她有心问一问,又没有确实把握,怕闹出事来,才又决定先到园里看看。她连家也没回就往园里跑,跑到半路恰巧碰上秋生赶着个牛车拉了一车南瓜。她问:"秋生!这是谁的南瓜?怎么这么多?"秋生说:"我的!种得太多了!""你为什么种那么多?""往年孩子们见了南瓜馋得很,今年分了半亩园地,我说都把它种成南瓜吧!谁知道这种粗笨东西多了就多得没个样子,要这么多哪吃得了?种成粮食多合算!""吃不了不能卖?""卖?今年谁还缺这个?上哪里卖去?园里还有!你要吃就打发孩子们去担一些,往年光叫我吃你的啦!"他说着赶着车走了,田寡妇也无心再去看她的南瓜了。

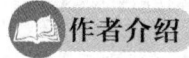

作者介绍

赵树理(1906—1970),山西沁水人。原名赵树礼。1930年发表第一篇短篇小说《铁牛的复职》。1943年写成《小二黑结婚》《李有才板话》。1945年又发表长篇小说《李家庄的变迁》等。新中国成立后出版了《赵树理文集》(四卷)。

半瓣花上说人情

相对而言,任何艺术作品只可能是从生活之树上摘下来的一枝一叶,只可能是从"生活的大书上撕下来的几页"(别林斯基语)。但是,艺术作品的伟大之处就在于它能见微知著,一叶知秋,在有限的艺术空间内折射出广阔的社会生活。微型小说就更是如此。它往往选择日常生活中的一个短镜头,撷取生活长河中的几朵浪花,把艺术的视角凝聚在一个点上,正所谓"一粒沙里看世界,半瓣花上说人情"。这就使得微型小说非常讲究选材和表现的角度。它常常从小处入手,以小见大;常常通过细微的局部来透现宏大的整体和深邃的意蕴。《田寡妇看瓜》的构思就充分体现了微型小说的这一艺术特点。

土地改革是在十分广阔的背景下展开的,这场革命给农村带来的变化是多方面的。但是赵树理的《田寡妇看瓜》在表现这一生活内容时,却从微型小说的艺术特点出发,把表现空间浓缩在南坡庄及田寡妇的半亩南瓜地里;他也没有详叙南坡庄上漫长生活历程中的风风雨雨、人情冷暖,而是集中笔墨,着重表现了田寡妇对自己的南瓜的态度:精心看守到无心看守。但小说表现出来的题旨却是宏大的。它让我们看到了土改前后的民风变异,我们从中也可以进一步想到:民风的好转,必须依赖一定的物质基础。

小说在矛盾冲突的组织上,也没有去叙写敌对阶级之间尖锐激烈的重大斗争,而是以一种温和的笔调,展示了中农田寡妇和穷汉秋生之间的细微的摩擦,突出表现了下层劳动群众在土改前后的生存状态和精神状态。特别值得注意的是,赵树理并没有把笔墨过多地花在劳动群众物质生活的好转上,而是把它推到了幕后,作品着重刻画了两位主要人物的精神面貌。小说中的秋生,"因为自己没有地,孩子老婆五六口",日子自然过得非常艰难。然而,更糟的是他的精神状态,他为了得到一个小南瓜,不得不时刻窥视田主的动向,不得

不忍受人家的讥讽,不得不苦苦哀求。得到一个小南瓜,是以牺牲自尊作代价的。土改以后,他有了自己的地,首先想到种南瓜,不也包含着换回自尊,包含着还债的夙愿吗?如今,他活得多么自在,多么坦然。田寡妇那怀疑的诘问,他都没往心里去,而是非常轻松、自豪地回答:"我的!种得太多了!"

再说田寡妇,她虽然有自己的半亩地,或许能勉强温饱,然而她活得并不轻松。她不敢稍有错眼地看守她的南瓜,甚至一顿饭都吃不安稳,她不敢得罪人,不敢迈出自己的半亩地,连世界上发生巨大的变化都不知道,南瓜成熟了还要在上面做记号,简直是惶惶不可终日。这对一个寡妇来说,是多大的精神负担。土改以后,她才终于从紧张的精神状态中摆脱出来,开始自由自在的生活。

土地改革作为一场伟大的革命,不但使劳动群众获得了赖以生存的土地,更主要的是使他们获得了精神上的解放;而精神的解放,又必须依赖一定的物质生活条件。《田寡妇看瓜》从凡人小事中向我们昭示了这样的哲理。

(邹昭华,南京师范大学副教授)

芦 苇

孙 犁

日本兵从只有十五里远的仓库往返运输着炸弹,低飞轰炸,不久,就炸到这树林里来,把梨树炸翻。我跑出来,可是不见了我的伙伴。我匍匐在小麦地里往西爬,又立起来飞跑过一块没有遮掩的闲地,往西跑了一二里路,才看见一块坟地,里面的芦苇很高,我就跑了进去。

"呀!"

有人惊叫一声。我才看见里面原来还藏着两个妇女,一个三十多岁的妇人,一个十八九岁的姑娘,她们不是因为我跳进来吃惊,倒是为我还没来得及换下白布西式衬衣而吓了一跳。我离开她们一些坐下去,半天,那妇女才镇静下来说:

"同志,你说这里藏得住吗?"

我说等等看。我蹲在草里,把枪压在膝盖上,那妇人又说:

"你和他们打吗？你一个人，他们不知道有多少。"

我说，不能叫他们平白捉去。我两手交叉起来垫着头，靠在一个坟头上休息。妇人歪过头去望着那个姑娘。姑娘的脸还是那样惨白，可是很平静，就像我身边这片芦苇一样，四面八方是枪声，苇叶子还是能安定自己。我问：

"你们是一家吗？"

"是，她是我的小姑子。"妇人说着，然后又望一望她的小姑子："景，我们再去找一个别的地方吧，我看这里靠不住。"

"上哪里去呢？"姑娘有些气恼，"你去找地方吧！"

可是那妇人也没动，我想她是有些怕我连累了她们，就说：

"你们嫌我在这里吗？我歇一歇就走。"

"不是！"那姑娘赶紧抬起头来望着我说，"你在这里，给我们壮壮胆有什么不好的？"

"咳！"妇人叹一口气，"你还要人家壮胆，你不是不怕死吗？"她就唠叨起来，我听出来她这个小姑子很任性，逃难来还带着一把小刀子。"真是孩子气，"她说，"一把小刀子顶什么事哩？"

姑娘没有说话，只是惨惨地笑了笑。我的心骤然跳了几下，很想看看她那把小刀子的模样。她坐在那里，用手拔着身边的草，什么表示也没有。

忽然，近处的麦子地里有人走动。那个妇人就向草深的地方爬，我把那姑娘推到坟的后面，自己卧倒在坟的前面。有几个敌人走到坟地边来了，哇啦了几句，就冲着草里放枪，我立刻向他们还击，直等到外面什么动静也没有了，才停下来。

不久天也快黑了，她们商量着回到村里去。姑娘问我怎么办，我说还要走远些，去打听打听白天在梨树园里遇到的那些伙伴的下落。她看看我的衣服："你这件衣服不好。"再低头看看她那件深蓝色的褂子，"我可以换给你。先给我你那件。"

我脱下我的来递给她，她走到草深的地方去。一会，她穿着我那件显得非常长大的白衬衫出来，把褂子扔给我：

"有大襟，可是比你这件强多了，有机会，你还可以换。"说完，就追赶她的嫂子去了。

（发表于 1941 年，内容略有改动）

中国微型小说
Chinese Miniature Novels

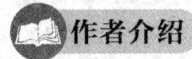 作者介绍

孙犁(1913—2002),河北安平人。十四岁考入保定育德中学,开始练习写作。1945年发表短篇小说《荷花淀》,引起文学界注目。以后陆续发表了《麦收》《芦花荡》《碑》《嘱咐》等。1949年写成中篇小说《村歌》。1951年至1962年陆续出版了长篇小说《风云初记》、中篇小说《铁木前传》。1958年出版了散文短篇小说集《白洋淀纪事》。晚年的作品结集为《晚华集》《秀露集》《澹定集》。1982年出版《孙犁文集》(五卷)。

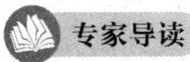 专家导读

从"简单"中见品性

作品写于1941年抗日战争相持阶段的残酷岁月里。这是抗战的文学,取名"芦苇",其实是以冀中白洋淀水网地区朴实无华的植物作象征,实写那些投身抗战、支援抗日的聪明又美丽多情的妇女,形象地展示出八路军战士与抗日妇女之间同仇敌忾、互相爱护的军民鱼水情谊,以"简单"的"换衣"细节,蕴含着那位姑娘不怕害羞、勇敢救人的朴实又善良的心灵,在危难中见出人的高尚品性。这篇是孙犁极短篇的精品,多次被选入中小学语文课本,是经典之作。

作为主体的艺术作品,如何解读它的艺术特色?角度应该是多方位的。其一,可以从题目"芦苇"的艺术象征方面入手,将河网地区普生的芦苇作为根据地支援八路军抗战的广大群众的象征物,可谓别具匠心。实写环境中长得很高的芦苇,可以掩藏被日寇扫荡的军民。"我"作为八路军战士为躲避日军的轰炸和追赶,躲了进去。在芦苇丛中遇到了躲在里面的姑嫂俩,而那"姑娘的脸还是那样惨白,可是很平静,就像我身边这片芦苇一样,四面八方是枪声,苇叶子还是能安定自己",以芦苇叶的平静与安定来比喻姑娘在危险环境中的心态。这白洋淀地区伟岸挺拔、密密麻麻、扎根水乡的芦苇,正是革命根据地以姑娘为代表的广大群众的象征,它既是掩护了八路军抗日的屏障,又是根据地男女老少不屈不挠、宁折不弯、有骨气品性的人格象征,所以,别有寓意,酿成了本篇的艺术高度。

其二,抓住生活中的细节作为"重要一环""最特殊的部分",创造单纯又完整的妇女形象,这是孙犁小说的美学追求。作品把八路军战士与姑娘换穿衣服这一细节作为全篇的贯串事件。这位战斗退却、转移、躲藏的战士,穿着还

没来得及换下的白布西式衬衣。这是一件很亮色的衣服,无论行走、躲藏都容易被人发现。敌人走了,战士与不期而遇的姑嫂要分别了。姑娘看着"我"的白色衬衣认为不好,想把自己那件深蓝色的裆子换给"我",为的是它能融进夜晚的暗色世界中。这个细节有两个突破。首先没出嫁的姑娘把自己的衣服换给一个不相识的战士,不仅有羞涩感,而且要突破未嫁女风俗习惯的禁区。其次是男女有别,姑娘把深色的裆子换穿成男式白衬衫,尽管不伦不类,但她把危险留给自己,把安全留给战士,这是多么纯朴而又善良的心灵啊!这一特征性的细节,把这位单纯又美丽的姑娘形象,"鲜明起来,凸现出来,发亮闪光,照人眼目"(孙犁《文艺学习》),成为孙犁小说中妇女形象的一个杰出典型。抓住象征物,抓住最特殊的细节,彰显人物的善良心灵和高贵品性,是孙犁小说留给后人经典性的艺术经验。

(凌焕新,南京师范大学教授)

古代部分

孙叔敖埋双头蛇

[西汉]刘 向

孙叔敖①为婴儿之时②,出游,见两头蛇,杀而埋之,归而泣。其母问其故,叔敖对曰:"闻见两头之蛇者死,嚮者③吾见之,恐去母而死也。"其母曰:"蛇今安在?"曰:"恐他人又见,杀而埋之矣!"其母曰:"吾闻有阴德④者天报以福,汝不死也。"及长,为楚令尹⑤。未治⑥,而国人信其仁也。

(选自《新序》)

【注释】

① 孙叔敖:春秋时楚国的令尹(宰相),著名的政治家,兴修水利,发展农业,辅佐楚庄王大败晋军终成霸业。相传他三任令尹而不喜,三次去职而不悔。② 婴儿:本指幼儿,此处表示童年时代。③ 嚮者:前不久,刚才。嚮,同"向"。④ 阴德:暗中做好事的品德。⑤ 令尹:春秋时楚国最高的官职,相当于后来的宰相。⑥ 未治:还没参与政治活动时。

传说,古小说的起源

中国古代小说,按《汉书·艺文志》等所云,是"街谈巷语、道听途说"的"琐屑之言",是民间的种种"传说"。这些传说有一点事实的影子,且有故事性,新颖奇特,惊喜可观。先秦两汉、魏晋南北朝期间,多这种笔记性的以记载传说为主的小说。本篇就是刘向《新序》中的代表作。刘向(前77年—前6年),西汉经学家、文学家。原名更生,字子政,西汉宗室,曾任谏大夫、光禄大夫等,一生著作颇多,有《新序》《说苑》《列女传》等,《新序》三十卷,今存十卷,采集舜、禹至汉代史闻传说,分类编纂。书中记载了很多历史人物的奇闻逸事,生动活

泼。本篇是记叙楚国宰相孙叔敖童年的奇闻逸事。这种传说民间传播，口耳交际，添油加醋，或再造奇闻，或张冠李戴，所以史实也无可查考，有一定的虚构成分，由真实向虚拟方面转化，这是古代小说起源时的一种特殊艺术形态。这些古小说篇幅很短，一人一故事，妙趣横生。这是微型小说的"祖先"。我们要在继承的基础上加以鉴赏、学习和开拓。

孙叔敖是春秋时楚国有名的宰相，他辅助楚庄王成就霸业。作品描述的是童年的孙叔敖就有惊奇的过人之处。一是大勇大智。见到了双头蛇这个怪物恶魔，一般小孩会心惊胆战，魂飞魄散，而他却大胆而机智地把它杀死，并埋于地下。然作者并未在此作具体的描述，只是淡淡地一笔："见两头蛇，杀而埋之。"将惊险的过程，化为简要而平淡的叙述。二是心地善良。他的杀蛇行为，将引起不良的后果。据民间传说，谁见了双头蛇必死无疑。作为童年的他相信这种说法，所以哭泣着对母亲诉说自己的不幸：他将离母而死。母亲追问，他说已把蛇埋了，怕蛇再被人看见而害死别人。母亲安慰他："暗中做好事的人上天会给予好报的。你不会死的。"正因为他从小就有这颗为他人谋的善心，人们信任他，所以长大后成为楚国之相。作者用笔墨竭力描述他"杀而埋之"的深层心理动态和高贵的思想品德，把童年的孙叔敖刻画成智勇双全、善良纯朴的超群俊才。俗语称：从小看大，三岁知老。这则孙叔敖童年逸事的小说，短小精悍，内蕴丰富，人物神态毕显，会给后人以更多的启示。

（凌焕新，南京师范大学教授）

王　嫱

[东晋]葛　洪

元帝①后宫既多，不得常见，乃使画工图形，案图召幸②之。诸宫人皆赂画工，多者十万，少者亦不减五万。独王嫱③不肯，遂不得见。匈奴入朝，求美人为阏氏④。于是上案⑤图，以昭君行。及去，召见，貌为后宫第一，善应对，举止娴雅。帝悔之，而名籍已定。帝重信于外国，故不复更人。乃穷案⑥其事，画工皆弃市⑦，籍⑧其家资皆巨万。画工有杜陵⑨毛延寿，为人形，丑好老少，必得其真。安陵⑩陈敞，新丰⑪刘白、龚宽，并工为牛马飞鸟众势⑫，人形好丑，不逮⑬延寿；下

中国微型小说
Chinese Miniature Novels

杜⑭阳望亦善画,尤善布色⑮,樊育亦善布色。同日弃市。京师画工,于是差稀⑯。

(选自《西京杂记》)

【注释】

① 元帝:汉元帝,刘奭(shì),在位十六年。竟宁元年(公元前33年),汉元帝在长安未央宫病死,终年42岁。② 幸:封建时代称皇帝亲临为幸。为帝王所宠爱也称"幸"。③ 王嫱(qiáng):字昭君。④ 阏氏(yān zhī):汉时匈奴王妻妾的称号。⑤ 案:通"按",按照。⑥ 穷案:寻根究底地查找。⑦ 弃市:古代在闹市执行死刑,陈尸街头示众,称弃市。⑧ 籍:没收。⑨ 杜陵:汉县名,在今陕西省西安市东南。⑩ 安陵:汉县名,在今陕西省咸阳市东北。⑪ 新丰:汉县名,在今陕西省临潼区东北。⑫ 众势:各种姿态。⑬ 不逮:不及。⑭ 下杜:杜陵。⑮ 布色:着色。⑯ 差稀:较少。差,比较,略微。

专家导读

美人的品格

这是最早记述古代四大美人之一的王嫱的古典小说。作者东晋葛洪,字稚川,自号抱朴子,丹阳句容(今江苏句容)人。东晋道教学者、医学家、炼丹术士。著有《西京杂记》《抱朴子》《神仙传》等。本篇选自《西京杂记》,西京指西汉京都长安。全书多为西汉遗闻逸事,其中也有一些怪诞的传说。这是后人继承、生发、改编的文学源头和母题。

王嫱,字昭君,汉元帝后宫的第一美人。可宫妃很多,不能常常相见,汉元帝让画工画出妃嫔的肖像,以图上的美丑而决定召见和宠幸的与否,于是妃嫔争相贿赂画工,唯独王嫱不肯趋炎附势去贿赂,画工就故意把美人画丑。因此,她一直没有得到汉元帝的召见。美人王嫱保持着高洁正直的品格,刚强耿直,不阿谀奉承,宁为"丑妇",宁不受幸,让美经受着恶人的玷污而品性不染。由此,她不仅有外在的美貌,而且有内在美的品性,这才是真正的美人。可她只得在这被遮蔽的后宫孤立无援地生活着。

但美是掩盖不了的。当汉元帝按图选定王嫱为匈奴君主的正妻阏氏后,临别召见,忽大为吃惊,发现王嫱容貌绝伦,为后宫第一美人。而且文雅大方,对答有度,真相见恨晚。可是作为国君,信守承诺,名册已定,不能改悔,只得让她出使西域,引为终身遗憾。由此,汉元帝严查颠倒美丑、受尽贿赂的画工之罪。毛延寿等画工六人斩首弃市,没收他们的巨资家财,正义得到匡正,也

227

是对王嫱被埋没之美的一个善良的回答。这则汉代宫廷的奇闻逸事，开创了古代传说小说的先河，成为后世代代相传的一个美丽的传说，从而敷演成多少关于王昭君的小说、戏剧、曲艺等艺术作品，她远嫁匈奴的悲剧，被润色改编为识大体而聪颖、美丽的奇女子为国家睦邻而和亲的这样的正剧，赋予了她更丰赡的美的内涵，大大丰富和拓展了中国文学艺术的宝贵传统而成为艺术的瑰宝，永远放射出它不灭的光辉。

（凌焕新，南京师范大学教授）

韩凭夫妇

[东晋]干　宝

宋康王舍人①韩凭，娶妻何氏，美。康王夺之。凭怨，王囚之，论为城旦②。妻密遗凭书，缪其辞③曰："其雨淫淫，河大水深，日出当心。"既而王得其书，以示左右，左右莫解其意。臣苏贺对曰："其雨淫淫，言愁且思也；河大水深，不得往来也；日出当心，心有死志也。"俄而④凭乃自杀。

其妻乃阴腐其衣⑤。王与之登台，妻遂自投台，左右揽之，衣不中手⑥而死。遗书于带曰："王利其生，妾利其死，愿以尸骨，赐凭合葬！"

王怒，弗听，使里人埋之，冢相望也。王曰："尔夫妇相爱不已，若能使冢合，则吾弗阻也。"宿昔⑦之间，便有大梓木生于二冢之端，旬日而大盈抱，屈体相就，根交于下，枝错⑧于上。又有鸳鸯，雌雄各一，恒栖树上，晨夕不去，交颈悲鸣，音声感人。宋人哀之，遂号其木曰"相思树"。相思之名，起于此也。南人谓此禽即韩凭夫妇之精魂。今睢阳⑨有韩凭城，其歌谣至今犹存。

（选自《搜神记》）

【注释】

① 宋康王：名偃，战国末年宋国的一个暴君。舍人：战国至汉初，王公贵官的侍从宾官、亲近左右，通称舍人。② 论：定罪。城旦：秦、汉时的一种刑罚名，服役四年，白天去防御寇房，夜晚再去筑长城。③ 缪(miù)其辞：辞意曲折隐晦。④ 俄而：忽然、顷刻、不久。

⑤阴腐其衣：暗中使自己的衣服腐烂。⑥衣不中手：衣服因为腐烂经不住手拉。⑦宿昔：早晚，表示时间短暂。⑧错：交错。⑨睢(suī)阳：宋国地名，故城在今河南省商丘市南。

爱的忠贞

问世间情为何物？直教人生死相许。古代小说中，表述爱情的故事很多很多，殊不如东晋干宝《搜神记》中的《韩凭夫妇》，读后真让人肝肠寸断，如泣如诉。一股浓厚的浪漫主义气息扑面而来。夫妇间对爱情的忠贞感人至深，而暴君的残忍令人发指。神化的相思树结局更叫人神往和崇敬。

宋康王的侍服宾客娶妻何氏，美。一个美字，精炼地把何氏形象描述出来了。可这个康王是个暴君，要夺为己有。于是把韩凭以莫须有的罪名囚禁起来处以酷刑。何氏秘密地送给他一封隐晦曲折的信，三句话表达了她暗示的三个意思。谁知康王拿到此信，不解其意，听了大臣的解释才知何氏的用意，准备以死明志，为韩殉情。韩凭见此情状，继而就自杀身亡了。这是为情而先死的硬汉。一次康王何氏登台，何氏早做准备把自己的衣服腐蚀了，乘机跳台自杀。左右拉了她腐蚀的衣服却拉不住，一个美人就这样夭折。从她衣带中搜出了遗书："我活着对大王有利，我死了对我有益。希望把我的尸骨与自己的官人韩凭合葬！"残忍的康王非但不从人愿，反使他俩的坟冢两两相望，并诅咒："你们夫妇生前相亲相爱，死后两个坟头若能合在一起，我决不阻止。"这真是对他俩爱的残酷摧残，充分暴露出暴君夺爱、虐爱、荒淫无耻的恶毒本性。这是一出悲剧，就是将有价值的东西毁灭给人看。把忠贞的爱情毁灭给人看，让我们产生悲悯，肯定和赞美这种爱情，否定和鞭挞那些毁灭有价值的、美好东西的刽子手。

最后一段的结局超乎寻常的神奇。埋葬后的两坟头的前边长出两棵大树，十多天后粗壮得一个人都围抱不下，两树树根在地底下交错，地上枝叶交错。正是"在地愿做连理枝"的最早描述。树上有鸳鸯鸟一对常栖不走，交颈悲鸣，感人唏嘘。时人怜悯他们，称这树为"相思树"，认为鸳鸯鸟也是韩凭夫妇灵魂的化身。往后，演变下来就有"相思豆""相思鸟"之类的美好传说。这篇有神话色彩的浪漫主义文学作品，满足了充满正义的人们惩恶扬善的美好愿望。

（凌焕新，南京师范大学教授）

许允妇

[东晋]郭澄之

许允①妇,是阮德如②妹,奇丑,交礼竟③,许永无复入理。桓范④劝之曰:"阮嫁丑女与卿,故当有意,宜察之。"许便入,见妇即出,提裙裾⑤待之。许谓妇曰:"妇有四德⑥,卿有几?"答曰:"新妇所乏唯容;士有百行⑦,君有其几?"许曰:"皆备。"妇曰:"君好色不好德,何谓皆备?"许有惭色,遂雅相重。

许允为吏部郎⑧,多用其乡里,帝遣虎贲⑨收允。妇出阁戒允曰:"明主可以理夺,难以情求。"允至,明帝核之,允答曰:"'举尔所知'⑩,臣之乡人,臣所知也,原陛下检校⑪,为称职与否?若不称职,臣宜受其罪。"既检校,皆官得其人,于是乃释允。旧服败坏,诏赐新衣。初被收,举家号哭,允新妇自云:"无忧,寻还。"作粟粥待之。须臾⑫允至。

(选自《郭子》)

【注释】

① 许允:字士宗,高阳(今河北省高阳县东)人,魏时官至领军将军。② 阮德如:名侃,尉氏(今河南省尉氏县)人,魏时官至河内太守。③ 交礼竟:婚礼结束。④ 桓范:字元则,沛国(今安徽、江苏的一部分)人,魏时任大司农。⑤ 裾(jū):衣服的大襟。⑥ 四德:封建礼教对妇女道德要求的四项标准:妇德、妇言、妇容、妇功。⑦ 百行(xíng):多方面的品行。⑧ 吏部郎:魏时官名,主管选举官员事宜。⑨ 虎贲(bēn):勇士的通称。⑩ "举尔所知":这是许允引用《论语·子路》中的话,意思是推举你所了解的人。⑪ 检校(jiào):检查,核实。⑫ 须臾:片刻。

以丑为美

本篇选自东晋《郭子》,作者郭澄之,字仲静,东晋太原阳曲人。曾任相国从事中郎等职,封南丰侯。《郭子》三卷,已佚,今存八十四则,收集在鲁迅的《古小说钩沉》中。

中国微型小说
Chinese Miniature Novels

小说从一对新婚夫妇的矛盾开始。新郎许允,有才气,仪表非凡;新娘,奇丑。违背了郎才女貌的惯例。拜堂后新郎大为不快,决心不再理睬新娘。经友人相劝,新郎许允勉强与新娘相见,并加以责难,进入了一个唇枪舌剑的大辩论。"妇人有四德,你有几德?"新娘安然回答:"我缺的只是漂亮的容貌,你作为士的男子应有一百种以上的品行,你具备多少?"许允答:"我样样具备!"新娘反驳:"你好色不好德,怎么说都具备呢?"许听了自感惭愧,于是对她相敬如宾。这场辩论初显丑新娘聪颖过人的本性。继而许允当了主司人事官吏的吏部郎,任用了不少同乡人当官,被人告发到魏明帝那而遭拘押,这是一劫。妻子走出闺阁机智地告诫许允说:"英明的皇帝,可以用道理说服他,求情却是很困难的。"许允允诺。明帝仔细查对,问其所故,许允回答:"孔子有言,推荐你所了解的人。我为什么要用同乡人?因为臣遵古训,很了解他们。请陛下查核,看他们是否称职,如若不称职,臣甘愿受罚。"魏明帝经一一查考,都很称职,遂无罪释放了许允。还传旨赏赐许允一套新官服。这次折难,起初许允被拘押时,全家嚎啕大哭,感到绝望,只有许允丑妻安然若定,胸有成竹,安抚大家:"不要忧愁,他很快就会回来的。"她熬了一锅小米粥等他回来,果然不久,许允就容光焕发地回来了。这次丈夫能摆脱险境,完全得力于妻子的指点,更显出丑妇超人的胆识。

丑妇不丑,以丑为美。她经过两次化险为夷的考验,作者通过描述这两次考验中隽永而个性化的人物语言和处事方式,充分呈现出她的才华横溢,机智沉着,具有远见卓识,是一位女中才俊,闺中豪杰。她虽外表貌丑,但内心才气过人,储存着内在的美的涵养。她是品格上的美人。这位丑角具有肯定性的喜剧色彩,是集奇人、奇才、奇事于一身的以丑为美的美人。这是丑中见美,寓美于丑,以丑为美的小说,特具艺术魅力,成为文学艺术中难得的瑰宝。

(凌焕新,南京师范大学教授)

荀巨伯

[南朝宋]刘义庆

荀巨伯①远看友人疾,值胡贼攻郡。友人语巨伯曰:"吾今死矣!子可去。"

巨伯曰:"远来相视,子令吾去,败义以求生,岂荀巨伯所行邪?"

贼既至,谓巨伯曰:"大军至,一郡尽空。汝何男子,而敢独止②?"巨伯曰:"友人有疾,不忍委③之,宁以我身代友人命。"贼相谓曰:"我辈无义之人,而入有义之国。"遂班军④而还,一郡并获全。

(选自《世说新语·德行篇》)

【注释】

① 荀巨伯:东汉桓帝时人。② 独止:独自停留。③ 委:抛弃。④ 班军:退兵。

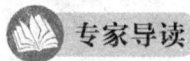

义气浩然

人之所以伟大,在于他们能群居社会,高举义的大旗,逐步走向文明的大道。所以,人与人之间的义是古代文明的象征。《荀巨伯》,作者为刘义庆(公元 403—公元 444 年),彭城人,南朝宋武帝刘裕侄子,袭封临川王,官至尚书左仆射、中书令。爱好文学。所著《世说新语》三卷三十六篇,记叙从汉末到东晋名人的言谈逸事,记述简约,语言精练隽永,故事生动奇曲,人物寥寥数笔,气韵传神。本篇选自该书的"德行篇"。

主人公荀巨伯,实有其人,东汉桓帝时许州人。生卒不详,唯此篇也足见其崇尚义德之为人。故事讲述他到很远的地方去看望有病的朋友。恰好遇上北方胡人攻打朋友所住的郡城。情势危急,朋友力劝巨伯赶快离开,而自己是快死之人,留下何怕暴徒肆虐,足见这位朋友对巨伯的爱护和情深。可巨伯断然拒绝:远道为友而来,岂能"败义以求生"。朋友之间,体现友谊的标志就是"义"。如果丢弃了朋友间的义气去苟且偷生,那不是巨伯品性所该做的事。这里凸现出巨伯的临危不惧,铮铮义言,声振金玉。把主人公"义"的品格通过人物语言表白出来,所谓言为心声,这也是他心灵的直率的展示。继而胡兵进城,遇此二人,甚为诧异:大军一到,全城皆空,唯独这个男子,竟敢独自留在这里?荀则铿锵而答:朋友有病,我不能抛弃他。此言真讲情义,进而又说:我甘愿用自己的生命替代朋友的性命。真是义正词严,大义凛然,有为朋友视死如归的浩然之气,动天地,泣鬼神。那么结局如何呢?按照一般推理,抢掠成性的胡兵肯定会给他俩每人一刀,酿成把有价值的东西毁灭给人看的悲剧,然而

胡兵头目闻言却为超常态的"义"字所慑服,所感动,富有人性地回答巨伯:我辈无义之人,闯入讲义气的国家。自感愧疚并退兵而返。不仅他俩安然无恙,而且保全了一郡人的生命,使其渡过劫难。这里,大义凛然的道德感化力量竟使身为掠夺者的胡兵知耻而后退,把胡兵描绘成知错而能改的少数民族,也实属难得。或者这是一种作者设想的合乎理想的结局。这个意想不到的圆满的结局,都是为张扬"义"的精神而升华的力透纸背的一笔,朋友间崇尚的义,战胜了人欲,战胜了杀戮,成为人间文明的道德规范。

　　作品中的故事,是一种传说,对主人公荀巨伯特点,主要通过个性化的人物语言刻画出来。第一次人物对话是荀巨伯和朋友为遭遇胡兵袭郡的突变而表白的两人互相爱护、临死不惧的深情大义。表达出他俩友谊笃深的美好心灵。第二次对话是荀巨伯和胡兵的对垒和交流。荀巨伯的不弃病友、甘愿为友代命的浩然之气,震撼了胡兵,而使他们有所悔悟,这里的对话,是正义的弘扬,是人物性格亮点的闪耀,也是推动故事情节发展的枢纽,在对话中,铸造出一个铁骨铮铮的"义士"形象,屹立在古今的文坛中,铭刻在代代相传的读者心中,值得我们永远记取。

(凌焕新,南京师范大学教授)

钟　繇

[南朝宋]羊　欣

　　魏钟繇①,字元常。少随刘胜②入抱犊山③,学书三年,遂与魏太祖④、邯郸淳⑤、韦诞⑥等议用笔,繇乃问蔡伯喈⑦笔法于韦诞,诞惜不与,乃自捶胸呕血。太祖以"五灵丹"救之得活。乃诞死,繇令人盗掘其墓,遂得之。由是繇笔更妙。繇精思学书,卧画被穿过表⑧,如厕⑨终日忘归,每见万类,皆书象之。繇善三色书⑩,最妙者八分⑪。

(选自《笔阵图》)

【注释】

①钟繇：三国魏大臣，书法家。曹操执政时，任侍中、守司隶校尉。书法与晋王羲之齐名，并称"钟王"。②刘胜：字德升，颍川（今河南许州）人，始创行书。③抱犊山：在河南卢氏县东南，四周险绝顶平可耕，是避兵乱的地方。④魏太祖：曹操，三国魏的开创人，其子曹丕代汉称帝，追尊其为太祖武帝。⑤邯郸淳：魏文学家，对文字书法很有研究，所作《孝女曹娥碑》久负盛名。⑥韦诞：字仲将，三国魏书法家。魏代宝器铭题，皆诞所书。⑦蔡伯喈：名邕，东汉陈留人。官至中郎将。好辞章，精音律，善鼓琴，又工书画。⑧被穿过表：被子被手画穿了。⑨如厕：上厕所。⑩三色书：楷书、行书、草书。⑪八分：汉字书体名，即八分书，也称分书。字体似隶书而体势多波磔（zhé，即捺）。

出神入化的"楷书之祖"

在我国书法艺术史上，凡有大成就者，皆在书法上下过苦功而又别开生面，被后世誉为"楷书之祖"的钟繇，便是这样的传奇人物。他是三国时魏国大臣，在曹操执政时任侍中，守司隶校尉，书法与晋王羲之齐名，并称"钟王"。本篇选自羊欣的《笔阵图》，作者曾任新安太守，善隶书，也是一位书法家，该书是他有关书法撰述的专门著作。

作为史传类的小说，传主便是小说的主人公，小说以一系列的故事和生活细节展现人物的个性和品格。钟繇是书法家，作者所记述的当然是与书法有关的故事和细节，首先是少年时随书法家刘胜入抱犊山学书三年，在此有机会与曹操、邯郸淳、韦诞等书法名人议论书法运笔问题，钟繇向韦诞借用蔡邕所著的关于写字用笔的书一阅，可韦诞吝惜而不肯借，急得钟繇捶胸顿足而吐了大量鲜血。多亏曹操用"五灵丹"救了他的命。韦诞死后，把此书一起随葬，钟繇得知后盗掘其墓而得此宝书。而后书法运笔更得其妙。这则故事描绘主人公对书法的痴迷程度和对钻研书法的苛求，置生死于度外。继而，又通过日常生活中关于练习书法的细节，给人物增添了书法家的形象厚度，主人公聚精会神学习书法，睡觉时还在被子上用手指比划，日子久了，被子也被画穿了。这种画字破被的细节几令时人咋舌惊叹，可见他书法功夫之深。另一细节也令人扼腕，他到厕所去竟忘了出来，干什么？竟然在那里把见到的万物都将其形态书描出来，把厕所当画室，真不见奇为奇。

故事是有一定时间长度、人物一系列行为的延续而成的性格史，从少年到青年，从爱好书法到痴迷书法，再到精通书法，从想借览书法名著遭拒到受不

了打击而吐血垂危,从盗墓得宝书遂愿到精研宝书再到书法技艺大进而出神入化,这些都经历着一个曲折奋进的过程,这便是主人公精通书法的奋斗史与性格形成的人性史。至于那两个不寻常的细节,又使人物性格更加血肉丰满、光彩熠熠,在史的基础上向广度和深度扩展,但又不失古小说简洁而有韵味的特色。

(凌焕新,南京师范大学教授)

紫 荆 树

[南朝梁] 吴 均

京兆①田真,兄弟三人,共议分财,生赀②皆平均。惟堂前一株紫荆树,花叶美茂,其议欲破三片。明日就截之,其树即枯死,状如火然③。真往见之,大惊,谓诸弟曰:"树本同株④,闻将分斫,所以憔悴,是人不如木也。"因悲不自胜,不复解⑤树。树应声荣茂。兄弟相感,合财宝,遂为孝门。真仕至大中大夫⑥。

(选自《续齐谐记》)

【注释】

① 京兆:郡名,治所在长安(今陕西省西安市以东至华县一带)。一般京都为京兆。② 生赀(zī):生活用品和财货。赀同"资"。③ 然:同"燃"。④ 株:露出地面的树根。⑤ 解:锯开。⑥ 大中大夫:秦汉时掌管议论的官。

"自然"人化的魅力

南朝梁吴均(公元469—520年),浙江吴兴人。南朝梁文学家、史学家,能诗善文,时人仿效他的文体,世称"吴均体"。本篇选自志怪小说集《续齐谐记》,所记皆为怪诞之事。《紫荆树》的怪诞就在此树能通人性,随主人命运的变化而有所兴衰,是"自然"人化后嬗变为有灵性的活脱脱的特殊"人物"。

古人云,人非草木,孰能无情。可在艺术领域,草木成为作者对象化的事

物,就幻变为有人性的特殊"人物"。拟人化就是把草木当人来写,草木就有了人情,登山则情满于山,观海则意溢于海,一切景语皆情语也。田真兄弟三人分家分财,皆平均分摊,唯独堂前一株紫荆树,也议欲破成三片,第二天准备锯时发现树突然间已经枝焦叶枯,如同火烧过一般。田真见此大吃一惊,对两弟弟说,大树本来同根生,听到要被砍成三截的消息,就枯死了。看来人还不如树木啊!在悲伤之中决定不再把树破成三片。说也怪,话音刚落,紫荆树马上变得枝繁叶茂。弟兄仨深受感动,家不分了,又把财物合起来,继续组成一个和睦的大家庭。田真后来还做了大官。

这里,紫荆树成了人化的小说主角,它通人性,成为世代田家不可分割的伙伴,家庭"成员"。田家分家,必导致家道衰落,把它砍为三片,实际上就是结束了它的生命,因此突然"枯死"。听到田老大的感悟决定不分家,立即便"枝繁叶茂",预示着田家继承祖训,和睦团结,必然兴旺发达。这紫荆树,在一般的小说中,只是作为人物活动的背景或环境来写,还有作为情节的"道具""纽结物"处理,让情节围绕"树"展开,而本篇中的树,却是田家祖传下来的一个特殊的"人物",它与人对话,与人沟通,显然成了人化或者神化的精灵,通过它不言的枯荣,来教育、启迪田家一代人。终于祖传的"紫荆树"成了"家风""家教"的象征物,让田家又昌盛繁荣起来,而它则超越了本身的意义,创造了令人想象的艺术空间。人与草木,共处一起,一损俱损,一荣俱荣,相互沟通,孰能无情?"自然"人化,魅力无穷。

(凌焕新,南京师范大学教授)

杨　素①

[唐] 孟　棨

　　陈太子舍人②徐德言之妻,后主叔宝③之妹,封乐昌公主。才色冠绝。德言为太子舍人,方属④时乱,恐不相保,谓其妻曰:"以君之才容,国亡必入权豪之家,斯永绝矣。倘情缘未断,犹冀相见,宜有以信⑤之。"乃破一镜,各执其半,约曰:"他日必以正月望⑥卖於都市,我当在,即以是日访之。"

　　及陈亡,其妻果入越公杨素之家,宠嬖⑦殊厚。德言流离辛苦,仅能至京,

遂於正月望访於都市。有苍头⑧卖半镜者,大高其价,人皆笑之。德言直引至其居,予食,具言其故,出半镜以合之。乃题诗曰:"镜与人俱去,镜归人不归。无复嫦娥影,空留明月辉⑨。"陈氏得诗,涕泣不食,素知之,怆然改容。即召德言,还其妻,仍厚遗之,闻者无不感叹。仍与德言陈氏偕饮,令陈氏为诗曰:"今日何迁次⑩,新官对旧官。笑啼俱不敢,方验作人难。"遂与德言归江南,竟以终老。

(选自《本事诗》)

① 杨素:字处道,弘农华阴(今属陕西)人。在隋统一中国的战争中因功封越国公,后任尚书左仆射、司徒等职,执掌朝政。② 太子舍人:太子官属之一,掌管太子的表奏文书的官员。③ 后主叔宝:陈朝最后一个皇帝陈叔宝(553—604),不理政事,沉湎酒色,在位七年,公元589年隋灭陈被俘。④ 方属:正当。⑤ 信:信物,凭据。⑥ 望:月圆的时候,常指农历每月的十五日。⑦ 宠嬖(bì):宠爱。⑧ 苍头:这里指年岁较大的仆人。⑨ 无复、空留二句:用嫦娥来比喻妻子,用明月比喻圆镜,睹物伤情,流露出凄楚悲苦的感情。⑩ 迁次:按次第升迁。这里指变化大。

专家导读

"破镜重圆"的首创意义

在中国小说发展史上,有很多作出巨大贡献的小说家,它们影响了我国历代的文学创作,唐僖宗时的孟棨就是其中的一位。他所撰的《本事诗》一卷,记写着唐代诗人的逸闻趣事,描述了唐诗创作过程中许多有趣的故事,实属罕见,且多首创,成为后世文人借鉴仿效的母本,影响着我国古代文化形态的铸就。本篇选自《本事诗》,题名为"杨素",其实故事的真正主人公是隋代的徐德言与妻乐昌公主。故事的核心就是"破镜重圆"。

徐德言是陈后主叔宝的太子舍人,其妻是陈叔宝的才色绝冠的妹妹乐昌公主。两人情深意笃,恩爱无比。但正遇上时局大变,战乱纷起,陈王朝岌岌可危。他俩也恐不相保,徐对妻说:"以你的才貌,国亡后必入权豪之家,我俩将永远决绝了。如果缘分未断,可能相见的话,应该有一信物相验。"于是把妻子的一面镜子破而为二,各执其半,他日在正月十五在市上出卖半镜,另一人则到市上去寻找,破镜重圆之日,也就是夫妻相会之时。多好的爱情誓言与举措啊！这是生活中的首创，也是作为小说艺术的首创。

陈朝亡、隋朝立，乐昌公主被隋朝大臣杨素掳入家中宠爱有加。德言从乱中到了京城，到了预约的正月十五之日，到市场上去寻找。恰好一老仆到市场叫卖破镜，价格昂贵，几为市民讥笑，徐德言却把仆人叫到客店，好好招待饮食，拿出自己的半镜与之相合，恰是一面圆镜。他以实相告，并题诗一首，以表离散回归的情意。陈氏得诗，知原丈夫遭遇，痛哭不已而不再进食。杨素得知缘由，即召见德言，还其妻，高风亮节，不夺人所爱，还厚礼馈赠，闻者无不感叹。最后，他宴请夫妻二人，叫陈氏吟诗一首："今日何迁次（变化），新官对旧官，笑啼俱不敢，方验作人难。"把她当时心里忐忑的情状表现得淋漓尽致。夫妻俩归江南而终老，传为文坛美谈。于是"破镜重圆"成为古典小说、戏曲创作中的"原型"，代代相传，成为描写爱情先破后圆、循环演化的"模式"，约定俗成地成为中国古典中美丽的成语。

（凌焕新，南京师范大学教授）

钱 若 水①

[宋]李昌龄

钱公若水，为同州推官②。有富民，走失一小女奴，莫知所在。父母以诉州，委录参鞫③之。其录参旧有求于富民，不获，遂劾④其父子共杀女奴，投尸水中。法外凌窘，不胜其苦，遂自诬伏⑤。狱具⑥，上于州；州委官审复，亦无反异，独若水迟疑。录参指厅诟骂曰："岂公受富民钱，故求出之乎？"若水但笑曰："今数人当死，安可容易不熟察！"又越旬不决。知州⑦亦有语，若水终不夺，上下皆怪讶。

一日，若水诣知州，屏人告曰："向某所以迟留此狱者，盖虑其冤，尝以家财访求女奴，今得之矣！"知州惊曰："女奴安在？"若水归，使人密送女奴于知州所。知州垂帘呼其父母谓曰："汝女今至，还识之否？"曰："安有不识！"即揭帘推出，父母喜曰："是也！"于是引出富民释之。富民号泣谢曰："非使君，某一旦遂至灭门。"知州曰："此乃推官，非我也。"富民亟诣推官求谢，若水闭门不纳。富民绕垣而哭，归倾家财饭万僧，以为若水寿。知州欲以其事闻，若水曰："休

也!某初心止欲拔冤,非敢希赏,万一敷奏⑧,在某固好,于录参却如何?"知州益加敬重。未几,太宗⑨闻之,骤加进擢,自幕职⑩不半年,知制诰⑪;又二年,为枢密⑫。

(选自《乐善录》)

【注释】

① 钱若水:字澹成,一字长卿。北宋初期历任谏议大夫、同知枢密院事,并代经略使等职。② 同州:辖区在今陕西省大荔县。推官:州府的属官,专营一州刑狱。③ 录参:录事参军的简称,掌管州中各官署文簿,举弹善恶。鞫(jū):审讯,查问。④ 劾(hé):揭发罪行的文状。⑤ 诬伏:无辜服罪。伏,通"服"。⑥ 狱具:判罪定案。⑦ 知州:总理州郡政事的州主官。⑧ 敷奏:陈述奏进。⑨ 太宗:指宋太宗赵光义,公元976—997年在位。⑩ 幕职:地方长官的属吏,因在幕府任职,故称幕职。⑪ 知制诰:官名,负责为皇帝起草命令、诏诰。⑫ 枢密:即枢密使,为枢密长官,掌管全国军事。

专家导读

平反冤狱的正义之光

清官戏、清官小说是我国古典艺术中的奇葩,历来受到平民的欢迎,也为文人所赞赏。北宋李昌龄,楚丘(今山东曹县东)人,曾任银州通判、右拾遗、参知政事等官职,《乐善录》十卷,笔记小说,记述宋初名人逸事,侧重弘扬清官善举。本篇选自该书。

作品的主人公钱若水,实有其人,北宋初期历任谏议大夫、同知枢密院事等职,作者依据当时的传说,记叙钱公一桩平反冤狱的感人故事。钱若水,是一位同州专管刑狱的推官,地位并不高,职务很重要。同州的录事参军因与富民有隙而把当事人父子当作杀害女奴的罪犯入狱,并严刑逼供,屈打成招,公文报州府,州里委派推官钱若水复审,犯人也没翻供。可他仍持怀疑态度,一再拖延。遭录参诟骂,可若水却笑着答:"这关系到几个人的性命,怎可马虎从事而不去认真细致地审察呢?又过了十天仍没有判决。州里最高长官知州也出来催促,可他顶住压力,仍一如既往地多方侦察,并不急于马上结案,上上下下都不理解他,反认为此人有点怪异。

一天,若水拜见知州,告之所以迟迟不判决是因为其中有冤情,现在小丫鬟已找到,并派人把她送到州府。知州亲审此案,当面将所诬称已死的丫鬟活

脱脱交还给她父母,而把诬称杀人犯的富民父子无罪释放。富民哭泣着拜谢州官的清正:"若不是大人的明察秋毫,为我们平反,则一家定遭灭门之祸!"知州告之,此乃推官若水之功,他们又到推官若水家道谢,可推官闭门不接待。他们绕着院落围墙哭泣,并回家后请和尚为若水祈求长寿。有恩不用谢,清正廉洁,浩然正气,知州要向上为他报功。他居功不邀功,不主张上报,因上报此案必将有损录参。有容为大,宽容大度,知州对他更加敬重。可过了不久,皇帝宋太宗不知怎的,也知道了这事,钱若水得到了提升和重用。如此的清官,尽管他们是为封建统治者尽职,但对待老百姓的冤狱上,也能保持一定的公正、公平,依"法"办事,也为平民所肯定,实在难能可贵,事迹流传至今,传诵不已。

(凌焕新,南京师范大学教授)

东坡卜居阳羡①

[南宋]费 衮

建中靖国元年②,东坡自儋③北归,卜居阳羡。阳羡士大夫犹畏而不敢与之游。独士人邵民瞻,从学于坡,坡亦喜其人,时时相与仗策,过长桥,访山水为乐。

邵为坡买宅一所,为钱五百缗,坡倾囊仅能偿之。卜吉④入新第,既得日矣。夜与邵步月,偶至一村落,闻妇人哭声极哀,坡徙倚⑤听之,曰:"异哉,何其悲也!岂有大难割之爱,触于其心欤?吾将问之。"遂与邵推扉而入,则一老妪,见坡,泣自若⑥。坡问妪何以哀伤至是,妪曰:"吾家有一居,相传百年,保守不敢动,以至于我。而吾子不肖,遂举以售诸人。吾今日迁徙来此,百年旧居,一旦诀别,宁不痛心,此吾之所以泣也。"坡亦为怆然,问其故居所在,则坡以五百缗所得者也。坡因再三慰抚,徐谓之曰:"妪之旧居,乃我所售也,不必深悲,今日以此屋还妪。"即命取屋券,对妪焚之,呼其子,命翌日迎母还旧第,竟不索其直。

坡自是遂还毗陵⑦,不复买宅,而借顾⑧塘桥孙氏居暂息焉。是岁七月,坡竟殁⑨于借居。前辈所为,类如此,而世多不知,独吾州传其事云。

(选自《梁溪漫志》)

【注释】

① 东坡:苏轼,东坡居士是他的号。卜居:用占卜选择定居之地。阳羡:今江苏省宜兴。② 建中靖国元年:公元1101年,建中靖国为宋徽宗赵佶的年号。③ 儋(dān):州名,在今海南省西北部儋州市。④ 卜吉:占卜一个吉利的日子,这是一种迷信的做法。⑤ 徙倚:流连徘徊。⑥ 自若:自如,保持原样。⑦ 毗(pí)陵:今江苏省常州市。⑧ 借顾:借住。⑨ 殁:死。

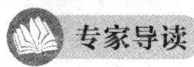

笔记小说,别开生面

在我国古代的文学宝库里,有一类笔记文学,源远流长。所谓笔记,简言之,就是一种随笔而录、杂谈琐语的文学小说。它兴于魏晋南北朝,刘勰在《文心雕龙·才略》提出"路粹、杨修,颇怀笔记之工",首提"笔记"一体。宋代把随笔而录、杂谈琐语性质的文字称为"笔记",北宋宋祁有《笔记》三卷,南宋龚颐正《芥隐笔记》等,南宋费衮有《梁溪漫志》十卷,也属此列。作者无锡人,"梁溪"为无锡别名,其作《梁溪漫志》记述南宋初年朝野逸闻,第四卷全记苏轼事,本篇即出自该卷。

这是一则叙写苏东坡晚年的一个故事的小说。苏轼从被贬地海南岛西北部的儋州回来,用占卜选择定居地阳羡,即如今的山水小城宜兴市。当地士大夫因怕受牵连不敢与他走动,只有一个他的学生邵民瞻官吏独与之交往甚密。邵民瞻为苏东坡买了一所住宅,东坡把全部的积蓄拿出来才刚够偿还宅钱,并选定一个吉日准备搬迁新居,以度晚年。在此期间的某日晚上,发生了一件意想不到的事。东坡与民瞻在月光下散步,在村里听到一妇女哭得很悲伤,就循声探寻,推门进去见一老太正在哭泣,询问其由,回答说,她家百年祖屋,相传至今,她的孩子不肖,竟把它卖给别人,一旦与老宅诀别,怎不叫人痛心疾首,悲悲切切。东坡得知老妇出卖的院宅正是自己花五百缗钱买的即将入住的新居,顿生恻隐之心,"谋民所安,为民有居"这正是他一生以民为本的信念,于是安抚再三,并命人取来房券,当着老妇人面烧了,屋归原主。而东坡则已身无分文而又居无定所。这故事通过寻声、探问、抚慰、焚券、还屋等一系列活动,生动地描绘了东坡晚年关心人民疾苦的美好形象。需知,东坡离阳羡,回毗陵,即今常州,只得借住在别人的房屋,以度晚年,不料,这年的七月,竟客死在借住的房子里,这为东坡的人品增添了悲剧美的闪亮一笔。这种以记人为主

的笔记文学,有以真人真事为主的文学实录,一般称为纪实性散文;有以传闻为主、适当虚构、有较完整情节的故事,大都当作古代小说看。本篇当作小说加以鉴赏。

(凌焕新,南京师范大学教授)

魏 公 应

[南宋]施德操

魏公应,为徽州司理①。有二人约以五更乙会甲家。如期往,甲至鸡鸣,往乙家呼乙妻曰:"既相期五更,今鸡鸣尚未至,何也?"其妻惊曰:"去已久矣!"复回甲家,乙不至。遂至晓,遍寻踪迹,于一竹丛中获一尸,即乙也。随身有轻赍物②,皆不见。妻号恸谓甲曰:"汝杀吾夫也!"遂以甲诉于官。狱久不成。有一吏问曰:"乙与汝期,乙不至,汝过乙家,只合③呼乙;汝舍乙不呼,乃呼其妻,是汝杀其夫也!"其人遂无语。一言之间,狱遂具④。

(选自《北窗炙輠》)

【注释】

① 徽州:治所在今安徽省歙县。司理:司理参军的简称,主管一州的狱讼。② 轻赍(jī)物:少量财物。③ 合:应该。④ 具:结案。

推理小说的先河

在关于古代狱讼审判的逸闻中,在搞清事实的基础上,为官者运用逻辑的推理,做出正确的判决,实是清正廉洁的可喜德行。作者施德操,字彦直,学者称其为"持正先生"。浙江海宁人,本篇选自他的《北窗炙輠》一卷,此书多记述当时前辈的德行逸事,其中包括诉讼狱案。也许这篇可说是古代推理小说的雏形。

小说主人公魏公应在徽州当一州狱讼的司理参军,曾处理过一桩案子。

甲和乙两人相约在五更时至甲家相会,乙如期前往,甲却到乙家招呼乙妻说乙到现在鸡叫了仍失约未到,乙妻惊讶:"乙已离家很久啦!"甲再回家等候至天明,到处寻找乙的踪迹,终在竹林中见到乙的尸体,他随身携带的少量财物也不见了。乙妻向官府告发甲杀害了丈夫,甲则辩称乙并没有到他家去。案件纠缠了多久时间也扯不清楚。主人公魏公应聪颖过人,缜密地审读案卷,找到了其中的破绽,推想案发的经过,已成竹在胸。他讯问甲:"乙与你约定的相会时间,乙没有来。你到乙家去只应呼乙的名字,你却不喊乙,而呼喊其妻。为什么?足见是你杀了她的丈夫!"这里,审判官运用了推理的思维,如果乙没有如约至甲处,甲到乙处则应该喊乙,如今,因甲知乙已被他弄死,到乙处他便不自觉地呼喊乙妻,假告乙未赴约,用以逃避罪责。聪明的司理魏公应,运用逻辑推理的方式,判清此案。甲听了如此推理的诘问和判断,无话可辩。审判官一句一针见血的判词,就了结了此案,甲得到了谋财害命的应有惩罚。

推理小说反映司法狱讼中运用推理的思维方式,丝丝入扣,显微烛幽,不断出现悬念,不断作合理的推理加以释态,以达到破案的目的,颇受读者的青睐。但推理只是提供思维的线索,应在尊重事实的基础上,以事实为依据,法律为准绳,作合乎逻辑的推理。在推理中要以寻找相关事实作为定案的根据,绝不能以推理代替事实。本案还应在推理中判定甲为疑犯后,再去寻找行凶动机、行凶过程、行凶器具等进一步落实才能定案,防止出现推理的主观臆断,从而草菅人命而成冤案。

(凌焕新,南京师范大学教授)

陈秀公见王安石

[南宋] 王 铚

陈秀公①罢相,以镇江军节度使判扬州②。其先茔在润州③,而镇江即本镇也。每岁十月旦,寒食④,诏许两往镇江展省⑤。两州送迎,旌旗舳舰⑥,官吏锦绣,相属于道,今古一时之盛也。

是时,王荆公居蒋山⑦,骑驴出入。会荆公病愈,秀公请于朝,许带人从往省荆公;诏许之。舟楫衔尾蔽江而下,告衔⑧,而于舟中喝道⑨不绝,人皆叹之。

荆公闻其来，以二人肩鼠尾轿⑩，迎于江上。秀公鼓旗舰舳正喝道，荆公忽于芦苇间驻车以俟⑪。秀公令就岸，大船回旋久之，乃能泊而相见。秀公大惭，其归也，令罢舟中喝道。

（选自《默记》）

【注释】

① 陈秀公：陈升之(1011—1079)，原名旭，字旸叔，建州建阳（今福建建安）人。曾任侍御史，宋神宗时任同中书门下平章事，封秀国公。② 镇江军：地名，后升镇江府，即今江苏省镇江市。判：古时以高官兼任低职叫判。③ 润州：即今江苏省镇江县。④ 寒食：清明节前一或二日，禁止生火煮饭，只吃冷食。这是民间为纪念晋国大臣介子推被焚绵山而设置。⑤ 展省：祭奠扫墓。⑥ 舳(zhù)舰：大船。⑦ 王荆公：王安石(1021—1086)，字介甫，号半山。抚州临川（今江西省抚州市临川县）人。宋神宗时任宰相进行变法，遭旧党反对。晚年退居江宁，闭门不言政。封荆国公，世称荆公。蒋山：钟山，在江苏省南京市东北。⑧ 告街：街上张贴布告。⑨ 喝道：官员出行，仪仗士卒前引传呼，使行人避道。⑩ 鼠尾轿：二人抬的小轿。⑪ 俟：等待。

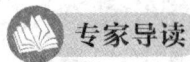

官场小说的魅力

自有官家以来，就有官场小说。南宋王铚的《默记》，记述唐、五代、北宋朝中逸事，以笔记的形式，描叙官场故事，实际上是我国古代的"官场小说"。

主人公两人，都当过宋王朝的宰相，一是被罢相的陈秀公即陈升之，降职为镇江军节度兼任扬州，仍属在职官员，一是辞相隐居在南京蒋山的原宰相王安石。前者虽罢相仍任地方官，权柄在手，官气未减，每年清明、十月初一两次往镇江祭祖坟时，扬州、润州的官员，穿着官服、整齐地在道路两侧接往迎送，陈升之坐着大官船，旌旗招展，好不气派，被时人称作古今盛事。

而荆国公王安石，这位改革家退居钟山，进进出出骑着一头毛驴。适逢王安石病好了，陈升之请求朝廷准许他带随从去看望王安石，朝廷批准了他的请求。于是他大张旗鼓地张贴布告，所乘官船船队首尾相连遮盖了江面溯江而上，并发出连绵不断的喝道声，行人闻之皆惊叹不已。王安石听说陈秀公要来拜访，便坐着二人抬的小轿在江边等候。正在随从于大船之中摇旗呐喊之际，陈升之忽然看见在芦苇丛中停轿等待的王安石，急令靠岸，大船左盘右旋用了

好长时间才靠上岸,陈升之上岸与王安石相见,相形见绌,极为尴尬,自感非常愧疚。回去的时候,立即改之,命随从不要再在船上喝道。两个宰相,都是朝廷重臣,一重官场习气,摆官场架子,动则开锣喝道,一派官家排场,另一则重平民习俗,生活简朴,骑毛驴,乘小轿,简从便出,不张扬,不扰民,清廉自洁。两个人物形象形成鲜明的对照,一褒一贬,官场之艺术写照,也可略见其一斑,然其艺术魅力,真值今天官场人士之深思和反省。

(凌焕新,南京师范大学教授)

陕西刘生

[南宋]洪 迈

绍兴初,河南为伪齐①所据,枢密院遣使臣李忠往间谍②。

李本晋人,气豪,好交结,人多识之。至京师③,遇旧友田庠,庠亡赖④也。知其南来,法当死;捕告之,赏甚重。辄持之曰:"尔昔贷我钱三百贯,可见还!"李忿怒曰:"安有是!吾宁死耳。"陕西人刘生者,闻其事,为李言:"极知庠不义,然君在此,如落阱中,奈何可较曲直⑤?身与货孰多?且败大事!盍随宜饵之⑥。"李犹疑其为庠游说,然亦不得已,与其半。刘曰:"勿介意,会当复归君。"李佯应曰:"幸甚!"

庠得钱买物,将如晋、绛⑦。刘曰:"我亦欲到彼,偕行可乎?"即同途。过河中府⑧,少憩于河滩,两人各携一担仆,共坐沙上,四顾无人。刘问庠乡里、年甲,具答之。刘曰:"然则汝乃中国民,尝食宋朝水土矣。"庠曰:"固然。"刘曰:"我亦宋遗民,不幸沦没伪土,常恨无以自效。朝廷每遣人探事,多采道听途说,不得实。幸有诚愨⑨如李三者,吾曹当出力助成之,奈何反挟持以取货?"庠讳曰:"是固负我。"刘曰:"吾素如此,且询访备至,甚得其详。吾与汝无怨恶,但恐南方士大夫谓我北人皆似汝,败伤我忠义之风耳!"遂运斤⑩杀之。仆亦杀其仆,投尸于河,并其物,复回京师,尽以付李,乃告之故。李欲奉半直以谢。刘笑曰:"我岂杀人以规利乎⑪?"长揖而别。李南还说此,而失刘之名,为可惜也!

(选自《夷坚志》)

【注释】

① 伪齐:南宋初年,金朝扶植刘豫建立的傀儡政权。② 枢密院:宋朝中央官署名称,掌管全国武备、军事情报、边防等事务。间谍:秘密侦探敌情。③ 京师:北宋首都汴京(今河南省开封市)。④ 亡赖:无赖、流氓。亡,通"无"。⑤ 较曲直:明辨是非。⑥ 盍:何不。饵:诱饵。⑦ 晋、绛:山西省晋城、绛县一带。⑧ 河中府:亦称蒲州,治所在今山西省永济市。⑨ 诚愨(què):诚实,谨慎。⑩ 运斤:挥斧。⑪ 规利:谋利。

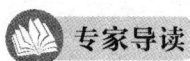

"中国民"忠义凛然

在南宋有多少爱国志士,如岳飞的"仰天长啸,壮怀激烈",或李清照的"生当作人杰,死亦为鬼雄"。而洪迈记叙的却是一个无名的"中国民""刘生"。洪迈(1123—1202),字景卢,别名野处,鄱阳人,历任知州、待制、学士等官。出使全国,不为威武所屈,几被拘留。他所撰写的《夷坚志》系笔记小说集,内容多为神怪故事、逸闻杂录、市民生活等,且多金兵入侵,中原沦陷,各阶层民众奋起反抗的故事。本篇选自该集。

故事交代了起因,南宋派官员李忠到已被金兵统治的沦陷区去秘密侦探敌情。这李忠豪爽,好结交朋友,很多人都认识他,为下文被人识破埋下了伏笔。他到了已沦陷的汴京(今开封),遇到以前的朋友田庠,这人是个不义之徒,无赖,竟不念旧情,知道李忠来此的目的,如果向当地官府告发李忠必定处死,而自己将会得到重赏。于是他要挟李忠:"你过去借我钱三百贯,赶快还我。"李忠明知敲诈,愤怒应答:"哪有这事!我宁可死也不让你敲诈得逞。"大义凛然,矛盾将要激化。陕西人刘生听到这事,劝慰李忠:"我深知田庠此人不讲义气,然而你在此落入陷阱,与他有何理可讲?性命与钱财哪个重要?而且还要坏你的大事。不如适当给点钱当作诱饵先稳住他。"李忠听了感觉虽有道理但还在怀疑刘生是否为这无赖游说,然也不得已给了田庠要价的一半,刘生见了安慰说:"不要介意,这钱会如数归还给你。"这笔敲诈,田庠似乎得手,心满意足。但这是欲擒故纵,以后的故事向相反方向发展。田庠得钱后将到晋州、绛州购物。刘生也想到那儿去,于是与他一路做伴同往。田庠不会介意,正因为刘生的说情才使得敲诈成功。途中在河滩上休息,刘生询问田庠的籍贯、年龄、出身等情况,田庠一一做了回答。刘生则进一步说:"这样看来你是中国人,是喝宋朝的水在宋朝的土地上长大的。"田庠则答:"是的。"刘生接着

说:"我也是宋朝的遗民,不幸沦落在敌占区,常恨没有办法报效国家。宋朝廷经常派人来探听情况,多半只得到道听途说的不实信息。"刘生进一步开导他:"幸亏有李忠这样诚实、谨慎的人来此,我们应出力帮助他完成此事,怎么可以反而要挟他诈取钱财呢?"可田庠毫不心动,仍然谎说"他真欠我钱"。这时刘生义正词严地对他说:"我已调查得清清楚楚,你仍不思悔改!我与你没有私仇,只恐怕南方人(南宋)会说我们北方人(沦陷区)都像你这样是败类,败坏我忠义之风。"真是大义凛然,忠义之心可鉴,又像是对田庠无耻之徒的"审判词"。于是,他用斧头把田庠杀死,代表中国人对叛逆者卖国贼处以极刑。抛尸河中,回汴京把钱如数还给李忠,并告诉事情的缘由。李忠想送一半钱作为酬谢,但刘生执意不受,并铁骨铮铮地回应:"我杀这人难道是为了取利吗?"于是长揖而别,不知去向。全文一层层推进,生动的人物语言也一步步显示刘生为人之品性。通过这则跌宕起伏的曲折故事,锻造出民间一个英勇多谋的爱国志士形象。刘生史书上无传,青史上无名,但正是这些无名的爱国英雄,才是中华民族的真正脊梁!

(凌焕新,南京师范大学教授)

庆州①老兵

[南宋]王明清

范德孺②帅庆州日,忽夏③人入寇,围城甚急,郡人惶骇,未知为计。筹诸将士,无有以应敌其锋者。麾下有老指挥使④,独来前曰:"愿勒军令状⑤,保无它。"范信之,已而师果退去,德孺大喜,厚赐以赏之,且询其逆料⑥之策。老卒曰:"实无它术,吾但大言以安众耳。倘城破,各自逃窜,何暇更寻一老兵行军法邪!"

(选自《挥麈录》)

【注释】

① 庆州:今甘肃省庆阳市。② 范德孺:公元1030—1101年,名纯粹,德孺为其字。北

宋政治家、文学家范仲淹的第四子。历任陕西转运判官、龙图阁学士、庆州知州、均州知州等职。③夏：宋时党项羌族建立的政权，国号大夏，史称西夏。据有今宁夏、陕北、甘肃西北、青海东北及内蒙古部分地区，都兴庆府（今宁夏银川）。④麾下句：麾（huī）下，部下。麾，指挥用的旌旗。指挥使：京城负责禁卫的官员。⑤愿勒句：甘愿写下军令状。勒，本义雕刻，此处作写解。军令状，接受军令后所立的保证书，写明若不能完成任务，愿依军法治罪。⑥逆料：预测。

 专家导读

心安则胜

小说中写人物的外在行为表现者居多，写心理内在活动，写人心趋向者较少。其实，作为语言艺术的小说，最擅长的应该是探颐发隐以微显著，以写那些看不见被遮蔽的、内在的人心活动为上策。南宋王明清的《庆州老兵》就属后者。王明清南宋汝阴（今安徽阜阳）人，字仲言，官至朝清大夫，后隐居嘉兴，本篇选自其所著《挥麈录》，原题名为"夏人寇庆州老卒保其无他"。

战争的胜败，主要取决于双方兵力的强弱，但人心的向背，军心的安定也是重要的取胜因素。范德孺镇守庆州时，西夏人入侵，将庆州城团团围困，攻势很猛。城里的老百姓又惊又怕，人心惶惶，范德孺召集将士商讨退兵之策，沉默，没有谁敢站出来破敌。突然有一部下——曾当过京城禁卫指挥的老兵，独自承诺，信誓旦旦："愿立军令状，保证不会发生破城问题。"范德孺惊喜之余，很信任他。于是人心稍安，军心稳定，在城内坚守。过不了多久，围困城池的夏人果然撤走，转危为安，范特别高兴，重赏这位老兵，并询问他所用退兵之策，探求其中奥秘。老兵据实相告："我没有确实的破敌良策，只是用豪言壮语来安定军心。假如城被攻破，人们各自逃窜，哪有闲工夫去追寻一老兵去执行军法呀！"说得朴实诚恳。其实他的回答中，去写军令状，实出于无奈，然而凭他老兵的经验和直觉，此时，最紧要的是"安定军心"，军心定则民心稳，军心定则守城有序，生活安定；人心稳定，则信心大增。大家守土有责，以逸待劳。敌方夏人久围不克。久攻不破，兵家之大忌也。权衡得失，只得自行退去。所以，三十六计，攻心为上。如果人心慌、军心乱，则自毁长城，所以老兵的"安定军心"之举，实为取胜于敌的绝佳良策。这就是小说给我们揭示的退敌奥秘，蕴含着让人悠悠品味的无限审美魅力。

老兵人物的刻画，简洁精当，在兵临城下万般无奈中出场，几句豪言壮语，声惊四座，心态却沉着镇静，机智勇敢。退敌后也不居功炫耀，谦逊地实话相

告。可就在这"实话"中,道出了他为救民而敢于担当的高尚品格,他以自己的经验和智慧,让全城军民转危为安,取得守城退敌的意想不到的胜利。虽寥寥数笔,却简练精粹,力透纸背,让一个可爱可敬的老兵形象,栩栩如生地站在读者面前,这就是古小说塑造人物的功力,值得当代小说家们传承和记取。

(凌焕新,南京师范大学教授)

戴十妻梁氏

[金]元好问

戴十不知何许人,乱后①,居洛阳东南左家庄,以佣②为业。癸卯③秋八月,一通事④牧马豆田中,戴出逐之,通事怒,以马策⑤乱捶而死。妻梁氏,舁⑥尸诣营中诉之。通事乃贵家奴,主人所倚,因以牛二头,白金一笏⑦,就梁赎罪。且说之曰:"汝夫死,亦天命。两子皆幼,得钱可以自养。就令杀此人,于死者何益?"梁氏曰:"吾夫无罪而死,岂可言利?但得此奴偿死,我母子乞食,亦甘分!"众不可夺,谓梁氏曰:"汝宁欲自杀此人耶?"梁氏曰:"有何不敢?"因取刀,欲自斫之。众惧此妇愤恨通事,不令即死,乃杀之。梁氏掬⑧血饮之,携二子去。

(选自《续夷坚志》)

【注释】

① 乱后:指元朝灭金(公元1234年)以后。② 佣:被雇给人耕种。③ 癸卯:南宋理宗淳祐三年(公元1234年)。④ 通事:职务名,古时翻译或掌管通报传达事宜的人都叫通事。⑤ 马策:马鞭。⑥ 舁(yú):扛、抬。⑦ 白金:银。一笏:铸银为条板,形似笏,因称一枚为一笏,五十两为一笏,相当于后世的一锭。⑧ 掬(jū):双手捧取。

专家导读

追求正义的审美价值观

正义是中国传统美德的价值追求,在古典小说中多次形象地展示正义的正当性,合宜性。元好问的这篇小说就是其中的典型代表。元好问(1190—

1257),金文学家,字裕之,号遗山,秀容(今山西忻县)人。金宣宗兴定进士,曾任行尚书省左司员外郎等职。金亡不仕。工诗文,有《遗山集》。晚年写《续夷坚志》,四卷,内容多为神仙鬼怪,其中,写世事的几篇,颇有意味,本篇就属此列。

戴十,一个住在洛阳东南左家庄帮人种田的佣工,生活贫困,地位低下。八月的一天,一个传递信息的通事竟在种豆的田地里放马,戴十出来驱逐,惹恼了通事,他竟用马鞭乱抽把戴十活活打死。真是草菅人命,飞扬跋扈,狗仗人势。

戴十的妻子梁氏同乡里人一起抬着尸体到军营中告状。那通事是贵族家的奴才,军爷的走卒,主人想赔偿两头牛、一锭银子抵罪而就此了之,并大言不惭地劝慰:"你的丈夫死了,这是天意,命中注定;两小孩尚年幼,得到这笔钱可以养活自己。即使把通事杀了,对已死之人又能得到什么好处?"梁氏虽是弱者,孤儿寡母,可她申明大义,愤怒回答:"我丈夫无罪被人打死,我岂能贪图钱财?只要让通事偿命,我母子俩即使沿街乞讨,也心甘情愿!"大义凛然,铿锵有力。这里一个为夫申冤、为正义而奋斗的妇女形象,跃然纸上。自古至今,有权有势、有钱有地位的"上等人",总把普通老百姓当作"贱民",视为会说话的"牛马"、奴隶,对他们为所欲为,打骂欺诈,甚至草菅人命。有时施之小利,以为可以瞒天过海,掩饰自己的罪行。而戴十妻却代表了被压迫的民众,奋起反抗,主持正义,舍利求义,大义凛然,可称之为"铁女子"。最后通事终被乡亲们打死,梁氏双手捧起仇人之血喝了下去,而后毅然领着孤苦的两个小孩,走向了茫茫的未来。

在古小说中,为"弱小者"伸张正义已经成为文学的传统主题。《墨子·天下志》说:"义者,正也。"它包含着人的行为的正当与公正,包含着社会制度评判上的合宜与公平,也是今天核心价值观念的文化根基。所以在古小说中常有崇尚正义的脍炙人口的故事,还有那捍卫正义、铁骨铮铮的"硬汉""强妇"人物典型出现,成为中华文化传统中极为宝贵的精神财富,值得我们永远记取。

(凌焕新,南京师范大学教授)

辞拾遗钞

[元]陶宗仪

聂以道宰①江右一邑②。日有村人早出卖菜,拾得至元钞③十五锭,归以奉母。母怒曰:"得非盗来而欺我乎?纵有遗失,亦不过三两张耳,宁有一束之理!况我家未尝有此,立当祸至,可急速送还,毋累我为也。"言之再,子弗从。母曰:"必如是,我须诉之官。"子曰:"拾得之物,送还何人?"母曰:"但于原拾处伺候,定有失主来矣。"

子遂依命携往。顷间④,果见寻钞者。村人本朴质,竟不诘⑤其数,便以付还。傍观之人,皆令分取为赏,失主靳⑥曰:"我原三十锭,今才一半,安可赏之!"争闹不已,相持至厅事⑦下。

聂推问村人,其辞实。又暗唤其母审之,合。乃俾⑧二人各具失者实三十锭得者实十五锭文状。在官后,却谓失主曰:"此非汝钞,必天赐贤母以养老者。若三十锭,则汝钞也,可自别寻去。"遂给付母子,闻者称快。

(选自《南村辍耕录》)

【注释】

① 宰:主宰,主持。② 江右一邑:江西的一个县城。古人称长江下游以西地区为江右,后来称江西省为江右。③ 至元钞:至元年间制的钞票,至元为元世祖忽必烈的年号(1264—1294 年)。④ 顷间:少时,片刻。⑤ 诘:询问。⑥ 靳:吝惜。⑦ 厅事:官府办公的地方。⑧ 俾:使。

专家导读

诚实的人性美

诚实,是人性中最美的本性,人之初,性本善的具体表现。诚实,让人与人的关系亲切真诚,和睦相处。诚实,蕴含着做人底线和巨大的内在力量,呈现出人类人性的崇高美。古代笔记小说《辞拾遗钞》就是一篇典型的佳作。

作者陶宗仪,元末明初文学家。字九成,号南村,浙江黄岩人,以教书为

业。有著述《说郛》和《南村辍耕录》三十卷。本篇选自后者。该书记述元代的政事、典章制度和各种传说,具有史学价值和文学价值。

  小说叙述一则拾金不昧的故事,尽管内容比较单纯,但却曲折有致,内容颇叫人反思。农村人早出卖菜,拾得巨额至元钞十五锭,回来交给母亲。母亲见巨钞,不以为喜,反以为怒,怀疑是儿子偷盗之物。"我家绝不能窝藏,必引大祸将至",让儿子急速送还。可儿子勿听,贤惠的母亲则进一步逼迫,"如不听我即报官"。儿子尚不情愿地辩解,"拾得的钱钞,送给谁呀?"母亲让他在拾钞原处等候,待失主来认领。儿子依母命前往。对待这个意外的拾钞行为,儿子和母亲两人态度泾渭分明,一是心安理得,发了一笔意外之大财,一是拒收这不义之财,一定要儿子归还失主。这就是两种不同的价值观的表现,也是人性中诚实与否的具体表述。尽管儿子心中不愿,但在贤母的教诲下,改正了原意,按母的吩咐去归还失主。此为故事的第一曲。继而,儿子在原地等到有失主来领。傻儿子不问清细由就准备将巨钞交给自称的"失主"。旁观之人建议分出一部分钱奖赏给捡钞人。失主吝惜而又诬称"我失掉三十锭,如今才还我一半,怎么还赏呢?"这下拉拉扯扯就到了官府。这里巨钞归还失主,傻儿冒失,不问清失主丢失多少钱数便交给他,而失主得钱不但不从道义上感谢拾金者,反诬只收到一半,怀疑拾金者还一半藏一半。这是又一曲折,本做好事,有可能反酿成官司。再次考验着人性是否诚实。

  最后,就看官府如何判定了。在反复调查讯问之后,县官聂以道让农民和失主各写了文书:"失者实三十锭,得者实十五锭。"然后对失主说:这钱不是你丢失的那三十锭钞。此钱是上天赐给贤母的养老钱,你丢失的可以再到别处去寻找。这一判定,声惊四座,十五锭赏给农民母亲,众旁观者无不拍手称快。此故事美满结束也。古来俗称,老实人吃亏。小说却表达诚实人伟大,诚实人人性可嘉,诚实人还原人的可贵本性。在物欲横流、人性异化的今天,读读这则小说,无论艺术上,思想上的收益真不少啊!

(凌焕新,南京师范大学教授)

绍兴士人

[明]冯梦龙

绍兴①间,有士人,贫不能婚,赘入团头②家为婿。团头者,丐户之首也。女甚雅洁,夫妇相得。

逾数载,士人应试成名,颇以妇翁为耻。既得官淮上,携妻之任③,中流④与妻玩月,乘间推坠于水,扬帆而去。妻得浮木不死,有淮西转运使⑤船至,闻哭声哀而救之。叩其故,乃收为己女,戒家人勿泄。

比至淮,士人以属官晋谒,运使佯问:"已娶未?"士人答言:"有妻坠江死,尚未续也。"运使乃命他僚为己女议亲,且云:"必入赘⑥乃可。"士人方慕高阀⑦,惊喜若狂。既成礼,士人欣然入闼⑧,忽姬妾童数十人,持细仗从户傍出,乱捶之。士人口称何罪,莫测所以。闻闺中高唤曰:"为我摘⑨薄情郎来。"士人犹不辨其声。及相见,乃故妻也。妻数其过。士人叩首谢罪不已。运使入解之。自是终身敬爱其妇,并团头亦如礼焉。

(选自《情史》)

【注释】

① 绍兴:宋高宗赵构的年号(1131—1162)。② 团头:乞丐的首领,封建社会属下九流,社会地位低下,受人歧视。③ 之任:去上任。④ 中流:河流的中间。⑤ 转运使:官名,掌管军需粮饷、财赋转运事务,并兼军事、刑名、巡视地方之职,为府州以上行政长官,权任甚重。⑥ 入赘:男子到女家结婚落户。⑦ 高阀:高官显宦的门第。⑧ 闼:府中小门。⑨ 摘:拿下。

情义之间

有人提出,不知人世间情为何物。其实,世上没有无缘无故的爱,情总与义联系在一起。冯梦龙的古典小说《绍兴士人》便是最生动的形象展示。冯梦龙(1574—1646),明代文学家,字犹龙,长洲(江苏苏州市)人。曾任寿宁知县,毕生致力于通俗小说的编写和刊行,编辑的话本集《喻世明言》《警世通言》《醒世恒言》,世称"三言",成传世之作。所撰《情史》,选录历代笔记小说中的爱情

故事,并经编者加工润色,是一部搜罗完备的爱情小说大全。本篇从《情史》中选出,演绎出一个男女间情与义曲折生致的故事,成为后代小说流传、戏曲改编的原型小说文本,影响深远。

宋朝绍兴年间,有位读书人(不详写其姓名)因贫穷没有结婚,入赘到乞丐首领的团头家做女婿。团头的女儿高雅洁净,夫妇俩相处得很好。男的衣食无忧,还可一心读书。双方都很满意,情与义互相结合,相得益彰。过了几年,这个读书人应试成名,封建门阀观念抬头,日渐以有这样的岳父和妻子为耻。当他乘船到淮河边某个城市上任当官时,竟在船上借赏月之名,将妻子推落水中。这其实是恩将仇报的犯罪,这位当官的如此狠心,把情与义都抛入水中。这将成为一个冤案。可这位妻子命不该绝,被淮西转运使的官船救起,那位大官收她为干女儿。

在淮河边地方任上,读书人当个小官以下属身份晋见转运使,转运使询问娶妻没有,读书人推说妻子不慎落水身亡,如今还未续弦。转运使叫人说媒招婿入赘。读书人羡慕高官门第,惊喜若狂,拜堂进入洞房,忽然几十个丫鬟、老妈子、书童,拿着细棒涌出,朝读书人一顿捶打,读书人不知何故,口称所犯何罪,只听得闺阁之中高声喝道:"替我把薄情郎拿下!"读书人还没有辨别出原妻子的声音,待一见面,吓了一跳:才知是没有被溺死的妻子。妻子怒火中烧,痛骂他忘恩负义。读书人被吓得不断地叩头谢罪。如何收场?转运使教训了读书人又安抚了干女儿,让这一对小夫妻经历风波后又重归于好。从此贤惠妻子怒打寡情少义的薄情郎在民间成为一段佳话。在小夫妻之间,有情有义,喜结连理,如果义出了问题,情也会发生变化。没有义作为基础的情,就会薄情,少情,甚至无情,断送了卿卿性命。此小说颇具现实意义,以后据此敷演的小说《金玉奴棒打薄情郎》、京剧《鸿鸾喜》等,也都有不可磨灭的美学价值。

(凌焕新,南京师范大学教授)

柳敬亭说书①

[明] 张 岱

南京柳麻子,黧黑②,满面疤瘤,悠悠忽忽,土木形骸③。善说书,一日说书一回,定价一两。十日前先送书帕④下定,常不得空。南京一时有两行情人,王

月生、柳麻子是也。

余听其说景阳冈武松打虎白文,与本传大异。其描写刻画,微入毫发,然又找截干净。并不唠叨,叻⑤尖声如巨钟,皆瓮瓮有声。说至筋节处⑥,叱咤叫喊,汹汹崩屋。武松到店沽酒,店内无人,謈⑦地一吼,店中空缸空甓⑧,皆瓮瓮⑨有声。闲中着色,细微至此。主人必屏息静坐,倾耳听之,彼方掉舌,稍见下人咕哔⑩耳语,听者欠伸有倦色,辄不言,故不得强。每至丙夜⑪,拭桌剪灯,素瓷静递,款款言之,其疾徐轻重,吞吐抑扬,入情入理,入筋入骨,摘世上说书之耳⑫。而使之谛听,不怕其齰舌⑬死也。柳麻子貌奇丑,然其口角波俏,眼目流利,衣服恬静,直与王月生同其婉娈⑭,故其行情正等。

(选自《陶庵梦忆》)

【注释】

① 柳敬亭:1587—1670年,明末泰州人,一说通州人。本姓曹,因避捕改姓柳。著名说书艺人。下文柳麻子,即指柳敬亭。② 黧(lí)黑:色黑而黄。③ 形骸:人的形体躯壳。④ 书帕:指银钱。明代地方官吏入京,见长官送礼,要送一书一帕,故称书帕。后来官场公行贿赂,改用金银珠宝,但仍沿称书帕。⑤ 叻(bó):形容说话的声音高昂。⑥ 筋节处:本指筋肉关节,此处指说书说到转折承接处。⑦ 謈(pǒ):大声呼叫。⑧ 甓(pì):砖。⑨ 瓮(pén):通"盆"。⑩ 咕(tiē)哔(bì):低声细语。⑪ 丙夜:三更天。⑫ 耳:为执牛耳的简称。执牛耳,原指主持盟会的人,后泛指各行居于领导地位有杰出成就的人。⑬ 齰(zé)舌:咬舌。⑭ 婉娈(liàn):美好。

专家导读

绘声绘色　人物毕显

古典小说中,大都以故事取胜,然也有作者另辟蹊径,以绘声绘色描写人物的特色,留下了传世的佳作。明张岱的《柳敬亭说书》便是其中的代表。张岱(1597—1679年),明末清初文学家,浙江绍兴人。清兵南下,入山著书,《陶庵梦忆》八卷,记录下他的忆旧和市民生活、民间曲艺等资料,本篇从该书中选出。

作品一开头便用概括描写的手法,介绍了柳敬亭为人。柳麻子,黧黑,满脸疤瘤,土木形骸。一个外貌丑陋而又瘦弱的形体便跃然纸上,他是干什么的?他善说书,而且是个很红的名角,要听他说书,不仅价高,而且"十日前先送书帕下定",成为南京与王月生齐名的"两行情人"。他的说书有何妙着?文

中做出具体描绘,以景阳冈武松打虎为例,它与《水浒传》的表述大相径庭。他描写刻画,细如毛发,然又干净利索,不显唠叨啰嗦;他说书的声音犹如洪钟,瓮瓮有声;说到紧要关节处,叱咤叫喊,声震得几乎把房屋崩塌。讲到武松到酒店买酒,店内无人,大声一吼,震得店内空缸空心砖也嗡嗡作响。他处处着色渲染,细致入微。听众必须屏住呼吸声安静地坐着恭听,他才开讲。如遇交头接耳、窃窃私语者,或遇打呵欠伸懒腰有倦意者,就辄然停止不说了。他说书说得最得意、最精彩的状态是:每到半夜三更,擦净桌子,剪亮灯捻,送上素洁瓷杯盛满的热茶,便侃侃而谈,快慢轻重,抑扬顿挫,故事人物的描绘合情合理,入筋入骨,可以摘取世上说书艺术的桂冠。他让听众认真地听,而自己也不怕嚼烂舌根。作者如何对他做出评价呢?总观柳麻子其貌奇丑,然其说书的嘴角俊美有致,眼睛灵活传神,衣服素淡得体,与王月生并驾齐驱,被赞为美好的双璧,在说书艺术行当里一直是第一等的。这是小说史中少见的议论,是对人物在形象描绘的基础上,作精神层面的提升。

这篇小说在古代精短篇小说中以刻画人物细致入微取胜,成为小说中以塑造人物为主的优秀代表作。作品中的肖像描写抓住特征性的外貌写出了他的艺术"丑",对说书的精湛艺术,写出了他的艺术"美",声情并茂、绘声绘色,如见其人,如闻其声,描绘出说书者的超人才能,显示了说书艺人驾驭语言的高超技艺和他表达的特殊语言美,让后人叹为观止。

(凌焕新,南京师范大学教授)

快　刀

[清]蒲松龄①

明末,济属多盗。邑各置兵,捕得辄杀之。章丘盗尤多。有一兵佩刀甚利,杀辄导窾②。一日,捕盗十余名,押赴市曹。内一盗识兵,逡巡③告曰:"闻君刀最快,斩首无二割。求杀我!"兵曰:"诺。其谨依我,无离也。"盗从之刑处,出刀挥之,豁然头落。数步之外,犹圆转而大赞曰:"好快刀!"

(选自《聊斋志异》)

中国微型小说
Chinese Miniature Novels

【注释】

① 蒲松龄(1640—1715),清代文学家。世称聊斋先生,山东淄博人。屡应省试不中,七十一岁始成贡生,在家乡为塾师,生活贫困,数十年撰《聊斋志异》文言体小说,又有《聊斋文集》等多种。② 窾(kuàn):空。③ 逡巡:心存顾虑而徘徊。

 专家导读

"动作"的血与火

蒲松龄生活在所谓康熙盛世,出身于衰落的官宦人家,他数十年参加科举考试,屡试不中。他对当时的社会弊病了如指掌,深恶痛绝。著《聊斋志异》以寄托自己的愤激之情。《聊斋志异》继承了六朝志怪和唐人传奇的优良传统,又进行了创造性的发展,借花妖狐鬼的形象,对社会政治的黑暗,科举制度的弊端进行了深刻的揭露和有力的鞭挞。其艺术成就极高,尤重视对男女真挚爱情的歌颂。鲁迅赞为"使花妖狐魅,多具人情,和易可亲,忘为异类。而又偶见鹘突,知复非人"(《中国小说史略》)。《快刀》就是其中极精彩的一篇。

人物的动作,直接关系到小说的情节。黑格尔在《美学》中经常采用"动作"这个词,看来,他所谓的"动作",就是指故事情节,一系列相互连贯的行动。基于这一点,小说家要想使作品的情节包容深广的社会生活内容,就得在精选人物动作上下一番功夫。一个有容量的人物动作,胜过许许多多生活事件的平淡叙述。《快刀》写明清之交的历史风云。那是一个农民阶级同封建地主阶级生死搏斗的年代,中国大地上闪烁着刀光剑影,充满了血与火,泪与恨。全文仅仅一百零一字,可算地道的"超微型小说"了。由于篇幅极短,不容许作家恣肆笔墨,蒲松龄起笔即写"多盗""盗尤多",而官府则是"捕得辄杀之"——你死我活的斗争氛围顿时展示在读者面前。有多少农民被逼上梁山、揭竿而起?不知道。官军残杀了多少农民"造反者"? 不知道。我们只发现,由于官府杀人杀得多了,竟然杀出了一样"副产品"——培养出一批很能杀人的刽子手。这些刽子手有多少? 也不知道。小说只给读者推出了一名最能杀人的刽子手,他"佩刀甚利,杀辄导窾"。这些,都还是一般性的交代,尽管已经令人毛骨悚然,但还不够具体、真切。于是,蒲松龄突现了这位刽子手的一个"动作":"出刀挥之,豁然头落。数步之外,犹圆转而大赞曰:'好快刀!'"请看,这刽子手的杀人手段真可谓炉火纯青了——一颗脑袋落地,被杀的人简直还没有在意,仍然神志清醒地大声赞叹:"好快刀!"初读之下,人们或许会发笑:荒唐!

然而,慢慢地就笑不出来了。联系到《庖丁解牛》的故事,人们不禁要掩卷凝思:这一把快刀,这一手绝技,之所以能磨炼成功,不知用了多少农民的鲜血和生命啊!作者没有正面去写大规模的屠杀,写尸骨堆山、血流成河的屠场,然而,那一时代阶级斗争的严酷性霎时透出纸面!再看被杀的人,他简直像一个"旁观者",在冷静地"鉴定"刽子手的杀人技术,即使人头落地也不忘开一份"技术鉴定":好快刀。什么是视死如归?什么是置生死于度外?什么是面对刀丛连眼皮都不眨一眨?人们在这里找到了最生动、最简洁的答案。如是描述,真是一箭双雕,一击两鸣:既通过这一杀人动作写尽了官府的疯狂和残暴,又写出了农民造反者的冷静、坚定和蔑视刀丛的气派。这是那一时代阶级斗争中的一个"小动作",却不亚于姚雪垠用几十万字写一个大屠杀的恐怖场景。蒲松龄是善于捕捉生动传神、内涵极丰的人物动作的。他不机械地描摹生活事件,不事无巨细地罗列生活现象。他的这篇《快刀》,在规划情节的时候,十分着意那些包蕴着时代风霜雷电的精彩人物动作,让这种富于生活容量的动作去展示生活万象的无限风光。这样做,可以省去许多冗长的过程的叙述,可以给读者留下想象、回味的空间,可以使文字显得格外精粹。

(何永康,南京师范大学教授、博导)

真龙图假龙图①

[清] 袁　枚

嘉兴宋某,为仙游令②。平素峭洁③,以包老④自命。某村有个王监生者⑤,奸佃户之妻,两情相得,嫌其本夫在家,乃贿算命者告其夫以"在家流年不利⑥,必远游他方,才免于难"。本夫信之,告王监生,王遂借本钱,令贸易四川,三年不归,村人相传,某佃户被王监生谋死矣。宋素闻此事,欲雪其冤。一日过某村,有旋风起于轿前,迹之,风从井中出,差人撩⑦井得男子腐尸,信为某佃。遂拘王监生与佃妻严刑拷讯,俱自认谋害本夫,置之于法。邑人称为宋龙图,演成戏本,沿村弹唱。又一年,其夫从四川归,甫入城,见戏台上演王监生事,就观之,方知己妻业已冤死,登时大恸,号控于省城,臬司某⑧为之申理。宋令以故勘平人致死抵罪。仙游人为之歌曰:"瞎说奸夫害本夫,真龙图变假龙图。

寄言人世司民者⑨,莫恃官清胆气粗。"

(选自《新齐谐》)

【注释】

① 龙图:指包拯,宋代著名的清官,因包拯曾任龙图阁直学士,故称其为包龙图。简历见《包孝肃》注。② 嘉兴:今浙江省嘉兴县。仙游:今福建省仙游县。③ 峭洁:严酷苛刻操守清白。④包老:包拯。⑤ 监生:清代入国子监就读者统称监生。乾隆以后监生,多指由捐纳而得,并不入监就读。⑥ 流年:光阴,年华。因易逝如流水,故称流年。此处为星命家称一年的运气叫流年。⑦ 撩:捞取。⑧ 臬(niè)司:明清的主管一省司法刑狱官吏考核的提刑按察司,称臬司。⑨ 司民:管理百姓的人。

专家导读

为沽名钓誉者戒

在官场上,人们痛恨"酷吏"和贪官,殊不知,那些为捞政绩而沽名钓誉者,也往往草菅人命,屡造冤案而遭人唾骂,贻害无穷。袁枚的这篇官场异闻故事,正勾画出这些丑类的生动面貌。袁枚(1716—1798),字子才,号简斋,随园老人,浙江钱塘(杭州)人,曾任江宁县知县。四十岁告退筑园林于小仓山,号随园。清代著名诗文家,著有《随园诗话》《新齐谐》等。《新齐谐》载有999则笔记小说,颇有谐趣,本篇选自该集。

作品记叙的主人公是一位福建仙游县令宋某,此处只提姓不表名,属传说之类,虚实难考,笔记小说常用此法。此人平素为官严厉,操守清白,很爱惜自己的"官名",并自比是当代的清官包龙图(包拯)。他遇到了一件大案:本村王监生与佃户妻通奸,二人情深意浓,妻贿赂算命先生,告诉丈夫流年不利,只有离家远走他乡才能避难。佃户听信后向王监生借了本钱到四川去做买卖。一去三年未归,村里人传言佃户被王监生害死了。

刘县令也听到了如此传言,想为佃户申冤,看来县令的动机是好的。一天,从村中的井里捞起一具男尸,由于腐尸日久,不辨尸主面目,县令就自然联想推理这可能就是三年不见踪影而被害的佃户,就逮捕王监生、佃户妻,严刑逼供,屈打成招,是他俩谋害丈夫。择日就地正法。村民人心大快,赞宋县令为"宋龙图",并把该事编成戏本,挨村演出。

　　过了一年，佃户从四川回来，刚进城就见到戏台上正表演王监生伏法的情形，看完才知自己的妻子已经蒙冤而死。当时悲痛之至，就到省城提刑按察司处控告，要求平反昭雪。结果，宋县令因枉杀好人，草菅人命，误判酿成人命冤案而被削去官职，被上方判处死刑，以抵偿罪过。宋县令为什么会误判？一是以村民传说为据，自己想为之申冤；二是在井中查出一具男腐尸，由于面目无法辨认，主观上就推理为被害的佃户；三是严刑逼供招认，以此为直接证据。这正是将道听途说作证据，将获得的一男尸又作为可能的证据，再加上两人被逼供的证词，形成了所谓的"证据链"。宋县令自认为聪明，断案有方，公正干练，且获得一片叫好声，然不知他的证据出于"传说"、不名腐尸、严刑拷问的假口供，故必然酿成人命冤案。他主观上沽名钓誉，急功近利，想博得一个出彩的政绩和官家的声誉而刚愎自用，造成无法挽回的且误害两条人命的天大冤案。这种沽名钓誉式的官场祸患有当代的现实意义，至今在司法领域也屡见不鲜。小说正是一面艺术的镜子，为今天的官场作警戒。所以小说艺术的生命是无限的。

（凌焕新，南京师范大学教授）

参考书目

[1] 凌焕新. 微型小说选 1[M]. 南京:江苏人民出版社,1983.

[2] 凌焕新,朱持. 微型小说选 2[M]. 南京:江苏人民出版社,1983.

[3] 凌焕新,沈国芳. 微型小说选 3[M]. 南京:江苏人民出版社,1984.

[4] 王臻中,程均. 微型小说选 4[M]. 南京:江苏人民出版社,1984.

[5] 凌焕新,朱持. 微型小说选 5[M]. 南京:江苏人民出版社,1985.

[6] 凌焕新,朱持. 微型小说选 6[M]. 南京:江苏文艺出版社,1986.

[7] 王臻中,程均. 微型小说选 7[M]. 南京:江苏文艺出版社,1986.

[8] 刘成华,曾月华. 微型小说选 8[M]. 南京:江苏文艺出版社,1986.

[9] 凌焕新,沈国芳. 微型小说选 9[M]. 南京:江苏文艺出版社,1987.

[10] 胡瑞璋,杨谊青. 世界微型小说名篇[M]. 合肥:安徽文艺出版社,1987.

[11] 应天士. 外国名家微型小说选[M]. 北京:中国文联出版公司,1987.

[12] 周安平,邓卓明,虞吉,等. 现代微型小说精选[M]. 南宁:广西人民出版社,1987.

[13] 王金盛. 历代微型小说选[M]. 北京:中国文联出版公司,1989.

[14] 凌焕新. 中外微型小说精品鉴赏辞典[M]. 南京:江苏文艺出版社,1991.

[15] 江曾培. 世界华文微型小说大成[M]. 上海:上海文艺出版社,1992.

[16] 江曾培. 微型小说鉴赏辞典[M]. 上海:上海辞书出版社,2006.

[17] 江曾培. 中国新文学大系(1976—2000)·微型小说卷[M]. 上海:上海文艺出版社,2008.

后 记

  微型小说经典化的进程中,少不了"选家"的功劳,有选刊之选,有自选之选,有选集之选,经过层层筛选,才使"小荷才露尖尖角"。历史上的经典,也是"选"出来的,没有孔子删选成诗305篇,哪来流传千年的《诗经》,后来的昭明《文选》《唐诗三百首》《古文观止》,也无不是被选成经典。如今的《中外经典微型小说读本》,则更是选中之选,从已受读者青睐的《中外微型小说精品鉴赏辞典》《微型小说鉴赏辞典》《历代微型小说选》《中国新文学大系·微型小说》等一些著名的选本中好中选好,优中选优,才完成了这本"经典"之作。所以要感谢这些"选家"所付出的辛劳和卓识。被选入的作品是否够得上"经典"?这也是仁者见仁,智者见智。虽然经典有一定标准,但由于选者的角度、视野以及文艺修养等原因,也总存在着一定的差异,这是不足为怪的,只得让读者和历史去检验。有人有多篇经典作品,这次每人选用一篇,其余的经典以及还有未选入而同样"经典"的作品,有待第二个100篇、第三个100篇弥补,尽量把已成经典的作品一网打尽,形成"中外经典微型小说读本300篇"的格局。名为读本,是供广大读者特别是大中小学青少年阅读之本。每一篇经典作品,都有着幽深而丰富的意蕴和精湛而灵巧的艺术美感,不是快餐式的闪现和娱乐式的刺激欣赏所能理解,只有慢阅读、深阅读、反复阅读,耐心品味,才能领悟其中的三昧真谛。只有经得起再三阅读的作品才能成为经典。对读本的解读,是一件复杂的工程,必须专请一些资深的懂得艺术的名家来解读,才能解疑释惑,点到要处,评得公允。这些名家中,有大学教授20名,有的是博导、学术带头人,有的是中青年有突出贡献的专家,有的是获国务院政府特殊津贴的学者,还有著名的微型小说作家、评论家7名,他们从文本出发,读透文本,在整体把握的基础上,着重在文学性的审美特点上,以美学的历史的观点阐释和解读作品,闪耀着学术上的睿智和文学上的审美相融合的批评风采。应该说,这也是一篇篇难能可贵的精品之作,具有很高的艺术含量。尽管如此,由于经典文本的含蓄神秘性、丰富复杂性、延时再生性,可以说是永远解读不尽的。这里的解读也参考和借用过许多有关评说和注释,在这里深表谢意。需要说明的是,每一篇的解读也许只是个开始,名家们解读也只是一家之言,一得之见,

后记
Postscript

既可以是一种导读,也可以是一种借鉴,抛砖引玉,让以后的解读更日臻完善。

当代经典作品的选编,特别要感谢有关作者的热情支持。部分作者由于联系困难,未及征询意见,特致歉意,出书后恭请与编者联系,以便惠寄样书和稿酬。

人生八十蹉跎过,"老牛亦解韶光贵,不待扬鞭自奋蹄"。2016年9月泰国第11届世界华文微型小说研究会年会上获得"微型小说杰出贡献奖"殊荣的皓首老人,梦想把《中外经典微型小说读本》三卷本相继编完,不知老天能给我这个时限否?感谢出版社彭志斌社长、徐蕾总编和张春等同志的大力支持。但愿梦想成真。

编者
2017年3月